ML. 7. 97

W0292562

DANS LA MÊME COLLECTION

David Aaron
Code Cynthia, 1994

Blanche d'Alpuget
L'Œil de l'aigle, 1995

Robert Daley
Trafic d'influence, 1994
En plein cœur, 1995
La Fuite en avant, 1997

Daniel Easterman
Le Septième Sanctuaire, 1993
Le Nom de la bête, 1994
Le Testament de Judas, 1995
La Nuit de l'apocalypse, 1996

Allan Folsom
L'Empire du mal, 1994

Michael Grant
Ascenseur pour un tueur, 1996

James Grippando
Le Pardon, 1995

William Harrington
Qui a tué Regina ?, 1996

Colin Harrison
Corruptions, 1995

John T. Lescroart
Justice sauvage, 1996

Judy Mercer
Amnesia, 1995

Junius Podrug
Un hiver meurtrier, 1997

Philip Rosenberg
Les Tigres de la colère, 1994

John Sandford
Le Jeu du chien-loup, 1993
Une proie en hiver, 1994
La Proie de l'ombre, 1995
La Proie de la nuit, 1996

Craig Thomas
Le Jeu du cobra, 1994

Elise Title
Romeo, 1997

Tom Topor
Le Codicille, 1996

Eric V. Lustbader
White Ninja, 1993
Les Yeux de l'ange, 1994

Marilyn Wallace
Un ange disparaît, 1996

Michael Weaver
Obsession mortelle, 1994
La Part du mensonge, 1995

MEURTRES
EN RÉSEAU

A. J. HOLT

MEURTRES EN RÉSEAU

Traduit de l'américain
par Alexis Champon

belfond
12, avenue d'Italie
75013 Paris

Titre original :
WATCH ME
publié par St. Martin's Press, New York

Si vous souhaitez recevoir notre catalogue
et être tenu au courant de nos publications,
envoyez vos nom et adresse, en citant ce livre,
aux Éditions Belfond,
12 avenue d'Italie, 75013 Paris.
Et, pour le Canada, à
Édipresse Inc., 945, avenue Beaumont
Montréal, Québec H3N 1W3.

ISBN : 2.7144.3415.0

© A. J. Holt 1995. Tous droits réservés.
© Belfond 1997 pour la traduction française.

Pour
tu sais qui,
amoureusement,
et pour mon agent,
Helen Heller... dont on ne louera jamais
assez l'esprit d'investigation

« Quoiqu'elle représente une indéniable réussite biologique, l'espèce humaine est, par bien des aspects, fondamentalement imparfaite. »

Anthony STORR,
Human Aggression

1

Votre nom ?

Clarice Starling.

– Janet Louise Fletcher.

– Vos amis vous appellent Jay, n'est-ce pas ?

– Oui.

– Vous travaillez comme agent spécial pour le Federal Bureau of Investigation, est-ce exact ?

– Oui.

– Vous avez une licence de psychologie de l'université de l'Ohio ?

– Oui.

– Vous avez une maîtrise de criminologie de l'université Columbia de New York ?

– Oui.

– Vous avez obtenu un doctorat d'informatique et de statistiques à l'université George-Washington ?

– En effet.

La très élégante avocate de l'accusé se leva. Elle avait davantage l'air d'un mannequin que d'une avocate de Beverly Hills, et elle était connue pour sortir ses clients des situations les plus compromises : parricides, viols de femmes riches et célèbres. Elle s'appelait Samantha Rhodes et, selon la rumeur qui circulait au palais de justice de Los Angeles, elle acceptait de temps en temps de défendre des affaires aussi tordues que celle-ci dans la seule intention de faire parler d'elle.

D'après Barney Silkwood, l'assistant auprès du District Attorney qui menait l'accusation, son client, Dennis Lloyd Shaw, avait torturé onze hôtesses de l'air, puis les avait violées par voie vaginale, orale et anale avant de les décapiter, et de se masturber ensuite dans la plaie béante du cou. Shaw ne quittait pas des yeux Janet Fletcher depuis qu'elle avait été appelée à la barre. Il la fixait avec un sourire narquois.

– Votre Honneur..., commença Samantha Rhodes.

– Miss Rhodes, dit le juge Rose Alexander.

C'était une toute petite Noire ratatinée derrière son bureau.

– La défense a déjà convenu des qualifications de l'agent spécial Fletcher qui lui permettent de témoigner en tant qu'expert dans cette affaire. Doit-on vraiment subir son curriculum vitae ?

– Mr. Silkwood ?

– Votre Honneur, j'estime qu'il est important que le jury connaisse les antécédents de l'agent spécial Fletcher.

– Je suis d'accord avec vous, acquiesça le juge Alexander.

– Tant que vous n'endormez pas les jurés, marmonna l'avocate de Shaw en se rasseyant.

Le juge ne releva pas la pique, se contentant de fusiller Rhodes du regard.

– Depuis combien de temps travaillez-vous pour le FBI, Jay ?

– Depuis 1985. Je suis entrée à l'école de police après avoir obtenu ma maîtrise à Columbia. J'ai suivi des cours du soir et des classes d'été pour passer mon doctorat en informatique.

– Pourquoi avoir choisi l'informatique ?

– J'ai pensé que c'était un outil fondamental dans la lutte contre la criminalité. Je voulais me tenir au courant des progrès de la science en la matière.

– Que faites-vous exactement au Bureau ?

L'intérêt des jurés parut s'éveiller. Jay prit l'air qualifié qu'on attend d'un expert.

– Je travaille pour le CART, Computer Analysis and Response Team, dans le département scientifique.

– Et qu'y faites-vous ?

– J'analyse les indices qui concernent les ordinateurs. Décryptage, déverrouillage de fichiers, tâches de programmation pour le Bureau, en particulier pour le département de l'Identification.

– On vous a demandé d'aider la police de Los Angeles dans son enquête sur les meurtres des hôtesses de l'air, est-ce exact ?

– Oui.

– Pourquoi ?

– A cause de ma connaissance du programme C-Bix.

– Pouvez-vous expliquer à la cour et au jury en quoi consiste exactement le C-Bix ?

– C'est l'abréviation de Criminal Behavior Index. Il s'agit d'un échantillon de plusieurs centaines d'indices de comportements criminels, notamment lorsqu'ils concernent les meurtres.

– Vous avez réalisé vous-même ce programme pour le FBI ?

– Oui.

– Comment marche-t-il, je vous prie ?

– Une base de données est établie à partir d'une liste de suspects, et on la filtre avec le C-Bix. On réduit ainsi la liste de suspects selon une courbe de probabilités.

– Dans le cas qui nous intéresse, comment la base de données a-t-elle été établie ?

– Toutes les victimes travaillaient sur des vols réguliers qui passaient par l'aéroport international de Los Angeles. Nous avons demandé aux compagnies l'accès à leurs fichiers de réservation pour l'année écoulée.

Ce n'est pas tout à fait exact. S'introduire en fraude dans l'ordinateur SABRE fut un jeu d'enfant. Nous n'avons demandé l'autorisation qu'après avoir obtenu ce que nous voulions.

– Quel fut le résultat de votre enquête ?

– Au cours des douze derniers mois, onze millions de passagers ont emprunté l'aéroport de Los Angeles. Le C-Bix était programmé pour éliminer les noms qui n'apparaissaient pas sur la liste des passagers des compagnies concernées. Nous avons ainsi réduit la liste à mille cent trente-six noms. Nous avons passé cette liste au crible de l'ordinateur central de Washington afin d'éliminer ceux qui ne possédaient pas de casier judiciaire. La liste a ainsi été réduite à trois cent quatre-vingt-deux noms, et nous l'avons comparée avec les bases de données du VICAP.

– Le VICAP ?

– Violent Crime Apprehension Program.

– Et le résultat ?

– La liste est tombée à trente-deux suspects.

– Qu'avez-vous fait, ensuite ?

– Nous avons utilisé le C-Bix pour sélectionner le suspect le plus vraisemblable sur la base d'indices de comportements récurrents dans les cas d'homicides à répétition.

– Mr. Shaw figurait-il sur cette liste ?

– Oui.

Samantha Rhodes bondit de nouveau.

– Objection, votre Honneur. Si la liste initiale préparée par l'agent Fletcher contenait onze millions de noms, la marge d'erreurs est considérable. La défense a établi son propre test informatique. L'annuaire téléphonique de Los Angeles comporte à lui seul deux cent soixante et un D. Shaw – en admettant que l'assassin des hôtesses de l'air réside à Los Angeles, bien sûr, ce qui n'a pas encore été prouvé. D'après nos calculs, plus de trois mille D. Shaw résident dans les différentes villes d'où sont partis les vols en question.

– Mr. Silkwood ?

– L'agent Fletcher aurait-elle l'amabilité d'expliquer ses méthodes de travail à mon collègue de la défense ?

– Nous avions conscience des confusions homonymiques possibles. La plupart des personnes de la liste se servaient des cartes de crédit pour effectuer leurs réservations. Mr. Shaw utilisait pour sa part une carte Visa de la Citibank au nom de Dennis Lloyd Shaw.

– Objection rejetée, décréta le juge.

Samantha Rhodes se rassit.

– Donc, Mr. Shaw figurait sur votre liste. Quelles sont les probabilités à son encontre ?

– Fortes.

– C'est-à-dire ?

Ah, maintenant, la cerise sur le gâteau.

– Les paramètres que nous utilisons sont basés sur des crimes antérieurs élucidés. Jusqu'à présent, Ted Bundy était le pic de la courbe, suivi par Jeffrey Dahmer et David Berkowitz[1].

– David Berkowitz ? Celui qu'on appelait le Fils de Sam ?

– Lui-même.

– Poursuivez.

– Dennis Lloyd Shaw bat Ted Bundy de vingt pour cent. Nous n'avons jamais rencontré de scores aussi élevés.

Silkwood loucha vers Samantha Rhodes, lui sourit brièvement, puis reporta son attention sur Jay.

– Y avait-il d'autres suspects sur votre liste ?

– Oui, sept.

– Comment avez-vous procédé ?

– La police de Los Angeles les a tous placés sous étroite surveillance. A l'époque, Mr. Shaw n'habitait plus à Los Angeles.

– Où résidait-il, alors ?

– En Floride. Il venait d'y être muté.

– Il a été arrêté à Miami ?

– Exact.

– C'était peu après le meurtre de la onzième hôtesse de l'air, miss Cynthia Goode ?

---

1. Trois célèbres tueurs en série. *(N.d.T.)*

Samantha Rhodes bondit.

– Objection, votre Honneur. Mr. Silkwood dicte les réponses au témoin. Aucun lien n'a été établi entre mon client et le meurtre de miss Goode.

– Elle travaillait sur le vol de Miami quand il a emménagé dans cette ville.

– Deux cents autres personnes sont dans le cas de mon client.

– Oui, mais pas avec un score aussi élevé.

Silkwood alla s'asseoir et commença à feuilleter ses notes. La séance était terminée.

– Objection retenue.

– Pas d'autres questions.

Comme Samantha Rhodes déclina le contre-interrogatoire, le juge congédia Jay. En quittant la barre, Jay glissa un œil vers la table de la défense. Les yeux toujours rivés sur elle, Dennis Lloyd Shaw avait introduit son index gauche dans son poing droit, et il effectuait un mouvement de va-et-vient. Ce geste obscène était destiné à elle seule. Elle frissonna. Elle se sentit prise au piège, comme un insecte dans un bocal. Barney Silkwood déplaça des papiers sur le bureau. Samantha Rhodes leva les yeux au plafond. Quelqu'un toussa, une chaise grinça. Dennis Lloyd Shaw semblait content de lui, il continuait de sourire à Jay tout en glissant lentement son index dans son poing serré. L'enfant de salaud se moquait d'elle.

Va te faire foutre.

Elle retourna à sa place et s'assit. Le procès s'acheva deux jours plus tard, et le jury entama ses délibérations. Jay ne pouvait rien faire, sinon prier pour que la justice, en plus d'être aveugle, ne soit pas sourde et muette.

2

Jay Fletcher et le lieutenant Mike Stearns, de la police de Los Angeles, attendaient au bar panoramique de l'aéroport de LA qu'on annonce le vol de Jay. Le bar était presque désert ; au-delà des vitres géantes s'étendait un territoire irréel de lampes à arc sulfureuses et d'énormes avions vides éparpillés sur les pistes, telles des baleines endormies sur une plage à minuit.

Légèrement plus vieux que Jay, la quarantaine entamée, Stearns était un beau blond aux traits réguliers. Vingt ans de carrière avaient endurci ces traits, y ajoutant quelques rides. Les deux collègues avaient sérieusement flirté pendant le séjour de Jay à Los Angeles, mais cela n'avait pas abouti. Ce n'était pas l'envie qui lui avait manqué, mais ni l'un ni l'autre n'étaient prêts à accepter les complications d'une liaison. Une enquête criminelle comme celle qu'ils venaient d'achever n'était pas propice aux aventures amoureuses, même passagères. Malgré tout, il était bon de savoir que le courant passait toujours.

Jay sirotait un Bloody Mary et Stearns attaquait sa quatrième bière. Tous deux épuisés par l'affaire Shaw, ils partageaient néanmoins l'euphorie triomphale du travail bien fait. Les choses semblaient en bonne voie : les jurés avaient cessé de douter de la culpabilité de l'accusé ; ils hésitaient seulement sur la peine à infliger à Shaw. Mais pour Stearns, c'était insuffisant.

– C'est comme d'aplanir une montagne avec un marteau, dit-il avant de lamper une gorgée de bière. Shaw est à l'ombre, mais des dizaines d'autres font la queue pour prendre sa place.

– Et alors ? répliqua Jay. Tu voudrais baisser les bras ? Tu voudrais que les fumiers comme lui s'en tirent ?

– Demande au DA, répondit Stearns en reniflant. Il a fait une estimation du coût de l'opération : deux millions et demi, Jay. Juste pour foutre un mec au placard ! Ils sont encore en train de calculer combien leur a coûté l'affaire O. J. Simpson, ajouta-t-il en hochant la tête.

– C'est différent, dit Jay en souriant. Pense aux emplois que ça a créés. Tout le monde en a profité : journalistes de CNN, marchands de T-shirts publicitaires, producteurs de télé.

– Les ventes de Bronco[1] ont doublé, ironisa Stearns.

– Exactement. Qu'est-ce que Larry King aurait fait sans O. J. ? (Elle passa un doigt sur le bord de son verre et suça le sel qui s'y était collé.) Finalement, c'est comme si on était dans le show-biz. On prépare le casting du film de la semaine.

Quelque part dans la pénombre, un jumbo chauffait ses moteurs. Jay jeta un coup d'œil à sa montre. Dans quarante minutes, elle serait dans l'avion.

– Parfois, je me demande pourquoi je fais ce métier de merde, déclara Stearns en contemplant le goulot de sa bouteille. Parfois, je me dis que j'ai bousillé la première moitié de ma vie.

– Ça pourrait être pire, rétorqua Jay.

Mais elle comprenait parfaitement ce qu'il ressentait. Après dix années passées au Bureau, son score personnel était des plus médiocres. Sur cent affaires, à peine une dizaine débouchaient sur des condamnations. Si c'était un jeu, les bons étaient en train de le perdre.

– Dennis Shaw en aura au moins pour perpette. Ça fait un point pour nous.

– N'y compte pas trop, grogna Stearns. J'ai vu de plus gros poissons glisser entre les mailles du filet.

– Ben, en tout cas, je ne suis pas Kelly Mountjoy, déclara Jay.

– Qui ?

– Une fille avec qui j'étais en classe à Tomahawk.

– Et alors ?

– C'est la première de notre classe à avoir perdu sa virginité. On a toutes passé deux semaines à lui préparer son affaire.

– Non ? Vous organisiez ces trucs-là ?

– Bien sûr. Ça ne s'improvise pas. Il faut savoir comment s'habiller, quoi faire et à quel moment. C'est toute une éducation.

1. Véhicule dans lequel O. J. Simpson a tenté d'échapper aux policiers devant des millions de téléspectateurs américains. *(N.d.T.)*

– C'était pas pareil pour les mecs, dit Stearns, nostalgique. On commençait par peloter un peu tout en espérant que ça aille jusqu'au bout. (Il éclata de rire.) D'ailleurs, je crois que ça se passe encore comme ça.

– Toujours est-il que je suis allée à une réunion d'anciennes élèves il y a quelques années, et il y avait Kelly. Elle a épousé un prêtre baptiste. Elle a quatre gosses. Ma copine Margie Watson était enceinte de jumeaux et Selena McKendrick, une hippy qui fumait de la marijuana, était devenue nonne. Elles ont dû croire que j'étais une lesbienne honteuse parce que j'étais encore célibataire.

– Et tu es une lesbienne honteuse ? demanda Stearns en ricanant.

Jay alluma une cigarette, puis poussa un soupir théâtral.

– Je suis juste une fliquesse dévouée, mariée au FBI. Une martyre de la conscience sociale. Une palourde.

– Une quoi ?

– C'est comme ça qu'on nous appelle au Bureau. Quand j'étais au collège, un recruteur de Quantico est venu nous voir et il m'a fait comprendre que mon devoir de féministe était de m'engager dans le FBI. J'ai gobé l'appât. Il m'a fallu deux ans pour comprendre que le type avait des instructions spéciales, qu'il devait avoir un certain quota de femmes pour justifier la campagne de l'Égalité des Chances.

– Ouais, ben j'aurais jamais cru dire ça d'un agent du FBI, mais tu vas me manquer, Jay.

– C'est réciproque.

Stearns tendit la main à Jay, qu'elle effleura doucement de ses doigts. Elle imagina cette main caressant ses joues, elle imagina son corps, ses étreintes...

Une voix monotone annonça le vol au micro. Ils se levèrent tous deux.

Stearns voulut embrasser Jay sur la joue mais elle tourna la tête et colla sa bouche contre la sienne. Stearns avait des lèvres étonnamment pleines et douces. Jay se lova contre lui et se reput goulûment de son haleine chargée de bière.

Le monde est plein d'occasions perdues.

Jay pressa le bras de Stearns et se dégagea. Il empoigna sa valise et l'accompagna jusqu'à la salle d'embarquement. Quelques minutes plus tard, elle était à bord de l'avion qui l'emmenait à Washington. Elle regarda par le hublot les lumières de LA qui s'estompaient, puis cala sa tête contre l'oreiller et ferma les yeux. Le bourdonnement monotone des moteurs aurait dû l'endormir immédiatement, mais les yeux froids et le sourire narquois de Dennis Shaw la hantaient.

Et c'était bien là le problème. Les hommes de sa vie étaient soit des flics, soit des assassins. Il n'y en avait pas d'autres. Pas de caresses d'amants, pas de café au lit, pas de chevalier servant pour le réveillon du jour de l'an. Pas de douceur à l'horizon.

3

La circulation commençait à s'éclaircir lorsque l'homme quitta Broadway en milieu de matinée au volant d'un véhicule de location et qu'il atteignit Curtis Park – un quartier de Denver tout en rues étroites bordées d'arbres et de maisons victoriennes bien entretenues qui dataient de la ruée vers l'or des années 1850. Après la crise de 1929, Curtis Park avait connu des temps difficiles, mais les hordes de yuppies qui avaient envahi le centre-ville dans les années 70 avaient fait du quartier une des zones résidentielles les plus cotées de Denver. Et le boom immobilier n'avait pas faibli depuis.

Profitant d'un stop, l'homme abaissa le pare-soleil et relut la page du *Denver Post* qu'il y avait épinglée. Il avait encerclé une petite annonce dans la section des appartements à louer et avait visité son nouveau foyer deux jours plus tôt.

A louer, bail de six mois
Libre le 1er décembre. Grand deux pièces en sous-sol ;
salon, chambre, cuisine, s.d.b.
Curtis Park. Près du centre.
550 $ par mois ; non-fumeur de préférence.
Tél : 892-1112, le soir.

Il avait trouvé d'autres appartements qui faisaient l'affaire dans le journal, mais celui-ci était de loin le plus adéquat ; qui plus est, la propriétaire de la maison remplissait tous ses critères de base. Mrs. Ellen Putnam, récemment divorcée, et Tina, sa fille adolescente, étaient le « remède » idéal prescrit par le « bon docteur ». Il sourit de sa plaisanterie, traversa le carrefour et longea la rue au ralenti. Cela faisait près de trois mois depuis Phoenix, il était grand temps de changer. Il lui fallait du sang neuf. Il sourit de nouveau.

Il repéra la maison et se rangea contre le trottoir. Comme toutes celles de la rue, la maison de Mrs. Putnam était vaste et bien entretenue, peinte dans de discrètes nuances de blanc et de gris anthracite, et entourée d'une clôture en fer forgé. La pelouse était impeccablement tondue et des pots de fleurs pendaient des avant-toits du vieux porche à l'ancienne. Il n'y avait pas de voiture dans l'allée ; tout se déroulait comme prévu. Ellen Putnam était déjà partie à son travail, et Tina devait être à l'école. Il restait deux semaines avant les grandes vacances. C'était amplement suffisant.

L'homme actionna la manette qui déclenchait l'ouverture du coffre puis sortit dans la lumière crue du matin. Quiconque aurait regardé depuis sa fenêtre, de l'autre côté de la rue, aurait vu un grand quadragénaire bien conservé, en survêtement vert et Nike noires, les cheveux châtain foncé, grisonnants sur les tempes, les yeux cachés derrière une paire de lunettes de soleil Serengeti qui devait coûter une fortune, la barbe coupée court aussi foncée que les cheveux, le menton sillonné de poils gris.

L'homme contourna sa voiture et ouvrit le coffre. Il y avait deux valises noires rigides. Il les sortit du coffre, referma ce dernier, puis s'arrêta un instant pour regarder autour de lui. Si quelqu'un l'avait vu de près, il l'aurait sans doute décrit comme plutôt séduisant, mais n'aurait pas manqué d'être intrigué par ses gants de chirurgien. De loin, cependant, les gants étaient invisibles.

L'homme empoigna ses valises, traversa l'allée d'un pas désinvolte et se dirigea vers l'entrée de service. Il posa ses valises, sortit de sa poche la clef que Mrs. Putnam lui avait remise, la glissa dans la serrure et tourna. Il reprit ses valises, poussa la porte avec son pied et entra. Il abaissa l'interrupteur mural situé sur sa gauche avec l'épaule, descendit une volée de marches et pénétra dans son appartement en prenant soin de laisser la porte ouverte. Il reposa les valises, remonta verrouiller la porte et mit la chaîne de sécurité. Assuré de ne pas être dérangé, il retourna dans l'appartement.

Il était spacieux, comme Ellen Putnam l'avait indiqué dans la petite annonce, brillamment éclairé, et se composait de quatre pièces : un salon, une chambre à coucher, une cuisine et une salle de bains. Sauf dans cette dernière, le sol était recouvert d'une moquette industrielle gris souris. Au toucher, l'homme devina qu'elle avait été posée sur du ciment. Les murs étaient blancs ; le mobilier, moderne et d'un beige uniforme, avait sans doute été acheté sur catalogue par correspondance.

La veille, quand l'homme était venu régler son premier loyer et son dépôt de garantie, Ellen Putnam lui avait fait visiter les lieux. La porte de la cuisine ouvrait sur la buanderie qu'il partagerait avec la propriétaire et sa fille. Une volée de marches menait à la cuisine des Putnam. L'homme avait noté que la porte de l'étage était elle aussi dotée d'un verrou. Il doutait qu'Ellen ou Tina prennent la peine de le fermer mais, dans le cas contraire, cela ne lui poserait guère de problème.

Il transporta la plus petite des valises dans la cuisine, la posa sur la table et l'ouvrit. Elle recelait du matériel divers rangé dans des niches en mousse. Il prit le petit Nikon avec son objectif grand angle et un sac en plastique contenant quatre modules FM de la taille d'un paquet de cigarettes qu'il avait assemblés lui-même à partir de radios en vente dans le commerce. Il passa la bandoulière de l'appareil photo autour de son cou, empoigna le sac en plastique, puis ouvrit la porte de la buanderie.

La salle, mal éclairée par un soupirail poussiéreux, sentait le détergent et l'eau de Javel. Elle était équipée d'une machine à laver et à sécher relativement récente, et d'un grand lavoir en faïence démodé. Un coffrage grossier abritant un compteur électrique saillait sous l'escalier. Une demi-douzaine de conduits métalliques sortaient du coffret et disparaissaient dans le plafond. A côté, également sous l'escalier, se trouvait un cumulus d'eau chaude en émail bleu foncé.

Il s'approcha, ouvrit le boîtier électrique et examina l'intérieur : deux rangées de disjoncteurs avec un diagramme collé à l'intérieur de la porte qui représentait la disposition des différents circuits. Rien que du très banal. Pas de système d'alarme. Les étages supérieurs et l'appartement en sous-sol étaient reliés à des compteurs indépendants, mais ceux du sous-sol dépendaient du même. L'homme referma le boîtier. Il examina les fils électriques qui couraient au-dessus : les fils du téléphone. Il y avait deux lignes séparées, une pour la maison et une pour son appartement. L'homme hocha la tête, satisfait. Grâce à son shunt, la ligne de son ordinateur resterait branchée et il pourrait utiliser son téléphone, même s'il n'en aurait sans doute pas besoin. Rassuré, il gravit les marches qui menaient à l'étage.

En haut de l'escalier, il colla son oreille à la porte. Une radio diffusait de la musique classique ; Schubert, pour être précis, donc la station KVOD. Quand il avait signé le bail, la radio de la cuisine était branchée sur cette même station. Ellen Putnam la laissait allumée pour tenir compagnie à Archimède quand elle partait travailler. Archimède était un perroquet. Souriant, il prit un pari et essaya la poignée. Elle tourna facilement. Pari gagné. Comme les Putnam utilisaient fréquemment la buanderie, elles oubliaient de refermer la porte à clef, ou si elles s'en souvenaient, elles ne prenaient pas cette peine. L'homme ouvrit la porte.

La cuisine était récente et luxueuse. Cuisinière dernier modèle, énorme réfrigérateur à deux portes, table à découper au milieu de la pièce, batterie de cuisine en cuivre suspendue à un rail, comptoirs en Formica noir avec une finition en faux marbre peint à la main. Tout cela datait de deux ou trois ans, quand le mariage tenait encore. Ellen lui avait tout raconté : la récente séparation avec son mari, Bob, qui vivait désormais avec sa petite amie, une fille plus jeune que lui ; le fait que le divorce n'avait pas encore été prononcé, ce qui l'empêchait de vendre la maison avant au moins six mois, et ce qui signifiait qu'elle avait vraiment besoin de l'argent du loyer. L'homme avait été tout de suite conquis par la rapidité avec laquelle Mrs. Putnam s'était ouverte à lui. Par sa douceur. Par son attitude légèrement plaintive, son honnêteté, sa naïveté qui rendraient son agonie d'autant plus exquise.

Il y avait un téléphone avec un bloc-notes sur le comptoir, près de la voûte qui menait au salon. Ellen Putnam y avait inscrit le nom qu'il lui avait donné, ainsi que le numéro de téléphone de son hôtel. Dr Henry B. Saunders. On peut toujours se fier à un médecin.

Le sac en plastique à la main, l'homme arma son Nikon et prit plusieurs clichés avant de pénétrer dans le salon. Un long canapé et plusieurs chaises capitonnées étaient regroupés autour d'une cheminée en briques. Des tons de terre assortis aux tapis berbères, d'un blanc écru et grossièrement tissés, éparpillés sur le sol. De grandes affiches encadrées sur les murs blancs vantaient des galeries d'art dans des villes lointaines que ni Mrs. Putnam ni son mari n'avaient visitées.

Une table monacale en bouleau clair trônait sous une vaste fenêtre qui ouvrait sur la pelouse et sur la rue. Dans la fenêtre elle-même, un vitrail ovale répandait une tache de lumière sanglante au centre de la table. La fenêtre donnait à l'ouest et, d'après son exposition, la tache de lumière éclairait le milieu du parquet au lever du soleil. S'il avait été superstitieux, l'homme aurait pris cela pour un présage.

Il y avait une grande lampe sur une table, à côté d'une des chaises. L'homme traversa la pièce, constata que la lampe était reliée à une prise double en partie dissimulée sous la table. En se penchant, il fit courir un doigt le long de la plinthe, puis se releva. Son doigt ganté avait ramassé une fine couche de poussière. Apparemment, Ellen n'était pas une maniaque de l'aspirateur. L'homme ouvrit son sac en plastique, s'empara d'un des modules, le brancha dans la prise, et glissa la petite boîte sous la chaise. Invisible. Il faudrait se mettre à quatre pattes pour voir le fil électrique.

Il prit une nouvelle série de photos avec le Nikon puis se rendit dans le hall d'entrée. Il n'y avait rien de bien intéressant ; un vieux porte-chapeaux, un haut vase chinois d'où saillait une gerbe de parapluies, et un vaste miroir dans un cadre en bambou au-dessus d'un banc rustique. Par la porte ouverte, on distinguait l'autre pièce du rez-de-chaussée, le bureau chichement meublé d'une bibliothèque vide et d'un meuble-classeur. Des cartons débordants de matériel de papeterie jonchaient le sol. C'était l'ancienne pièce de Bob. Sacré Bob. Ni vu ni connu.

Il gravit l'escalier qui menait au premier étage. Celui-ci se composait de trois chambres à coucher et d'une salle de bains. Séparée de celle de Tina par la salle de bains, la chambre des parents donnait sur la rue. Il reconnut l'antre de Tina aux posters de groupes de rap et à l'inévitable lit à baldaquin garni de la non moins inévitable chenille rose. Au bout du couloir se trouvait une petite pièce, sans doute l'ancienne nursery transformée en chambre d'amis. Nue et inutilisée. L'homme retourna vers la chambre des parents et s'arrêta sur le seuil. Il renifla. Deux ou trois parfums différents flottaient dans l'air, comme si Ellen ne savait lequel choisir. Ambivalente. Ce qui corroborait l'opinion qu'il s'était faite d'elle. Il y avait aussi une trace de cannelle mêlée de clous de girofle. Sans doute un pot-pourri dans un des tiroirs, ou même – comme c'était chou – sous l'oreiller.

L'homme photographia la pièce depuis le seuil ; il repéra la façon dont les rais du soleil qui filtraient à travers les arbres tachetaient l'édredon volumineux qui recouvrait le lit. Deux tables de chevet rectangulaires en laque noire, chacune garnie d'une lampe à halogène et d'un téléphone vert foncé.

Les murs étaient peints en bleu ciel, le plafond de trois tons plus foncés et parsemé d'étoiles. L'homme avait vu ces articles dans des magasins. C'étaient des étoiles autocollantes. La nuit, elles devaient scintiller dans la pénombre. Avec la lumière du soleil matinal, l'homme ne se rendait pas bien compte, mais il était persuadé qu'Ellen s'était donné un mal de chien pour reproduire fidèlement le firmament. C'était sans doute ce romantisme pointilleux qui avait exaspéré le pauvre Bob. L'imbécile ! Les femmes aussi sentimentales se faisaient, hélas, de plus en plus rares.

L'homme se mit à quatre pattes près du lit et souleva l'édredon. Il y avait une prise double à la tête du lit. Les deux lampes de chevet étaient branchées dans l'une des prises, mais un troisième fil électrique en partait. L'homme suivit le fil des yeux : il menait sous le matelas. L'homme se releva, ôta l'édredon et souleva un coin du matelas. Un petit vibromasseur assorti d'un embout rouge et noueux était caché entre le matelas et le sommier. Certes pas aussi romantique que les étoiles autocollantes, mais sans doute une solution plus pratique pour pallier le manque d'amour. Pour le plaisir, l'homme glissa la main sous l'oreiller d'Ellen, et, à sa grande joie, trouva le sachet de fleurs séchées, exactement comme il l'avait prévu.

Content de lui, il remit le matelas et l'édredon en place, puis s'agenouilla. Il ouvrit le sac en plastique, installa prestement un second module qu'il camoufla entre le mur et le montant du lit. Impossible à déceler. Il se releva, prit quelques clichés supplémentaires sous tous les angles possibles, puis trois dernières photos du lit lui-même. Dans le viseur, il avait presque le sentiment de voir Ellen. Un dimanche récent, Tina étant sortie avec des amis, Ellen et Bob avaient fait l'amour dans cette chambre. Couché sur Ellen, Bob pensait sans doute à sa nouvelle petite amie ; mais Ellen... à quoi pensait-elle ? Aux étoiles de son plafond ? Peu importe. L'homme parcourut une dernière fois la pièce des yeux, s'assura que tout était comme il l'avait trouvé, puis quitta la chambre.

Il passa plus de temps dans celle de Tina. Des deux chambres, c'était la plus importante. Il devait apprendre à connaître l'adolescente aussi bien que si elle était sa propre fille. Il fouilla les tiroirs de son bureau, laissa courir ses doigts sur les sous-vêtements soyeux, les T-shirts soigneusement pliés, les chaussettes nouées en boule, les pyjamas. Il n'y avait pas de vibromasseur sous le matelas de Tina, mais un carnet rouge comme un cœur de Valentin. L'homme s'assit au bord du lit et feuilleta les pages du journal que Tina avait omis de verrouiller.

Vince Gannett est un coq... Si je ne revois plus Tabby, ça va être dur... Maman ne veut pas qu'on s'abonne à MTV, elle prétend qu'on n'a pas les moyens... j'ai revu Terry, je crois que je lui plais... Je suis allée voir le film des Stones avec Terry. Il voulait me peloter, mais... Terry & Tina... Tina & Terry. Je veux que T. soit le premier, mais... Andrea m'a dit que... C'était agréable, mais on n'aurait peut-être pas... Doux Jésus ! C'était vraiment embarrassant ! Pourquoi faut-il que les règles soient aussi sales ???!!!!

L'homme referma le journal et le remit sous le matelas. Au-dessus du bureau, des cartes, des notes, des morceaux de papiers étaient épinglés sur un tableau. Une photo représentait un jeune homme en smoking de location bleu électrique debout devant la cheminée du rez-de-chaussée. Terry ? Il y avait une autre photo. Tina, plus jeune, les seins et les hanches pas encore formés, devant une tente à côté d'un homme d'une trentaine d'années, habillé de pied en cape en L. L. Bean. Papa. Bob. Mr. Putnam.

L'ombre de la personne qui avait pris la photographie tombait sur la partie inférieure du visage de Bob, obscurcissant sa bouche et son menton. Ellen ? A une époque plus heureuse, mais les nuages avaient sans doute déjà assombri le mariage, comme son ombre sur la photo. Les yeux de Bob étaient inexpressifs, comme s'il avait voulu cacher la vérité à l'objectif. J'adore ma fille, mais ma femme me casse les pieds. Je suis pris au piège. Il faut que ça cesse. Il le faut. Il le faut...

– Bientôt, murmura l'homme. Très bientôt.

Il trouva la prise sous le bureau de Tina, brancha un troisième module, puis termina sa pellicule en prenant la pièce sous tous ses angles. Il y avait un magasin de photos près de son hôtel qui lui développerait ses clichés dans la journée. L'homme consulta sa montre et s'aperçut qu'il était dans l'appartement depuis une demi-heure. C'était suffisant, du moins pour l'instant. Il quitta la pièce et retourna au sous-sol, satisfait des progrès accomplis. Demain, il emménagerait officiellement dans son nouvel appartement, et tout pourrait enfin commencer.

4

Jay Fletcher arriva à Dulles peu après neuf heures. Elle prit un taxi jusqu'à son appartement, demanda au chauffeur de l'attendre le temps de déposer ses bagages, puis donna l'adresse du FBI. Elle regretta vite de n'avoir pas pris le temps de se doucher ; fin juin à Washington, il faisait aussi chaud qu'au mois d'août partout ailleurs, et quand le taxi l'arrêta devant le bâtiment de Hoover, sur Pennsylvania Avenue, elle se sentait moite et sale comme un vulgaire torchon.

Le bâtiment qui abritait le quartier général du FBI à Washington était un bunker en béton, sorte de tétraèdre de guingois qui occupait tout le pâté de maisons entre la 10e et la 9e Rue et s'étendait à l'arrière jusqu'à E. Street. Dès son achèvement, peu avant la mort de J. Edgar Hoover, l'énorme monument au coût odieusement exorbitant qui portait le nom de son créateur avait été qualifié de grille-pain géant surmonté de deux tartines, d'une râpe à fromage martienne et surtout de deux hectares d'exemple à ne pas suivre. Tout le monde s'accordait à dire qu'il s'agissait là d'une monstruosité. Conformément aux restrictions, l'immeuble ne dépassait pas six étages sur Pennsylvania Avenue, mais on en avait ajouté quatre autres à l'arrière, créant ainsi sur la face nord une saillie vertigineuse qui semblait sur le point de tomber à tout moment dans la rue en contrebas. De l'extérieur, la grossière façade en béton évoquait une forteresse imprenable. A l'intérieur, c'était un labyrinthe de couloirs beiges percés de portes grises, une ruche de sept mille cinq cents employés.

La petite entrée utilisée par les agents spéciaux et par les visiteurs attendus était située sur Pennsylvania Avenue, aussi loin que possible de l'entrée principale de E. Street qu'empruntaient toutes les heures les groupes de touristes. Jay pénétra dans le hall à la fraîcheur accueillante, meublé comme un salon d'hôtel de luxe avec ses canapés, ses tables basses et ses fauteuils confortables. Une paroi en verre donnait sur une petite cour intérieure en briques où coulait une fontaine encadrée de bancs. Aucune porte n'ouvrait sur la cour, et depuis qu'elle y venait, Jay n'avait jamais vu personne sur les bancs ; elle ignorait même comment on accédait à la cour. Comme souvent avec le FBI, c'était sans doute pour la frime.

Un bureau d'accueil faisait face à l'entrée, flanqué d'une grande glace murale. C'était, Jay le savait, une glace sans tain derrière laquelle des agents de sécurité surveillaient les visiteurs. Il y avait aussi des portraits encadrés de Hoover, du président des États-Unis, et de l'Attorney General. Le portrait de Hoover était vissé au mur, tandis que ceux du Président et de l'Attorney General étaient simplement accrochés. Deux ascenseurs équipaient le mur de gauche. En entrant, Jay remarqua que le hall était désert à part les gardes en civil de la réception. Elle se présenta à l'accueil, montra sa carte d'identité plastifiée et son badge, et signa le registre. Un garde actionna un bouton caché sous le bureau ; les portes d'un ascenseur s'ouvrirent sans bruit. Jay y entra et descendit au premier sous-sol.

Le laboratoire du FBI occupait 44 km^2 dont la plupart au troisième étage. Les techniciens et les experts qui y travaillaient l'appelaient l'Aquarium, car les murs de leur laboratoire étaient en verre afin que les files ininterrompues de touristes puissent voir les défenseurs de l'ordre à l'œuvre. Les unités moins spectaculaires comme le CART étaient reléguées dans les bureaux du sous-sol, sortes de terriers à lapins au sol carrelé.

En sortant de l'ascenseur, Jay fila tout droit dans le salon sans fenêtre où elle fuma une cigarette, puis se servit un café à la machine. Elle emporta le gobelet en plastique, et longea plusieurs couloirs tortueux avant de parvenir à destination. Plafonds bas, éclairage au néon, l'unité du CART était un ensemble d'une dizaine de cubes répartis autour d'une vaste salle équipée de centraux d'ordinateurs.

Dans chaque bureau, les terminaux étaient reliés au central du CART ainsi qu'à ceux du VICAP, du National Crime Information de Quantico, et même aux équipements plus sophistiqués du nouveau bâtiment voisin de la Division d'Ingénierie. Bien qu'enterré au sous-sol, le CART renfermait certaines des technologies les plus performantes du Bureau. Contrairement à la croyance populaire, le FBI était singulièrement attardé en matière d'informatique.

En haut, à l'Identification et dans les services administratifs, les dossiers étaient encore conservés sur papier, et la plupart des bureaux régionaux étaient toujours affreusement sous-équipés. Mais grâce à son propre ordinateur, Jay avait parfois l'impression d'être en relation avec le monde entier. La décoration était inexistante, les néons lui donnaient la migraine, le café était infect, mais elle n'aurait échangé sa place pour rien au monde.

Comme d'habitude, la salle de l'unité centrale était un capharnaüm. Des piles de bandes magnétiques encombraient les chariots ; les étagères croulaient sous d'épais manuels pour les milliers de systèmes et de programmes différents ; les bureaux métalliques qui jalonnaient le pourtour de la pièce disparaissaient sous les rames de papier listing entortillées dans tous les sens.

Dans la pièce extérieure, assis devant le moniteur géant, Jack Prine, le spécialiste du vieillissement du CART, armé d'un crayon léger, rajoutait des années sur la photo floue d'une fillette de huit ou neuf ans. Une livreuse de lait, sans doute kidnappée des années auparavant. Prine actualiserait sa photo, mais Jay savait que les chances de retrouver la fille étaient statistiquement nulles.

Prine leva la tête quand Jay entra dans la pièce. Il sourit.

– Content de te revoir, Fletcher. Tu as l'air nase.

– Tu peux parler ! risposta Jay.

Du temps de J. Edgar, un agent spécial comme Prine aurait été viré sur-le-champ. Ses mèches de cheveux blonds dépassaient de son col de chemise, la blouse blanche qu'il portait par-dessus son costume fripé était maculée de taches de café, et il refusait de mettre autre chose que des lavallières. C'était le genre d'agent dont le Bureau se serait bien passé mais, tant qu'il restait planqué au sous-sol, personne n'y trouvait à redire car il était, et de loin, le meilleur infographiste de l'équipe. Sa technique de vieillissement par ordinateur était d'une précision redoutable, et la qualité de son graphisme avait permis de résoudre au moins une dizaine d'affaires criminelles.

– Langford te cherche, annonça-t-il. Ou son ulcère le reprend, ou quelqu'un a pissé dans ses cornflakes.

– Ah !

Charles Langford était le directeur adjoint du CART, le supérieur direct de Jay. Veuf grisonnant proche de la soixantaine, père de deux filles adultes, Langford avait consacré sa vie au Bureau et cela se voyait. Il avait franchi un à un tous les échelons de la hiérarchie jusqu'à son poste actuel, récoltant au passage un ulcère et une poignée de décorations.

Langford ne connaissait pratiquement rien en informatique, mais au début des années 70 il avait été l'un des premiers responsables du Bureau à soupçonner l'importance de la technologie des microprocesseurs et les promesses qu'elle laissait entrevoir dans la sphère du maintien de l'ordre. La création du CART résultait directement de cette prémonition, et on considérait dorénavant Langford comme le grand manitou de l'informatique du Bureau. Des rumeurs prétendaient qu'il avait placé son argent en fonction de ses visions futuristes et qu'il avait investi très tôt dans Microsoft Corporation, ce qui expliquait son goût pour les costumes de luxe et la grande villa qu'il possédait à Chevy Chase. A moins qu'il n'ait mis la main sur les dossiers secrets de J. Edgar Hoover.

– Il veut te voir dès ton arrivée, grimaça Prine. C'est pas une façon de commencer la semaine, Jay. Tu m'en vois navré.

– Il veut sans doute que je lui explique l'affaire des hôtesses de l'air.

– Ça m'étonnerait. Il y a du meurtre dans son regard. Ça va barder.

Le bureau de Charles Langford se trouvait au bout d'un petit couloir qui partait du fond de la grande salle. Un an ou deux auparavant, un plaisantin avait épinglé sur la porte une version parodique des avis de recherche du FBI – l'affiche comportait trois visages : ceux d'Anthony Hopkins, de Jodie Foster et de Jimmy Offa. Contre toute attente, Langford, pourtant connu pour son manque absolu d'humour, n'avait pas déchiré l'affiche. Jay frappa doucement à la porte.

– Oui, aboya Langford, dont les morsures étaient redoutées.

Jay ouvrit la porte et entra. Il régnait dans le bureau de Langford la même pagaille que dans la salle de l'ordinateur central. Le bureau croulait sous les listings, des piles de rapports gouvernementaux trônaient sur les classeurs métalliques, et derrière le fauteuil de Langford, le tableau disparaissait sous trois couches de notes de service. Langford, qui griffonnait sur un calepin, leva la tête quand Jay entra.

– Vous vouliez me voir, monsieur ?

Langford la dévisagea sans aménité.

– Vous avez déconné, dit-il sans préambule.

– Pardon ? fit-elle, surprise, ignorant que ce mot faisait partie du vocabulaire de son patron.

– L'affaire des hôtesses. Comment s'appelle-t-il déjà ?

– Dennis Lloyd Shaw.

– Hier soir, j'ai passé vingt minutes au téléphone avec Barney Silkwood. Il a reçu une notification de l'avocate de Shaw. Elle veut que le juge conclue à un vice de forme.

– Sur quelle base ? demanda Jay, atterrée et soudain nerveuse.

– Qui était votre contact avec la police de Los Angeles ?

– Un dénommé Stearns. Un lieutenant de la Criminelle.

– Est-ce qu'il s'y connaît en informatique ?

– Non, et c'est pour ça qu'on a fait appel à moi.

– C'est donc vous qui vous êtes introduite dans l'ordinateur des réservations à Tulsa ?

– C'est exact. Dans le programme SABRE.

– Et vous aviez fait toutes les démarches nécessaires ? Autorisation, mots de passe ?

– Oui, bredouilla Jay, qui déglutit péniblement.

– D'après l'avocate de Shaw, vous vous êtes introduite dans le programme SABRE une première fois à quatorze heures quinze, le 29 mai. C'était un dimanche.

– Je ne me souviens plus de la date exacte.

Comment diable a-t-elle su ?

– Ça ne m'étonne pas, renifla Langford. Apparemment, votre ami le lieutenant Stearns a une meilleure mémoire.

– Ah ?

– L'avocate de Shaw l'a travaillé, et il a craqué. Il lui a raconté toute l'histoire en détail.

Merde.

– Vous devriez peut-être m'expliquer clairement la nature du problème, bluffa Jay.

Comme si je ne le savais pas.

– Le problème, c'est que vous n'avez pas obtenu l'autorisation des gens de Tulsa avant le mardi 31 mai. Que vous ayez pêché vos informations deux jours avant d'y avoir été autorisée compromet les preuves que vous avez dénichées par la suite. C'est une maladresse et une erreur, Fletcher. C'est inadmissible.

– L'avocate de Shaw a-t-elle d'autres preuves que le témoignage de Stearns ?

– Vous pouvez parier votre chemise, Fletcher.

– Je n'y crois pas, répondit platement Jay.

Elle avait utilisé une « trappe » cachée pour s'introduire dans l'ordinateur SABRE et s'était servie d'un petit programme malicieux pour effacer les traces de son effraction. Samantha Rhodes n'avait aucun moyen de savoir qu'elle s'était introduite dans l'ordinateur sans les autorisations adéquates.

A moins que Mike Stearns n'ait pris des notes pour se couvrir.

– Niez-vous avoir eu accès à l'ordinateur sans avoir prévenu les gens de Tulsa ?

Jay toisa Langford. Il soutint son regard, lèvres pincées, le front plissé sous l'effet de la colère. Elle était dans la mouise jusqu'au cou. Il était temps de faire machine arrière et d'accepter n'importe quel compromis. De toute façon, si Stearns ne la soutenait pas, elle était foutue.

– Non, je ne le nie pas.
– Grands dieux !
– Mais je ne crois toujours pas qu'elle ait une preuve tangible.
– Est-ce que ça compte vraiment ? tonna Langford. L'avocate de Shaw est au courant, nom d'un chien ! Preuve ou pas, le juge va vous demander de déposer. Pour vous en sortir, vous devrez mentir sous serment. C'est un parjure. Êtes-vous prête à cela, Fletcher ?

Elle secoua la tête. Langford avait raison. D'une manière ou d'une autre, Rhodes avait découvert les manœuvres de Jay et maintenant elle hurlait à la trahison. Si Jay s'entêtait et qu'il s'avère par la suite que Rhodes possédait malgré tout des preuves solides, ce serait le désastre.

– Entrer par effraction dans un ordinateur est un délit en soi, dit Langford. Une accusation de parjure aggraverait votre cas.
– Quelles sont les options ? demanda Jay. L'avocate de Shaw a-t-elle l'intention de jouer les méchantes ?
– Silkwood a déjà eu un entretien préliminaire. La police de Miami a coincé Shaw pour le meurtre de la dernière femme – traces de sang, de sperme, fibres, etc. L'avocate veut faire jouer la clause de responsabilité atténuée pour ce crime et exige l'abandon des autres charges. Shaw fera une peine, mais il ne restera pas en prison toute sa vie.
– Il n'y a pas d'autres solutions ?
– Non.

Il s'ensuivit un long silence oppressant.

– Merde, lâcha enfin Jay. Il va écoper de vingt ans et il n'en fera que huit.
– Exactement, acquiesça Langford, qui laissa tomber son stylo. C'est ce que je disais, Fletcher, vous avez déconné. Au moins, comme ça, nous pourrons balayer vos conneries sous l'armoire.
– Je suis désolée.

C'était là, bien sûr, une piètre réponse, mais que dire d'autre ?

– Ça ne suffit pas, Jay, dit Langford, radouci. Nous avons déjà failli nous retrouver dans cette situation quand vous vouliez tenter le test C-Bix, vous vous rappelez ?
– C'était différent, protesta Jay.
– Non, c'était la même chose. Exactement la même chose. Vous vouliez vous servir de votre programme dans une zone urbaine de taille moyenne et passer au crible toutes les données pertinentes – crimes sexuels locaux, incendies criminels, agence de crédit, IRS[1], dossier d'adoption, internements psychiatriques, casier judiciaire des mineurs,

1. Internal Revenue Service. Équivalent du FISC. *(N.d.T.)*

la totale. Tout ce qui concernait les éventuels suspects ou les futurs criminels.

– Je pense toujours que j'avais raison, objecta Jay. Nous aurions pu dresser une liste de suspects avant que les crimes ne soient commis. Nous aurions pu sauver des vies humaines.

– Et au passage, violer les droits constitutionnels de tous les suspects de votre liste.

– Je croyais que nous combattions la criminalité.

– Oui, mais nous sommes censés le faire en respectant les règles. Les droits civils de Ted Bundy ont été préservés jusqu'au bout, jusqu'au moment où nous l'avons fait griller sur la chaise électrique. Ou vous acceptez cela, ou vous démissionnez du Bureau, Jay.

– C'est donc un jeu, dit-elle, accablée. (Privée de son travail, elle n'était plus rien. Autant être morte.) Juste un jeu.

– Non, Jay, soupira Langford. C'est la loi. Depuis quand travaillez-vous dans le service, Jay ?

– Cela fera six ans en septembre.

– Il est peut-être temps de prendre des vacances.

Il laissa sa suggestion en suspens. Comprenant vers quoi la discussion débouchait, Jay blêmit.

– Vous voulez que je démissionne ? demanda-t-elle, froissée.

Elle se mordit la lèvre, lutta farouchement contre les larmes. Non, elle ne pleurerait pas.

– Cela ne sera pas nécessaire, répondit Langford après un long silence. Mais cette histoire ne va pas disparaître comme par magie. Il y aura des retombées. Je peux y faire face, mais je ne veux pas que vous soyez dans la ligne de mire.

– Où voulez-vous en venir ?

– Je pense à un transfert. Un détachement.

Un détachement ? Jay sentit le sol se dérober.

– Détachée où ? demanda-t-elle enfin.

– A Santa Fe, au Nouveau-Mexique. Vous travaillerez avec un certain Cruz.

– Nous n'avons même pas d'agence là-bas. Juste un correspondant.

– Je vous l'ai dit, c'est un détachement. Cruz organise un service d'investigation sur les pyromanes. Il a demandé notre aide pour l'aspect informatique du problème.

– Les pyromanes ? hoqueta Jay. Il travaille pour les pompiers ? (Elle dévisagea Langford sans comprendre.) Je suis flic, pas pompier. Je ne peux pas accepter.

– On dresse les profils des pyromanes comme ceux des tueurs en série, Jay. C'est la même chose. (Il se pencha en avant, le front plissé.)

C'est un travail important qui tombe sous le mandat du Bureau, et pour l'instant je n'ai rien de mieux à vous proposer.

– A moins que je ne démissionne.

C'était une menace en l'air, et tous deux le savaient. Langford soupira.

– Si vous faites ça, vous redevenez une citoyenne ordinaire, agent Fletcher. Je ne pourrai plus vous couvrir... ni vous protéger de gens comme l'avocate de Shaw. Au moins, avec ma solution...

Il n'acheva pas sa phrase et observa la réaction de Jay. Les cartes étaient sur table. Ramasse ta mise ou tente le diable, comme dit la chanson.

Pour éviter les ennuis, le Bureau se débarrasse de la brebis galeuse en l'expédiant dans un trou pourri.

– Quand ? demanda Jay d'une voix éteinte.

– J'ai prévenu Cruz que vous seriez là-bas dans une semaine, mais je ne veux plus vous voir ici dès cet après-midi.

– C'est de la chirurgie préventive ?

– Prenez-le comme vous voulez.

Elle respira profondément et exhala lentement. Elle s'aperçut qu'elle tenait encore le gobelet de café en plastique. Elle eut envie de le lancer à la face de Langford, mais se ravisa, hocha la tête et accepta l'inévitable.

– Entendu, fit-elle en s'en allant.

La voix de Langford l'arrêta.

– Jay ?

– Monsieur ?

– Ce n'est pas définitif, Jay. Vous avez fait du bon travail pour le service. Nous garderons votre place au chaud.

– Merci, marmonna Jay, puis elle sortit et referma doucement la porte derrière elle.

Elle rentra chez elle. Depuis qu'elle travaillait au quartier général, elle habitait un appartement au second étage d'un immeuble de grès brun qui donnait sur Lincoln Park, dans la 13e Rue, à East Capitol. Elle n'avait pas placé son argent dans Microsoft comme Langford, mais l'appartement à loyer contrôlé était un aussi bon investissement. A deux kilomètres à peine du Capitole, le quartier avait autrefois abrité des Noirs pauvres, mais les temps avaient changé, les Noirs avaient été repoussés de plus en plus loin, vers le RFK Stadium et le périphérique. C'était devenu un havre pour petits-bourgeois blancs. A présent, Lincoln Park grouillait de vendeurs de crack, au lieu de voyous et de pickpockets, et de leur clientèle formée de cadres du Congrès et d'employés de bureau.

L'appartement comprenait cinq pièces, toutes peintes dans une nuance différente de jaune, sa couleur préférée. La fenêtre du salon donnait sur des châtaigniers et des magnolias, la statue de Lincoln brandissant la proclamation émancipant les esclaves noirs, et on apercevait dans le lointain le dôme du Capitole.

Comme pour le reste de l'appartement, Jay avait meublé le salon peu à peu, canapé bordeaux des années 70 qu'elle avait dégotté dans une vente aux enchères juste après avoir installé la chaîne stéréo Nakamichi ultramoderne qu'elle s'était offerte pour Noël. Il y avait aussi une collection de fauteuils confortables, des petits tapis orientaux, et des étagères de livres.

Il y avait deux chambres, toutes deux meublées avec simplicité, la plus petite servant de chambre à coucher, la plus grande abritant son matériel informatique et des étagères. Un étroit couloir menait vers la salle de bains et la cuisine adjacente. Hormis une gravure d'un artiste inuit que sa sœur lui avait donnée, seules des affiches de cinéma décoraient les murs.

Il faisait une chaleur étouffante dans l'appartement qui n'avait pas été aéré depuis plus d'un mois. Nadine, sa voisine du dessous et sa compagne de jogging, avait oublié d'arroser les plantes, mais Jay n'en était pas étonnée. Infirmière, Nadine travaillait en chirurgie au Capitol Hill Hospital et, quand elle ne faisait pas d'heures supplémentaires pour payer les traites de sa nouvelle Miata, elle recevait une file ininterrompue d'amants, obsédée qu'elle était par l'idée de se trouver un mari médecin.

Jay glissa une cassette de Pachelbel dans le Nakamichi, haussa le volume, et alla ouvrir toutes les fenêtres, puis elle passa dans sa chambre, se déshabilla et se rendit dans la salle de bains. Elle régla le mitigeur de la douche sur l'eau tiède, enjamba la baignoire et se mit à hurler tout en martelant la cloison en fibre de verre à coups de poing. Comme cela ne la calma pas le moins du monde, elle entreprit de se laver la tête.

La cassette était terminée quand elle sortit de la douche.

Tout en s'essuyant devant la glace en pied fixée sur la porte de la salle de bains, elle s'examina d'un œil critique. Taille moyenne, poids moyen, cheveux ordinaires. Des seins trop petits, des hanches trop étroites, des jambes trop maigres. En revanche, une toison pubienne fournie, et des pattes d'oie en abondance.

Mécontente de ce qu'elle voyait, Jay lança la serviette mouillée dans le panier à linge sale et retourna au salon. Il faisait toujours chaud, mais au moins des courants d'air circulaient. Elle regarda par la fenêtre. Si un mateur l'observait avec des jumelles, que grand bien lui fasse. Elle s'approcha de la bibliothèque et examina les livres.

« Qu'est-ce que je sais du Nouveau-Mexique ? » se demanda-t-elle à voix haute. Rien, sinon ce qu'elle avait lu dans les romans de Tony Hillerman, et elle doutait que les exploits de Jim Chee et de Joe Leaphorn l'aident à imaginer ce qui l'attendait dans son nouveau poste. Après plus de dix ans au Bureau, sa passion pour les romans policiers s'estompait. Le meurtre avait cessé d'être pour elle un mystère ; c'était une horreur banale et quotidienne, cause première d'un cynisme croissant qui commençait à l'effrayer. Charlie Langford avait peut-être raison, il était temps qu'elle change d'air.

Elle tomba sur *The Story of the Amulet* de E. Nesbit, un conte victorien pour enfant qu'elle avait lu des dizaines de fois. Elle prit le vieux livre de poche écorné, l'emporta dans sa chambre et s'écroula sur le lit, rafraîchie par le courant d'air qui séchait sa peau encore mouillée. Elle brancha le ventilateur sur sa table de chevet et se plongea dans la lecture. Le livre, qui traitait des exploits d'une famille d'enfants londoniens voyageant à travers le temps, d'une amulette magique, et d'une sorte de singe appelé Psammead (le P ne se prononçait pas), ne réussit pas à la distraire. Il lui tomba des mains au bout de quelques minutes. Elle cala sa tête sur son oreiller et contempla le plafond, bercée par le bourdonnement du ventilateur.

Ils trouvent toujours les failles, se dit-elle. Les violeurs, les tueurs, les pervers sadiques. Il y a toujours un point faible ou un vice de forme. La plupart des affaires ne vont même pas devant les tribunaux.

Elle revit le visage de Dennis Lloyd Shaw, qui se superposait à ceux d'une sinistre série remontant jusqu'à Bobby Robson, le play-boy de Tomahawk. Il aurait pu avoir n'importe quelle fille, quel besoin de violer la maigrichonne Janet Louise ? C'était ridicule. Le flic qu'elle avait appelé avait eu du mal à garder son sérieux. Bobby aussi. Toute la ville en avait ri... mais pas Janet. Elle n'avait pas réussi à voir l'aspect comique de la chose.

Elle se souvint de la petite fille maigre, au corps ingrat... humiliée. Et personne n'avait voulu l'écouter, personne pour l'aider à passer cette affreuse nuit. Ah, on l'écoutait maintenant, pas toujours mais souvent. Elle était loin la petite fille qui tremblait et sanglotait dans la pièce nue, il n'était pas né le fumier de violeur qui s'en tirerait en lui riant à la figure. C'était peut-être pour cela que l'agent recruteur n'avait eu aucun mal à la convaincre. « Bordel ! » Elle rit faiblement, posa une main sur son ventre et appuya fort.

Pourquoi pas ?

Le ventilateur bourdonnait. Elle résista un moment, puis céda. Elle roula sur le côté, ouvrit le tiroir de la table de chevet et y plongea la main.

5

Assis derrière le bureau du cabinet qu'il venait de louer, l'homme qui se faisait appeler le Dr Henry B. Saunders examinait à la loupe les photographies qu'il avait prises dans la maison d'Ellen Putnam. Comme il avait utilisé le déclenchement automatique du Nikon, les photos étaient loin d'atteindre la perfection professionnelle, mais elles n'en demeuraient pas moins suffisantes pour l'usage qu'il comptait en faire.

Comme l'odieux petit employé du magasin de photos lui avait grossièrement demandé pourquoi il désirait tant de clichés d'une maison vide, Saunders, ravalant une réplique mordante, lui avait aimablement expliqué qu'il en avait besoin pour l'assurance. La réponse avait semblé satisfaire l'indiscret. Vingt ans plus tôt, quand Saunders débutait dans la carrière, l'employé aurait payé cher sa curiosité déplacée, mais Saunders se contrôlait mieux désormais, et il savait concentrer son énergie avec une efficacité maximale. La thérapie lui avait au moins servi à cela.

Saunders abandonna son examen des photos et pivota sur sa chaise. Situé au dixième étage d'un immeuble d'East Colfax Avenue, le minuscule cabinet meublé possédait une vue agréable sur le capitole et sur la verdure qui entourait le complexe du Centre Civique. Le cabinet était proche de l'angle du bâtiment et, en tendant le cou, Saunders pouvait même apercevoir la chaîne de montagnes qui s'élevait à l'ouest. C'était un centre d'opérations parfait, loin de la maison de Curtis Park, et quand il aurait terminé son travail à Denver, ce serait l'endroit idéal pour commencer un nouveau cycle d'activités.

Le matin, il avait apporté son matériel, débranché la ligne téléphonique et installé son ordinateur portable de Texas Instruments. Grâce à lui, il pouvait se mettre en quête d'une nouvelle identité. Il avait, pour ainsi dire, besoin de renouveler sa garde-robe, car le costume du Dr Saunders commençait à s'user aux poignets et au col. Il comptait laisser son ordinateur branché vingt-quatre heures sur vingt-quatre, et utiliserait un ordinateur identique dans son appartement en sous-sol quand il ne serait pas au cabinet.

Il y avait bien sûr une autre raison à cette base, loin de Curtis Park ; le hasard et la loi des probabilités finiraient par attacher à ses pas un enquêteur plus efficace que ceux auxquels il avait eu affaire dans le passé, un limier qui aurait l'idée d'éplucher d'un œil froid les relevés téléphoniques du locataire d'Ellen Putnam. Grâce à ses deux ordinateurs, ces relevés ne montreraient qu'une liste d'appels vers le cabinet, car le portable TI possédait un programme qui effaçait toutes ses connexions par modem avec Internet et les autres courriers électroniques. Une page blanche et une impasse. De quoi embrouiller ses ennemis.

Il regarda en souriant les minuscules silhouettes des touristes déambuler devant le capitole. *Une page blanche*. Son thérapeute utilisait souvent cette expression. Quand était-ce déjà ? Après le Viêt-nam ? A l'époque, sous le nom de Jackson, il était brancardier à la base aérienne Tan Son Hut de Saigon. Il avait dérobé la plaque d'immatriculation d'un mort, un Noir devenu encore plus noir quand son hélicoptère de combat s'était écrasé en flammes. C'était la belle vie. La mort et les plaisirs qui l'accompagnent étaient alors aussi accessibles et banals qu'un repas au McDonald.

A la fin, c'était même trop facile, et il s'était de nouveau métamorphosé pour rentrer au pays avec une modeste poignée de médailles et une réforme pour raisons psychiatriques. La thérapie avait constitué le prix à payer pour une démobilisation rapide. Au début, il avait rechigné, mais il avait fini par tirer profit des séances malgré l'irritation qu'elles provoquaient chez lui. Il sourit de nouveau. C'était si loin. Saunders ne se souvenait même plus du nom de son thérapeute, encore moins où il l'avait enterré. Il hocha la tête, le sourire aux lèvres, et reporta son attention sur les photographies. Quelle était cette citation d'un mourant ? Tant de choses à faire, et si peu de temps à vivre.

Dans le cabinet du psychiatre du Capitol Hill Hospital, Jay Fletcher se fustigeait mentalement d'avoir suivi les conseils de Nadine. En plein déménagement pour Santa Fe, elle n'avait pas de temps à perdre à ces sottises, mais après sa crise du lundi soir où elle avait passé deux heures à pleurer et à casser de la vaisselle, elle avait fini par céder à son amie. D'après Nadine, cela ne pouvait pas lui faire de mal et, au pire, elle s'en tirerait avec une ordonnance de Prozac.

Quinze bons kilos de trop, affublée d'une robe rétro mi-Woodstock mi-New Age, des cheveux gris jusqu'à la taille, la psy était une caricature du politiquement correct. Dès les cinq premières minutes, Jay avait appris qu'elle ne se définissait pas comme un psychiatre, mais plutôt comme une sorte de guérisseuse des « plaies invisibles de l'âme ». Jay se demanda si elle considérait les criminels psychotiques comme des « mentalement décentrés ».

Le cabinet était en totale harmonie avec l'accoutrement de cette femme. Des tons apaisants, quelques grands et mystérieux macramés accrochés aux murs, et une forêt de plantes près de la fenêtre qui donnait sur Constitution Avenue. A la place du bureau, elle avait un autel mal décapé, et à la place du divan un énorme fauteuil en osier qui grinçait et craquait dès que Jay esquissait le moindre mouvement. Une demi-douzaine de tapis mexicains recouvraient le linoléum d'un vert terne et conventionnel.

Elles avaient discuté pendant presque une heure et Jay ne voyait toujours pas où cela la menait. La psy parlait comme un prêtre délivrant l'extrême-onction, et Jay sentait ses paupières s'alourdir. Elle sursauta en s'apercevant qu'un long silence s'était installé. La psy lui avait posé une question.

– Pardon ? fit Jay.

La psy ne lui reprocha pas de s'être assoupie.

– Je disais que j'étais étonnée que vous vous soyez adressée à moi. Je croyais que le FBI avait ses propres psychiatres.

– C'est exact, mais je ne voulais pas voir quelqu'un du Bureau.

– Pourquoi ?

– J'ai assez d'ennuis comme ça. Je ne veux pas leur donner de munitions.

Et en allant voir un psychiatre de son choix, elle pouvait repousser celui que le FBI risquait de lui imposer. Quitte à devenir folle, elle préférait le faire à sa manière. Bizarrement, elle commença à apprécier la séance, gris-gris New Age ou pas. Au moins, elle avait quelqu'un à qui parler.

– Vous disiez que vous aviez peur d'être forcée à démissionner.

– Ça résoudrait pas mal de problèmes pour tout le monde.

– Sauf pour vous.

– Oui, sauf pour moi. (Elle comprit le sous-entendu.) Ce n'est pas moi qui suis parano, docteur, c'est le FBI. C'est la règle de base : ne pas créer d'ennuis au Bureau. Quelqu'un a même écrit un livre là-dessus.

– Qu'avez-vous ressenti à l'idée de démissionner ?

– J'étais terrifiée. Je n'aurais pas su quoi faire de ma vie. Je n'ai rien d'autre dans la vie.

– C'est peut-être cela le problème. Vous vous êtes trop investie dans votre travail.

– Ce n'est pas en sortant ni en prenant un amant que ça changera, docteur, croyez-moi.

– Je n'ai pas parlé d'amant. (La psy étudia les notes qu'elle avait jetées sur son calepin.) Vous semblez considérer votre affectation au Nouveau-Mexique comme une punition. Vous devriez envisager les choses de manière plus positive. Un nouveau mode de vie, l'occasion de voir les choses différemment.

La psy avait peut-être raison, mais Jay gardait malgré tout l'impression qu'on l'envoyait en exil.

– Les choses ? dit-elle. Il n'y a qu'une chose qui me chiffonne, docteur. Mon boulot est d'arrêter les salauds. Quand je le fais, le système les relâche. Il y a environ deux ans, nous avons serré un type qui prenait son pied en sodomisant les petits garçons avec une bouteille de Coca-Cola. Il s'est trouvé un psy qui a prétendu que sa conduite s'expliquait par le fait qu'il avait été lui-même violé étant petit. Il a pris cinq ans, et il est sorti au bout de six mois en liberté surveillée. Que faire contre ça, docteur ? Seigneur, comment accepter une chose pareille ?

– Vous parlez de maîtrise de soi.

– Exactement. Et j'ai bien peur de la perdre.

– Que croyez-vous qu'il adviendrait si vous perdiez le contrôle, Jay ?

La psy cherchait à la rassurer, à l'apaiser. C'était mieux que rien.

– C'est justement le problème, docteur. Je ne sais pas ce qui se passerait.

– Et cela vous effraie ?

– Oui.

Ah, docteur, vous n'avez pas idée !

– Avez-vous pensé à ce que vous pourriez faire pour modifier cette peur ? Pour ressentir les choses différemment ?

Le double choix. Yin yang. Blanc noir. Oui non. Exactement comme un ordinateur. Prendre un flingue et me faire sauter la cervelle ou entrer dans la pâtisserie la plus proche et tirer au hasard.

– Oui, j'y ai pensé, et cela m'effraie aussi.

– Pourquoi ? A quelles conclusions êtes-vous parvenue ?

– Aucune. Je ne me vois pas d'avenir. Je me vois au bord d'un grand trou noir. (Elle esquissa un faible sourire.) L'angoisse de la chute.

– Mais vous pouvez encore plaisanter, remarqua la psy, qui lui renvoya son sourire.

– Je plaisante devant...

Il y eut un bref silence entrecoupé des grincements du fauteuil. Jay résista à l'envie d'envoyer bouler l'affreux siège et de sortir en courant.

– Oui ? fit prudemment la psy. Vous plaisantez devant quoi ?

– Je ne sais pas.

Menteuse.

– Évidemment, il y a autre chose à prendre en considération, dit la psy.

– Quoi ?

– Votre âge.

– Je n'ai pas encore quarante ans, docteur. Un peu jeune pour ce genre de tournant existentiel, vous ne croyez pas ?

– Je pensais à un tournant plus... physique.

Le rire de Jay résonna dans la pièce.

– Je suis un peu jeune pour la ménopause, non ?

– Pensez-y tout de même. Un stress intense présente souvent la même pathologie.

– Mes menstruations sont réglées comme une pendule depuis ma puberté, docteur. (Elle se passa un doigt sur la lèvre supérieure.) Vous voyez ? Je n'ai pas non plus de moustache. Et pas de bouffées de chaleur.

Pas de mari, pas d'enfants, pas d'amant. Un baiser de Judas de Stearns à l'aéroport. Pas étonnant que je sois déprimée.

La psy portait autour du cou une vieille montre de gousset suspendue à un lacet de cuir. Elle y jeta un coup d'œil puis déclara d'un air soucieux :

– La séance est presque terminée. Comme nous ne pourrons pas établir une relation thérapeutique durable, je ne peux malheureusement pas grand-chose pour vous... Toutefois, je peux vous prescrire un antidépresseur, si vous croyez que...

Jay la coupa vivement avant d'avoir le temps de changer d'avis.

– Non, merci, docteur. Mon patron m'a envoyée au vert, mais je porte toujours mon revolver. Les armes à feu et les drogues ne font pas bon ménage.

– Oui, je vois, opina la psy, avec son visage de chaman énigmatique.

Elle ne voyait pas du tout, bien sûr, mais elle scruta attentivement Jay en se demandant où elle cachait son arme. Puis elle se leva et tendit une main que Jay serra machinalement.

– Encore merci, docteur. Croyez-le ou pas, mais vous m'avez été d'une grande aide.

Ne me laissez pas partir là-bas toute seule, docteur. Pas tout de suite. J'aurais peut-être dû accepter les antidépresseurs, finalement.

– Je l'espère. Bonne chance, Jay. N'hésitez pas à m'appeler... Vous avez ma carte.

– Merci. Ça ira.

Menteuse. Menteuse. Arracheuse de dents...

En sortant du cabinet, le 9 mm Browning qu'elle portait dans un étui sous l'aisselle lui parut glacé et pesant.

Charles Langford pilotait sa Saab dans les embouteillages de fin d'après-midi. Il se dirigeait vers l'université de Georgetown. Dans la terminologie du Bureau, la Saab était un « VéPé », ou Véhicule Privé, par opposition au « VéBu », appellation réservée aux véhicules du parc automobile du FBI. Les caciques du Bureau voyaient d'un mauvais œil l'usage de véhicules privés, mais Langford aurait fait n'importe quoi pour éviter la suspension rigide des VéBu. Il avait abandonné depuis longtemps le remboursement des notes d'essence et du kilométrage, mais ses dépenses étaient largement compensées par ce qu'il économisait en honoraires de chiropracteur.

Bloqué au feu rouge du carrefour de N. Street et de Wisconsin Avenue, il jeta un œil sur l'épaisse enveloppe de papier kraft posée sur le siège du passager. Elle était arrivée le jour même de l'agence de Phoenix, et avant d'en lire le contenu sinistre Langford savait déjà exactement ce que l'enveloppe renfermait. Au centre, un autocollant imprimé précisait :

William DeMille Hawkins
Département de Criminologie, Université de Georgetown
c/o Agent Spécial Responsable
Federal Bureau of Investigation
Phoenix, Arizona

Le feu passa au vert et Langford démarra en pensant à la lettre et à l'homme qui l'avait expédiée.

Bill Hawkins avait débuté sa carrière dans la police militaire à Saigon vers la fin des années 60. De retour au pays, ayant choisi de rester dans l'armée, il rejoignit la Section des Enquêtes criminelles – le CID – et finit par déboucher sur une voie de garage, un poste de bureau au quartier général à Falls Church, en Virginie. Entre-temps, il avait obtenu une maîtrise en criminologie et, son diplôme en main, il quitta l'uniforme pour s'engager au FBI en 1976.

Il fut aussitôt affecté au tout nouveau Département des Sciences comportementales – le BSU – comme enquêteur et passa les trois années suivantes à parcourir le pays afin d'interviewer une infâme panoplie de tueurs en série, violeurs, meurtriers de masse et assassins d'enfants ; il réunit ainsi une somme d'informations qui servit à créer le programme de profilage du BSU – une science dans la fleur de l'âge qui consistait à établir un profil physique et psychologique des éventuels suspects – et fut ensuite utilisée pour la fondation du NCAVC, le Centre national pour l'analyse des crimes de sang. Ce fut à cette époque qu'il rencontra Charles Langford avec qui il se lia d'amitié, une amitié qui ne s'était jamais démentie.

En 1979, il avait été nommé agent spécial et, les neuf années suivantes, ayant travaillé dans diverses agences, devenant finalement adjoint à l'agent spécial responsable de l'agence départementale de Washington. En 1988, sa carrière au FBI avait connu une fin abrupte, et il avait pris sa retraite avec une pension d'invalidité partielle.

Comme Langford et tous les autres agents spéciaux du FBI, Bill Hawkins était conscient des dangers inhérents à la profession, mais il n'était pas préparé pour l'accident stupide dû à une valve défectueuse de la bonbonne de gaz qui équipait son barbecue. L'engin lui explosa à la figure et lui emporta l'œil gauche. Incapable de passer l'épreuve physique de l'examen des agents de terrain, il se vit offrir divers postes administratifs tant à Washington qu'au QG. Il les refusa tous, et préféra prendre une retraite anticipée. Un an plus tard, soutenu par les chaudes recommandations de Langford et de certains amis du Bureau, Hawkins accepta un poste d'enseignant chargé de l'histoire de la criminalité à l'université de Georgetown.

Il continua de maintenir des contacts étroits avec le Bureau, travailla comme consultant pour le VICAP, le Programme d'étude des crimes de sang, tout en agrémentant ses cours à l'université d'un cours spécifique sur la littérature criminelle. Il profita de son passage à Georgetown pour écrire quatre livres, dont trois manuels universitaires et une histoire de Scotland Yard qui se maintint plusieurs semaines sur la liste des meilleures ventes du *New York Times*.

Un cinquième livre, qui retraçait l'historique de l'agence de détectives Pinkerton, devait sortir dans le courant de l'année, et la dernière fois que Langford avait parlé à son ami, un contrat pour un film était dans l'air. D'après Hawkins, c'était bien joli mais cela ne remplaçait pas le travail sur le terrain et, malgré ses récents succès, il rêvait de reprendre du service.

Langford vira dans la 37e Rue, puis franchit le portail du campus au carrefour d'O. Street. Il roula lentement dans les étroites allées qui serpentaient autour des bâtiments néogothiques, et finit par atteindre le bureau de Hawkins situé à la pointe sud-ouest du campus et qui donnait sur la verdure foisonnante d'Archbold Park. Il gara la Saab dans le parking réservé aux visiteurs et empoigna l'enveloppe.

– Tu l'as voulu, marmonna-t-il en descendant de voiture.

Quand Langford entra dans le bureau, Hawkins étudiait une grande carte des États-Unis épinglée au mur. Le retraité du FBI était un rondouillard bedonnant de taille moyenne aux cheveux blonds dégarnis qui formaient un V sur son large front tanné. Un bandeau trop grand recouvrait son œil gauche et une partie de sa pommette, il portait une chemise de batiste bleue sans cravate, un jean délavé, et une vieille paire de Dockside. Hawkins appelait cela son côté « pirate-cowboy à l'embonpoint naissant ».

– Salut, Charlie ! lança-t-il.

Il désigna un grand fauteuil à dossier rond en cuir rouge, près du bureau, puis s'assit lui-même. Langford examina la pièce. Elle n'avait pas beaucoup changé depuis sa dernière visite, sinon qu'il y avait encore davantage de livres. A part le bureau, la petite pièce haute de plafond comportait plusieurs tables, qui croulaient toutes sous des piles de bouquins. Des étagères, elles aussi bourrées de livres, mangeaient deux murs entiers. Derrière le bureau, deux fenêtres gothiques donnaient sur le campus, et le quatrième mur était recouvert de cartes, dont celle des États-Unis parsemée de grosses punaises rouges.

– C'est encore pire que la dernière fois, remarqua Langford.

Hawkins sourit, se cala sur sa chaise et allongea les pieds sur son bureau.

– C'est le chaos créatif, répondit-il. Ça va de pair avec la vie universitaire, et ça coûte le même prix.

– Des conneries, décréta Langford.

– Je réfléchis mieux dans le bordel.

– Encore des conneries. Tu es un plouc, Bill, et tu le sais très bien.

Hawkins coula un œil sur l'enveloppe que Langford avait posée sur ses genoux.

– J'imagine que ça vient du Glacier.

– Tu étais déjà au courant, sourit Langford. Je t'ai vu étudier la carte.

– Encore un ?

– Oui. Phoenix.

Hawkins renversa sa chaise en avant, ouvrit un tiroir et en sortit une boîte de punaises rouges. Il en prit une et alla l'épingler sur la carte à l'endroit approprié.

– Arizona, dit-il tranquillement.

Il se recula et examina l'effet. Les autres punaises étaient éparpillées de Seattle à Boston, de Cleveland à Miami. Il y en avait quatorze en tout.

– Un nouveau territoire de chasse, remarqua Hawkins.

– Pour l'instant.

Hawkins retourna s'asseoir.

– Vas-y, dit-il, raconte.

Langford sortit un calepin de la poche de sa veste et commença à le feuilleter.

– Un certain John Fuscianna a loué un appartement à Phoenix. Il a réglé trois mois d'avance, gaz et électricité compris. En liquide. Le quatrième mois, sans nouvelles de lui, le propriétaire est entré dans l'appartement. Plus de traces de Fuscianna. C'était comme s'il n'avait jamais habité là. L'appartement était vide.

– A part le réfrigérateur, devina Hawkins. Ou le freezer.

– Cette fois, c'était un congélo. Heureusement qu'on n'avait pas coupé l'électricité. La police de Phoenix n'a pas eu à se coltiner l'odeur. (Langford poussa un profond soupir et poursuivit.) Comme de juste, il y avait un cadavre dans le freezer. Un type d'une quarantaine d'années, cheveux foncés, yeux bleus. Nu. Pas de papiers d'identité, pas de vêtements, rien. Une balle dans la nuque. Calibre vingt-deux. Le médecin légiste n'a pas pu définir la date de la mort. Deux mois, deux mois et demi. Le cadavre était complètement gelé.

– Qui a vérifié les antécédents de Fuscianna ? La police de Phoenix ou le Bureau ?

– Nous nous en sommes occupés, dit Langford.

– A cause des photos ?

– Tout juste. (Langford fit courir ses doigts sur l'enveloppe.) Elles étaient sous le cadavre, dans une enveloppe cachetée, protégée par un sac en plastique. Quand les flics de Phoenix ont ouvert le sac en plastique, ils ont vu ton nom sur l'enveloppe et nous ont remis le paquet.

– Le nom a donné quelque chose ?

Fuscianna était classé dans les personnes disparues à Des Moines, avec mandat d'arrêt à la clef. C'était un ancien agent immobilier. Comme il n'avait pas payé sa pension alimentaire, son ex-femme s'est inquiétée. Il avait soldé tous ses comptes en banque, y compris un compte en fidéicommis avec environ soixante mille dollars d'acompte des maisons qu'il était en train de vendre. C'était le genre à posséder une dizaine de cartes de crédit. Il avait tiré tout l'argent autorisé avec chacune d'elles. La police de Des Moines pensait qu'il avait foutu le camp.

– Qu'a donné le VICAP ? questionna Hawkins.

– Dix semaines plus tard, l'agence de Little Rock a lancé un avis de recherche contre lui pour triple meurtre et viol. Une mère, sa fille adolescente et son fils de sept ans. Les Petrie.

– Divorcée ?

– Non. Le père était dans l'armée de l'air. Affecté au Moyen-Orient.

– Ça colle avec le Glacier.

– Oui, sauf que personne n'avait fait le rapprochement avant l'affaire de Phoenix. Si on avait établi un lien croisé entre le VICAP et la liste des personnes disparues, on aurait compris plus tôt.

Le vrai Fuscianna a-t-il refait surface ?

– Pas encore. Dès que nous avons su le nom, nous avons demandé s'ils n'avaient pas un cadavre non identifié dans leur placard. Ils en avait un, figure-toi. Retrouvé dans un entrepôt abandonné. Encore un congélo. Comme un fusible avait sauté, le machin a commencé à puer. Le dentiste de Fuscianna va essayer de l'identifier. On aura les résultats dans un jour ou deux.

– Je peux donc ajouter Little Rock sur la carte ?

– Il semblerait que oui. Des Moines aussi, peut-être. Le triple meurtre correspond assez bien à sa technique.

– Dommage qu'on ne puisse identifier le cadavre de Phoenix. On aurait pu arrêter le salaud à temps, avant qu'il ne recommence.

– Phoenix[1], c'est bizarre, remarqua Langford. C'est comme une étape entre Ici et l'Au-delà. Il va renaître ailleurs, c'est sûr. On essaie d'obtenir un lien avec les personnes disparues, mais je ne crois pas que ça donnera grand-chose.

– C'est pour ça que tu fais appel à moi ?

– Ta relation avec le Glacier remonte à loin. C'est pas toi qui lui as trouvé son nom ?

Hawkins acquiesça.

– Le Glacier, ça ou autre chose... Aujourd'hui, on le surnommerait sans doute Ice-T.

– D'après le dernier *Bulletin* que j'ai lu, le Bureau ouvre huit cent mille nouveaux dossiers par an. Un nom de code en vaut bien un autre, j'imagine. (Langford se pencha en avant et déposa l'enveloppe sur le bureau de Hawkins. Ce dernier y jeta à peine un coup d'œil.) A moins que ce ne soit un présage, ajouta Langford.

1. L'oiseau mythique. *(N.d.T.)*

– Ne me fais pas le coup du *mano a mano*, Charlie. Je suis enseignant maintenant, pas flic.

– Je pensais que ça t'intéresserait, fit Langford avec un haussement d'épaules. D'autant que la fac va fermer pour les vacances. (Il se leva.) C'est à toi que le Glacier adresse ses photos cochonnes... Tu ne t'es jamais demandé pourquoi ?

– Il a besoin d'un public. Tout le monde sait que je m'intéresse aux vieilles affaires. Je cadre avec ce qu'il recherche. Un artiste a besoin d'un critique.

– Tu crois que c'est aussi simple que ça ?

– Peut-être pas. Il y a sans doute un raisonnement de cinglé derrière. Quelle importance ?

– Ce qui est important, c'est ta réponse. Acceptes-tu de t'occuper de l'affaire ?

– Je travaille sur un nouveau bouquin, Charlie.

– Sans blague ? Je crois savoir que ton vieux copain travaille sur une nouvelle victime.

– Qu'est-ce que je suis censé faire ? Traquer l'enfant de salaud tout seul ?

– On est démuni, Bill. C'est toujours la même chanson. Il y a sept ou huit mille affaires de meurtre non résolues tous les ans. Le BSU permet d'en résoudre une cinquantaine, pas plus. Le Glacier se déplace dans tout le pays et on se retrouve avec des problèmes de juridiction jusqu'au cou. Personne n'arrêtera le Glacier par la procédure normale. Tu le sais aussi bien que moi. Et comme je te l'ai dit, il t'a choisi comme lien avec le monde extérieur. Sans toi, il ne peut plus jouer. Un chasseur a besoin d'être chassé à son tour.

– Quel genre de statut officiel aurai-je ?

– Aucun.

– Et un statut officieux ?

– Je verrai ce que je peux faire.

– Ça ne te ressemble pas, Charlie. Tu pourrais te retrouver sur un siège éjectable simplement pour m'avoir parlé de cette affaire. Et je ne suis pas un assassin.

– Hier, j'ai été obligé de me séparer d'une femme qui ne faisait que son travail. A proprement parler, j'aurais dû la virer. Quand j'ai reçu cette enveloppe, je pensais à elle et au système. Tout le monde a de belles phrases plein la bouche sur les droits civils et sur la Constitution, moi y compris, mais je me suis rendu compte que les Ted Bundy, les Charles Manson et les Glacier ont toujours un coup d'avance sur nous. Je me suis dit qu'il était temps d'égaliser les chances, c'est tout. Je ne recherche pas un simple assassin, Bill, je recherche un meurtrier sanguinaire. Trouve-le. Qu'importe les moyens.

Hawkins dévisagea longuement son ami.

– Entendu, dit-il enfin. Je vais y réfléchir.

– Merci.

Langford salua Hawkins d'un bref signe de tête et quitta le bureau. Hawkins entendit ses pas s'éloigner. Il s'empara de l'enveloppe en soupirant. Charlie avait peut-être raison ; cela faisait trop longtemps que le Glacier jouait au chat et à la souris avec lui. Il était temps d'y mettre un terme.

6

Le pompier de Santa Fe l'attendait à la sortie de l'aéroport international d'Albuquerque, devant la salle des bagages. C'était un petit homme musclé aux cheveux de jais, à la moustache tombante et aux grands yeux noirs pétillants de malice. Il portait des bottes de cow-boy noires, un jean noir, une chemise blanche immaculée et il était perché sur le pare-chocs d'une Jeep Cherokee poussiéreuse vert foncé. Sur la portière, un emblème attestait que la Cherokee était un véhicule officiel du Bureau d'enquêtes sur les incendies du Nouveau-Mexique. L'homme brandissait une pancarte sur laquelle il avait écrit FLETCHER.

– Lieutenant Cruz ? demanda Jay.

Elle posa ses valises sans se soucier du flot de voyageurs qui sortaient de l'aéroport. Elle était morte de fatigue. Bien sûr, il était interdit de fumer dans l'avion, la climatisation était tombée en panne en plein vol, et le soudain changement d'altitude – Albuquerque culmine à mille huit cents mètres – l'avait laissée sans souffle. Il était midi passé et il faisait chaud comme dans un four.

Sourire aux lèvres, Cruz descendit de son perchoir.

– Agent spécial Fletcher ?

– Appelez-moi Jay, dit-elle, s'efforçant d'être amicale.

Elle remarqua que Cruz était à peu près de sa taille, peut-être un tout petit peu plus grand.

– Je n'ai pas l'impression d'être un agent spécial en ce moment.

– Jay comme l'initiale ? demanda Cruz. Ou comme l'oiseau[1] ?

– Comme l'initiale, mais ça s'écrit comme l'oiseau. Pourquoi ?

1. En anglais le J se prononce Djai, et le G Dji. En outre, *jay* signifie geai. *(N.d.T.)*

– C'est comme moi. Mon nom est J. M. Cruz, mais tout le monde m'appelle Jay.

– Que veulent dire le J et le M ?

– Jésus Maria. Un peu lourd à porter, même au Nouveau-Mexique.

– Moi, c'est Janet. Je déteste.

– Appelez-moi Cruz, je vous appellerai Fletcher. Ça vous va ?

– Au poil.

Cruz chargea les valises de Jay dans le coffre de la Cherokee pendant qu'elle s'installait sur le siège avant. Il se glissa au volant et démarra. Devant eux, les hautes tours de la ville se découpaient sur un ciel bleu lumineux et on apercevait au loin une chaîne de montagnes escarpées. Cruz emprunta la rampe d'accès à l'autoroute puis se maintint sur la voie centrale. Jay examina le tableau de bord. Il y avait un paquet de Marlboro coincé près du pare-brise et le cendrier débordait de mégots.

– Vous fumez, constata Jay, soulagée.

– Comme un pompier, ironisa Cruz.

– Dieu merci !

Elle plongea une main dans son sac, sortit un paquet de Camel filtres et un briquet.

– Parfois, j'ai l'impression que tout se ligue contre moi, dit-elle.

– Vous feriez mieux d'attendre un peu, conseilla Cruz. L'altitude risque de vous surprendre au début. Santa Fe est encore plus haut.

– Oh, je supporterai, déclara Jay.

Elle alluma sa cigarette et aspira une profonde bouffée qu'elle regretta aussitôt. Cruz avait raison. Elle crut tomber dans les pommes.

– Je vous avais prévenue, sourit Cruz. Vous devriez l'éteindre.

– Jamais de la vie ! dit Jay, les dents serrées. Ça fait des heures que j'en meure d'envie.

Cruz conduisit et Jay continua à fumer... avec prudence. L'autoroute grimpa en coupant à travers la ville. Jay admira le paysage. Sans les montagnes, elle se serait crue dans n'importe quelle petite ville américaine. Centres commerciaux, maisons de banlieue, et d'imposantes tours étincelantes. La couleur dominante semblait être le brun, deux tons plus foncés que le sol poussiéreux. Il n'y avait pas trop de brouillard.

– Ça va s'arranger, promit Cruz.

Il avait raison. Un quart d'heure plus tard, ils laissaient la ville derrière eux. Les dernières maisons de la banlieue nord s'estompèrent et ils débouchèrent dans la campagne. Les montagnes se rapprochèrent, impressionnantes, géantes, entassement de rectangles et de losanges striés couleur sable, avec des contreforts peuplés de pins et d'aulnes, et plus bas des bosquets de genévriers. Un large ruban bleu se dessinait sur la gauche.

– Le Rio Grande, expliqua Cruz. La réserve indienne Sandia sur votre droite. Les arbres, là-haut, font partie de la réserve forestière de Cibola. Il y a des mesas et des plateaux comme ça jusqu'à Santa Fe.

– On y sera dans combien de temps ? demanda Jay.

Cruz avait l'air sympathique, mais elle ne pensait qu'à une chose : dormir.

– Oh, dans une heure, maximum. (Il lui coula un regard.) Dormez, si vous voulez. Ça ne me dérange pas. Vous avez l'air vannée.

– Merci. Je vais peut-être fermer les yeux cinq minutes.

– A votre aise.

Jay cala sa tête contre le dossier. Cruz entonna un air étrangement hypnotique. Trente secondes plus tard, Jay dormait à poings fermés.

Quand elle se réveilla, ils approchaient des faubourgs de Santa Fe.

– Désolée, s'excusa Jay. J'ai dû m'assoupir.

– Vous dormez depuis plus d'une heure et demie ! Je me suis même arrêté pour manger un morceau. Si vous avez faim, il en reste.

Jay renifla. La cabine sentait les tacos et des emballages et des gobelets en plastique encombraient le tableau de bord. Jay cligna les yeux, puis bâilla.

– Non, merci, dit-elle.

Tout en conduisant, Cruz farfouilla dans les emballages. Il trouva ses cigarettes et en alluma une. Jay contempla le paysage. Quelques flèches d'église dépassaient des maisons à un seul étage et il y avait bien cinquante nuances de brun. Même la partie industrielle de la ville qu'ils traversaient semblait préhistorique. Les montagnes étaient moins hautes qu'à Albuquerque, mais plus proches de la ville qu'elles dominaient de leur masse. D'après ce que Jay avait lu avant de quitter Washington, la population de Santa Fe frôlait les soixante-quinze mille âmes, avec une majorité de riches.

– Toutes les maisons sont en adobe ? demanda Jay.

– Certaines. En fait, la plupart sont en ciment recouvert de stuc. Le véritable adobe est fait avec de l'argile, du sable et de la paille. Quand j'étais gosse, c'étaient les pauvres qui habitaient les maisons en adobe. Maintenant, des hippies en ont construites quelques-unes et les seuls qui peuvent se les offrir, ce sont les riches anglo-saxons.

– Avec tout ce béton, il ne doit pas y avoir souvent d'incendies, remarqua Jay.

– Ne croyez pas ça. Santa Fe a beaucoup changé depuis dix ans. Pour commencer, c'est plus grand... on construit partout. Il y a dix ans, il y avait quelques Indiens, pas mal d'Hispaniques et peu d'anglo-saxons. Maintenant c'est le contraire. La population est surtout anglo-saxonne, les Hispaniques ont été forcés de déménager à cause de la flambée de l'immobilier. Il y a une demi-douzaine de tribus indiennes, qui se détestent toutes. Les Indiens haïssent les Hispaniques et les Hispaniques haïssent les anglo-saxons. Ça provoque des frictions, et les frictions provoquent des incendies.

– C'est pas la première fois que vous donnez ce cours, remarqua Jay, sourire aux lèvres.

– Non, avoua Cruz, souriant lui aussi. Ça m'est déjà arrivé. Mais c'est la vérité.

– Avec un nom comme le vôtre, vous devez être hispanique.

– Je suis métis. Le J et le M ne sont que les premières initiales.

– Et le reste ?

– Jésus Maria San Ildefonso Standing Heart Cruz.

Cruz dépassa les bâtiments de l'Institut pour sourds, puis tourna dans Guadalupe Street. Autrefois, c'était littéralement le mauvais côté de la voie ferrée, mais les vieux entrepôts et les cimetières de voitures avaient été transformés en pièges à touristes, avec des esplanades de boutiques, des arcades de magasins d'antiquités et des galeries d'art. Déjà, à la mi-juin, les trottoirs regorgeaient de badauds en chemise hawaïenne et de groupes de Japonais armés de leurs inévitables appareils photo.

Cruz traversa le petit pont qui enjambait la rivière Santa Fe, dont le lit à sec était mangé par les herbes, et engagea sa Cherokee dans un dédale de rues étroites. L'endroit était peuplé de bâtisses en adobe et de petites maisons en bois, dont la moitié étaient devenues des restaurants, des galeries d'art, et des boutiques de bijoux.

Cruz s'enfonça vers l'ouest et obliqua finalement dans une petite rue qui, au bout de cent mètres, se termina en cul-de-sac au bord d'un grand ravin. Là, les maisons étaient minuscules, mais chacune possédait un jardin en façade. Cruz s'arrêta devant la dernière maison de la rue, un cottage en stuc ombragé par deux pommiers noueux. Une vieille Ford Escort était garée dans l'allée, du même vert que la Cherokee, et la portière ornée du même emblème officiel.

– La voiture est à vous pendant la durée de votre séjour, déclara Cruz en coupant le moteur. Elle appartient au service. Votre patron paie l'essence et les frais d'entretien.

Ils descendirent de la Jeep et Cruz aida Jay à porter ses bagages.

– Pour la maison, nous avons fait une affaire, expliqua le pompier en ouvrant la porte d'entrée. Elle appartient à un type du capitole qui est parti en Europe en congé sabbatique. Il revient en septembre. Si vous restez plus longtemps, il faudra qu'on vous trouve autre chose.

Si je reste plus longtemps, je me flingue.

Elle suivit Cruz à l'intérieur.

– Je ne crois pas que ce sera aussi long, dit-elle.

La maison comprenait un salon, une salle à manger avec coin cuisine, une chambre à coucher et une salle de bains. L'ameublement était rustique, les tapis mexicains, et les divers objets d'art accrochés aux murs ou suspendus aux poutres de facture indienne. La fenêtre du salon ouvrait sur le ravin et sur les montagnes. Jay commençait seulement à se rendre compte combien elle était loin de Washington et de son univers familier.

J'ai été bannie. Le mot était démodé, mais il reflétait bien ce qu'elle ressentait.

– Installez-vous tranquillement, suggéra Cruz, qui s'apprêta à sortir. Je reviendrai dans deux petites heures pour vous faire visiter.

– Oui, j'aimerais bien savoir où je vais travailler, dit Jay.

– Entendu. Je vous montrerai la boutique, ensuite on ira jeter un œil à ma dernière affaire.

Il lui fit un geste amical et sortit en fermant la porte derrière lui. Jay soupira, alluma une cigarette et commença à déballer ses affaires.

La « boutique » de Cruz était en fait une enfilade de bureaux au-dessus de la bibliothèque municipale de Santa Fe, un bâtiment ramassé, en béton, qui occupait l'angle de Washington Avenue et de West Mary Street, légèrement à l'écart du centre-ville et de la Plaza. D'après Cruz, il avait autrefois abrité la caserne des pompiers, le cabinet du maire, le tribunal du comté et la prison. Vu l'état de l'ameublement et du matériel, on devinait que Cruz ne bénéficiait que d'un budget restreint. Hormis deux terminaux d'ordinateur relativement récents et une armoire métallique pleine de matériel vidéo, le reste semblait dater des années 30. Les planchers étaient en bois nu, et on n'avait pas touché depuis longtemps le plastique qui recouvrait la vieille machine à écrire électrique IBM.

Jay se laissa tomber sur une chaise en bois pivotante et examina les lieux. La chaise grinçait au moindre mouvement.

– C'est ça ? demanda Jay.

– C'est ça, opina Cruz, qui s'assit derrière un bureau métallique éraillé sur lequel s'entassaient des piles de paperasserie.

– Je me trompe ou votre service n'a pas toute la confiance de l'administration du Nouveau-Mexique ?

Le visage de Cruz s'éclaira d'un large sourire, et il alluma une cigarette.

– Tiens, qu'est-ce qui vous fait dire ça ?

– Oh, les flics remarquent ce genre de choses. Vous savez, les subtilités, les nuances.

– Disons qu'il y a une certaine retenue de la part des pouvoirs publics.

– Pourquoi ?

– Vous êtes un agent fédéral, Fletcher, vous êtes bien placée pour connaître la bureaucratie.

– En partie.

– C'est comme de marcher sur des œufs. Ils ont peur que je leur fasse de l'ombre.

– Qui sont ces « ils » ?

– La police de l'État, la police municipale, les pompiers municipaux, tout le monde. Albuquerque possède une caserne de pompiers autonome, Las Cruces aussi. Ajoutez à cela le corps de pompiers volontaires, et toutes les réserves indiennes. Chacune possède son propre service.

– Vous êtes censé coordonner le tout ?

– Oui, en principe. Et aussi donner conseils et assistance technique, servir de liaison avec les militaires de White Sands, tout ça.

– Pourquoi vous ?

– J'ai été pompier avant de me niquer les genoux, ensuite je suis passé dans la police. (Il émit un petit rire sans joie.) Et parce que j'ai été assez bête pour me porter volontaire.

– Et j'arrive pour compliquer encore davantage les choses.

– Le succès de l'entreprise repose entièrement sur l'informatique, j'en suis persuadé. Sans un système cohérent pour centraliser les renseignements, nous n'en sortirons jamais. Vous êtes la spécialiste de la grande ville... et vous n'écornerez pas beaucoup mon budget.

– Je ne connais rien aux incendies, Cruz.

– Et moi rien en informatique, sourit-il. Vous me parlerez des octets, et moi des brûlures.

– Marché conclu.

Jay passa une heure à l'un des terminaux du FIO, le Fire Investigation Office – Centre d'investigation des sapeurs-pompiers –, et repéra rapidement les défauts du système qu'on avait imposé à Cruz. En fait, les deux terminaux du bureau étaient des compatibles IBM reliés par ligne téléphonique spécialisée à l'ordinateur central des services gouvernementaux de la Plaza, situés à quelques pâtés de maisons.

D'après ce que Jay put en juger, les ordinateurs du FIO avaient une priorité d'accès très secondaire aux programmes du central, dont la plupart étaient démodés depuis longtemps. En creusant davantage, elle s'aperçut que Cruz ne pouvait absolument pas communiquer avec la police municipale de Santa Fe, ni avec la police de l'État, ni avec aucun autre service de police. Les terminaux étaient équipés de modems internes, mais Cruz n'avait pas su les mettre en service. Le FIO était quasiment sourd, muet et aveugle.

Quand elle eut fini d'examiner les ordinateurs, Cruz lui proposa d'aller jeter un œil au dernier incendie sur lequel il enquêtait. Bien qu'hébétée par le voyage et par le manque d'oxygène dû à l'altitude, Jay accepta. La maison concernée se trouvait à l'est, au pied des montagnes, à l'extrémité de Hyde Park Road.

La vaste construction ultramoderne était complètement dévastée, il ne restait plus que les murs de béton noirs de suie et une partie du toit. On devinait qu'avant l'incendie cela avait été une résidence de luxe, avec des baies vitrées et une grande terrasse en pierres de taille qui offrait une vue panoramique de Santa Fe ; elle était adossée à un bosquet d'aulnes dont il ne restait plus que des squelettes calcinés.

Autour des ruines s'étendait un terrain défoncé transformé en bourbier. Cruz sortit du coffre de la Cherokee une paire de bottes en caoutchouc à la semelle renforcée et la tendit à Jay.

– Enfilez ça, dit-il. Après un incendie, il faut toujours être prudent, sans parler de la boue.

Jay obéit puis suivit Cruz dans la cour. Il y avait du verre brisé partout ; en fondant, les chaises et la table de jardin en plastique avaient laissé une flaque blanc et jaune surréaliste. Le sol était jonché de morceaux de tissu calcinés. Une odeur aigre-douce de bois brûlé et de cendres flottait dans l'air.

– Le feu a pris vite et fort, déclara Cruz en regardant la maison. L'air a chauffé si vite qu'il a soufflé les fenêtres en quelques minutes.

– Un accident ? interrogea Jay.

– Jamais de la vie.

Cruz se baissa pour ramasser un bout de tissu blanc pâle au milieu des tessons de verre. Du chatterton collait encore au tissu.

– Celui qui a déclenché l'incendie ne voulait pas qu'on le détecte trop rapidement, expliqua Cruz. Il a scotché le bas des rideaux pour qu'on ne voie les flammes que lorsqu'il serait trop tard. Venez, dit-il en laissant tomber le lambeau de tissu.

Il traversa la cour dans un crissement de verre pilé, franchit ce qu'il restait d'une porte vitrée coulissante et entra dans la maison, Jay sur les talons. Le salon était un véritable désastre. Le toit s'était en partie effondré et certaines poutres étaient complètement brûlées. Jay pataugea jusqu'aux chevilles dans les débris carbonisés du mobilier. Cruz trouva ce qui ressemblait à un coussin détrempé et l'examina un instant avant de le lancer à Jay.

– Qu'est-ce que c'est, d'après vous ?

– Un coussin de canapé.

– Vous ne remarquez rien ?

– Le dessus est davantage brûlé que le dessous, et il est déchiré. Il perd son rembourrage.

– Il n'est pas déchiré, il a été tailladé. Notre homme voulait s'assurer que tout brûlerait. (Il sourit.) Je croyais que vous étiez douée pour remarquer les subtilités et les nuances ?

Jay lui renvoya son sourire. Elle renifla.

– De l'essence ? (Elle renifla encore.) Non, pas tout à fait. De l'essence avec autre chose. C'est ça ?

– Un mélange. L'essence pure aurait sans doute explosé, et le souffle aurait même pu éteindre l'incendie. L'autre odeur, c'est du kérosène... c'est ça qui a entretenu le feu. (Il hocha la tête d'un air approbateur.) Vous avez du nez, Fletcher ; bienvenue au club.

Ils vinrent se placer au centre de la pièce. Au-dessus de leur tête, un trou béant laissait voir le ciel. Une partie de la charpente avait complètement brûlé, et le toit s'était écroulé. Cruz se baissa, sortit de sa poche un couteau pliant à manche de corne, déplia la lame et la piqua dans une poutre. La lame s'enfonça de trois centimètres.

– C'est là que le feu a commencé ? demanda Jay.

– Dix sur dix, approuva Cruz. Si on veut savoir où un incendie a commencé, il faut trouver l'endroit où les brûlures sont les plus profondes. (Il montra une zone d'un mètre le long de la poutre.) Vous voyez ?

Jay acquiesça. Le bois était marbré d'une dizaine de minuscules carrés noirs et luisants.

– On dirait du charbon de bois, dit-elle.

– On appelle ça de la peau de crocodile, expliqua Cruz. Plus le feu est violent, plus les carrés sont petits, et ça nous conduit au foyer de l'incendie. (Il retira la lame de la poutre.) Ensuite, ça donne du charbon de bois. Vous ne remarquez rien d'autre ?

Jay promena son regard dans la pièce. Il y avait plusieurs zones profondément calcinées à l'arrière de la maison. Jay contourna un tas de gravats tombés du toit et déblaya le sol du bout de sa botte.

Avant l'incendie, le sol était recouvert d'une moquette posée sur un plancher en contreplaqué, lui-même collé sur une dalle de béton. Aux endroits que Jay avait remarqués, le feu avait transpercé la moquette et le plancher jusqu'au ciment. L'incendiaire aurait aussi bien pu laisser des panneaux indicateurs.

C'est trop facile.

– Avec son mélange d'essence et de kérosène, il a laissé des traînées dans toute la maison.

– Bingo, approuva Cruz.

– L'imbécile ! Il aurait pu brûler dans son incendie.

– Oh, il n'est pas si bête, objecta Cruz. Il a agi par vengeance. Et il avait décampé depuis longtemps quand l'incendie s'est déclaré.

– Comment a-t-il fait son compte ?

– Grâce à un préservatif. Quand on atteindra les poutres que vous voyez là-bas, je vous parie qu'on trouvera une punaise ou un clou.

– On peut déclencher un incendie avec un préservatif ?

– Oui, si on le remplit de phosphore et d'eau. Le phosphore prend feu au contact de l'air. Notre homme a accroché le préservatif sur une poutre au-dessus d'un mélange d'essence et de kérosène, puis il a fait un petit trou dans le caoutchouc. L'eau s'est écoulée goutte à goutte jusqu'à ce que le phosphore soit exposé à l'air. Il a alors pris feu et il est tombé sur le mélange.

– Vous avez déjà pu observer sa technique.

– C'est la quatrième fois en deux mois. Le fumier me rend dingue.

– Qu'est-ce qui vous fait croire qu'il s'agit d'une vengeance ?

– En principe, il n'y a que deux sortes d'incendies criminels. Ceux qui sont motivés, et ceux qui ne le sont pas. Les vrais incendiaires, les pyromanes, les dingues, ne se donnent pas autant de mal et ils n'utilisent quasiment jamais d'engins à combustion retardée. (Cruz replia le couteau qu'il rangea dans sa poche.) Si on exclut un acte de cinglé, ça veut dire qu'il y a un mobile, et je n'en ai découvert aucun dans les quatre incendies précédents.

Ils retournèrent dans la cour.

– Les victimes n'ont rien en commun ? demanda Jay.

– Pas à ma connaissance. Ainsi, le propriétaire de cette maison travaille à Los Alamos.

– L'usine atomique ?

– Exactement. C'est le responsable d'un département de recherche. La première victime y travaillait aussi, mais dans un département complètement différent. La deuxième est un avocat d'Albuquerque qui possède une résidence secondaire à Santa Fe, et la troisième s'occupe des décors de l'opéra de Santa Fe.

– Les victimes ne se connaissent pas ?

– Non.

– Y a-t-il eu des blessés ?

– Non. Le coupable s'est arrangé pour agir quand les maisons étaient vides.

– Donc, ce n'est pas un assassin, remarqua Jay.

– Pas encore, mais un accident est si vite arrivé.

Ils regagnèrent la Cherokee. Jay ouvrit la portière, s'assit sur le marchepied et entreprit d'ôter ses lourdes bottes.

– Vous êtes sûr que c'est la même personne qui a allumé tous les incendies ?

– Affirmatif. La technique est toujours la même, or nous n'avons pas dévoilé à la presse l'astuce du préservatif.

Cruz remit ses bottes de cow-boy et jeta celles maculées de boue dans le coffre. Jay l'imita. Cruz démarra et manœuvra.

– Quelque chose vous a échappé, décréta Jay sur le chemin du retour.

– Ça me semble évident, acquiesça platement Cruz. Mais quoi ?

– Vous êtes sûr qu'il s'agit du même pyromane ? Vous êtes sûr que c'est un acte de vengeance ?

– Absolument.

– Alors, il y a forcément un rapport entre les victimes, même si vous ne le voyez pas encore.

– Comment le découvrir ?

Jay étendit les bras et pianota dans le vide.

– Il suffit de consulter le clavier magique, dit-elle. Tout simplement.

7

Adossé aux montants en bois peints en blanc qui soutenaient la tonnelle de glycine, Bill Hawkins regardait en fumant la pipe le soleil se coucher sur les collines escarpées de Potomac Palisades et l'eau noire de la rivière qui serpentait à trente mètres en contrebas. A cet endroit, en traversant la gorge, le lit était étroit, l'eau profonde et le courant traître ; trois kilomètres en aval, à Chain Bridge, la rivière rencontrait la marée de la Chesapeake Bay, ralentissait sa course, et l'eau devenait boueuse.

Perchée sur la falaise, la vieille ferme coloniale à l'architecture mal définie était l'une des rares faiblesses que Hawkins s'était offerte après avoir quitté le Bureau. Bâtie sur le site de l'ancien High Vue Hotel, la maison avait autrefois appartenu à William Doak, le ministre du Travail de Herbert Hoover, qui l'avait baptisée Notre Nid[1]. Hawkins, qui avait racheté la demeure au fils de Doak avec l'argent de l'assurance après son accident, l'avait pour rire rebaptisée Goldeneye (Œil d'Or). Cinq ans plus tard, le nom avait pris une autre dimension avec la flambée immobilière. La maison valait désormais deux fois le prix qu'il l'avait payée.

Non qu'il eut l'intention de la vendre. Goldeneye était son foyer, son premier et dernier foyer stable après une vie de nomade qui avait commencé dès l'enfance, quand il déménageait de base en base au gré des affectations de son père, et qui s'était poursuivie quand il était devenu adulte. Désormais, il voyageait le moins possible et, s'il ne tenait qu'à lui, il préférerait mourir ici même, en fumant sa pipe et en

1. En français dans le texte. *(N.d.T.)*

regardant la lune chasser le soleil, avec peut-être un verre de Glenfiddich. Il sourit ; il n'avait jamais été un grand buveur, mais l'idée lui plaisait. C'était toujours mieux que la boîte de Pepsi éventé qui traînait près de son ordinateur dans son étude.

Il abandonna la contemplation du coucher de soleil, rentra et referma la porte à clef derrière lui. Il était temps de se remettre au travail. Il traversa le grand vestibule au plancher en merisier et pénétra dans l'étude. C'était une vaste pièce avec des portes-fenêtres qui ouvraient sur une roseraie abondamment fleurie. Autrefois, c'était une bibliothèque dont les étagères en chêne recouvraient les murs, avec une lourde moquette vert foncé et un demi-siècle de nicotine qui jaunissait les moulures du plafond. La première fois qu'il l'avait vue, la pièce était meublée de fauteuils club sombres, d'un énorme secrétaire verni et d'un assortiment de petites tables et de lampes, selon l'idée que l'ancien propriétaire se faisait du parfait fumoir d'un club de gentlemen.

Hawkins avait changé tout cela. Il avait fait enlever la moquette, poncer et vernir le plancher. Il avait fait repeindre le plafond en blanc vif et opté pour un mobilier moderne, remplacé le secrétaire par une table de travail pour ordinateur laquée noire. Il ne restait plus que les étagères, vernies comme le plancher. Ses livres, qui se comptaient par milliers et traitaient pratiquement tous de criminologie, étaient soigneusement rangés ; un code à barres au dos renvoyait au catalogue informatisé.

L'étude, d'une propreté méticuleuse, était l'antithèse de son bureau de l'université de Georgetown. Quand on lui demandait pourquoi une telle différence, il expliquait que son bureau de l'université lui servait pour la pensée abstraite tandis que son étude de Goldeneye était réservée à la logique et au concret. Il n'était pas sûr de la justesse de son explication, mais il se sentait nettement plus à l'aise chez lui qu'à l'université. C'était son foyer ; le bureau de Georgetown représentait autre chose... une version différente de lui-même, il n'y montrait que la partie de sa personnalité qu'il avait choisi de dévoiler.

Il s'assit à sa table de travail, ralluma sa pipe et commença à faire défiler le fichier sur le grand écran couleur de son ordinateur. Sur son disque dur, il avait sauvegardé trente-sept fichiers concernant le Glacier, protégés des regards indiscrets par un mot de passe de six lettres. Bien qu'il ne s'agît pas du premier document qu'il eût établi sur le Glacier, celui qu'il visionnait portait la date la plus ancienne : le 27 juillet 1968. Quelle année ! Vingt-deux ans, mort de trouille, MP à Saigon. Il avait cru que sa licence en journalisme fraîchement acquise lui aurait valu un poste au *Stars and Stripes* ou que sa capacité à taper à la machine soixante-cinq mots à la minute lui aurait permis d'obtenir un emploi de bureau au MACV (Administration militaire pour le Viêt-nam), mais, c'était à prévoir, on lui avait refilé un casque blanc, un ceinturon et un bâton.

Il avait passé tout l'été à extirper des officiers ivres, et parfois violents, du night-club Pink de l'hôtel Catinat, à remonter en Jeep la rue Tu Do des quais à la basilique, à la recherche de bicyclettes suspectes dont le chargement risquait de dissimuler des bombes, à écouter sans relâche Aretha Franklin chanter « Chain of Fools ». Vingt-cinq ans plus tard, il ne pouvait entendre cette chanson sans que le parfum des épices et les odeurs de poisson pourri de Saigon ne lui chatouillent les narines.

Et pendant ce temps-là, au pays, Bobby Kennedy et Martin Luther King étaient assassinés, la convention démocrate se tenait à Chicago, les Black Panthers faisaient parler d'eux, les sit-in s'organisaient dans les campus, et Richard Milhous Nixon était élu Président. Et quelque part, arbre isolé caché par la forêt de la violence médiatique, un meurtre avait été commis à Berkeley, en Californie.

La victime s'appelait Carol Prentice, une adolescente émancipée de dix-huit ans, originaire de Rochester, dans l'État de New York. Longs cheveux châtain foncé, minuscule yin-yang bleu et rouge tatoué au-dessus du nombril. Elle habitait un appartement dans une vieille maison de Dana Street, près du collège Mary Beck et à moins d'un pâté de maisons de l'entrée du campus de Berkeley. Son père travaillait pour Kodak, sa mère vendait des produits de beauté au porte-à-porte. Son frère, de dix ans son aîné, était un prêtre catholique.

Carol Prentice avait été tuée d'un seul coup de batte de base-ball alors qu'elle était couchée, qu'elle dormait peut-être, sur le carré de mousse qui lui servait de lit. Selon le rapport d'autopsie, elle était morte sur le coup, la tempe défoncée, le crâne fracassé. D'après la direction du coup, on pensait que l'assassin était gaucher, et d'après le point d'impact, qu'il mesurait entre un mètre soixante-quinze et un mètre quatre-vingts. L'autopsie révéla aussi que Carol Prentice avait eu des relations sexuelles avec au moins deux partenaires différents dans les douze heures précédant sa mort. Rien n'indiquait qu'elle avait été violée, et les poils pubiens relevés sur le lieu du crime suggéraient que l'un des partenaires était un Noir.

La jeune fille s'était inscrite au cours d'art dramatique de Berkeley, elle était membre du Berkeley Agit-Prop, un groupe théâtral politique, et travaillait comme novice avec la troupe de mimes de San Francisco. Il s'avéra que la batte en question comptait parmi celles utilisées par la troupe de mimes qui jouait tous les samedis sur le terrain du collège Mary Beck. Carol Prentice avait été batteuse et joueuse de champ.

Plusieurs membres de la troupe de mimes et du Berkeley Agit-Prop admirent avoir eu des relations sexuelles avec la victime, mais ils avaient tous de solides alibis.

On avait retrouvé une somme considérable d'indices matériels sur les lieux du crime, et Hawkins se demandait encore pourquoi l'enquête avait donné si peu de résultats. Outre l'arme du crime, les poils pubiens, le sperme, on avait retrouvé des vêtements d'homme couverts de sang et une quantité importante de cheveux récemment coupés dans l'évier de la cuisine. Les vêtements comprenaient un jean élimé, une paire de baskets, des chaussettes en laine de joggeur, et un sweat-shirt de UC Berkeley.

Les échantillons de cheveux relevés sur le sweat-shirt et sur le jean correspondaient aux poils pubiens d'un Blanc retrouvés sur le corps de Carol Prentice. Les cheveux de l'évier étaient châtain clair et très longs. Il y avait aussi dans l'évier une quantité importante de poils de barbe et sur la table de la cuisine on avait retrouvé un rasoir Gillette récemment utilisé. Les poils et les cheveux appartenaient à la même personne.

Des amis de la victime déclarèrent aux enquêteurs que Carol Prentice venait d'entamer une liaison avec un homme surnommé le Motard. D'après ce qu'ils savaient, le Motard avait débarqué de l'Est quelques mois auparavant et il vivait dans le quartier de Haight-Ashbury. Son surnom provenait du fait qu'il roulait en moto. Rien n'indiquait que le Motard fût inscrit à Berkeley. Les témoins affirmèrent qu'il avait un appartement, un accent du Centre et tous le considéraient comme plutôt intelligent. Il avait de longs cheveux châtain clair et une barbe moyenne de même couleur. On pouvait en conclure que, pour ne pas être reconnu, l'homme s'était coupé les cheveux et la barbe après avoir tué Carol Prentice.

Après une semaine et demie d'enquête, la police de Berkeley n'avait trouvé aucune piste sérieuse, malgré plus de vingt témoignages figurant dans le dossier. Deux informations seulement retenaient l'attention de Hawkins. Un flic de Berkeley plus malin que les autres, un dénommé Goddard, avait suggéré que, vu la date du meurtre, Carol était sur le point d'acquitter son loyer. D'après son propriétaire, elle payait toujours en liquide et à date fixe, et cependant on n'avait pas retrouvé d'argent chez elle. Goddard en avait conclu à un crime crapuleux. Hawkins trouvait l'argument pour le moins léger, d'autant qu'on avait retrouvé une grande quantité de marijuana et de haschisch dans l'appartement.

Deux autres témoins, des collégiens de Mary Beck qui avaient séché les cours, affirmèrent avoir vu un homme en uniforme de caporal sortir de l'immeuble de Carol Prentice à l'heure du meurtre. Les témoins avaient été surpris, car les militaires en uniforme étaient une rareté à l'époque. A condition d'y ajouter les cheveux et la barbe, leur description du caporal correspondait à celle du Motard. Si leur témoignage était exact, l'assassin avait prémédité son crime. Il avait apporté son déguisement chez Carol Prentice en sachant qu'il en aurait besoin pour s'enfuir après son forfait.

Un mois après le meurtre de Carol Prentice, on avait découvert le cadavre en décomposition d'un jeune homme enterré dans le parc régional de Charles Lee Tilden, à quelques kilomètres de Berkeley. L'identification révéla qu'il s'agissait de Lance Follett, un caporal en permission sur le point de partir pour le Viêt-nam. Sa permission prenait fin le 29 juin, deux jours après le meurtre de Carol Prentice. On n'avait fait le rapprochement entre les deux morts que plusieurs mois plus tard, mais le rapport sur le meurtre de Follett comportait une curieuse anomalie.

Après avoir déclaré le meurtre du caporal aux autorités militaires concernées, la police crut que Follett avait été porté déserteur, or ce n'était pas le cas. Étrangement, d'après les registres, le caporal Lance Follett avait embarqué pour le Viêt-nam à la date prévue ; il avait pris un vol de la Pan Am pour Manille, et des Philippines il avait rejoint Saigon en avion militaire. La Section des Enquêtes criminelles de Saigon avait donc été prévenue qu'un imposteur s'était infiltré dans l'armée et une enquête avait été ouverte. Elle démontra que Lance Follett ne s'était pas présenté au quartier général du MACV pour son affectation. Il s'était tout simplement évaporé entre Manille et Saigon.

Hawkins se cala dans son fauteuil et contempla l'écran. A l'époque, les meurtres de Prentice et de Follett n'avaient rien signifié pour lui ; son intérêt ne s'était éveillé que des années après les faits, quand les pistes étaient effacées, mais en retraçant les premiers crimes du Glacier il avait inexorablement remonté le passé jusqu'à ce lointain jour de juin à Berkeley. Au cours des années, en détaillant l'odyssée macabre du Glacier, il s'était parfois demandé s'il n'avait pas croisé la route du tueur au Viêt-nam longtemps avant d'avoir rejoint la chasse. La pensée le hantait ; il voyait souvent l'homme sans visage dans ses rêves, tournant devant lui au coin de la rue, spectre impossible à identifier, sinon grâce à la batte de base-ball qu'il portait négligemment sur l'épaule.

Pour le Bureau, les liens étaient trop ténus pour justifier une enquête approfondie, mais Hawkins était certain que les meurtres du caporal Lance Follett et de la jeune Carol Prentice avaient constitué l'entrée du Glacier dans le monde infernal des meurtres en série, et qu'ils avaient marqué le début d'une effroyable carrière qui s'était poursuivie pendant près de trente ans. Une carrière dont le Glacier était éminemment fier ; comme la plupart des *serial killers*, il avait besoin d'un public, et après une interview malencontreuse avec un journaliste du *Washington Post* dans laquelle Hawkins avait mentionné l'un des meurtres du Glacier, une relation s'était nouée entre le chasseur et sa proie. Depuis près de quinze ans déjà, le Glacier se moquait de lui en lui envoyant des preuves de ses crimes, souvent sous la forme de photographies comme celles que Langford lui avait apportées. L'arrogance étudiée du tueur en série irritait singulièrement Hawkins, et traquer le Glacier en était presque devenu une obsession. Que le tueur l'ait choisi pour jouer le rôle du père, du confesseur, sans lui demander son avis, rendait les choses encore plus pénibles, et chaque mort suivie des grotesques envois de l'assassin accroissait la fureur de Hawkins.

Il se gratta pensivement la joue avec le tuyau de sa pipe, puis sortit un mince classeur du tiroir de son bureau et l'ouvrit. Langford avait raison ; Hawkins savait qu'un autre meurtre avait été commis bien avant que l'homme du FBI l'en informe. Le classeur contenait une douzaine de lettres d'une seule page chacune. La plus récente lui avait été adressée à son bureau de l'université trois jours auparavant. Hawkins relut les mots tapés à la machine :

PHOENIX
La prochaine fois, tu écriras peut-être un livre sur moi.

Le message était signé au stylo à encre de la seule lettre A.

A, comme Assassin ? A, comme Aliéné ? A, comme Attrape-moi ? Peu importe. C'était de toute façon un défi.

– D'accord, espèce de tordu, dit calmement Hawkins. Ton heure a sonné.

Comme beaucoup de morgues, celle de l'hôpital presbytérien de Denver était située au sous-sol. C'était une vaste pièce, haute de plafond, à l'éclairage cru et aux murs blancs. Le sol en ciment était recouvert d'une peinture vinyle antidérapante et strié de larges rigoles chromées sous chacune des sept tables d'autopsie. Des coffrets métalliques occupaient deux murs entiers tandis que le mur proche de la porte était équipé d'un certain nombre de placards et de réfrigérateurs. Le quatrième était en fait une paroi de verre qui avait servi à l'origine à l'identification des cadavres. Depuis, la paroi avait été peinte et la pièce d'où les visiteurs pouvaient voir les corps avait été transformée en bureau pour le superviseur.

On maintenait à deux degrés les compartiments où les corps étaient conservés tandis que le reste de la morgue était à la température ambiante. Des diffuseurs de déodorants avaient été installés derrière les ventilateurs du plafond, et la pièce embaumait vaguement le pin. La première fois qu'il avait senti l'odeur, le Glacier s'en était beaucoup amusé. Il songeait fortement à vaporiser du déodorant dans la résidence des Putnam après avoir terminé son travail ; des herbes et des épices, peut-être, ou même un bouquet de lavande. Il consulta sa montre. Elle indiquait un peu plus de vingt-deux heures.

Le Glacier avait parcouru les classeurs du bureau pendant le dernier quart d'heure ; il en photocopiait le contenu de temps à autre puis le remettait en place et attachait les photocopies sur son porte-bloc. Tout comme la blouse blanche légèrement froissée qu'il avait subtilisée dans un panier de linge, le porte-bloc était un instrument d'une grande utilité. De la sorte, il se moulait dans la peau d'un employé anonyme.

Il travaillait lentement et avec méthode. Dans la plupart des hôpitaux, la morgue dépendait du service de Pathologie et ouvrait généralement de neuf à dix-sept heures. Si une autopsie avait été prévue, on aurait préparé une table dans la pièce principale, et même si un authentique employé surgissait, le Glacier pouvait justifier sa présence de multiples façons.

Dix minutes plus tard, il avait accompli son travail ; il possédait les renseignements vitaux concernant six cadavres, date de naissance, adresses, numéro de sécurité sociale. En moins de soixante-douze heures, il pouvait facilement réunir les actes de naissance, les passeports et les permis de conduire des six individus. Avec quarante-huit heures supplémentaires et un peu plus de travail, il aurait remplacé leurs cartes de crédit. Autant de cachettes où se terrer si le besoin s'en faisait sentir. Il récupéra son porte-bloc, éteignit la lumière et sortit en fermant la porte derrière lui. Il était temps de prendre une légère collation, de passer une heure ou deux sur son ordinateur, puis quelques minutes à manipuler les intercoms. Il se demanda si Ellen Putnam utiliserait encore son vibromasseur ce soir. Cela lui arracha un sourire. La bonne femme était particulièrement bruyante pendant l'orgasme. C'en était presque gênant. Il aimait bien le mot orgasme. C'était tellement plus explicite que celui de jouissance.

Le Glacier quitta la morgue et regagna le rez-de-chaussée par l'ascenseur. En sortant de l'hôpital, il se surprit à repenser à Ellen Putnam et aux photos qu'il avait prises. Il sourit de nouveau. Aucun doute, Hawkins allait adorer.

8

Le lendemain de l'arrivée de Jay à Santa Fe, Cruz devait animer un séminaire d'une journée à Albuquerque devant des pompiers mexicains de Chihuahua. Il invita Jay à l'accompagner mais, comme le séminaire se tenait en espagnol, elle n'en vit pas l'utilité. Tôt le matin, Cruz prit une navette à l'aéroport municipal situé dans les faubourgs de la ville. Après avoir avalé au café de la Plaza un petit déjeuner très relevé, Jay regagna en Ford Escort le bureau au-dessus de la bibliothèque. Recommandé par Cruz, le petit déjeuner était un plat dénommé Christmas Huevos Rancheros. Les haricots et les œufs, ça, Jay s'y attendait, mais la chose s'appelait *Christmas* parce qu'elle baignait dans une sauce aux piments verts et rouges. Il avait fallu à Jay trois grands verres de thé glacé pour cesser de larmoyer et apaiser son système digestif.

Dès neuf heures trente, elle avait mis en route la cafetière électrique et les ordinateurs. A dix heures, elle avait lu le dossier que Cruz avait réuni sur celui qu'il appelait le Pyromane à la capote. Cruz avait raison. Au premier abord, rien dans le dossier ne laissait entrevoir un lien entre les quatre incendies, sinon la technique utilisée : un préservatif pour retarder la mise à feu.

George Bingham, la première victime, était directeur adjoint au National Laboratory Historical Museum de Los Alamos, situé à environ cinquante kilomètres au nord-ouest de Santa Fe. Quand sa maison avait brûlé, il était en vacances en Europe avec sa femme. La deuxième victime était un avocat d'Albuquerque, un célibataire du nom de Brian MacDonald, tandis que la troisième, dont la demeure et le studio avaient été en partie détruits par l'incendie, se nommait Rand Symington, décorateur de l'opéra de Santa Fe. La quatrième et dernière victime était le Dr Julius Lowenthal, directeur du laboratoire de recherche de Los Alamos.

Bingham, MacDonald et Lowenthal avaient tous une assurance qui couvrait la totalité du sinistre, tandis que Symington avait contracté la police minimale exigée par la Banque de Santa Fe pour lui consentir un prêt immobilier. A première vue, aucune des quatre victimes n'avait tiré profit des incendies et Cruz avait donc exclu l'appât du gain comme mobile. Les incendies étaient trop méthodiques et trop bien exécutés pour avoir été allumés au hasard, ce qui renforçait la thèse de Cruz : il s'agissait bien de vengeance.

Jay avala une cafetière entière et dévora une demi-douzaine de livres sur les incendies criminels que Cruz conservait dans son bureau. A midi, après avoir noirci de notes la moitié d'un cahier, elle s'était fait une idée du profil des pyromanes animés par la vengeance. Une idée trop générale pour passer une maîtrise, mais suffisante pour l'instant. Se souvenant de son petit déjeuner, elle décida de sauter le déjeuner et passa une heure supplémentaire à réviser ses notes avant de recourir à l'ordinateur.

Comme la grande majorité des incendiaires, ceux qui agissaient par vengeance étaient surtout des hommes – les femmes étaient presque absentes des statistiques. D'un autre côté, alors que la plupart des pyromanes étaient relativement jeunes – entre quatorze et vingt-cinq ans –, il n'y avait aucune limite d'âge chez ceux dont le mobile était la vengeance. Pour ces derniers, le moteur semblait être un violent désir de tuer, de mutiler ou de provoquer des dégâts irréparables. Ces pyromanes n'agissaient jamais sur un coup de tête, leur geste était souvent le fruit d'une rancune longuement ruminée, et il était en outre préparé et exécuté avec soin.

Les incendiaires par vengeance justifiaient d'habitude leur geste par un acte réel ou imaginaire commis par la victime. D'après ce que Jay avait lu, le Pyromane à la capote faisait partie du sous-groupe le plus dangereux, car il mettait le feu chez des particuliers plutôt que sur un lieu de travail, ce qui risquait davantage de faire des victimes. L'incapacité du pyromane à imaginer les conséquences meurtrières de son geste était souvent due à une intelligence au-dessous de la moyenne, à la sénilité, à la toxicomanie et à divers troubles psychiques.

Comme le pyromane classique, celui qui agit par vengeance a souvent besoin d'un « facteur déclenchant » pour passer à l'acte. Ce facteur est le plus communément une scène de ménage, un traumatisme récent tel qu'un licenciement, des problèmes sexuels parmi lesquels l'impuissance, le viol du conjoint ou une relation incestueuse, le réveil de pulsions sexuelles réprimées, l'abus d'alcool provoquant une perte de l'inhibition. Chez le pyromane par vengeance, il existe souvent une combinaison de facteurs déclenchants.

Ces informations manquaient de précision, mais si l'on supposait que le pyromane à la capote habitait dans la région, Jay pouvait restreindre de moitié la liste des suspects en utilisant le profil type. Bien sûr, Cruz avait pu faire une erreur de diagnostic ; d'après les livres que Jay avait parcourus, il y avait une grande similitude entre les incendies par vengeance et ceux dont les motifs étaient religieux ou raciaux. D'après ce que Cruz avait dit sur les tensions raciales permanentes de la région de Santa Fe, c'était une piste que Jay comptait approfondir... mais discrètement.

A l'aide du code d'accès que Cruz lui avait remis, Jay entama le processus de connexion avec le central du capitole. Tandis qu'elle se frayait un chemin dans le système et démarrait son programme de recherche, elle se rendit soudain compte qu'elle y prenait du plaisir. Traquer le Pyromane à la capote n'était pas aussi jouissif que de poursuivre Ted Bundy ou le Tueur de la Green River, mais c'était plus intéressant qu'elle ne l'avait soupçonné, et au moins, seule dans le vieux bureau décrépit au-dessus de la bibliothèque municipale de Santa Fe, elle n'était pas cernée par les dix mille fonctionnaires du FBI et ne croulait pas sous une avalanche de notes de service. C'était un changement rafraîchissant.

Choisissant de se fier au diagnostic de Cruz, elle décida d'oublier le pyromane, du moins temporairement, pour se concentrer sur les victimes. Munie d'un patron minimal qui ne comprenait que quatre noms, elle l'appliqua à quasiment toutes les principales bases de données du central, Service des Immatriculations, fichier de la police d'État du Nouveau-Mexique, chambre de commerce de Santa Fe, et jusqu'au fichier de la bibliothèque municipale. Elle brancha la vieille imprimante matricielle, regarda le programme de recherche fouiller lentement le central, et sortit faire un tour.

Quarante minutes plus tard, à son retour, elle eut la déception de trouver une feuille de papier ridiculement courte émerger de l'imprimante. Les quatre victimes n'étaient connues que du Service des Immatriculations et de l'état civil. Lowenthal, le directeur de recherche de Los Alamos, possédait une Mercedes et payait les impôts locaux les plus élevés, sans doute parce qu'il gagnait le plus d'argent ; Rand Symington, le décorateur, conduisait une Izuzu ; MacDonald, l'avocat d'Albuquerque, une Porsche, et Bingham, le directeur adjoint du musée de Los Alamos, une Chrysler de modèle récent. Les seuls renseignements intéressants étaient les notes du Service des Immatriculations concernant l'avocat et une référence croisée dans le dossier de

Symington indiquant que le Service des Registres de commerce de Los Angeles possédait des informations complémentaires à son sujet.

N'ayant rien d'autre à se mettre sous la dent, Jay quitta le central et passa le quart d'heure suivant à essayer de se connecter sur le central de LA. Après deux essais infructueux, elle établit la liaison avec la Californie, s'identifia grâce à son code FBI/NCAVC, et demanda toutes les informations que les services du registre de commerce possédaient sur le décorateur. Le dossier apparut aussitôt sur son écran.

– Bon sang de bon sang ! s'exclama-t-elle en parcourant le dossier.

Elle alluma une cigarette et relut l'information.

Symington, Randall Andrew/020456-37
rsp/ser. Sociétés. :
– PYROTECH INC. –
Cal. Lic. Explosifs.
Classe A
n° 237-12-83

– Il a une licence pour explosifs ? s'étonna Cruz, qui mordit à belles dents dans le chiliburger qu'il avait acheté en route.

La nuit tombait. Cruz était rentré d'Albuquerque une heure plus tôt, et il pique-niquait avec Jay dans le parc de Santa Fe en profitant du coucher de soleil. Vingt mètres plus loin, la laîche qui tapissait le lit asséché de la rivière ondulait sous la brise.

– Classe A, précisa Jay. Il a sa licence depuis neuf ans. J'ai contacté des relations qui travaillent dans la police de Los Angeles, et ils ont effectué quelques recherches pour moi. Pyrotech faisait des effets spéciaux pour le cinéma ; la boîte était spécialisée dans les incendies et les explosions.

– Symington était l'unique actionnaire de la société ?

– Oui, acquiesça Jay.

Cruz déchira d'un coup de dent le sachet en plastique de sauce aux piments verts qu'il étala sur le reste de son hamburger. Jay avait posé le sien à moitié entamé sur la table de pique-nique. Elle aspira une gorgée de lait chocolaté à même le carton et regarda son collègue mastiquer.

– Bon, fit Cruz, qui déglutit. Il a les moyens et l'occasion de passer à l'acte. Mais quel est son mobile ? Et pourquoi mettre le feu à sa propre maison ? D'autant que son assurance ne couvre pas tous les dégâts.

– C'est vrai, ça n'a pas de sens.

– Qu'est devenue sa société ? Décorateur à l'opéra de Santa Fe et spécialiste des effets spéciaux à Hollywood, c'est pas la même chose.

– Il a merdé, répondit Jay.

Elle but une autre gorgée de chocolat.

– Il a merdé comment ?

Cruz désigna le hamburger entamé de Jay qui lui fit signe de le terminer s'il le voulait. Il s'en empara aussitôt.

– Il devait faire exploser une maison dans un film d'arts martiaux. D'après mes contacts à Los Angeles, il s'était soûlé la veille et il a mal disposé les charges. Un artificier a été tué et la vedette a été salement brûlée. Symington a été placé sur la liste noire.

– Ça n'explique toujours pas pourquoi il fout le feu partout, dit Cruz.

Il termina le hamburger de Jay puis alluma une cigarette.

– On devrait peut-être lui poser la question, proposa Jay.

L'air fraîchissait ; elle frissonna.

– Vous avez froid ? demanda Cruz.

– Oui, un peu.

– Santa Fe est trompeur. Il fait près de quarante degrés à midi mais on peut se geler la nuit. J'imagine que vous n'êtes pas habituée.

– Non, sourit Jay. L'été à Washington, c'est le sauna vingt-quatre heures sur vingt-quatre.

Il y eut un long silence que Cruz rompit.

– Qu'est-ce que tu fais ici, Fletcher ? Je peux te tutoyer ?

– D'accord. Ce que je fais ? Mon boulot. J'arrête les délinquants.

– Non, je parle sérieusement.

– Moi aussi.

– C'est du baratin. (La lumière déclinante empêchait Jay de déchiffrer l'expression de Cruz.) Pour quelqu'un comme toi, Santa Fe est une punition. Ton patron nous a parlé de toi comme si tu étais pestiférée. J'aimerais bien savoir pourquoi... Tu as merdé, toi aussi ? Comme Symington ?

– Non, rien d'aussi grave. Mais c'est vrai que j'ai merdé.

– L'alcool ? La drogue ? C'était quoi ?

– Une erreur de jugement.

– Quel genre ?

– Excès de zèle. J'ai compromis une affaire. Langford a décidé de me mettre au vert, provisoirement.

– Et il t'a envoyée ici.

– Tout juste.

Il y eut un autre silence. Encore une fois, ce fut Cruz qui le brisa.

– Ça me fait plaisir, dit-il.

– Que j'ai merdé ?
– Non, que tu sois là.
La cendre de sa cigarette rougit dans la pénombre. Le ciel devenait violacé et les montagnes dessinaient au loin une muraille sombre et menaçante.
– Je peux te demander une faveur, Cruz ?
– Vas-y toujours.
– La prochaine fois qu'on mange ensemble, on ne pourrait pas prendre un truc sans piment ?

Jay était dans l'immeuble J. Edgar Hoover. Avec Prine, elle s'efforçait de reproduire la photo digitale de la victime d'un meurtre. Prine ne cessait de parler de Stephen Hawking et des trous noirs, et chaque fois qu'ils essayaient de développer la photo de la victime, c'était Dennis Lloyd Shaw qui apparaissait sur l'écran. Il ricanait et remuait les lèvres. Shaw lui parlait, d'une voix distante et caverneuse. *Tu ne sais rien de rien, agent spécial Fletcher de mes deux. Tu ne sais rien de rien.*

Le téléphone sonna. Jay ouvrit les yeux et roula sur le côté. Sur la table de chevet, son réveille-matin de poche indiquait deux heures vingt. Le téléphone sonnait toujours. Elle tendit la main pour décrocher.
– Allô ?
– Fletcher ? C'est Cruz.
– Qu'est-ce qu'il y a ?
– Ramène-toi et vite. Rendez-vous dans vingt minutes à l'aéroport municipal, près de Cerrillos Road. Un hélicoptère de la police nous y attend.
– Que se passe-t-il ?
– Il y a eu un incendie à Albuquerque. C'est sérieux.

Le vol dura moins d'une demi-heure, et ils parcoururent en vingt minutes la distance qui séparait l'héliport d'Albuquerque du lieu de l'incendie. Ils y arrivèrent à peine une heure après l'appel de Cruz. C'était un immeuble de six étages sur Edmunds Street, adossé à l'autoroute I-25, à un block de Chavez Park. Il était entouré d'une demi-douzaine de constructions identiques des années 50, séparées par des terrains vagues jonchés de carcasses de voitures, de matelas pourris et d'un assortiment de meubles abandonnés. En plein jour, c'était un ghetto déprimant ; dans la lueur des flammes, c'était un cauchemar.

A leur arrivée, l'incendie faisait rage ; soulignées par d'épaisses volutes de fumée noires et grises, des flammes gigantesques s'échappaient du toit plat et léchaient le ciel d'encre ; l'immeuble vomissait le verre pilé des fenêtres fracassées. Des étincelles jaune vif et des cendres incandescentes voletaient telle une nuée de sauterelles menaçantes, et des vagues de chaleur étouffante soufflaient dans tous les sens. Il y avait des voitures de pompiers partout, au moins une douzaine, et des centaines de badauds se pressaient contre les barrières de la police pour voir les pompiers éteindre l'incendie avant qu'il ne s'étende aux immeubles voisins.

Gyrophare allumé, Cruz malmena le véhicule qu'il avait emprunté au service des sapeurs-pompiers d'Albuquerque et fonça vers un groupe de capitaines des pompiers en uniforme et d'officiers de police qui se tenaient à côté d'un camion-citerne rouge sang, tout près de l'immeuble en flammes. Une dizaine de pompes sortaient du camion ; une équipe de pompiers, bottés et casqués, protégés par leur combinaison ignifugée, manœuvraient les lances. Ils braquaient leurs jets à haute pression sur les étages inférieurs. La rue était déjà inondée par dix centimètres d'eau et le bruit invraisemblable assourdissait Jay, symphonie délirante, craquements et crépitements des flammes, vacarme de cascades, mêlés aux grondements et aux grincements de l'immeuble qui se désintégrait sous ses yeux.

– Ne t'éloigne pas, recommanda Cruz.

Il se pencha et empoigna sur la banquette arrière le sac de gym qu'il avait apporté de Santa Fe, puis il descendit de voiture et marcha d'un pas vif vers le groupe d'officiers, Jay sur ses talons.

– Cruz, fit-il. FIO. Lequel d'entre vous est Teale ?

Un chauve en coupe-vent beige tendit la main.

– C'est moi. Service des sapeurs-pompiers d'Albuquerque.

Cruz lui serra brièvement la main. Teale coula un œil vers Jay.

– Qui est votre collègue ? demanda-t-il.

– Sa collègue est un agent du FBI, répondit Jay. Jay Fletcher.

Elle tendit une main que Teale ignora. A cent pas, l'incendie continuait de gronder furieusement. La chaleur était insupportable et Jay envisagea sérieusement de s'enfuir à toutes jambes. Mais elle serra les mâchoires et tint bon.

– Je vous ai appelé parce que la procédure et le bureau de merde du préfet l'exigent en cas d'incendie suspect. C'est chose faite, grogna Teale, et il tourna les talons.

– Ça ne me suffit pas, Teale, rétorqua Cruz.

– J'ai à faire, Mr. Cruz. Je n'ai pas de temps à perdre avec ces conneries.

– Moi non plus, riposta Cruz. Faites-moi donc votre rapport, qu'on débarrasse le plancher.

– Entendu, acquiesça Teale. L'incendie dure depuis une heure et demie. Pour l'instant, nous avons réussi à le circonscrire aux trois étages supérieurs. Apparemment, il a démarré au quatrième. Le premier élément a vu des flammes et pas mal de fumée noire en sortir. Il a lancé un dix-quarante et un. C'est moi qui ai reçu l'appel.

– C'est tout ? demanda Cruz.

– Non, mon pote, c'est pas tout. Pour l'instant, nous avons trois Code Deux et onze Code Un. Ça vous suffit ?

– Bon sang ! souffla Cruz. Onze morts ?

– Pour l'instant.

– Comment se fait-il qu'il y en ait autant ?

– Parce qu'il y avait une crèche clandestine au cinquième. Neuf bébés, une femme, sans doute la directrice, et un homme non identifié retrouvé dans la cage d'escalier. Grillés et rôtis.

– Pas de photos ?

– Je vous en prie, Cruz. Comme je vous l'ai dit, je n'ai pas de temps à perdre avec ces conneries.

Il tourna de nouveau les talons, et cette fois Cruz n'essaya pas de le retenir. Il enjamba un enchevêtrement de tuyaux qui jaillissaient des camions et regagna la voiture. Jay lui emboîta le pas.

– Je n'ai pas tout compris, dit-elle en criant pour se faire entendre. Ça ressemble à du jargon de flics.

– Oui, c'est du même tonneau. Le premier élément est la première compagnie arrivée sur les lieux. Dix-quarante et un est un code radio pour indiquer un incendie suspect.

– Code Un signifie un mort ?

– Exact, et Code Deux un blessé grave.

Cruz percha son sac sur le capot de la voiture et en ouvrit la fermeture Éclair.

– Si le premier élément a vu des flammes et de la fumée noire, c'est que le pyromane a sans doute utilisé de l'essence.

– On peut le savoir à la couleur de la fumée ?

– Oui, à condition d'arriver à temps. La fumée noire suppose l'existence de produits pétroliers, et la blanche un matériau humide, comme le foin. (Cruz sortit du sac deux caméras vidéo miniatures grandes comme la main.) La fumée grise provient souvent d'une utilisation de phosphore qui se caractérise parfois par une forte odeur aillée. La fumée rouge, ou brun-rouge, suppose une sorte d'acide, chlorhydrique, sulfurique, ou nitrique... Tu sais te servir de ça ? demanda-t-il en tendant une caméra à Jay.

– Bien sûr.
– Alors commence à filmer, dit Cruz, et il referma le sac. Tu as une bande de deux heures là-dedans. Quand elle sera terminée, j'en ai d'autres dans mon sac.
– Qu'est-ce que je dois filmer ?
– Tout ce qui sort de l'ordinaire, dit Cruz qui se retourna vers l'immeuble en feu. Couvre la foule, je me charge de l'incendie.

Quand les pompiers vinrent enfin à bout de l'incendie, l'aube pointait déjà sur les montagnes à l'est et Jay était épuisée. Elle avait dû recharger deux fois sa caméra ; elle avait filmé la foule qui s'éclaircissait peu à peu, sans savoir si cela donnerait quelque chose. Vers six heures, l'immeuble d'Edmunds Street n'était plus qu'une carcasse calcinée et la foule s'était dispersée ; il n'y avait rien de particulièrement excitant à regarder des pompiers farfouiller dans les cendres et enrouler leurs pompes à incendie.

Jay somnolait dans le véhicule des sapeurs-pompiers d'Albuquerque quand Cruz réapparut. Il enleva la combinaison ignifugée qu'il portait, la fourra dans le coffre, puis se glissa au volant.

– C'est fini ? demanda Jay.

Il avait l'air éreinté.

– Pour l'instant, répondit-il.

Il tourna la clef de contact, démarra, enclencha la marche arrière et fit demi-tour.

– Où allons-nous maintenant ? demanda Jay en bâillant. C'est l'heure du petit déjeuner ? ajouta-t-elle avec une lueur d'espoir.

– Pas encore, dit Cruz, et il se dirigea vers la voie express. Comme il y a eu des morts, nous devons assister à la réunion de la Brigade criminelle.

Le quartier général de la police d'Albuquerque se trouvait dans le commissariat de Roma Avenue, caché derrière le palais de justice, à un block de la Civic Plaza. La réunion se tenait dans une vaste salle de conférences de la Brigade criminelle, au quatrième étage du bâtiment ; Jay mit trente secondes à comprendre qu'elle n'avait rien à y faire. La présence de Cruz était déjà mal vue, et celle d'un agent du FBI, une femme qui plus est, n'aurait servi qu'à envenimer les choses. Elle s'excusa brièvement et partit à la recherche d'un distributeur de café.

Le service de la Criminelle était un labyrinthe de couloirs, de bureaux et de salles d'interrogatoire, le tout dans ce style administratif aussi universel qu'un hall de Holiday Inn, meubles éraillés, murs vert pâle, tableaux garnis de trois épaisseurs de notes de service et d'infos syndicales. A cette heure, l'endroit était calme ; les équipes de nuit quittaient leur garde et il était encore trop tôt pour les équipes de jour.

Jay trouva ce qu'elle cherchait dans une petite salle de réunion dont la fenêtre ouvrait sur le parking coincé entre le commissariat et le palais de justice. Sur la porte, une pancarte écrite à la main indiquait : LE MANUEL. Jay remplit une carafe d'eau dans le cabinet de toilette adjacent puis entreprit de faire du café frais. Pendant qu'il passait, elle se laissa tomber sur une chaise et examina la pièce d'un œil las. A l'évidence, la pièce servait couramment. La grande table qui occupait presque tout l'espace était jonchée de gobelets vides, de cendriers débordants et de calepins jaunes. Au plafond, trois néons crépitaient. Recouvert par un rideau de feutre noir suspendu à un fil de fer, un tableau noir occupait le mur du fond. Jay comprit intuitivement à quoi servait la pièce ; elle ressemblait à celle que l'équipe spéciale du FBI avait utilisée pour l'affaire des hôtesses.

Curieuse, Jay prit un gobelet, puisa du café dans la cafetière en marche, ajouta du lait en poudre et traversa la pièce. Elle posa son gobelet sur la table, alluma une cigarette, puis tira le rideau noir.

– Doux Jésus ! s'exclama-t-elle.

La moitié du tableau était couvert de listes de noms, de lieux, d'horaires, reliées entre elles par des fils de couleur. L'autre moitié était tapissée de photographies en noir et blanc et en couleurs. Même en faisant abstraction du sujet macabre qu'ils traitaient, Jay aurait reconnu l'éclairage cru, presque irréel, des clichés des services du coroner.

C'étaient surtout des photos de mains, toutes mutilées de manière identique : elles avaient été tranchées entre le deuxième et le troisième doigt, avec un instrument aiguisé comme un hachoir ; la lame s'était enfoncée profondément dans la paume et avait parfois coupé la main en deux. Les autres photos représentaient les têtes et les troncs des victimes, des femmes de tous âges dont la majorité semblait avoir dans les trente ans. Poitrine et ventre mutilés, cou tranché. Jay compta neuf visages différents. Les photos étaient soigneusement étiquetées. Trois victimes venaient d'Albuquerque, les six autres d'un État différent : Virginia Beach, en Virginie ; Rome, en Georgie ; Saint Petersburg, en Floride ; San Diego, en Californie ; Rochester, dans l'État de New York ; Detroit, dans le Michigan.

Pour autant que Jay pût en juger, il n'y avait aucun lien entre les neuf femmes. Même sur les photos en noir et blanc, on voyait que certaines étaient blondes, d'autres brunes, et deux étaient à l'évidence rousses. Deux étaient plutôt boulottes, l'une semblait très jeune, pas plus de dix-huit ans, alors qu'une autre aurait pu passer pour sa grand-mère. Il y avait une Noire et une Asiatique. C'était bizarre, car les serial killers dont Jay avait entendu parler se spécialisaient dans une race, un type physique ou un groupe d'âge précis. Celui-là semblait ratisser large. Au moins, Jay avait compris ce que signifiait le mot sur la porte.

– Vous pouvez me dire ce que vous faites ici ?

Surprise, Jay se retourna et se trouva nez à nez avec un grand chauve d'une cinquantaine d'années vêtu d'un costume gris fripé et d'une chemise blanche. Ses joues, son menton et son cou étaient grêlés de petite vérole et d'épais sourcils broussailleux cachaient ses yeux qu'il fixait sur le badge de Jay épinglé à son revers.

– Je me faisais du café, dit-elle.

– Oui, ça se sent, dit l'homme. C'est pour ça que je suis entré. Personne n'est censé être ici à cette heure.

– Je m'excuse.

– Ça ne me dit pas qui vous êtes.

– Fletcher. Je devrais être à la réunion qui se tient à l'autre bout du couloir.

– La grillade ? L'incendie du barrio ?

– Oui.

– Je m'appelle Sladky. Quel rapport avez-vous avec le barbecue ?

– Je suis avec Cruz, service d'investigation des sapeurs-pompiers.

– Que voulez-vous dire, « avec » ?

– Je travaille avec lui.

– Vous n'êtes pas d'ici.

– Non, de Washington. En service détaché du FBI.

– Vous êtes un agent fédéral ?

– Oui. C'est votre affaire ? demanda Jay en pointant le menton vers les photos.

– Le Manuel ? Oui, je m'en occupe.

– J'ai vu qu'il y avait six victimes n'appartenant pas à l'État.

– Oui, la manière d'opérer est toujours la même. Le fumier a l'air d'aimer notre ville. Je préférerais qu'il exerce ses talents ailleurs.

– Depuis combien de temps sévit-il par ici ?

Sladky alla se servir une tasse de café et rejoignit Jay devant le tableau noir. Il contempla les photos en sirotant son café.

– Son premier crime remonte à deux ans, dit-il.

– C'était à Albuquerque ?

– Ouais. On a cru remarquer qu'il frappait environ tous les deux mois. Vous avez déjà eu à résoudre des affaires similaires ?

– Oui.

– Vous faites partie de ces as, style *Silence des agneaux* ? Vous travaillez au machin comportemental trucmuche ?

– Non, dans l'informatique.

– Je déteste les ordinateurs. J'y comprends couic.

– Ça m'arrive aussi, sourit Jay. (Elle regarda de nouveau les photographies.) Est-ce qu'il inflige des sévices sexuels à ses victimes ?

– Nan. A moins qu'il ne se masturbe dans une capote. La scène du crime est toujours aussi propre qu'un sou neuf. D'après les rapports du coroner, il attache ses victimes sur une chaise avec du chatterton. Il leur mutile d'abord les seins et le ventre, et il s'attaque au cou. Les mains, il fait ça après, quand les femmes sont mortes.

– Les victimes sont toutes différentes, remarqua Jay.

– Oui, et c'est ça le hic. Il n'a pas de constante en ce qui concerne les victimes. L'âge ne nous renseigne pas davantage, ça va de dix-sept à cinquante-neuf ans. Des grandes, des petites, des Noires, des Blanches... on dirait que ce fumier s'en balance.

– La seule véritable signature reste donc la mutilation des mains ? demanda Jay.

– Oui. Ça et les notes.

– Il laisse des notes ?

– Enfin, si on peut appeler ça comme ça.

Sladky décrocha du tableau une photocopie agrandie.

– Bon Dieu ! s'exclama Jay. Qu'est-ce que ça peut bien être ?

Les caractères étaient nets mais l'ensemble complètement incompréhensible. Jay lut une note à haute voix en butant sur chaque syllabe.

– QaStaHvlS wa'ram LoS SaD Hugh SlijlaH qetbogh loD.

– Ça me la coupe, dit Sladky. On a refilé tous les mots au département de linguistique de l'université, mais ils n'ont rien pu en tirer, eux non plus. Personne ne sait ce que ça signifie. Il se sert d'une imprimante laser Hewlett Packard IIP, d'après ce qu'on m'a dit, mais un million de ces foutues machines sont en circulation. Ça ne nous aide pas beaucoup.

– C'est peut-être un code, suggéra Jay.

– Pensez-vous, on a vérifié. A mon avis, c'est du charabia. Un langage secret connu de lui seul, ou un délire religieux. Ce con se prend peut-être pour la réincarnation de David Koresh, allez savoir ! L'équipe spéciale est dessus depuis huit mois, et on n'a encore aucune piste.

– C'est bizarre, dit Jay.

Sladky émit une sorte de rot.

– Oui, on peut dire ça comme ça. Mais si on y va par là, ils sont tous bizarres, non ?

9

Dès son arrivée à l'aéroport de Phoenix, William Hawkins loua une Lincoln et se rendit au Sheraton, à un block de Civic Plaza, au cœur de la ville. Après un bref déjeuner au restaurant de l'hôtel, il appela le bureau régional du FBI, prit rendez-vous, puis monta dans la Lincoln et emprunta l'autoroute du Canyon Noir. Une demi-heure et deux sorties manquées plus tard, il trouva enfin le bureau régional sur East Indianola Avenue. C'était un bâtiment en béton de taille moyenne, à portée de voix de l'autoroute. Il était bâti comme une forteresse. Après être entré dans un hall impersonnel, Hawkins perdit encore un quart d'heure à franchir les obstacles d'identification qui comprenaient tout sauf le scanner rétinien et la fouille à corps. Hawkins n'en fut pas surpris. Après l'attaque terroriste à Atlanta quelques années auparavant, au cours de laquelle une dizaine d'agents du FBI et des auxiliaires avaient été pris en otage, entrer dans une agence régionale n'était pas chose aisée, même pour un gars de la maison. A l'agence de Dallas, on utilisait déjà le scanner rétinien ; même les toilettes pour hommes étaient protégées par une serrure à combinaison. Dieu aide l'Américain moyen qui venait porter plainte. En outre, le bandeau que Hawkins portait sur l'œil et sa tenue négligée ne favorisaient pas un accueil amical.

Le bureau de Rodney Jones était situé au troisième étage. Agent spécial responsable de l'agence, Jones occupait une suite avec vue sur les embouteillages. Il se leva de son bureau et serra la main tendue de Hawkins, comme s'il s'agissait d'un serpent venimeux. L'agent responsable était grand, au moins un mètre quatre-vingt-dix, baraqué, rouquin et à moitié chauve. Il portait des lunettes à lourdes montures noires sur un nez épaté et affichait une lassitude désabusée. Il ressemblait davantage à un entraîneur de football américain qu'à un agent du FBI. Il offrit un siège à Hawkins et retourna s'asseoir derrière son bureau.

– On m'a demandé de vous accorder mon entière coopération, dit Jones.

Il avait une voix basse, intelligente, avec une pointe d'accent de l'Ouest et un ton amer.

– Demandé ou ordonné ? sourit Hawkins.

– Ordonné serait plus juste.

– Le tact n'a jamais été le fort du quartier général. C'était déjà comme ça de mon temps.

– Oh, tant que c'est pas un coup monté de l'OPR !

– Rassurez-vous, ça n'a rien à voir.

L'Office of Professional Responsability était l'équivalent pour le FBI de la police des polices. Officiellement, l'OPR était censé vérifier les procédures criminelles, interroger les employés et, plus généralement, évaluer la qualité du travail de chaque agence. De temps en temps, cependant, on les avait surpris à utiliser des moyens plus détournés. On les surnommait les Gardes-Chiourme.

– Qu'est-ce que vous voulez savoir exactement ? demanda Jones.

Il s'adossa dans son fauteuil et croisa les mains derrière sa nuque. Le geste était censé prouver sa décontraction, mais il avait l'effet inverse. On marchait sur ses plates-bandes, et il n'aimait pas cela.

– Tout ce que vous pouvez me dire, répondit Hawkins.

– D'après ce que j'ai cru comprendre, vous en savez plus sur ce type que n'importe qui. Ça m'étonnerait qu'on puisse vous aider.

– Chaque serial killer est un cas à part, objecta Hawkins. Comment avez-vous hérité de l'affaire pour commencer ?

– A cause de l'enveloppe qui vous était adressée. La police de Phoenix l'a trouvée sous le cadavre congelé. C'était un prétexte pour se débarrasser de l'affaire et nous la refiler. (Jones émit un petit rire bref.) Ça les démangeait. La dernière chose que veulent les flics, c'est bien de s'encombrer d'un meurtre pareil qui leur pend au cou comme une espèce d'albatros. C'est pas que je les blâme. Leur chance de résoudre l'affaire est égale à zéro, et ils le savent.

– Et pour le Bureau ? demanda Hawkins. A combien estimez-vous vos chances ?

– Égales à zéro.

– Vous avez progressé ?

– Pas à proprement parler. Nous n'avons aucune piste. Nous suivons la procédure. Le VICAP et tout le tremblement. Vous connaissez la chanson.

Hawkins opina. Jones avait l'air de se désintéresser de l'affaire, mais, si on examinait la question froidement, il avait raison : il ne pouvait pas grand-chose. Le Glacier ne frappait jamais deux fois au même endroit ; pour Jones et pour la police de Phoenix, il s'agissait d'un seul meurtre qui devait être appréhendé comme tel. Pour mettre au point une enquête au niveau national, il aurait fallu la coopération et la coordination des forces de police et des agences du FBI de tout le pays, et c'était impensable. Les différentes juridictions de Phoenix constituaient un cauchemar à elles seules. Il y avait vingt-trois polices régionales différentes, la police d'État, et une demi-douzaine de bureaux de shérif de comté, sans parler des problèmes de langue. Hawkins soupira. Aux États-Unis, la bureaucratie était en train de rendre les forces de police presque impuissantes. Il fallait déjà des connaissances de base en informatique pour entrer dans les écoles de police.

– Vous permettez que je jette un coup d'œil aux dossiers ? demanda Hawkins.

C'était la principale raison de sa rencontre avec Jones, sans compter qu'il voulait aussi prendre la température et savoir quel genre de bâton ses collègues lui mettraient dans les roues.

– Je vous en prie, répondit Jones. Faites comme chez vous. (Il sourit mais derrière ses grosses lunettes son regard resta de glace.) Qui sait ? Vous pourrez peut-être en tirer un livre.

Hawkins emporta les photocopies des dossiers à son hôtel et se mit au travail. Pour une affaire de meurtre en attente sans véritables pistes permettant de poursuivre l'enquête, celle du Glacier avait engendré une paperasserie impressionnante : la transcription du premier appel à police-secours, l'entretien préliminaire avec le propriétaire qui avait découvert le cadavre dans le freezer, les rapports préliminaires des inspecteurs, le rapport du médecin légiste appelé sur les lieux, la transcription de l'autopsie, les résultats des examens de laboratoire, les documents transférés de la Criminelle de Phoenix à l'agence régionale du FBI, une évaluation préliminaire de l'affaire par l'un des agents spéciaux de Jones, et des notes adressées à ce dernier quand l'affaire avait échu au VICAP.

Or le tout ne valait pas tripette. Le corps n'avait toujours pas été identifié, et on ne possédait rien sur le Glacier. Le fumier allait s'en tirer une fois de plus. Hawkins continua malgré tout ses recherches, tenta de reconstituer la chronologie des faits et nota le tout sur un calepin. Vers le milieu de l'après-midi, il s'était fait une idée générale de l'affaire. Muni de ses notes, il téléphona à Bo Stevenson, le sergent de police de Phoenix à qui l'affaire avait été confiée au début. Hawkins se présenta et obtint un rendez-vous avec Stevenson sur les lieux du crime.

On avait découvert le corps dans un immeuble de deux étages situé au sud-ouest de la ville. C'était un bâtiment anonyme en parpaings des années 20, construit autour d'une cour intérieure, et qui ressemblait davantage à un motel délabré pour voyageurs de commerce qu'à une résidence. Il était sis dans un quartier de terrains vagues, de centres commerciaux, de stands de taco et de magasins de spiritueux ouverts toute la nuit.

Le sergent Bo Stevenson attendait Hawkins dans l'appartement. C'était un quadragénaire solide, un grand gaillard au visage de boxeur et au crâne rasé. Il accueillit Hawkins à la porte, lui serra machinalement la main, puis lui fit visiter les lieux. Il n'y avait pas grand-chose à voir.

– C'est assez banal, dit-il. Chambre à coucher, salle de bains, cuisine avec coin repas et salon.

Les murs blancs viraient au beige du fait de la nicotine, des lattes manquaient dans les parquets en bois bon marché, un câble dénudé sortait du mur dans un coin du salon, et il n'y avait pas de meubles. La seule chose qui attirait l'attention, c'était un freezer de taille moyenne installé dans le coin repas. Il était encore recouvert de la fine couche de poudre charbonneuse avec laquelle on avait tenté de relever les empreintes.

– C'est mince pour une enquête, commenta Hawkins.

– On ne peut plus mince, approuva Stevenson.

Hawkins se planta au milieu du salon et pivota lentement. Avec les années, le Glacier avait amélioré sa technique, et Hawkins contemplait le résultat. Une pièce bien rangée, anonyme, dans un immeuble anonyme. L'endroit idéal pour une victime anonyme.

– Merde, souffla Hawkins.

– C'est aussi ce que j'ai dit la première fois que j'ai vu l'appartement, sourit le sergent, et il désigna le salon d'un geste large. Je travaille à la Criminelle depuis huit ans. On s'attend à tout dans ce métier, sauf au vide.

– Vous avez cinq minutes ? demanda Hawkins.

– Bien sûr.

– Je vous offre un café.

Ils trouvèrent un McDonald à cent mètres, entrèrent et s'installèrent dans un coin isolé. Stevenson sortit un calepin de sa veste de sport et passa dix minutes à relater les détails de l'enquête initiale point par point. Hormis l'enveloppe qu'on avait retrouvée sous le cadavre, il n'y avait rien que de très banal.

– Vous avez transmis l'affaire au Bureau dès que vous avez découvert l'enveloppe ? demanda Hawkins.

– Ouais, sourit Stevenson. C'était l'occasion.

– Mais vous avez d'abord regardé les photos ?

– Vous n'auriez pas fait pareil ?

– Qu'en avez-vous pensé ?

– On aurait dit qu'il n'y avait aucun rapport, déclara Stevenson. On aurait dit que les photos avaient été prises dans un abattoir. Alors que pour le cadavre, on aurait parié que c'était un règlement de comptes. Les photos étaient celles d'un cinglé. Le meurtre était l'œuvre d'un pro. Ça n'avait aucun sens.

– Alors vous vous êtes débarrassé de l'affaire.

Stevenson se hérissa.

– Nous ne nous en sommes pas débarrassés, Mr. Hawkins, nous avons suivi la procédure. Il y avait un lien évident entre le cadavre congelé et les Fédéraux. Nous avons agi selon les règles.

– D'accord, mais ça vous a soulagé.

– Évidemment. Nous avons assez de meurtres comme ça, nous ne courons pas après les affaires. Mais ça ne m'a pas plu des masses.

– Que voulez-vous dire ?

– Quel que soit l'assassin, il savait qu'on transmettrait l'affaire au FBI dès qu'on découvrirait l'enveloppe.

– Et alors ?

– Alors, grogna Stevenson, j'aime pas être manipulé.

– Vous croyez que l'assassin savait ce qu'il faisait ?

– Oui. Je crois qu'il savait exactement ce qu'il faisait. L'affaire à peine débroussaillée, la police de Phoenix la transmet à l'agence régionale du Bureau. L'agence régionale la transmet aux caïds des laboratoires de Quantico. Et cela cesse d'être une enquête locale sérieuse pour finir dans un placard à un millier de kilomètres de là. Ça me dégoûte.

– Je vois ça.

C'était la raison pour laquelle Langford avait convaincu Hawkins de se rendre à Phoenix. Volontairement ou non, le Glacier utilisait les failles de la bureaucratie pour effacer ses traces.

Stevenson but une gorgée de café, puis dévisagea Hawkins.

– Franchement, votre présence me surprend, dit-il. Et vous prétendez que vous n'êtes même pas en visite officielle. Je n'arrive pas à vous situer.

– Je cherche juste à arrêter ce type.

– Comment ? Vous ne connaissez même pas la victime, alors l'assassin... Pour l'arrêter il faudra que vous remontiez jusqu'à lui, et d'après ce que j'ai pu en juger, ce type ne commet pas d'erreurs. Il n'a pas laissé l'ombre d'une trace.

– On commet tous des erreurs, rétorqua Hawkins. Croyez-moi.

Dans l'appartement en sous-sol de Denver, le Glacier écoutait les cassettes qu'il avait enregistrées la veille, le casque sur les oreilles, nu ; l'appartement était plongé dans l'obscurité, les stores vénitiens fermés. Seule une petite lumière rouge provenait du magnétophone en marche. La veille au soir, Ellen Putnam était sortie dîner avec une amie avant d'aller au cinéma ; elle avait laissé sa fille à la maison. Tina n'était pas restée seule longtemps. Cinq minutes après le départ de sa mère, elle avait appelé son petit ami, et un quart d'heure plus tard, Terry était arrivé.

Assis dans le noir, le Glacier écoutait les cassettes en se masturbant doucement.

Le clac de la porte de la chambre de Tina qui se fermait. Des rires nerveux, des froissements de vêtements, le tintement d'un bracelet. Puis le silence. Des bruits mouillés. Des baisers. Des gloussements et des frottements de pas. Le craquement du lit, le crissement des draps.

– *Je me demande ce que diraient les voisins*

C'était une voix masculine. Celle de Terry.

– *Je me demande ce que dirait maman*

Un long silence. Un léger gémissement. De nouveaux froissements.

– *Tu veux me... ?*

– *Oui, d'accord... Non, ne bouge pas.*

Encore des froissements, puis un bruit de succion.

La voix mâle : *« Mmmm. C'est aussi bon que la dernière fois. »*

Des bruits de langue, des halètements, de légers baisers. Le lit qui bouge. Des grognements, des murmures, des gémissements féminins, presque des râles.

Sa voix à elle : *« Attends... laisse-moi. Oh ! »*

– *Je l'ai.*

– *Tu es sûr que tu l'as bien mis ?*

– *Oui.*

– *Bon, ça va.*

– *On en avait tellement envie hier soir.*

Des grincements rapides, des halètements, des grognements.

La voix de Tina, rauque d'excitation : *« Tu veux me la mettre par-derrière ?*

Silence.

La voix de Terry, déçue, gênée : *« Trop tard ! »*

– *Oh !*

– *J'y ai pensé toute la journée, c'est peut-être pour ça...*

– *Ça ne fait rien.*

– *Je suis désolé.*

– *Non, ça ne fait rien. Vraiment.* (Silence.) *Il faut combien de temps ?*

– *Je viens juste de terminer.*

– *Non, je veux dire...*

– *Je ne sais pas. Je n'y pense pas.*

– *Ah bon.* (Silence.) *Non, ne bouge pas. Oh ! Hmm, c'est bon.* (Silence.) *C'est bon, ça m'excite.*

Encore un silence, puis le souffle haletant de Tina, l'écho des gestes rageurs de Terry. Un feu d'artifice de grognements, gémissements, sifflements, halètements, puis la chute, à bout de souffle, suivie de rires.

La voix de Terry : *« Génial ! »*

– *Tu l'as gardé ?*

– *Oui, ne t'inquiète pas.*

Un silence, puis le bruit du caoutchouc qui claque.

– *Et voilà !*

Le Glacier ôta son casque, puis arrêta la cassette. Il resta assis dans le noir, nu, les yeux au plafond. Pas plus de dix ou quinze minutes. Ce serait tout ce qu'elle aurait, tout ce qu'elle connaîtrait. Le sexe protégé ? Il sourit.

Il faudra qu'elle s'en contente pour l'éternité.

Assise dans la pénombre du bureau, au-dessus de la bibliothèque municipale de Santa Fe, Jay contemplait l'ordinateur ; le pouls électronique du curseur scintillait dans le coin supérieur gauche de l'écran blanc lumineux. Jay et Cruz étaient revenus d'Albuquerque en milieu d'après-midi, mais après quelques heures, prétextant la fatigue, Cruz était rentré se coucher. Jay l'aurait volontiers imité, mais elle avait bu trop de café pour dormir. Et en plus du café, le souvenir de l'œuvre du Manuel la maintenait éveillée.

Elle était sur le point de commettre une folie, la même qui lui avait valu de se retrouver à Santa Fe. Le Manuel ne la concernait pas, c'était le problème de la police d'Albuquerque. Si elle s'en mêlait et se faisait prendre la main dans le sac, elle se retrouverait dans de sales draps. Elle risquait davantage qu'un simple transfert. Elle risquait le renvoi, peut-être la prison.

Mais c'était trop tentant. Elle jeta un œil sur les disquettes empilées à côté de l'ordinateur. Celles du programme C-Bix. Sa brève incursion dans le central de Santa Fe lui avait montré que le réseau local des ordinateurs du capitole était virtuellement dépourvu de système de sécurité, et il n'y avait pas de raison qu'il en aille différemment à Albuquerque. Avec les codes d'accès de Cruz, Jay pouvait voyager à volonté sur les réseaux, et vu ses connaissances en informatique, elle était sûre d'effacer les traces de ses recherches. L'affaire du Manuel était l'expérience idéale pour tester l'efficacité du programme C-Bix. Au lieu d'attendre que les informations médico-légales s'accumulent pendant que le tueur continuait ses massacres, pourquoi ne pas utiliser le programme ? Qui n'avait d'ailleurs été conçu que dans ce seul but : traquer un meurtrier grâce aux bases de données existantes.

Le seul problème était que sans un tiroir plein de mandats et d'autorisations diverses, l'utilisation du C-Bix était illégale, anticonstitutionnelle, une violation des droits civiques des individus qu'il passait au crible en allant fouiller dans les banques de données. On acceptait généralement qu'une loi mineure soit transgressée dans l'intérêt d'une loi majeure, mais le C-Bix ratissait large. C'était une sorte de Big Brother.

Certes, mais Jay n'était pas Big Brother, loin de là. Elle n'était qu'un simple flic aux trousses d'un tueur, un peu comme une voiture de police qui patrouillait sur les autoroutes de l'information. Jay renifla et alluma une cigarette. Pendant ses quatre ans au CART, elle avait remarqué une augmentation des délits liés à l'informatique, des fraudes bancaires aux lignes spéciales pour pédophiles. Avec un modem, on pouvait se brancher sur Internet, ce gigantesque réseau invisible qui échappait à tout contrôle et qui couvrait tout le pays, et de là, on pouvait trouver tout et n'importe quoi, des relations sexuelles tordues aux moyens de falsifier ses livrets scolaires. La Maison-Blanche encourageait l'utilisation du réseau national comme si c'était l'aventure du XXIe siècle, l'équivalent moderne de la conquête de l'Ouest. Les énarques oubliaient de dire que, à part d'honnêtes colons et des explorateurs irréprochables, l'Ouest moderne avait aussi son lot de bandits armés de la réalité virtuelle, de voleur de données, et d'informaticiens hors la loi.

Alors pourquoi pas un Robin des Bois du cyberespace ?

– A qui veux-tu faire croire ça, ma belle ? demanda Jay à haute voix.

Elle écrasa sa cigarette dans le cendrier, puis regarda la pile de disquettes en hésitant. Il était interdit par la loi d'utiliser le C-Bix sans autorisation, point final. D'un autre côté, la loi interdisait aussi de tuer des gens, de trancher leurs mains avec un hachoir à viande. Les chances d'arrêter le Manuel par les moyens légaux étaient quasiment nulles, et pour Jay, les chances de se faire prendre en train d'utiliser le C-Bix tout aussi nulles. Finalement, c'était une question de morale. Oui ou non, plus ou moins, ouvert ou fermé, justice expéditive ou procès équitable. Simple et élégant, exactement comme un ordinateur... ou comme un film de John Wayne.

Moi, je suis d'avis de pendre ce fumier, shérif.

Jay alluma une autre cigarette et commença à charger les disquettes sur le disque dur.

10

Le lendemain matin à dix heures, Hawkins se retrouva dans le cabinet du médecin légiste de Phoenix, à l'angle de la 6e et de Jefferson, à quelques blocks de Civic Plaza. L'assistant qui avait pratiqué l'autopsie du cadavre non identifié était un petit homme au visage d'écureuil qui répondait au nom de Simpkins. Il consulta son fichier informatique puis conduisit Hawkins à la morgue. Quelques minutes plus tard, le retraité du FBI faisait connaissance avec la victime.

Étendu sur la table en acier inoxydable, le cadavre ressemblait à une statue d'argile. La peau était grise et lâche, et les traits s'étaient affaissés comme si l'homme avait suivi une sorte de jeûne post-mortem. Hawkins interrogea le médecin.

– Il a passé plusieurs mois dans le freezer, expliqua Simpkins. L'eau a été éliminée des tissus. S'il était resté un an, ça l'aurait desséché comme une momie.

La plaie mortelle était nettement visible – un trou net dans la nuque que la partie rasée pratiquée par le médecin légiste rendait encore plus voyant. La balle de calibre 22 n'était pas ressortie ; elle s'était perdue dans le crâne, transformant la cervelle en bouillie. Hawkins visualisa l'appartement. Le coup de feu n'avait sans doute pas fait plus de bruit qu'un sac en papier qu'on crève.

– Pas d'autres blessures ? demanda-t-il.

– Niet, fit Simpkins. C'est écrit dans le rapport.

– Parlez-moi de ce que vous n'avez pas écrit dans le rapport.

Simpkins parut réfléchir, puis il hocha la tête d'un air navré.

– Je ne me souviens de rien. C'était du travail propre, du travail signé Mafia.

– Qui vous a dit qu'il s'agissait d'une exécution ?

– Personne. Mais ça colle au profil.
– Et le freezer ?
– Astucieux. Comme ça, on ne risquait pas de découvrir le corps avant un bout de temps.
– Vous avez déjà vu ça ?
– Jamais.
– Alors, ça ne colle pas au profil.
– Non, vous avez raison.

Simpkins commença à avoir l'air mal à l'aise. Il passa une main nerveuse dans ses cheveux poil de carotte.

– Trouvez-moi autre chose qui ne colle pas avec le profil de la mafia, pressa Hawkins.

Simpkins feuilleta les papiers pincés sur son porte-bloc. Il hocha la tête, reposa le porte-bloc, puis souleva le bras droit du cadavre.

– Ça, fit-il.
– Je ne vois rien, dit Hawkins en se penchant au-dessus du corps.
– A la pliure du coude, précisa Simpkins. Une trace de piqûre.

Hawkins la vit, ou crut la voir... un point décoloré à la pliure du coude, effectivement.

– Une aiguille, commenta Simpkins. Un assez gros modèle.
– Pourquoi ne pas l'avoir mentionné dans votre rapport ?
– Le type n'était pas un toxico. Il n'y a qu'une piqûre, pas une traînée. D'ailleurs, il était en trop bonne santé pour un toxicomane. (Il émit un petit rire bref.) En très bonne santé pour un cadavre.
– Comment expliquez-vous la piqûre, alors ?
– Oh, il peut y avoir de multiples raisons.
– Par exemple ?
– Vu le diamètre de l'aiguille, c'était peut-être une intraveineuse de perfusion, mais ça m'étonnerait. Dans ce cas, on l'aurait piqué dans le poignet ou sur le dos de la main.
– Pourquoi ne pas me dire à quoi vous pensez, docteur ? soupira Hawkins. Donnez-moi votre impression personnelle.
– Je ne suis pas censé avoir d'impression personnelle, rétorqua Simpkins. J'examine les indices cliniques. Je suis un pathologiste, pas un inspecteur de la Criminelle.

Le monde fourmille de spécialistes, chacun enfermé dans sa sphère. Personne ne prend de responsabilité.

– Le type a un trou à la pliure du coude, dit Hawkins. Vous prétendez que ce n'était pas un camé. Quelles sont les autres explications ?
– C'était peut-être un donneur de sang.
– Il va dans une clinique, donne une pinte de sang, et se fait brûler la cervelle.

– C'est ridicule, n'est-ce pas ?
– Un peu, oui, sourit Hawkins.
– C'est pour ça que je ne livre jamais mes impressions personnelles.
Simpkins dévisagea Hawkins d'un œil vide. Les deux hommes étaient séparés par la masse grise du cadavre.
– Je sais ce que veut la police, Mr. Hawkins. Je sais ce que veut le District Attorney, et surtout, je sais ce que veut mon patron. Et ils veulent tous la même chose – des réponses simples à des questions complexes. Ils veulent que ce soit un règlement de comptes de la mafia. Comme le meurtre colle au profil, je leur dis que c'est du travail de pro. Voyez, je fais le plus simple possible. Je ne joue pas au Sherlock Holmes, je ne fournis pas d'explications tortueuses, je ne pose pas de devinettes. La victime donne son sang avant de se faire buter, et après ?
– Et maintenant, la police de Phoenix ne s'occupe même plus de l'affaire, ça prouve que personne ne cherche à savoir, pas vrai ? On range le dossier à la lettre O, comme oubliettes.
– C'est ça, acquiesça Simpkins.
– Bon, vous disiez que la piqûre pouvait avoir plusieurs explications. Donnez-les-moi.
– C'était peut-être un camé novice, mais on n'a pas retrouvé de drogue dans son organisme. Il venait peut-être de subir un test HIV, mais on ne les pratique pas avec des aiguilles aussi grosses. C'était peut-être un cinglé qui prenait son pied en se plantant des aiguilles dans le bras. Sa maîtresse était peut-être un vampire, ou bien il suivait un traitement intraveineux qu'on n'a pas décelé à l'autopsie.
– Mais vous avez parlé de don du sang.
– Oui.
– Pourquoi ?
– Parce qu'il était AB négatif.
– Je ne comprends pas.
– En testant son sang, je me suis aperçu qu'il était AB négatif. C'est un groupe sanguin assez rare. La Croix-Rouge et les banques de sang en manquent régulièrement.
– Mais vous n'avez rien mentionné dans votre rapport à ce sujet.
– Si, objecta Simpkins, vexé. Je l'ai catalogué AB négatif.
– D'accord, mais vous n'avez pas fait le rapprochement avec la piqûre sur son bras.
– Je n'ai pas non plus mentionné qu'il était gaucher ni que c'était un candidat à la calvitie précoce. Ni qu'il enfilait probablement son pantalon une jambe après l'autre, comme la plupart d'entre nous. A l'époque, ça ne m'avait pas paru significatif. Et je n'ai pas changé d'avis, d'ailleurs.

– Quel est le degré de rareté du groupe AB négatif ?
Simpkins réfléchit.
– Disons quinze pour cent de la population. Dans ces eaux-là.
– Est-ce que la Croix-Rouge ou les banques de sang gardent des listes des donneurs rares ? Leurs noms et leurs adresses, peut-être ?
– Je n'en ai pas la moindre idée, répondit Simpkins. Je n'ai jamais donné mon sang. (Il sourit d'un air penaud.) J'ai peur des piqûres.

Rand Symington, le décorateur de l'opéra de Santa Fe, vivait dans les contreforts boisés à l'ouest de la ville. Sa maison, une ancienne école indienne en adobe rénovée, était tapie dans une petite clairière, à l'écart de Buckman Road.
– Ça fait très artiste, remarqua Jay en descendant de la Cherokee.
Le bâtiment principal était peint en bleu vif et la clairière était parsemée de vieux décors d'opéra – il y avait de tout, des palazzi italiens aux châteaux romans, dans toutes les couleurs de l'arc-en-ciel. Accolé à la maison, un vaste atelier exhibait deux parois en tôle ondulée où l'on distinguait encore des traces de l'incendie sous la forme de longues traînées de suie. Une partie du toit incliné était gauchie et la moitié d'une gigantesque baie vitrée était obstruée par une feuille de contreplaqué.
– Il m'a dit qu'il serait dans son atelier, déclara Cruz en désignant la construction métallique.
Symington était un bel homme, proche de la quarantaine, mince, les hanches étroites, vêtu d'un jean, d'un T-shirt et de bottes de cow-boy. Ses longs cheveux blonds étaient ramassés sur la nuque en une queue de cheval. Quand ils entrèrent dans l'atelier, Symington, armé d'un chalumeau électrique, le nez chaussé de grosses lunettes de soudeur, assemblait deux barres d'acier à angle droit. La vaste pièce haute de plafond était encombrée d'un nombre étourdissant de fournitures diverses soigneusement rangées sur des étagères métalliques ou empilées sur des établis. Des décors d'opéra reposaient contre les murs, et à l'extrémité de la pièce, sous une mezzanine, Jay vit ce qui ressemblait à un gigantesque gaufrier, avec de gros câbles serpentant sur le sol en ciment vers un panneau électrique de fabrication maison.
Symington éteignit son chalumeau et fit glisser les lunettes autour de son cou. Jay s'aperçut qu'il avait des yeux d'un curieux bleu turquoise. Souriant, il fit un geste de la main.
– Lieutenant Cruz. Je suis content de vous revoir... Vous, dit-il à Jay, je ne vous ai jamais vue.
– Jay Fletcher.

– Vous travaillez avec le lieutenant ?
– Elle m'aide pour quelque temps, expliqua Cruz.
– Je vais vous chercher du café, dit Symington. Je viens juste d'en faire.
– Non, merci, dit Cruz.
– C'est un endroit intéressant, dit Jay en examinant la pièce. Il y a de tout sauf un évier de cuisine.
– Je suis un vrai rongeur, expliqua Symington dont le sourire semblait inamovible. Je ne jette rien, jamais.
– Vous avez eu beaucoup de dégâts ? s'enquit Jay.
Les parois en imitation pierre de taille étaient fraîchement repeintes.
– Non. J'ai eu de la chance. J'installais les décors de *Don Giovanni* la semaine de l'incendie. La plupart de mon équipement était à l'opéra. (Il suivit le regard de Jay.) Oh, j'ai réparé les dégâts structurels. J'ai repeint.
– Ça a dû coûter cher, commenta Cruz. D'après mes souvenirs, votre assurance ne couvrait pas grand-chose.
Le sourire du décorateur s'évanouit enfin.
– Non, c'est vrai, acquiesça-t-il. Mais j'ai des amis, heureusement. Les gars de l'opéra m'ont donné un coup de main. Et l'opéra a payé les fausses pierres et la peinture.
– Sympa, dit Jay.
– Pourquoi ai-je cette désagréable impression que votre visite n'a rien d'amical ? demanda Symington. Il n'y a pas si longtemps, j'étais la victime d'un incendie criminel, et voilà que je me retrouve dans la peau d'un suspect.
– N'exagérons pas, dit Cruz. Nous suivons simplement certaines pistes, c'est tout.
– Votre permis d'utiliser des explosifs, par exemple, intervint Jay. D'après ce que j'ai cru comprendre, vous n'en avez pas parlé au lieutenant lors de son enquête préliminaire.
Symington parut un instant déboussolé.
– Quel rapport avec l'incendie ? demanda-t-il après s'être ressaisi.
– Aucun, peut-être, dit Cruz. Mais vous auriez dû le signaler, de même que l'accident qui a eu lieu sur ce plateau de cinéma.
– Seigneur ! Ça ne va pas recommencer !
Symington hocha la tête avec dépit. Il ôta ses lunettes et les lança derrière lui, sur un établi.
– Il y a eu des morts, dit Cruz d'un ton neutre. C'est comme ça qu'on se fait des ennemis.
– Les gens du métier savaient que ce n'était pas ma faute. J'ai servi de bouc émissaire. Les producteurs avaient besoin d'un coupable.

– Ce n'était pas votre faute ?

– Non. Ces fumiers exigeaient des effets grand spectacle avec un budget de ringards. Le tout en une seule prise. (Il émit un grognement rageur.) Demandez-leur donc s'ils étaient assurés.

– On vous a mis sur la liste noire, dit Cruz.

– Comment l'avez-vous su ?

Symington commençait à avoir l'air mal à l'aise.

– Nous avons fait notre petite enquête, expliqua Jay. Vous êtes né au Kansas. Votre père était réparateur de machines agricoles. C'était un soudeur. Vous avez quitté le Kansas à la fin des années 60, vous avez emménagé à Berkeley, et vous avez commencé à travailler dans le cinéma. La chance vous a souri et vous avez obtenu un contrat avec Lucasfilm pour le premier *Guerre des étoiles*. Ça vous a permis de faire ensuite les *Star Trek*, tous jusqu'au sixième.

– C'était en 83, continua Cruz. Ensuite, les choses ont commencé à se gâter. Et vite. Plus de grosses productions. Des grands films, vous êtes tombé dans les séries Z. Et vous avez fini par faire des chop-suey à la mode de Hongkong. (Cruz fit une pause pour ménager ses effets.) C'était quoi, Mr. Symington ? L'alcool ou la coke ?

Le décorateur était devenu pâle et un muscle frémissait au coin de son œil droit.

– Qu'est-ce que j'ai fait pour mériter ça ?

Symington parlait d'une voix tremblante, sans qu'on sache si c'était de peur ou de colère. D'un geste désinvolte, Jay déboutonna sa veste et en remuant l'épaule elle sentit le poids de son revolver calé dans un étui sous son aisselle.

– Il y a eu quatre incendies, dit calmement Cruz. Tous les quatre sont l'œuvre du même suspect. Jusqu'ici personne n'a été blessé, Mr. Symington. J'aimerais que ça continue.

– Êtes-vous en train de m'accuser ?

– Pas encore.

– Vous aviez les moyens et l'occasion, dit Jay en jetant un regard circulaire dans l'atelier.

– Et le mobile ? fit Symington. Pourquoi irais-je brûler des baraques ? La mienne aussi par-dessus le marché.

– Laissez-nous un peu de temps, dit sèchement Cruz. On trouvera, je vous le promets.

– Partez, ordonna Symington. Avant que j'appelle un avocat.

– Bonne idée, rétorqua Cruz. Vous en aurez peut-être besoin.

L'enquêteur fit signe à Jay et ils quittèrent tous deux l'atelier.

– Tu crois qu'on a obtenu quelque chose ? demanda Jay en regagnant la Cherokee.

– Difficile à dire. Mais ça fait jamais de mal de remuer la merde. Il n'a pas apprécié qu'on ait fouillé dans son passé, ça c'est sûr.

Il sortit la clef de contact de sa poche et grimpa dans le 4 × 4. Jay se glissa à côté de lui.

– Alors, ça serait bien de creuser davantage, dit-elle.

Ce même après-midi à dix-sept heures, William Hawkins était de retour à l'agence régionale du FBI, sur Indianola Avenue. Rodney Jones, l'agent spécial responsable, n'avait pas l'air particulièrement content de le revoir si vite.

– Vous êtes sûr de ce que vous dites ? demanda-t-il en tapotant le rapport manuscrit que Hawkins lui avait remis quelques instants auparavant.

– Il s'appelle Henry Saunders, dit Hawkins, calé sur la chaise qui faisait face au bureau de Jones. Jusqu'à il y a trois mois, il figurait sur la liste du personnel de la clinique de médecine du sport de l'université publique de l'Arizona, à Tempe.

– Vous avez découvert tout ça en vingt-quatre heures ?

– En bien moins que ça.

– Vous m'impressionnez, dit Jones.

– Il n'y a vraiment pas de quoi, dit Hawkins. Ce n'était pas très difficile.

Si Jones ou la police de Phoenix avaient été sur le coup, ils auraient identifié le cadavre du freezer depuis des semaines. Toujours ces lenteurs de la bureaucratie.

– Racontez-moi, dit Jones.

– Comme c'est écrit dans le rapport, Saunders était AB négatif. D'après Simpkins, l'assistant du médecin légiste, il avait donné son sang récemment.

– Ça n'était pas dans le rapport d'autopsie, protesta Jones, sur la défensive.

– Ça aurait dû. Toujours est-il que j'ai vérifié auprès de la Croix-Rouge. Ils ont soixante-deux donneurs AB négatifs dans leur fichier. Vingt-six d'entre eux tombent dans le même groupe d'âge, et parmi ceux-là dix-sept ont donné leur sang au cours de ces trois derniers mois.

– Ça nous en laisse neuf, remarqua Jones.

– Sur les neuf, sept sont encore bien vivants. J'ai vérifié.

– Il en reste deux.

– Oui, le Dr Henry B. Saunders et un certain Lincoln Jeffries. Jeffries a donné son sang pour la dernière fois le même jour que Saunders.

Deux jours plus tard, il mourait dans un accident de voiture. Et en plus, il était noir.

– Reste donc Saunders.

– Exact. Je suis allé à l'université et j'ai vérifié auprès de la clinique de la médecine du sport. Il y avait une photo de lui. Ça correspond à notre cadavre.

– Merde ! souffla Jones, démoralisé.

Hawkins s'efforça de ne pas sourire. Son identification de Saunders n'allait pas faire bon effet sur le carnet de notation mensuel de Jones.

– D'après l'université, Saunders était célibataire et il n'avait pas de parent proche.

– L'université n'a pas signalé sa disparition ?

– Non. Il avait démissionné trois mois plus tôt. On lui a offert un poste de recherche à Denver.

– Et ?

– Il ne s'y est jamais présenté.

– Merde ! lâcha encore Jones.

– Je m'envole pour Denver dans deux heures. J'aimerais avoir votre appui.

Vu les circonstances, Jones pouvait difficilement refuser, et Hawkins le savait.

– Quel genre d'appui ? demanda Jones.

– Aplanissez les choses avec les gars du Bureau à Denver, pareil avec la police locale. Vérifiez auprès de TRW et voyez si vous pouvez m'obtenir des renseignements sur Saunders.

TRW était la plus grande agence de surveillance de crédit du pays. Si le Glacier utilisait les cartes de crédit de Saunders, elle en garderait une trace, ou elle pouvait avoir accès aux fichiers des compagnies de crédit et découvrir les informations dont Hawkins avait besoin.

– Je peux faire ça, acquiesça Jones. J'imagine que vous voulez ça aussi vite que possible ?

– Oui, ça m'aiderait. J'aimerais arrêter ce tordu avant qu'il ne congèle quelqu'un d'autre.

Il était minuit passé à Denver. Planté sur les premières marches de l'escalier qui menait au rez-de-chaussée où habitaient les Putnam, le Glacier tendit l'oreille. Au-dessus, le silence le plus complet régnait. Derrière lui, dans l'appartement en sous-sol, ses valises déjà bouclées l'attendaient près de la porte. Il avait débranché l'ordinateur et le système intercom, et les avait également rangés. Il était prêt.

La combinaison ultra-légère qu'il avait volée à la morgue de l'hôpital bruissa quand il changea de position. Elle était équipée d'un capuchon avec un masque muni d'une visière en plastique transparent. On utilisait ce genre de combinaison pour les autopsies de victimes du sida ou pour les gens morts d'une maladie infectieuse, mais le Glacier se préparait à en faire un meilleur usage. De sa main protégée par un gant de chirurgie, il palpa sa poche. Bien, il n'avait pas oublié son Nikon.

Il avait chargé le reste de son équipement dans sa ceinture de charpentier : deux couperets achetés dans une boutique vietnamienne de fournitures hôtelières sur Alameda Avenue, une scie portative volée à l'hôpital avec la combinaison, une demi-douzaine de nœuds coulants en fil électrique isolant antidérapant, trois paires de pinces à bec effilé pour les dents, chacune d'une taille différente, et un sac à linge du Holiday Inn. Quand ce serait terminé, il remettrait tout dans le sac, y compris la combinaison.

Les battements de son cœur s'accélérèrent, sa gorge se dessécha, la sueur perla sur son front, et il comprit qu'il devait faire quelque chose pour contrôler sa respiration s'il ne voulait pas embuer la visière de son masque. Il sentit entre ses jambes la lourdeur familière de ses organes génitaux congestionnés ; il était excité, mais n'était-ce pas le but du jeu ?

Le Glacier prit une profonde inspiration et souffla lentement. Il n'y avait toujours aucun bruit, sinon celui du léger froissement de sa combinaison. C'était l'heure. Il ne s'était pas senti aussi bien depuis qu'il était à Phoenix et il était impatient de répandre la nouvelle : la vie était belle, mais la mort davantage. Souriant, heureux, il gravit les marches, la tête pleine des images d'Ellen Putnam et de sa jeune fille, le cœur débordant de la joie à venir.

11

Il était presque midi quand Hawkins arriva chez Ellen Putnam. Des rubans jaunes de la police ceignaient la maison et le jardin comme des guirlandes sur un arbre de Noël. Des véhicules officiels encombraient l'allée. Hawkins remarqua le break noir du service du coroner de Denver, mais ne vit pas d'ambulance. Il y avait des policiers partout, en civil et en uniforme.

Hawkins descendit de sa voiture de location et observa un instant la scène. L'appel était parvenu moins de trois heures auparavant. Ayant aperçu des éclaboussures et des traînées rouges sur les vitraux de la porte, le facteur s'était dressé sur la pointe des pieds pour regarder par le carreau, au-dessus de la porte, et il avait encore vu du sang dans l'entrée. Après avoir sonné plusieurs fois sans succès, il était allé chez un voisin téléphoner à police-secours. Selon les registres de la police, il y avait eu un autre appel émanant du même quartier peu après minuit. Quelqu'un avait téléphoné pour se plaindre de cris étranges, comme si on étranglait un chat. Le bruit ne s'était pas reproduit et aucun véhicule n'avait été envoyé sur les lieux.

Hawkins se fraya un chemin jusqu'à l'allée du garage. Un flic en uniforme lui barra le passage. Hawkins lui présenta le faux badge que Langford lui avait remis et le flic lui indiqua où se trouvait l'homme qui menait l'enquête préliminaire, un sergent du nom de Prokop. Quand Hawkins gravit les marches du perron, le sergent était en grande conversation avec un employé de la morgue en blouse blanche qui portait un lourd sac-poubelle à la main. Hawkins se présenta.

– Oui, on m'a prévenu que vous viendriez jeter un coup d'œil, dit Prokop.

La trentaine entamée, le cheveu noir, l'inspecteur portait des vêtements luxueux.

– Vous êtes du VICAP, c'est ça ?

– Pas tout à fait, dit Hawkins. (Il attendit que l'employé de la morgue s'éloigne, courbé sous le poids de son fardeau.) Ce sont les victimes ?

– Ce qu'il en reste, acquiesça amèrement Prokop. Ça tiendrait dans un coffre à pain. (Il considéra Hawkins avec étonnement.) Vous n'avez pas l'air surpris.

– Oh, j'ai déjà vu ça.

– Sans blague ?

Hawkins lui tendit les photos laissées sous le cadavre fraîchement identifié, dans le congélateur de Phoenix. Prokop les parcourut vivement.

– Seigneur ! s'exclama-t-il.

Par-dessus son épaule, il coula un œil vers la porte ouverte derrière lui. Hawkins sentit l'odeur de cuivre chaud et d'excréments humains.

– D'où viennent ces clichés ? demanda Prokop.

– De Des Moines. Les Petrie. La mère et deux enfants, une fille et un garçon. Même mode opératoire.

– J'avais inscrit l'ex-mari sur mes tablettes, dit Prokop. C'est un prof de collège, à Vail. D'après les voisins, les Putnam étaient séparés depuis un an et demi. Il paraît qu'il y avait un locataire au sous-sol, mais personne ne sait rien de lui.

– Oubliez le mari, conseilla Hawkins. Vous avez fouillé l'appartement en sous-sol ?

– Ouais, fit Prokop. Nickel. On dirait qu'il n'a pas été habité depuis un bout de temps.

– Vous avez le nom du locataire ?

– Pas encore. Nous travaillons dessus.

– Essayez Saunders, suggéra Hawkins. Dr Henry Saunders.

– Ah bon ? C'était un médecin ?

– C'est un nom d'emprunt. Pour la police de Phoenix, Saunders était un cadavre non identifié jusqu'à hier.

– Un homicide ?

– J'en ai bien peur.

– J'aimerais savoir ce qui se passe, dit Prokop, rageur. Vous jouez à quoi au FBI ? Vous vous croyez dans un film à suspense ?

Hawkins soupira d'un air las. C'était la même comédie qu'à Phoenix. Les agents du FBI avaient la cote à Hollywood, mais pour les policiers qui travaillaient sur le terrain, Hawkins ne valait pas mieux qu'un lépreux.

– Il ne s'agit pas de suspense, sergent. Mon boulot consiste à rassembler les morceaux de puzzle.

– C'est plus facile que de rassembler les morceaux de Mrs. Putnam et de sa fille, rétorqua Prokop. Vous allez nous retirer l'affaire ?

– Non, fit Hawkins. Officiellement, ça ne concerne pas le Bureau.

– Je n'ai pas à rédiger un rapport consultatif pour votre agence régionale ?

– Non, rien ne vous y oblige. Mais ça ne ferait pas de mal. Vous serez bredouille sur cette affaire. Saunders, ou quel que soit son vrai nom, a disparu depuis longtemps. Il a quitté la ville, et peut-être même l'État. C'est comme ça qu'il opère d'habitude.

– Ça veut dire qu'on n'a plus qu'à se tourner les pouces ?

Hawkins haussa les épaules.

– Montez une équipe spéciale si ça vous chante. C'est pas mes oignons. Je vous dis juste ce que je sais.

– Alors qu'attendez-vous de moi ? s'étonna Prokop.

– J'aimerais jeter un coup d'œil au sous-sol, si vous n'y voyez pas d'inconvénient. Après, je débarrasse le plancher.

– Faites comme chez vous. L'entrée se trouve sur le côté, ajouta-t-il en pointant son pouce par-dessus son épaule. Vous êtes sûr que vous ne voulez pas jeter un œil là-dedans ?

– Non, merci. Je préfère garder mon petit déjeuner.

Prokop avait raison ; l'appartement en sous-sol était nickel. Le réfrigérateur était vide à part une boîte de bicarbonate de soude qu'avait sans doute laissée Mrs. Putnam. Il n'y avait pas de graisse sur la cuisinière et aucune trace dans le four. Les placards étaient vides et la salle de bains immaculée. Hawkins pensa à demander au sergent d'examiner l'évier, la baignoire et le siphon des toilettes au cas où il y aurait des cheveux ou des indices susceptibles de les aider, mais c'était probablement peine perdue. Le Glacier n'avait pas habité dans l'appartement. Il y était resté à l'affût, comme dans une canardière.

Sauf qu'il n'avait pas tiré. Hawkins loucha vers le plafond en essayant d'imaginer ce qu'il y avait au-dessus de sa tête. Endormies, Mrs. Putnam et sa fille n'avaient eu aucune chance. Le Glacier avait dû commencer par la fille ; il s'était glissé dans sa chambre et, avec un rasoir ou peut-être un scalpel, il avait tranché les tendons d'Achille de l'adolescente afin de l'entraver efficacement. Les hurlements de la fille avaient alors réveillé la mère, que le Glacier avait frappée jusqu'à ce qu'elle perde connaissance. Un coup de rasoir d'une précision chirurgicale dans le larynx de la fille l'avait rendue muette ; ensuite, devant la fille aphone, le Glacier avait violé méthodiquement la mère par tous les orifices imaginables avant de la tuer. Puis il s'était attaqué à la fille. Une fois la mère et la fille mortes, il avait dû passer un certain temps à trimballer les corps d'une pièce à l'autre, les avait éviscérés, démembrés, tranchés jusqu'à ce qu'il n'en reste qu'un tas grand comme un coffre à pains, comme avait dit Prokop.

Les chambres du rez-de-chaussée étaient sans doute transformées en abattoir, avec du sang partout, sur les murs, les planchers, les meubles et les tapis imbibés ; des morceaux de chair gros comme le poing dans les éviers, la machine à laver la vaisselle, la baignoire ; dans la cuisine, de la cervelle hachée sur la table de travail ; les dents devaient joncher le sol tels des galets sur une plage.

Et pour finir les photographies.

Ravalant des renvois de bile amère, Hawkins détourna les yeux. Le pire, c'était la certitude que le Glacier prenait ces photographies uniquement pour lui, à son intention. Frissonnant, il s'efforça de chasser la peur.

Cela faisait partie du jeu, bien sûr. L'obliger à lutter contre la terreur, à nier la magie hideuse de ses actes délirants amusait le Glacier. D'une certaine manière, ce dernier se prenait réellement pour la Mort – Hawkins en était persuadé. Il n'était pas seulement son instrument, et personne n'était à l'abri de son étreinte mortelle, encore moins Williams DeMille Hawkins, ex-agent spécial du FBI. Pour enfoncer le clou, dans deux ou trois mois, un autre cadavre l'attendrait dans un congélo, avec une autre enveloppe cachetée remplie de photos. Pour l'instant, Hawkins pouvait s'abstenir de contempler la scène macabre du rez-de-chaussée, mais il serait forcé de la voir un jour ou l'autre, de savoir... et d'avoir peur.

Cruz ayant été rappelé à Albuquerque pour une autre réunion sur l'incendie de la maison de rapport, Jay avait le bureau au-dessus de la bibliothèque pour elle seule. Après le départ de Cruz, elle avait lancé le terminal qu'elle avait laissé branché la veille, et transféré le fruit des recherches du C-Bix sur le disque dur.

Normalement le C-Bix marchait comme n'importe quel gabarit informatique, il recherchait les informations dans les bases de données, mettait les carrés dans les trous carrés et les ronds dans les trous ronds. Bien qu'elle ne l'ait pas avoué à Langford ni à personne du Bureau, son projet avait aussi une capacité de « ver »

Comme les virus informatiques, les « vers » étaient généralement associés aux activités des pirates de l'informatique qui s'ingénient à bousiller les programmes des ordinateurs pour le plaisir. Les virus infectaient les bases de données et les submergeaient en se reproduisant comme des cellules cancéreuses, bombes logiques qui détruisaient en masse les fichiers, alors que les vers, eux, se contentaient de s'immiscer dans les bases de données, d'y fouiner et de détruire des informations clefs. Le ver du C-Bix était encore différent, c'était le rejeton d'un travail effectué au MIT et à CalTech sur ce qu'on appelait les *combots*, des programmes robots qui sillonnaient les bases de données afin de rassembler les informations correspondant à ses paramètres, puis qui les acheminaient au programme originel du terminal.

Comme les bases de données qui intéressaient Jay étaient accessibles sur divers réseaux, et comme Cruz lui avait remis les codes d'entrée officiels, le ver du C-Bix s'était déplacé électroniquement par ligne téléphonique de central à central, il avait comparé les données à sa propre base logique, les conservant ou les rejetant selon leur valeur. Pendant la nuit, le C-Bix s'était introduit dans la vie privée de virtuellement chaque citoyen du Nouveau-Mexique, il avait fouillé dans les registres d'adoption, les casiers judiciaires – des adultes comme des mineurs –, les dossiers d'admission des hôpitaux et des établissements psychiatriques, les registres des armes à feu de l'État, les listes électorales du Parti démocrate comme du Parti républicain, et le service des cartes grises. A la longue, l'un des employés de la nouvelle race de comptables que le FBI employait pour traquer le blanchiment d'argent aurait peut-être pu retrouver la trace du ver du C-Bix, mais Jay doutait que quiconque ait pu remarquer ses effractions électroniques.

Après une nuit entière de recherches, le ver du C-Bix avait récolté une liste de 478 suspects potentiels, tous sélectionnés dans les ordinateurs de la fonction publique du Nouveau-Mexique. C'étaient des suspects primaires – des gens qui possédaient un minimum de vingt pour cent des paramètres du C-Bix, étudiés pour les profils de base des serial killers « organisés » et « désorganisés » que le BSU de Quantico avait dessinés. C'était trop vague, bien sûr, un peu comme d'imaginer qu'un type possédant un fusil risquait d'aller abattre des gens du haut d'un immeuble.

Jay passa une heure à modifier les paramètres du C-Bix en fonction de ce qu'elle savait du Manuel, entre autres sa certitude qu'il appartenait au type de serial killer organisé. Elle lança de nouveau le programme et obtint un chiffre beaucoup plus raisonnable de 136 suspects possibles. Leurs âges s'échelonnaient entre quatorze et soixante-quinze ans, et il y avait 45 femmes parmi eux. Comme il était exclu que le tueur soit une femme, un mineur ou une personne âgée, Jay modifia les paramètres une seconde fois. La liste se réduisit alors à onze noms. Elle les chargea dans l'ordinateur, puis ordonna une recherche-fusion exhaustive afin de rassembler les informations disponibles pour chacun d'entre eux. La manipulation prit en tout et pour tout une minute et demie. Elle demanda l'impression des résultats et se retrouva avec un document impressionnant de quatre-vingt-cinq pages. Il était alors midi passé.

Jay s'aperçut qu'elle mourait de faim, mais plutôt que d'endurer un autre repas épicé, elle fourra les quatre-vingt-cinq pages dans une chemise en papier kraft et rentra à la maison que Cruz lui avait louée. Elle se prépara un déjeuner apaisant pour son tube digestif martyrisé, des œufs mollets accompagnés de pain grillé, se fit une tasse de thé, et s'installa devant la télévision avec la chemise et son paquet de cigarettes. L'efficacité du programme la ravissait, même si son utilisation constituait une violation évidente des droits civiques, sans compter qu'elle constituait également un délit pénal au regard de la loi fédérale. Toutefois, même si elle avait réduit la liste à onze noms, le nombre était encore trop important.

La télévision était réglée sur KOAT, une filiale de ABC à Albuquerque. Après avoir regardé un bref reportage sur l'incendie de l'immeuble de rapport, Jay ouvrit la chemise et commença à parcourir les feuilles. Pendant une page publicitaire, le speaker annonça que la chaîne diffuserait dans l'après-midi le premier épisode de *Star Trek.* Jay alluma une cigarette en se demandant si Rand Symington allait regarder le film pour revivre son passé glorieux.

Le sous-programme de C-Bix pour les tueurs en série était basé sur une échelle graduelle d'éléments qui allaient des traits de personnalité communs à certains tueurs aux traits partagés par tous. La note moyenne était de cinq cents points, la plus haute, de mille. Sur les onze noms de la liste, sept étaient au-dessous de cinq cents, un obtenait la moyenne, et trois allaient de six cent cinquante à huit cents. Jay décida de mettre de côté ceux qui avaient obtenu une note inférieure à la moyenne pour se concentrer sur les quatre restants.

La note la plus élevée avait été obtenue par un dénommé Mark Abzug, un plombier de trente-huit ans de Raymac Park, dans la banlieue sud d'Albuquerque. Il avait été adopté, avait été plusieurs fois arrêté quand il était encore mineur, surtout pour des petits incendies criminels et des vols, et il avait été réformé de l'Air Force pour raisons psychiatriques. Son casier d'adulte comportait une suite d'arrestations en état d'ébriété, deux arrestations pour coups et blessures classées sans suite, une condamnation avec sursis pour agression sexuelle sur la personne d'une jeune femme, qui ressemblait à un viol disqualifié car un appendice au jugement préconisait un suivi psychiatrique. Sur son permis de conduire, la photo montrait un homme maigre et nerveux. Un petit malfrat sans importance.

Emil Francis Dinnerstein, un dessinateur industriel de quarante ans au chômage, obtenait la deuxième meilleure note, mais son casier judiciaire ne montrait que des délits associés à la pédophilie sur des garçons, et il était douteux que ses pulsions se soient soudain reportées sur les femmes.

Le numéro trois était Timothy Hershaut. Comme Abzug, ce garçon de salle de vingt-neuf ans avait été adopté. Son casier judiciaire de mineur comprenait un séjour dans une maison de correction du Nouveau-Mexique pour coups et blessures et viol sur la personne de sa mère adoptive à l'âge de quinze ans, un deuxième séjour au même endroit pour usage de stupéfiants six mois après sa libération survenue à dix-sept ans, et la suspension de son permis de conduire pour conduite dangereuse un an après. Il avait ensuite été envoyé dans un centre de rééducation, et son casier était vierge depuis. Mais son permis de conduire indiquait que Hershaut était noir. Or le C-Bix et tous les autres programmes de détection des serial killers étaient formels : les tueurs comme le Manuel choisissaient toujours leurs victimes dans leur propre race.

Celui qui avait obtenu une note moyenne s'appelait George Gaddis. D'après son dossier, il n'avait pas été adopté mais, entre six et treize ans, on l'avait placé dans diverses familles d'accueil. A quatorze ans, il avait été le suspect principal dans une série de mutilations d'animaux, mais aucune preuve n'avait pu être retenue contre lui. A quinze ans, on l'avait retiré de sa famille d'accueil et à seize ans il avait été arrêté et condamné pour attentat à la pudeur. Agé de trente-neuf ans, Gaddis travaillait comme chauffeur à mi-temps dans une compagnie de transport d'Albuquerque, mais sur la liste électorale des républicains, il se qualifiait lui-même d'acteur de cinéma. Sur son permis de conduire, la photo montrait un homme offrant une ressemblance frappante avec le Leonard Nimoy jeune de *Star Trek*. Il ne lui manquait que les oreilles pointues.

Si tant est que le tueur figurât parmi eux, lequel des quatre était le Manuel ? Il devait y avoir quelque part un fil qui menait à l'assassin. Mais quel était le lien ? Jay laissa tomber le gros dossier sur ses genoux et fixa l'écran de la télévision. En lançant le C-Bix, elle avait aussi demandé à l'ordinateur de rassembler tout ce que les fichiers de la Criminelle d'Albuquerque possédaient sur les massacres. Elle décida d'emporter le dossier du suspect au bureau afin de rechercher le lien éventuel.

Sur l'écran, *Star Trek* avait déjà commencé depuis quelque temps.

Le film était vieux d'environ quinze ans et Jay ne gardait qu'un vague souvenir de l'intrigue. Il s'agissait d'un vaisseau spatial retournant sur terre alors qu'un étrange nuage d'énergie menaçait la planète. L'histoire en était arrivée au moment où Spock allait être intronisé dans une société secrète de Vulcain.

Jay regarda Spock gravir les marches de l'autel gardé par T'Pring, sa vieille guide spirituelle et grande prêtresse du culte de la logique pure. Spock adressa à T'Pring son salut doigts fendus de longue vie et prospérité, puis s'inclina pour recevoir la bénédiction de la vieille femme et une sorte de médaillon qui signifiait son abandon total de toutes formes d'émotion. Jay écrasa sa cigarette et rangea l'épais dossier dans la chemise. Assez plaisanté, elle avait du pain sur la planche, sans compter que Cruz revenait le lendemain et qu'il lui demanderait ce qu'elle avait fait de son temps.

Elle allait se lever quand elle retomba dans son fauteuil en comprenant ce qu'elle venait de voir sur l'écran.

– Doux Jésus ! souffla-t-elle.

La scène se passait à présent sur *L'Enterprise* et William Shatner accueillait à bord son vieil ami le Dr McCoy.

Longue vie et prospérité

Elle se leva précipitamment et fonça vers la porte. Une fois au bureau, un bref appel à la guilde des acteurs de cinéma d'Albuquerque lui confirma que George Andrew Gaddis était bien acteur. D'après la guilde, il n'était pas représenté au Nouveau-Mexique, mais il avait un agent à Los Angeles, une société du nom de X-Tra Helpings. Elle était affiliée à la guilde comme société de casting pour extra, cascadeurs, doublures, figurants et scènes de foule. Jay téléphona au numéro que lui donna le représentant de la guilde et tomba sur une certaine Sharon Shellsley, une femme à la voix claironnante. Jay crut comprendre que X-Tra Helpings était une société unipersonnelle et que Shellsley faisait office de secrétaire, d'imprésario et de directrice.

– En effet, nous représentons Gaddis, confirma Shellsley après que Jay eut décliné son identité. Pourquoi vous intéressez-vous à lui ?

– Oh, une vérification de routine, dit Jay.

– Je vois, assura Shellsley qui ne parut pas convaincue pour autant.

Jay ignora le ton sceptique.

– Est-ce que Gaddis a beaucoup de travail ?

– Ça arrive.

– Pouvez-vous être plus précise ?

– Nous lui obtenons des galas, des trucs comme ça. C'est là-dedans qu'il se spécialise.

– A-t-il eu des rôles importants récemment ?

– Non. Le dernier que nous lui avons obtenu remonte à 79. Pour la Paramount.

– Comment s'appelait le film ? demanda Jay, presque sûre de connaître la réponse.

– *Star Trek*. Le premier de la série.

Gagné !

– Quel rôle jouait-il ?

– Il n'avait pas de rôle. C'était une doublure-éclairage. On le maquillait et le chef opérateur réglait la lumière sur lui.

- De qui était-il la doublure ?

– Leonard Nimoy, dit Shellsley. Spock.

Bien sûr !

– Et depuis ?

– Comme je vous l'ai dit, des galas, des trucs de science-fiction.

– Gardez-vous une liste de ses galas pour l'année écoulée ?

– Oui, bien sûr.

– J'aimerais que vous me la faxiez.

– Pas de problèmes.

Cinq minutes plus tard, Jay avait la liste en main, avec une photo floue de Gaddis. On comprenait pourquoi il avait servi de doublure pour Nimoy. Hormis les oreilles, c'était le portrait craché de Spock. Jay demanda à l'ordinateur le dossier de la Criminelle d'Albuquerque du Manuel. La liste chronologique des meurtres apparut sur l'écran, et Jay la compara à celle que la société de casting venait de lui faxer.

Creation Convention, Hôtel Sheraton, Virgina Beach, Virginie.
Legends, Riverside Mall, Rome, Georgie.
Vulkon, Saint Petersburg Hilton & Towers, Saint Petersburg, Floride.
Con-Dor, Town and Country Hotel, San Diego, Californie.
Astronomicon IV, Radisson Inn, Rochester, New York.
Wintercon, Lincoln Park Kennedy Recreation Center, Detroit, Michigan.

Les dates et les villes coïncidaient parfaitement.

Jay leva la main droite et tenta d'imiter le signe que Nimoy avait utilisé dès le début des séries télévisées. A l'époque, elle n'avait pas réussi à le reproduire, et elle n'y arrivait toujours pas. C'était probablement un geste que Nimoy avait montré à l'équipe du tournage et que les scénaristes avaient incorporé au personnage de Spock. Avec sa main gauche, Jay sépara les deuxième et troisième doigts de sa main droite pour former un V écarté. Lorsqu'elle essaya d'imaginer le Manuel en train de trancher les mains de ses victimes, elle grimaça.

Il ne lui restait plus qu'une chose à vérifier, juste pour être sûre. Elle trouva un annuaire d'Albuquerque sur une étagère derrière le bureau de Cruz et, en feuilletant les pages jaunes, elle tomba sur la rubrique des librairies. Une douzaine d'entre elles semblaient spécialisées en science-fiction. Elle en choisit une au hasard et composa son numéro.

– Fantasy West. Que puis-je pour vous ?

Jay prit une profonde inspiration.

– Bonjour. J'ai une question insolite à vous poser.

– Ça ne sera pas la première.

– Si je voulais apprendre à écrire en vulcain, comment devrais-je m'y prendre ?

– N'y pensez plus.

– Il n'existe pas de livres sur la langue de Vulcain ?

– Si, le *Dictionnaire Klingon.*

– C'est vrai ?

– Tout à fait. Vous pouvez aussi trouver un fanzine ou une messagerie qui utilise la langue de Vulcain, mais le seul dictionnaire officiel est *Star Trek : le Dictionnaire Klingon* de Marc Okrand, en Pocket Books. Ça coûte dix dollars. *Q'os.*

Le dernier mot ressemblait à un mélange de grognement, d'aboiement et de raclement de gorge.

– Je vous demande pardon ? fit Jay.

– *Q'os*, répéta la voix au bout du fil. Ça veut dire « désolé » en Klingon.

– Ah, fit Jay. Je suis désolée, moi aussi.

– *Qo' Q'ay*, dit la voix. Je vous en prie.

Et on raccrocha. Jay s'adossa dans son fauteuil. C'était insensé, mais cela tenait debout. Comment un serial killer de Vulcain enverrait-il des messages aux flics pour les narguer ? En klingon, bien sûr !

La logique l'exigeait.

12

Le Glacier utilisa pour la dernière fois la MasterCard du Dr Henry Saunders à quatre heures trente, quarante minutes après avoir quitté la maison des Putnam dans Curtis Park. Il laissa sa voiture de location Hertz à l'agence de Martin Luther King Boulevard, près de l'aéroport, et régla avec la carte. Puis il se rendit à l'agence Avis, située cent mètres plus loin, et jeta les cartes de crédit et les autres documents de Saunders en route.

Il loua une autre voiture chez Avis avec un nouveau jeu de papiers d'identité, puis rejoignit l'Interstate 70. Cinq minutes plus tard, il atteignait l'autoroute et fonçait vers l'ouest en direction de Lakewood et des Rocheuses. A l'aube, il était légèrement à l'ouest de la station de ski de Copper Mountain, et lorsque Bill Hawkins arriva sur les lieux du crime, à Denver, le Glacier avait franchi les montagnes et il avait déjà avalé les trois quarts de la route qui le conduisait à Las Vegas.

Il atteignit la capitale des jeux de hasard à quatre heures de l'après-midi. Il se rendit à l'aéroport McCarran, abandonna son véhicule de location et retrouva sa Toyota au parking long séjour de l'aéroport. La climatisation à fond pour lutter contre la chaleur engourdissante, il quitta l'aéroport et roula le long du Strip, entre des rangées interminables de casinos et d'hôtels. Ignorant la masse énorme du MGM Grand, il tourna à droite dans Flamingo Road et continua jusqu'à Paradise Valley. Quelques minutes plus tard, il vira dans l'allée d'un modeste ranch en stuc de Caliente Street et coupa le moteur. Enfin chez lui.

Jay mit deux heures à faire le voyage de Santa Fe à Albuquerque décidé sur un coup de tête, et une heure et demie de plus avant de trouver l'adresse de Gaddis qui figurait dans son dossier de X-Tra Helpings. C'était en fait un parallélépipède en ciment de couleur sombre, dans un quartier qui avait sans doute été autrefois une banlieue modèle des années 50, désormais à l'abandon, avec ses couleurs pastel qui s'effaçaient comme les vieux rêves, cernée par des centres commerciaux, des motels miteux, des boutiques aux enseignes de néon clinquantes et des restaurants familiaux où aucune famille sensée n'aurait mis les pieds.

La petite maison était comme une page blanche. Des rideaux blanc cassé cachaient la fenêtre principale, il n'y avait aucun signe de vie, l'allée et le parking étaient vides. La minuscule pelouse était tondue, mais l'herbe avait jauni et on ne voyait aucune pousse verte à l'œuvre. Pas de fleurs, pas de buissons, pas même des rochers passés à la chaux ni des nains de jardin.

L'allée en ciment était craquelée, maculée de taches d'huile. Des bardeaux manquaient sur le toit, les gouttières étaient rouillées, et un tas de ferraille encombrait le parking accolé à la maison et recouvert d'un auvent en plastique orange. Ce n'était assurément pas le pavillon de rêve, mais la triste réalité au ras des pâquerettes.

Garée non loin de là, près d'un terrain vague envahi de mauvaises herbes avec une pancarte A VENDRE si ancienne qu'on ne distinguait plus le nom de l'agence immobilière, Jay passa vingt bonnes minutes à surveiller la maison. Après trois cigarettes, elle s'éloigna, trouva une épicerie et vérifia l'adresse de Gaddis dans les pages jaunes. Elle téléphona, prête à raccrocher en cas de réponse. A la sixième sonnerie, le répondeur se mit en marche avec un message sur fond sonore du thème musical de *Star Trek*. Jay raccrocha avant le bip. Gaddis n'était pas chez lui. Jay acheta un carton de thé glacé à la framboise et un autre paquet de cigarettes, puis retourna à sa planque près du terrain vague.

Alors, miss Sherlock, que ferait à ta place l'héroïne du Silence des agneaux *?*

Tirant sur la paille plantée dans son thé glacé préféré, Jay contempla la maison, en bas de la rue. Clarice Starling, la nouvelle recrue miracle du BSU, foncerait tête baissée, son arme réglementaire dégainée, protégée par la vérité, la justice et la civilisation américaine, sans parler des conseils avisés d'Anthony Hopkins.

Jay posa le carton de thé sur le tableau de bord et alluma une cigarette. Les conseils avisés pouvaient servir au moment de passer commande dans un restaurant. Le bon sens, lui, exigeait qu'elle appelle au moins l'agence régionale du FBI d'Albuquerque, ainsi que le détective Sladky et sa force d'intervention spéciale.

Mais c'était hors de question. L'agent spécial responsable et Sladky voudraient l'un et l'autre savoir comment elle avait découvert Gaddis, et à peine leur aurait-elle expliqué que des menottes se refermeraient sur ses poignets pour ses multiples infractions à la loi. Elle se retrouverait dans une prison fédérale pour femmes, et Gaddis s'évaporerait en fumée. Lancer le C-Bix sans mandat ni autorisation lui avait fait franchir la ligne ténue qui séparait le bien du mal et qu'elle se soit planquée devant la maison du Manuel n'arrangerait pas ses affaires. Elle en vint à se dire que son enquête aurait dû durer plus longtemps. Elle ne s'était pas préparée à cela.

Alors, fous le camp, imbécile. Oublie toute l'affaire. Tu peux encore faire machine arrière.

Non, c'était impossible ; sinon, ce qu'elle avait fait n'aurait servi à rien... l'enquête, les risques, tout. Et il y avait aussi cette imperceptible frontière qu'elle avait franchie. Elle tira sur sa cigarette, le regard perdu au loin, l'esprit en ébullition. Peut-être avait-elle franchi cette ligne fatidique depuis longtemps, le jour où elle avait eu l'idée du C-Bix. Même à l'époque, elle savait qu'un programme comme ça ne pouvait être utilisé qu'en secret, du moins pour obtenir une efficacité maximale. Ou bien le franchissement avait eu lieu quand elle s'était introduite sans autorisation dans le système SABRE de réservation. Mais peut-être que cela avait eu lieu quand ce fils de pute de Dennis Lloyd Shaw lui avait fait ce geste obscène dans la salle du tribunal de Los Angeles ? Elle écrasa sa cigarette dans le cendrier et termina son thé glacé à la framboise ; la paille produisit un gargouillis sonore quand elle tira la dernière goutte de liquide. Sa bouche était toujours sèche et avait le goût de vieille boîte de conserve.

Six minutes. Je me donne six minutes, pas plus.

Jay Fletcher descendit de voiture, tâta la bosse rassurante du revolver sous son aisselle, et consulta sa montre. Trente secondes pour atteindre la porte, soixante pour l'ouvrir avec le trousseau de passes qu'elle avait dans la poche, et quatre minutes et demie à l'intérieur, c'était le laps de temps qu'elle s'accordait. Assez pour être sûre, assez pour que ça en vaille la peine.

S'efforçant de ne pas brandir sa peur comme un étendard, elle traversa la rue et s'approcha de la maison. Elle vint à bout de la porte avec dix secondes de battement, et la referma doucement derrière elle. L'endroit était sombre, inquiétant, et sentait la pinède. Un déodorant.

Qu'est-ce que tu croyais ? Tomber dans un abattoir ? Tu n'es pas chez Jeffrey Dahmer, tu es chez Mr. Spock, un type calme à l'esprit logique.

La maison était bâtie de plain-pied. Pas d'étage, pas de cave. Un couloir court menait à la cuisine ; salon et salle à manger sur la gauche, chambre à coucher et salle de bains sur la droite. Une fine moquette vert foncé recouvrait le plancher, pas en grande largeur et pas originale. Avec ses semelles légères, Jay avait l'impression de marcher sur du gazon artificiel.

La porte de la chambre à coucher était ouverte et la lumière du crépuscule qui filtrait par la fenêtre était suffisante pour que Jay voie l'intérieur. Cela ressemblait davantage à une cellule qu'à autre chose. Un lit en fer, une couverture chenille bleu foncé, deux oreillers, et une lampe bon marché fixée sur le dossier. Une commode et une table de chevet encombrée de livres. Jay vérifia l'heure. Deux minutes, il lui en restait quatre.

Elle s'approcha de la tête de lit et parcourut les titres des livres. C'étaient des livres de poche écornés, des aventures de *Star Trek*. Il y en avait au moins vingt. Gaddis était un fan. Aux murs, cinq ou six affiches de cinéma aux encadrements luxueux : *Le Jeune Moine Baroni, Francis va à West Point, Des zombies dans la stratosphère, Les Dévoreurs de cervelle, Escapade sur Alpha, L'Invasion des profanateurs*, le remake. Ils avaient tous un point en commun : Leonard Nimoy figurait au générique. Gaddis était plus qu'un fan.

Jay examina l'armoire, de l'autre côté du lit. Quelques chemises, des cintres avec un costume, une veste de sport, des cravates et des ceintures. Il y avait aussi un gros sac marron foncé au fond de l'armoire. Elle ouvrit la fermeture Éclair d'un geste hésitant et jeta un œil à l'intérieur. Une panoplie complète d'officier de *Star Trek*, l'emblème avec la flèche d'Indien dessiné sur la poitrine de la chemise en velours sans bouton. Il y avait aussi une paire de bottes cubaines à talons hauts. Les vêtements de travail d'un tueur. Elle referma le sac et sortit de la chambre. Vu ses vêtements, Gaddis était de taille moyenne et légèrement bedonnant. Cela aurait pu être pire. Elle traversa le couloir, entra dans le salon et regarda encore sa montre. Une autre minute avait filé. Il en restait trois.

Un canapé, une table basse, un meuble de télévision avec magnétoscope, les étagères du bas remplies de cassettes. Jay ne prit même pas la peine de lire les titres. Encore des affiches, les six épisodes de *Star Trek*, *Le Prix de la passion*, *Trois Hommes et un bébé* que Nimoy avait réalisé, *Comme c'est drôle l'amour*, également dirigé par Nimoy, et une affiche promotionnelle pour sa série de documentaires télévisés, *A la recherche de...*

Des dizaines et des dizaines de photos de film et de photos de presse tapissaient les murs, il ne restait pas un centimètre carré de libre. Spock sur le plateau des premières séries télévisées, Spock en action, Spock avec Kirk, Spock avec McCoy, Spock avec Scott, Spock avec Chekov,

Spock avec Sulu. Aucune photo de Spock avec un personnage féminin des séries, Uhuru ou Yeoman Rand, par exemple. Spock le misogyne. Une âme sœur.

Plusieurs des photos encadrées avaient été prises par un amateur, c'était évident. L'une d'elles montrait un Nimoy vieilli sur un plateau de tournage avec un homme légèrement plus petit que lui, dans des uniformes identiques à ceux que Jay avait vus à la télévision en début d'après-midi. Elle examina soigneusement la photo. Nimoy et l'autre homme souriaient, mais le visage de Nimoy était rivé sur l'objectif, un sourire professionnel aux lèvres. L'autre homme souriait pour de bon. Jay remarqua un autographe : « Meilleurs vœux, Leonard Nimoy. » A côté, il y avait une photographie d'une villa relativement modeste de Beverly Hills. Au premier étage, une fenêtre avait été cerclée de rouge. La photo semblait provenir d'un magazine. Était-ce la maison de Nimoy à Los Angeles ?

Jay frissonna. Elle se rendit dans la salle à manger. Les photos auraient certainement donné des cauchemars à une célébrité comme Leonard Nimoy. Gaddis était aussi obsédé par l'acteur que Mark David Chapman l'avait été par John Lennon, ou John Hinckley Jr par Jodie Foster et Ronald Reagan. Des vedettes utilisées comme une loupe pour focaliser les rayons mortels des instincts criminels, une invasion obscène de la vie privée qui dépassait tout ce que Jay connaissait.

Quatre-vingt-dix secondes.

Jay s'arrêta dans l'encadrement de la porte qui ouvrait sur la salle à manger. C'était une pièce sans fenêtre de trois mètres sur quatre transformée en paradis pour accro de l'informatique. Il n'y avait que deux meubles : une énorme table de travail en U, en contreplaqué et de fabrication maison, et un vieux fauteuil en bois monté sur roulettes.

Pas étonnant qu'il vive dans un tel taudis ; tout son argent va dans les ordinateurs.

Trois Dell 486 équipaient la table de travail ; les écrans de deux d'entre eux étaient blancs, leur curseur clignotait, et le troisième était en activité, des lignes de texte défilaient sur l'écran. Gaddis était en train de lire à distance son courrier électronique. Sortant des trois ordinateurs, des câbles étaient connectés à un magma de disques durs, de modems, de lecteurs externes de disquettes, de tableaux de distribution, à deux imprimantes, l'une matricielle et l'autre laser, à au moins quatre lecteurs de CD-ROM, et à un scanner à plat. Au premier coup d'œil, c'était du matériel démodé. Gaddis s'était équipé peu à peu au fil des années.

Derrière les trois Dell, une étagère croulant sous des registres soigneusement étiquetés et des coffrets à disquettes, il y avait de tout, depuis la dernière livraison de Delrina Communications jusqu'à l'ancienne version du Word de Microsoft. Au moins une dizaine de coffrets contenaient des jeux vidéo portant le label habituel de *Star Trek.* Jay examina de plus près les étiquettes collées sur la tranche des registres. Gaddis passait du temps sur Internet avec un logiciel appelé Spécial K.

Jay prit un des registres et le feuilleta. Lignes après lignes de caractères serrés, attaques et contre-attaques, stratégies complexes, tactiques identifiées par des initiales obscures. Spécial K était un MUSE, Multiuser Simulation Environment (Environnement virtuel interactif), également connu sous le nom de MUD, Multiuser Dungeons (jeu de rôle interactif). Techniquement, c'étaient des jeux de rôle, mais certains engendraient un tel engouement qu'ils avaient été interdits parce que les joueurs en devenaient dépendants au point de perdre leur emploi, et on rapporta à Yale un cas d'effondrement psychique qui se termina par un suicide. Jay trouva alors un registre dans lequel étaient consignés les différents coups, vit le nom des joueurs et comprit.

– Oh merde ! souffla-t-elle, et elle se laissa tomber dans le fauteuil.

Abel
Axeman[1]
Berkowitz, le Fils de Sam
Chikatilo, le Mexicain fou

Et cela continuait jusqu'à *Sutcliffe* et au *Zodiaque*, le tueur de Los Angeles féru d'astrologie. Tous les noms de la liste étaient ceux d'odieux serial killers hypermédiatisés. Spécial K était une céréale, mais S.K. signifiait serial killer. George Gaddis, le Manuel, serial killer.

– Seigneur, ce n'est pas possible !

Pourquoi pas ?

Deux ans plus tôt, le Bureau avait découvert trois différentes messageries sur Internet où les pédophiles pouvaient discuter de leurs conquêtes, visionner des photos et des CD-ROM ; le marché de la pornographie digitale était en plein boom. Les pirates de l'informatique utilisaient les réseaux depuis des années pour y créer des messageries illégales. Au dernier recensement, rien qu'aux États-Unis, quatre millions et demi d'utilisateurs d'ordinateurs personnels voyageaient sur Internet, et on ne savait rien d'eux. Le monde réel avait bien ses serial killers, pourquoi pas l'univers virtuel ? Dans le monde réel, les tueurs

1. L'homme à la hache. *(N.d.T.)*

comme Ted Bundy et Dahmer adoraient parler de leurs exploits, en principe avec des policiers et des psychiatres. Dans le monde virtuel, avec un modem bon marché et Internet, protégés par un pseudonyme...

Ils pouvaient communiquer entre eux.

Jay toucha du bout du pied un objet sous le bureau. En se courbant, elle retira un sac de voyage d'United Airlines. Elle le posa sur ses genoux, puis consulta sa montre. Plus que quinze secondes. Elle retint son souffle et tendit l'oreille. Elle n'entendit que le cliquetis et le ronronnement des disques durs. Et au loin, le grondement sourd du trafic automobile.

Allez, tant pis !

Elle fit glisser la fermeture Éclair du sac.

La trousse à outils du Manuel. Un rouleau de chatterton ; une alêne de cordonnier effilée avec un manche en plastique ; un paquet de gants chirurgicaux à usage unique, à moitié vide ; une boîte non décachetée de préservatif Trojan, grand modèle ; un couteau de combat dans son étui de cuir. Assez de preuves pour envoyer George Gaddis à l'ombre pour la vie, à condition que la présence illégale de Jay ne gâche pas tout. Elle regarda de nouveau sa montre. Elle était restée une minute de trop. Elle referma le sac et le replaça sous le bureau. Une conversation avec Sladky en terrain neutre lui permettrait peut-être de trouver un moyen de coincer quand même le fumier.

L'ordinateur situé sur sa droite émit un bip sonore ; Jay faillit en tomber du fauteuil. Elle inspira profondément et posa une main sur son cœur pour en calmer les battements affolés. Le courrier électronique s'était effacé de l'écran, remplacé par un message.

n.dialogue.sk.Ench demand.irc.II.irc.2.1.5a.

IRC était l'acronyme pour Internet Relay Chat, un lieu de discussions en temps réel qui imitait les conversations par radio CB. Un dénommé Ench. s'annonçait et il voulait dialoguer.

Que faire ?

Jay décida de risquer le tout pour le tout. Elle reprit le sac de voyage, sortit la boîte de gants, en enfila une paire et se tourna vers le clavier. Jusqu'ici, elle n'avait touché à rien sinon au bouton de porte de l'armoire, à la fermeture Eclair du sac qui contenait l'uniforme de *Star Trek*, et à celle du sac de voyage. Inutile de laisser des empreintes sur le clavier.

Jay ferma les yeux, se concentra, essaya de se rappeler le message IRC de base. Elle finit par s'en souvenir et tapa /., puis List. Aussitôt l'écran s'effaça et IRC inscrivit le nom des personnes présentes dans le café virtuel. Il n'y avait que SK.ENCH.

Qui peux-tu bien être ?

Il y avait un moyen de le découvrir. Sur Internet, on peut utiliser un programme appelé Gopher pour rechercher les véritables identités, ou au moins les adresses des terminaux, de ceux avec qui on dialoguait. Jay exécuta la commande, mais n'obtint aucun résultat. SK était un tableau d'affichage « muet », déguisé en autre chose que le Gopher ne pouvait pas déchiffrer.

Quel qu'il fût, l'Ench. avait repéré son utilisation du programme d'identification. Dès que Jay retourna au café IRC, elle trouva un message en attente.

***/.sk.Ench   identifiez-vous [›:-‹]

La séquence entre crochets était un « smiley », un code abrégé, formé de caractères de ponctuation, utilisé pour envoyer des messages rapides. Il en existait des centaines et la plupart se lisaient en penchant la tête vers la gauche. Celui-ci signifiait que l'Ench. n'était pas content.

Jay regarda l'écran, hésitante. Comment Gaddis s'appellerait-il ? Certainement pas Spock, qui n'était pas un assassin. Elle se souvint alors d'un smiley que quelqu'un du Bureau, lui-même un fan de *Star Trek*, lui avait montré. Elle pianota vivement sur les touches.

***/. [›:-I]

Le smiley remplaçait réseau.startrek. L'Ench. répondit immédiatement.

***/.sk.Ench   arrête de déconner Speck

Soulagée, Jay hocha la tête. Oui, c'était logique. Richard Speck était le tueur de Chicago qui avait assassiné huit élèves infirmières en une seule nuit. Speck équivalait à Spock, et Spock à Gaddis.

***/.sk.Speck   désolé.

Jay avait une furieuse envie de fumer, mais elle n'osait pas allumer une cigarette dans la pièce parfumée aux pins. A son retour, Gaddis l'aurait immédiatement senti. Elle contempla l'écran. Bon, qu'était-elle censée faire maintenant ? Gaddis excepté, rien ne prouvait que le Spécial K. ait attiré de vrais assassins. C'était peut-être comme n'importe quel autre MUSE – une simulation, une confrérie de caractériels pervers qui essayaient de vivre leurs fantasmes macabres.

Merde, merde et merde.

***/.sk.Ench tu n'as pas l'air dans ton assiette. Un problème ?
***/.sk.Speck froid [:-(]
***/.sk.Ench tu veux causer ?
***/.sk.Speck je préfère écouter, OK ? Je suis tout ouïe.
***/.sk.Ench entendu. [:-D]

Le smiley pour signifier des éclats de rire. Jay avait réussi à gagner du temps avec son jeu de mots sur les oreilles.

Mais diable comment allait-elle s'en sortir ?

Contrairement à une vraie conversation qui cessait d'exister dès que les mots étaient prononcés, celle-ci avait rempli un écran de questions et de réponses, et il n'y avait aucun moyen de les effacer sans alerter SK.ENCH. Si elle laissait l'écran en l'état, Gaddis saurait que quelqu'un s'était introduit chez lui et s'était fait passer pour lui. Jay regarda sa montre. Cela faisait près de cinq minutes qu'elle était là.

C'est trop ! Fous le camp !

Trop tard. Elle surprit un mouvement du coin de l'œil et porta instinctivement la main à son holster, sous sa veste. Avant qu'elle ait eu le temps de dégainer, l'homme était sur elle et la plaquait contre le sol. Son haleine sentait la bière et il suait la peur. Jay avait un bras coincé sous le corps, et l'homme lui écrasait l'autre de son coude, mais elle gardait l'usage de ses jambes. Elle lui balança un violent coup de genou dans les parties. Il poussa un cri et roula au sol en relâchant sa prise. Avant qu'il ne se relève, Jay sortit son Browning et lui fourra le canon sous le nez. A califourchon sur l'homme étendu sur le dos, Jay examina son visage. C'était bizarre. Gaddis était le clone de Nimoy quinze ans plus tôt, il avait même adopté sa coupe de cheveux ridicule. Il ne lui manquait plus que les oreilles pointues.

– Pas un geste, ordonna Jay.

– Qui êtes-vous ?

Il souffrait mais il n'avait pas peur. Même sous la menace d'un revolver et avec un agent du FBI sur le thorax, il continuait à jouer son rôle. Il gardait son calme et son esprit logique.

– FBI, dit Jay.

– Vous allez peut-être me dire ce que vous faites chez moi ?

– Je perquisitionne.

– J'imagine que vous avez un mandat ?

Les yeux de Gaddis fouillèrent la pièce. Il cherchait les renforts de

Jay, une douzaine de colosses en survêtement noir et cagoule avec FBI inscrit sur la poitrine. Comme il ne vit rien, il comprit qu'il y avait anguille sous roche.

Jay se redressa et recula d'un pas, le revolver braqué à deux mains sur le cœur de Gaddis.

– Debout ! ordonna-t-elle.

Gaddis obéit, les yeux rivés sur elle. Il regarda par-dessus l'épaule de Jay, vers la porte. La cavalerie US se faisait attendre.

– Que se passe-t-il ?

– La ferme ! Assieds-toi, ordonna-t-elle en désignant le fauteuil de son Browning.

Elle devait mettre Gaddis hors d'état de nuire afin de réfléchir à tête reposée. Elle avait vaguement conscience d'un crissement de pneus dans le lointain. La pâle lumière qui filtrait par les rideaux virait au rose. Le soleil se couchait.

– Et si je refuse ?

– Je t'explose les noix.

C'est clair, Ducon ?

C'était dément. A quelques blocs de là, des voitures s'arrêtaient au McDonald, les gens commandaient des Big Mac, des pop-corn. Et Jay donnait des ordres à un tueur en série. Elle le menaçait. On ne lui avait pas enseigné cela à l'école de police.

– J'ai des droits, protesta Gaddis.

On n'en est plus là, au cas où tu n'aurais pas remarqué. On est dans la quatrième dimension, mon pote.

– Pas pour l'instant, Gaddis. (Elle arma le chien.) Assieds-toi.

Il parut nerveux en entendant son nom. Il recula jusqu'au fauteuil et s'y affala. Du coin de l'œil, il examina l'écran de l'ordinateur. De la sueur perlait maintenant sous ses yeux. Il ressemblait réellement à Mr. Spock. Jay l'imagina dans son uniforme de *Star Trek* arpenter les salons pour fans.

En chasse.

Jay s'approcha du bureau, plongea une main dans le sac de voyage et sortit le rouleau de chatterton. Elle le lança à Gaddis.

– Attache-toi les jambes. Et serre bien.

– Et mes droits ? Vous devez me lire mes droits. (Il déglutit péniblement.) Un vrai agent du FBI saurait ça.

– Tu regardes trop la télévision, Gaddis. On lit les droits après l'arrestation. Je ne t'ai pas encore arrêté.

– Fichez-moi la paix.

– Quand tu voudras, Gaddis.

Jay releva légèrement le canon du revolver. Gaddis commença à enrouler le chatterton autour de ses jambes. Quand il eut terminé, il déchira la bande.

– Et maintenant ?

– Ton poignet droit. Attache-le au bras du fauteuil.

Il fit ce qu'elle lui demandait. Il suait abondamment. Paniqué.

– Vous ne vous en tirerez pas comme ça, vous savez.

M'en tirer ? Qu'est-ce qu'il s'imagine que je vais faire ?

– Attache ton poignet et ferme-la.

Qu'est-ce que je vais faire ?

Il acheva de se scotcher. Par-dessus l'épaule de Gaddis, Jay vit que SK.ENCH. débitait des lignes de texte à la pelle.

– Vous ne pouvez rien prouver. Cette perquisition est illégale, mon arrestation aussi.

– Et les femmes que tu as massacrées ? C'était quoi ?

– Je ne sais pas de quoi vous parlez.

– Oh, si.

L'œil rivé sur Gaddis, Jay fouilla dans le sac. Elle en sortit l'alêne du cordonnier.

– C'étaient des fans de *Star Trek*, des Trekkies, ou elles allaient juste dans tes galas par curiosité ? C'est comme ça que tu les choisissais. C'est ça le lien entre les victimes, hein ?

– Qu'est-ce que vous faites ? s'inquiéta-t-il en voyant l'alêne.

– Je joue le morceau à l'oreille.

T'as raison, Jay. Venge ces pauvres femmes. A son tour de payer, ne serait-ce qu'un peu.

Elle glissa l'alêne dans la poche de sa veste et prit le chatterton des mains de Gaddis. Elle rangea le revolver dans son étui et attacha vivement le poignet gauche de Gaddis. Puis elle reprit l'alêne et en essaya doucement la pointe sur son index. Une goutte de sang perla.

– Tu aimes les trucs pointus, hein, Gaddis ?

– Je vous en prie !

Jay se pencha et appuya l'alêne sur la partie charnue du lobe de l'oreille de Gaddis.

– Non !

Elle exerça une légère pression ; la pointe perça facilement l'oreille. Gaddis hurla.

– Vous me faites mal !

Son esprit calme et logique avait disparu. Sa voix tremblait. Du sang coulait de son oreille.

– Parle-moi de Spécial K., souffla Jay.

Gaddis écarquilla les yeux, horrifié. Les larmes qui coulaient le long de ses joues laissaient des sillons clairs. Jay s'aperçut alors qu'il était maquillé. Du fond de teint ou du mascara.

– Laissez-moi tranquille !

– Qu'est-ce que tu comptes faire ? Appeler la police ?

– Je vous en prie !

Il haletait, la panique le défigurait.

– Parle-moi d'Ench.

– Je ne sais rien.

Une tache humide s'étala sur ses cuisses.

– Que si !

Elle approcha l'alêne. Gaddis hurla encore.

– Je saigne !

– Et les femmes ? Elles ont saigné, elles aussi ?

– Ne me touchez plus !

– Tu les as tuées. Tu les a découpées en morceaux et tu t'es masturbé dans un de ces Trojan, hein ?

Elle déplaça la pointe de l'alêne le long de la tache humide.

– Un Trojan grand modèle, mais je parie que tu en as une minuscule, hein, Gaddis ? C'est ça ton problème ?

– Ne me tuez pas !

– Je ne veux pas te tuer, Gaddis.

En es-tu si sûre ?

D'un geste vif, elle piqua légèrement le poinçon à travers la chemise de Gaddis, dans le bourrelet de graisse qui lui enrobait la taille. Le sang commença à tremper le coton léger. Gaddis se tortilla, tentant vainement de s'éloigner de l'alêne. Une odeur acide de sang et d'urine se mêla à celle du déodorant.

Je vais trop loin.

– Il y en a eu combien, Gaddis ? La police d'Albuquerque en a compté neuf. Il y en a eu davantage ?

– Dix, onze, je ne sais pas. Je ne m'en souviens pas !

– Fais un effort.

Elle déplaça l'alêne. Il cria.

– Non, non ! Je vous en prie ! Arrêtez !

*Eh bien, eh bien, eh bien. Fini les Mr. Spock. C'est l'heure d'*Orange mécanique.

– Quoi ? ! Quoi ? ! fit Gaddis, terrorisé.

Merde ! Avait-elle parlé tout haut ?

Je ne me contrôle plus.

– Il y en a eu combien ?

– Salope ! (Il lui cracha à la figure.) Cochonne !

Jay promena l'alêne devant les yeux de Gaddis.

– C'est pour ça que tu te servais de ce machin ? Pour piquer les cochonnes ?

Elle le piqua d'un coup sec. Cette fois les hurlements se prolongèrent.

Arrête-toi. Arrête-toi tout de suite.

Le sang ruisselait du trou qu'elle lui avait percé dans la joue. Il se balança d'avant en arrière sur son fauteuil en gémissant.

Arrête-toi. Tu le peux si tu veux. Tu peux encore partir. Allez, taille-toi.

– Non.

Un murmure. Elle jeta un œil sur l'ordinateur. SK.ENCH. discutait toujours, et d'après ce qu'elle voyait il n'était plus seul sur la ligne. Elle contourna le fauteuil où la chose continuait de gémir, se pencha au-dessus du clavier et déchiffra l'écran. Un frisson d'excitation lui parcourut l'entrejambe et lui noua le ventre. Son cœur s'emballa. Elle suffoquait presque.

Dieu que c'est fort.

Plissant les yeux, elle laissa ses doigts caresser les touches. Derrière elle, Gaddis faisait des petits bruits d'animal.

***/.sk.Snid	Speck se déconnecte.
***/.sk.Berk	?SNID ?
***/.Sk.Ench.	Sujet non identifié.
	Speck ?
***/.sk.Snid	Non. Gaddis ne veut plus jouer.
***/.sk.Zod	Je n'aime pas ça.
***/.sk.Berk	Idem. Rappelez-vous, pas de noms.
***/.Sk.Ench.	Du calme, c'est pas pour de vrai.
***/.sk.Snid	Faux.
***/.sk.Zod	Déconnecte.
***/.Sk.Ench.	Qui es-tu ?
	Qu'est-ce que tu fais ?

Jay jeta un œil sur l'homme qui s'agitait sur son fauteuil, puis reporta son attention sur l'écran. Elle eut encore un frisson d'excitation. Elle tapa sa réponse en majuscules.

***/.sk.Snid	MATEZ-MOI.

13

Si New York était le cerveau de l'Amérique et Los Angeles sa libido, alors Las Vegas en était le subconscient, un cortex cérébral de béton, de néons et de verre, centre des désirs et des espoirs... finalement déçus. Une ville de rêve où les cauchemars arpentaient les rues comme de simples mortels.

Il était cinq heures et quart du matin et le Glacier était assis seul à une table du Flame, près de la vitrine ; il terminait son petit déjeuner, composé comme d'habitude d'un steak et d'un œuf au plat, tout en feuilletant la dernière édition du *Sun*, à l'affût de tous les meurtres et massacres dignes d'y figurer. Le Flame, avec son enseigne scintillante rouge et bleu qui s'élevait du toit, était un passage obligé à Las Vegas depuis 1961, et le Glacier avait fait de ce petit restaurant minable son port d'attache depuis dix ans ; son toit enflammé était une icône qui marquait le centre de son univers.

L'aube dessinait à peine une faible tache mauve derrière les montagnes de La Madre, mais déjà le restaurant servait petits déjeuners matinaux ou dîners tardifs, et la salle exiguë était plus qu'à moitié pleine de joueurs à l'air las, les doigts noircis par les pièces des machines à sous, et de croupiers au sortir du travail, qui avalaient un morceau avant de rentrer chez eux. A cette heure du jour, c'était un des endroits les plus tranquilles de la ville : une escale, un lieu où se reposer avant, pendant et après.

Une serveuse remplit sa tasse de café et desservit son assiette. Le Glacier replia soigneusement son journal, alluma une cigarette, et regarda par la vitrine. Les voitures défilaient sur Desert Inn Road et tournaient dans le Strip. L'énorme enseigne du Fashion Show Mall proposait deux plats pour le prix d'un au Hot Dog on a Stick. C'était un jour comme les autres, sauf pour le visiteur malvenu qui s'était brièvement connecté sur Spécial K.

D'un geste précis, le Glacier tapota sa cigarette sur le rebord du cendrier. Snid avait utilisé le terminal de Gaddis à Albuquerque. Dix minutes après que le faussaire s'était déconnecté du tableau d'affichage, le Glacier avait basculé sur Internet et essayé de nouveau le numéro, mais il n'y avait pas eu de réponse. Gaddis, ou Speck comme il se faisait appeler, était parti, et quelque chose disait au Glacier que c'était pour de bon. Un malheur était arrivé ; le chaos menaçait de bouleverser l'ordre. L'ordre du Glacier.

L'air soucieux, le Glacier éplucha sa cigarette au-dessus du cendrier puis ramassa son journal. Il jeta un billet de cinq dollars sur la table et quitta le restaurant. Il voulait être de retour dans le petit bungalow de Paradise Alley avant qu'il ne fasse trop chaud. Il avait pas mal de choses à faire avant la nuit.

Stimulé par la frustration, Bill Hawkins arpentait le labyrinthe du National Museum of American History, vaguement conscient d'avoir atteint le deuxième étage et l'aile ouest réservée à l'histoire militaire. Il s'affala sur un banc et contempla bouche bée la silhouette massive de la canonnière *Philadelphia*, coulée en 1776 sous le commandement de Benedict Arnold[1]. D'être assis à l'ombre d'un vaisseau naufragé dont le capitaine, un traître, avait failli à sa mission semblait à Hawkins un bon endroit pour méditer sur ses propres échecs.

Après avoir passé la grande partie de sa vie d'adulte dans les forces de l'ordre quelles qu'elles soient, Hawkins en était arrivé à la conclusion que chacun sur terre, criminel ou pas, possédait sa propre histoire, bâtie au fil des ans, exactement comme les vestiges du passé qui l'entouraient dans cette salle. Pour résoudre un crime on devait faire de l'archéologie, être capable d'interpréter le passé de chaque individu. C'était pour cela que les historiens s'intéressaient davantage aux anciens dépotoirs qu'aux pyramides de Ramsès ou au Parthénon. Ils y trouvaient tout simplement plus de matériau.

Certes, mais le Glacier ne laissait pas d'ordures derrière lui.

---

1. Benedict Arnold (1741-1801). Marchand à Newhaven, dans le Connecticut, il s'engagea dans les forces rebelles, mais envisagea en 1780 de livrer le poste stratégique de West Point aux Britanniques. Alors que son interlocuteur anglais, le major André, était capturé, Arnold réussit à s'enfuir chez l'ennemi qui lui donna un poste de commandement. *(N.d.T.)*

Hawkins savait une chose avec certitude, le Glacier avait accompli son massacre rituel quatorze fois sur une période de dix ans ; son tableau de chasse s'élevait à trente-sept victimes. Malgré certaines exceptions notables, le protocole du tueur était invariablement le même : une victime féminine, violée, assassinée, puis mutilée, et une victime masculine qui lui procurait une identité en même temps qu'une source de revenus à court terme.

Si la femme sacrifiée avait un enfant, ce dernier était assassiné avec elle. Le Glacier n'essayait pas de cacher le meurtre de la femme, mais il dissimulait toujours le cadavre de l'homme dans de la glace, ce qui lui laissait le temps de puiser dans ses cartes de crédit et ses comptes bancaires avant qu'on ne découvre le corps dans un congélateur ou un réfrigérateur, dans quelque entrepôt désaffecté ou dans un appartement dont le loyer était réglé pour plusieurs mois.

Lorsque le cadavre était enfin découvert et qu'on établissait le lien avec la femme assassinée, la piste était déjà effacée. Depuis le meurtre de Carol Prentice en 1968, le Glacier n'avait jamais tué deux fois dans le même État – ce qui n'avait rien de réconfortant puisqu'il lui restait le choix entre plus de trente États.

Le Glacier n'avait dévié que trois fois de sa routine ; une fois en 1974, une autre en 1984, et la troisième l'année dernière. Les trois fois, on n'avait retrouvé que les victimes féminines. Libre à Hawkins d'imaginer que le tueur avait caché sa victime masculine d'une manière qui ne correspondait pas à ses habitudes, ou qu'il utilisait une identité en cours qu'il conservait comme repli.

C'était toutefois une pensée dérangeante ; quelque part, le serial killer à la longévité la plus grande de l'histoire du crime tondait sa pelouse, payait ses impôts, et dirigeait une petite équipe de base-ball sponsorisée par le garage de voitures neuves qu'il possédait, ou par sa société de plomberie.

Alors comment serrer ce fils de pute ? Hawkins contempla les flancs sombres, rongés par les vers, du *Philadelphia*.

Grâce à son histoire.

De retour de Denver, Hawkins avait rassemblé et imprimé les trente-sept dossiers du Glacier, et les avait reliés dans un volume de quatre cent trente-cinq pages. Impressionnant, et inutile. Le tueur avait allègrement laissé derrière lui des empreintes, mais aucune ne correspondait aux fichiers dactyloscopiques ni aux bases de données du FBI. Il avait laissé des cheveux, des bouts de peau, de la semence avec autant de désinvolture, mais il était impossible de les faire parler.

Ce qui était logique, bien sûr ; le Glacier avait commencé sa carrière avec Carol Prentice à Berkeley. Prentice avait dix-huit ans et il était probable que son assassin était à peu près du même âge. Trop jeune pour que ses empreintes digitales aient été relevées par le Service national, et en 1968 on ne prenait pas encore les empreintes de pouce pour délivrer les permis de conduire.

A la rigueur, on aurait pu détenir ses empreintes digitales s'il avait eu un casier judiciaire de délinquant mineur, mais ce casier était invariablement scellé après la majorité. S'il avait un nom, une raison plausible, et s'il parvenait à dénicher un juge particulièrement amical, Hawkins pourrait faire rouvrir un casier précis, mais cela faisait un sacré « si ». Ce genre de pêche aux informations était mal vu à l'époque du politiquement correct.

Hawkins se leva et s'approcha de la masse menaçante de la canonnière. Laissant courir ses doigts sur le bordage vieux de deux cents ans, il essaya d'imaginer l'écume des vagues fouetter la proue tandis que le navire se jetait dans la bataille, l'odeur de poudre noire de ses canons, celle, âcre, du sang fraîchement versé, et les cris des marins quand il commença à couler.

Tout était là, lugubre, net, réel, scellé, à jamais dans le bois. En 1776, l'embarcation était un navire de guerre, un engin de vie et de mort. Plus de deux cents ans plus tard, c'était un souvenir historique entreposé au deuxième étage d'un musée de Washington. Combien d'histoires avait-il engendrées pendant toutes ces années ?

Officiellement, le Glacier n'existait pas, mais c'était une vue de l'esprit bureaucratique : pas de nom, donc pas d'identité, pas de réalité.

– Des conneries, murmura Hawkins.

Le Glacier était bel et bien fait de chair et de sang, et il avait autrefois eu un nom et une identité propre. Il avait commencé son long périple de métamorphoses après le meurtre de Carol Prentice, mais il y avait d'abord eu un Avant.

Hawkins se recula afin de mieux se repaître de la vision de la canonnière. Pour voir la forêt, il faut d'abord trouver les arbres. Hawkins devrait remonter au début. A Berkeley, en 1968. A l'histoire.

L'inspecteur de police Horace Sladky rentra son ventre et se plaqua contre le mur ; l'employé de la morgue le dépassa avec le chariot sur lequel reposaient les restes de George Gaddis, et il sortit de la petite bicoque miteuse. Tandis que le chariot descendait les marches du perron dans un bruit de ferraille et disparaissait dans la lumière crue de midi, Sladky traversa le couloir et entra dans le salon. Son partenaire, le chauve Marty Sugarman, regardait l'équipe de la police scientifique prendre des photos et relever les empreintes.

– Alors ? demanda Sladky.
– Oh, c'est bien le Manuel, aucun doute.
– Quelqu'un d'autre l'a eu avant nous, remarqua Sladky.
– Et après ?
– Et après ? C'est que ça fait une sacrée différence !
Sladky coula un œil vers la double porte qui donnait dans l'ancienne salle à manger. Le fauteuil sur lequel ils avaient retrouvé Gaddis scotché trônait toujours au milieu de la pièce, entouré par des tombereaux de paperasse, et on aurait dit que quelqu'un avait passé sa rage sur les ordinateurs avec un marteau de forgeron.

– Ça fait une sacrée différence parce que c'est pas nous qui l'avons découvert. Ça fait une sacrée différence parce que quelqu'un a pigé des trucs qui nous ont échappé.

– Qui que ce soit, il nous a rendu un fier service, sourit Sugarman. Il nous l'a livré sur un plateau d'argent. (Le chauve s'approcha du petit bureau et désigna des papiers soigneusement rangés.) Tout colle parfaitement. Gaddis jouait les Mr. Spock dans des galas pour Trekkies dont les dates correspondent avec les meurtres. Tout colle, les mains mutilées, même les messages. En klingon, tu te rends compte !
– Il a été assassiné, dit Sladky. Ça reste un homicide.
– Ah, non ! C'est une exécution. Celui qui l'a abattu a fait économiser un paquet de fric aux contribuables du Nouveau-Mexique.
– Alors, qu'est-ce qu'on est censés faire ? demanda Sladky. Publier une annonce dans le journal pour remercier le mystérieux sauveur et oublier l'affaire ?
– Allez, Horace, fais pas cette tête ! s'exclama Sugarman en souriant. Le fumier a assassiné neuf bonnes femmes. Il ne sévira plus. On a gagné !
– On n'est pas dans un film de Charles Bronson, Marty.
– C'est dommage.
– Tu crois que le vengeur masqué va recommencer ?
– Possible. Sauf si on considère que c'est une coïncidence. D'un côté comme de l'autre, Horace, le type a eu accès à des informations de première bourre. Des informations qu'on ne possédait pas.
– Tu penses à un flic ?
– Un flic ne ferait jamais un truc pareil, objecta Sugarman.
– Alors qui ?

Le bruit d'une chasse d'eau dans une chambre voisine réveilla Jay Fletcher. Elle roula sur le côté et loucha vers le radioréveil de la table de chevet. Midi. Son corps glissa légèrement sous les draps satinés, ses cuisses lui semblèrent poisseuses, et elle cilla en se souvenant de sa nuit.

Elle roula de l'autre côté, contempla l'homme allongé près d'elle dans la chambre du motel. Il était nu, jeune – dix-huit ans si ses souvenirs étaient exacts – noir, monté comme dans ses pires fantasmes, non circoncis ; le tout additionné faisait une tentation qu'elle n'avait pas su se refuser. Elle se rappela vaguement qu'il s'appelait Carl.

La veille, en reprenant ses esprits, elle s'était retrouvée au Monte Vista, un restaurant Arts déco qui possédait un club pour célibataires à l'étage. Carl, l'aide-serveur, débarrassait les restes de sa caille aux champignons. Elle l'avait remarqué au club une heure plus tard et elle n'avait eu aucun mal à le séduire. De fil en aiguille, après avoir pris une chambre à l'American Inn située un peu plus loin dans Central Avenue, ils étaient passés aux choses sérieuses.

Jay chassa les restes du sommeil et contempla le garçon endormi. L'énorme forme noire de son pénis s'étalait sur sa cuisse musclée, le gland plus rose enfoui sous le prépuce. La veille, la chose s'était dressée contre son abdomen chocolat tel un bâton d'ébène, si épais qu'elle n'avait pu l'enserrer d'une seule main quand elle l'avait branlé et sucé pour qu'il atteigne le premier d'une suite invraisemblable d'orgasmes. Elle avait à peine pu enfourner quelques centimètres dans sa bouche, et guère plus dans son ventre.

Au début, la sensation de se faire fourrer par un organe si massif l'avait excitée, mais les fantaisies érotiques de Carl s'étaient révélées inversement proportionnelles à la taille de son engin. Après une heure ou deux du va-et-vient monotone du jeune homme, elle avait eu l'impression de se faire empaler et l'expérience l'avait laissée asséchée et meurtrie.

Dans la lumière chaude de midi qui filtrait à travers les rideaux trop fins de la fenêtre, le bâton d'ébène de Carl de la veille ressemblait davantage à un machin qu'on aurait laissé trop longtemps dans le bac à légumes du réfrigérateur, mais même flasque il rappelait encore un tronçon de lance à incendie. Carl bougea légèrement, ses lèvres remuèrent comme s'il allait parler. Ses yeux roulèrent sous les paupières fermées. Il avait des cils de femme. Il rêvait. De quoi ? Qu'il faisait l'amour avec une femme plus vieille que lui ? Ou d'un clip qu'il avait vu sur MTV ? Carl n'était pas un homme ; c'était juste un garçon bien monté.

Or le garçon endormi commençait à bander. Jay vit son organe frétiller et gonfler. L'image d'un Carl la chevauchant était plus qu'elle ne pouvait supporter. Elle se glissa sans bruit hors du lit et gagna la salle de bains sur la pointe des pieds. Chaque pas lui arrachait une grimace. Ah, sa ceinture pelvienne se souviendrait encore longtemps de Carl.

Jay entra dans la douche, ferma les yeux pour recevoir le jet brûlant et apaisant, priant pour qu'il lave sa peur et sa confusion. Au bout de dix minutes, la douche avait seulement nettoyé les grumeaux, restes de sa nuit avec Carl.

Alors qu'elle s'abandonnait au jet revigorant, l'affreuse réalité s'abattit sur sa tête et l'enveloppa comme une chape de plomb. Elle s'adossa contre le carrelage vert pâle et éclata en sanglots. Elle avait espéré que Carl agirait comme un gris-gris phallique qui la protégerait des événements de l'après-midi, mais cela n'avait pas marché, du moins pas longtemps.

Les plaisirs de la chair étaient peut-être une affirmation de la vie, mais en définitive ce n'était qu'un piètre camouflage pour la mort. Jay avait supprimé Gaddis aussi sûrement qu'on mouche une bougie entre le pouce et l'index, et ce n'était pas en se faisant embrocher par ce Carl qu'elle effacerait cette affreuse réalité. Ni aujourd'hui, ni demain, ni dans un million d'années.

Elle pouvait justifier son acte de centaines de façons, mais le fait demeurait : elle avait tué un homme, non par passion, encore moins en légitime défense, ni même sous l'armure politiquement correcte de la folie. C'était un assassinat pur et simple. Et aucun jury au monde ne la condamnerait pour ça.

Au bout de quelques minutes, Jay recouvra ses esprits, coupa l'eau, et tira le rideau de la douche. Elle mit un pied dans la salle de bains embuée, légèrement rassérénée, mais les jambes encore tremblantes. Avec le nécessaire de toilette fourni par le motel, elle entreprit de se brosser les dents tout en méditant.

C'était vrai : si l'affaire parvenait jamais devant un tribunal, on la condamnerait peut-être avec des circonstances atténuantes, mais elle avait peu de chance de mettre les pieds en prison. Sa carrière dans les forces de l'ordre connaîtrait un terme brutal, mais la célébrité la prendrait en charge. CNN lui offrirait un traitement comparable à celui d'O.J. Simpson, Larry King lui consacrerait une émission entière, et entre un contrat pour le Film de la Semaine et celui pour l'exclusivité de ses Mémoires, elle n'aurait plus jamais besoin de travailler.

A la sortie du tribunal, on vendrait des T-shirts à son effigie et elle ferait probablement la couverture de *People*. On interviewerait sa sœur qui ressortirait de vieilles photos de famille les montrant enfants. Une vision cynique de la vie, certes, mais néanmoins proche de la réalité. Jay eut un pincement au cœur en y pensant.

Elle cracha le reste du dentifrice dans l'évier et se rinça la bouche.

Elle ne voulait pas finir en Lorena Bobbit[1] ni comme cette femme qui avait arrosé d'essence son mari endormi avant de le brûler comme un moine bouddhiste. Elle voulait être elle-même, Janet Louise Fletcher, agent spécial du FBI, avec des connaissances certaines en informatique et une faiblesse pour la bonne baise et les livres d'enfant de l'époque victorienne.

Elle effaça la buée qui obscurcissait la glace et s'examina. La peau rose, les joues en feu, les cheveux noirs plaqués en arrière, les yeux grands ouverts.

– Il n'y aura plus de Trekkies martyrisées, murmura-t-elle, et la petite Janet Fletcher de quinze ans, seule et abandonnée, terrorisée, lui renvoya dans la glace un triste sourire de connivence.

1. Une Américaine qui, lassée des ardeurs abusives de son mari, avait castré l'outrecuidant. *(N.d.T.)*

14

Dès son arrivée à l'aéroport d'Oakland, Hawkins loua une voiture, prit l'autoroute Nimitz jusqu'à la bretelle 980, remonta Martin Luther King Jr. Way et s'enfonça dans le centre de Berkeley. Au niveau de la mer, tout était enveloppé dans la purée de pois classique de la baie, mais la ville universitaire profitait d'un agréable soleil quand Hawkins se gara dans le parking du quartier général de la police de Berkeley, un bâtiment rectangulaire de trois étages, bordé par le Civic Center.

Le bâtiment avait l'aspect traditionnel d'un immeuble administratif des années 30, et Hawkins fut surpris de constater que le vaste hall du rez-de-chaussée possédait un somptueux escalier édouardien qui menait au premier étage. Derrière l'escalier se trouvait ce qui aurait pu être un commissariat dans n'importe quelle ville moyenne des États-Unis, un labyrinthe de couloirs exigus au sol en linoléum, aux fenêtres sombres scellées par une vingtaine de couches de peinture de différentes couleurs administratives, et de bureaux minuscules dépourvus de climatisation.

Perry Goddard, l'inspecteur qui avait hérité de l'affaire Prentice en 1968, l'attendait dans la salle de réunion du deuxième étage. La soixantaine bien entamée, chauve comme Kojak, bien mis, bronzé et pétant de santé, il portait une chemise hawaïenne, un short de randonneur et une paire de Nike. Un carton de dossiers poussiéreux trônait devant lui sur la table éraillée.

Goddard se leva, serra la main de Hawkins puis se rassit. Hawkins prit une chaise en face de lui.

– Vous voulez du café ? proposa Goddard. J'ai encore un peu d'influence dans la boîte.

– Non, merci.

A l'autre bout de la salle, un gradé en uniforme les surveillait à travers la vitre de son petit bureau.

– Depuis combien de temps avez-vous pris votre retraite ?

– Oh, ça fait presque dix ans. J'ai débuté en faisant des rondes dans University Avenue, et j'ai fini à la tête de la Criminelle. (Il jeta un œil par-dessus son épaule vers le gradé trop curieux, puis sourit à Hawkins.) Werba que vous voyez là-bas était un novice quand j'ai pris ma retraite ; maintenant, il se prend pour Dieu en personne.

– On dirait que vous êtes content d'être à la retraite, remarqua Hawkins.

– J'ai une petite librairie sur Telegraph Avenue. Dead Write, ça s'appelle. Je vends des polars, des bouquins spécialisés dans le crime. A propos, j'ai tous vos livres, ajouta-t-il en souriant.

– Ils se vendent bien ?

– Oui, pas mal... Vous comptez écrire un livre sur Carol Prentice ?

– Elle sera dedans.

– Ça fait un bail.

– Oui, le livre traitera aussi de cette époque.

– Les dossiers étaient enterrés à la cave, dit Goddard, et il caressa le carton d'un geste protecteur.

– Je vous suis reconnaissant de les avoir réunis. Ça me fera gagner du temps.

– Vous voulez qu'on en parle ici, ou dans un endroit plus tranquille ? demanda Goddard.

C'était une invitation et un sous-entendu clair. Goddard voulait faire partie de l'enquête. Avoir dans les pattes un flic à la retraite était bien la dernière chose que désirait Hawkins, mais les dossiers de Prentice étaient la clef de son enquête.

– A vous de voir. C'est votre ville.

Goddard s'illumina.

Dead Write était une minuscule façade en stuc à l'écart de Durant Street avec un appartement d'une chambre à l'étage. La boutique elle-même était étroite et sombre ; du sol au plafond, des rayonnages de livres couraient le long du mur, flanqué de deux ailes tapissées elles aussi d'étagères murales. Le meuble central et les ailes étaient équipées d'échelles montées sur roulette, et une cafetière électrique dégageait un parfum âcre qui se mélangeait parfaitement à la faible odeur de moisi des dix mille livres de poche d'occasion.

Près de la porte, perchée sur un haut tabouret, une femme d'âge mûr qui portait une robe dos nu, les cheveux tirés en arrière par une épaisse queue de cheval, lisait un roman de Mickey Spillane à la couverture sanglante et poussait çà et là des gloussements critiques. Goddard la présenta comme Grace, puis conduisit Hawkins à l'arrière du magasin où une volée de marches menait à l'étage.

L'appartement était petit, bien rangé, et d'une clarté surprenante comparée à la pénombre qui régnait dans la boutique. Il y avait une petite chambre à coucher, une kitchenette, et une pièce plus vaste haute de plafond avec des fenêtres qui donnaient sur Telegraph Avenue. Le salon était meublé dans le style passe-partout des célibataires : fauteuil à dossier réglable, canapé en cuir, petite table basse, bureau à cylindre encombré de paperasse, et deux figuiers artificiels de chaque côté de la fenêtre.

Goddard jeta le carton de dossiers sur la table basse.

– Une bière ? proposa-t-il.

– Volontiers, acquiesça Hawkins.

Goddard disparut dans la cuisine et revint avec deux Corona. Il en tendit une à Hawkins puis s'affala dans le fauteuil. Hawkins s'assit sur le canapé. Dans la rue animée, on entendait le bourdonnement continu du trafic.

– Bon, dites-moi ce que vous voulez savoir sur Carole Prentice.

Goddard but une longue gorgée de Corona puis soupira.

– Tout ce dont vous vous souvenez, dit Hawkins.

– J'ai été rechercher les dossiers après votre appel. J'en ai parcouru une bonne partie. Ça m'a ramené en arrière. Je venais d'être nommé inspecteur quand c'est arrivé. L'époque était folle.

Hawkins opina. Les Beatles, Haight-Ashbury, le Viêt-nam, les hippies, et Woodstock qui n'allait pas tarder.

– C'est vous qui êtes arrivé le premier sur les lieux ?

– Non. C'était un flic en uniforme dont j'ai oublié le nom. Un ami de Prentice avait appelé police-secours après avoir découvert son cadavre. (Goddard prit une autre rasade.) J'ai hérité de l'affaire parce que j'étais de garde, je suis arrivé après l'enquête préliminaire et après le départ du légiste.

– Vous n'avez jamais vu le corps ?

– Pas sur les lieux du crime. A la morgue, juste avant l'autopsie.

– Vous en gardez des souvenirs ?

– On avait l'impression qu'elle avait été frappée avec un pavé. Tout le côté gauche de son visage était défoncé, aplati du crâne au menton. C'est là qu'on a commencé à l'appeler Homer.

– Je ne pige pas.

– A cause du *home run*[1].

Allongé dans son fauteuil, Goddard mima le geste du batteur. Hawkins opina d'un signe de tête. Le Glacier, Homer, des surnoms pour se distancier de l'horrible réalité qu'ils se coltinaient.

– Il devait y avoir pas mal d'ados dans le coin à l'époque.

– Des milliers, renchérit Goddard, qui émit une sorte de grognement. Ça avait commencé en 66. En 68, c'était l'invasion. Dieu sait pourquoi on a construit des trottoirs aussi larges dans cette ville ; c'était comme une invitation.

– Pourtant, elle était inscrite à la fac, non ?

– Oui, en histoire de l'art. (Encore ce même grognement.) Je me rappelle que j'avais interrogé ses professeurs. La plupart ne l'avaient jamais vue. Elle devait aller à dix pour cent de ses cours. (Il sourit.) C'était comme ça à l'époque. Tous ces ados qui déambulaient pieds nus et qui plaignaient les paysans vietnamiens. Des conneries oui. J'en connais qui auraient bien voulu être aussi pauvres qu'eux. Ah, fallait les voir faire la queue à l'American Express pour encaisser les mandats que leurs parents leur envoyaient. Si on était vraiment pauvre, on n'avait pas les moyens d'être un hippie.

– Sa famille avait de l'argent ?

– Oui, assez. Son vieux était cadre chez Kodak à Rochester. Il lui payait ses études, ses frais, sa came.

– Elle se droguait ?

– Tout le monde se droguait à l'époque. On a fouillé son appartement de fond en comble. De l'herbe, du hasch, des coupe-faim, des buvards d'acide. Pas de drogues dures.

– Elle trafiquait ?

– Oh, j'imagine. Mais pas sur une grande échelle. Elle revendait à ses amis, des trucs comme ça.

– Pas de contact avec le milieu ?

– Rien qui justifie son crâne fracassé. Nan... c'est le Motard qui l'a dérouillée. Lui ou son petit ami noir, mais ce n'était pas son genre. C'était un mime, je vous demande un peu ! A-t-on jamais vu un mime tuer quelqu'un ? En plus, il était droitier.

– Et vous êtes sûr que l'assassin était gaucher ?

– Vous pouvez vérifier les photos et les croquis, si ça vous chante, dit Goddard en désignant le carton de dossiers du menton. Le médecin légiste a pigé le truc d'entrée de jeu. Le tueur a frappé de gauche à

1. Au base-ball, tour de circuit réussi par le batteur. Nom donné également au pigeon voyageur. *(N.d.T.)*

droite, par-derrière. Les éclaboussures sur le mur et sur le lit étaient toutes sur la droite et elle est tombée sur la droite. Pas facile à faire, à moins d'être gaucher.

– Vous avez quand même enquêté sur le Noir, j'imagine.

– Pensez ! acquiesça Goddard. (Il termina sa bière et posa la bouteille par terre.) Il avait un alibi en béton. Il était à San Francisco avec la troupe de mimes.

– Mais il couchait avec Carol ?

– Oui, il nous l'a avoué. La jeune Prentice avait un carré de mousse en guise de matelas. Un régal pour les gars du labo. Ils ont retrouvé toutes sortes de cheveux et de poils pubiens. Et du sperme. En fait, le Noir l'avait limée le matin même.

– Il y avait deux échantillons de sperme différents, je crois ?

– Exact. Celui du Noir était le plus frais. Elle avait baisé avec un autre type la veille.

– Ce fameux Motard ?

– Possible. On ne connaissait pas encore les examens ADN qu'on fait maintenant. Le groupe sanguin était le même que celui de Lance Follett, le soldat qu'on a retrouvé mort dans Tilden Park quelques semaines plus tard. C'était peut-être lui, j'imagine.

Follett, le premier contact de Hawkins avec le Glacier, une éternité de cela.

– Vous avez d'autres preuves allant dans ce sens ? demanda Hawkins.

Goddard s'agita dans son fauteuil.

– Quelques-unes. On l'avait vue avec lui dans Telegraph Avenue. Ça détonnait : une hippie avec un troufion en uniforme.

– Et le Motard ? Les a-t-on vus tous les trois ensemble ? Ou le Motard et le Noir ?

– Non, pas à notre connaissance. Elle baisait sans doute avec les trois, mais séparément.

– Y avait-il d'autres suspects ?

– Difficile à dire. On a vérifié. Il semble qu'elle se soit envoyé quasiment toute la troupe de mimes, y compris deux nanas. Elle n'était pas regardante, j'imagine. (Il sourit.) Personne n'était regardant à l'époque. Mais le Noir, le Motard et le bidasse figuraient en tête de liste.

Hawkins réfléchit.

– Vous avez rencontré ses parents ?

– Oui, acquiesça Goddard. Quand ils sont venus rechercher le corps.

– Comment étaient-ils ?

– Sous le choc. Le père essayait de cacher sa peine, mais la mère pleurait tout le temps. Elle avait craqué quand elle avait découvert que sa fille était enceinte.

– Elle était enceinte ? s'étonna Hawkins, qui n'en avait jamais entendu parler.

– De six ou sept semaines. Dans son sac à main, on a retrouvé un mot de son médecin de la Free Clinic. La mère arrêtant pas de se lamenter parce que Carol était leur seule chance d'avoir des petits-enfants.

– Et le fils ? C'était un prêtre, non ?

– Oui. A Seattle, je crois. C'est dans le dossier.

– Vous lui avez parlé ?

– Jamais.

– Vous avez trouvé quelque chose sur le Motard ?

– Il conduisait une Indian. C'était une moto rare, même à l'époque, mais personne dans le coin ne lui avait fait des réparations dessus. On avait même vérifié à San Francisco. Ça n'a rien donné.

– Vous avez fait des recherches auprès du Service des Immatriculations ?

– Je veux, mon neveu. On a vérifié toutes les immatriculations concernant une Indian. Chou blanc.

– Quelque chose vous a échappé ou alors il n'était pas immatriculé en Californie.

– Non, nous avons tout vérifié.

– La fille était une hippie. On se décarcasse vraiment pour une affaire pareille ?

– Comme pour n'importe quelle autre, riposta Goddard, vexé. Cétait un homicide. On l'a traité comme tous les homicides.

– Vous avez gardé le dossier ouvert combien de temps ?

– Presque deux ans. Comme un soldat était mouillé dedans, ça nous a obligés à prolonger l'enquête.

– Je devrais peut-être jeter un œil aux dossiers, suggéra Hawkins.

– Ne vous gênez pas, dit Goddard.

La pièce sans fenêtre n'était pas plus grande qu'une cellule de prison, il y régnait un silence presque total brouillé uniquement par le léger ronronnement de la climatisation, et seule la lueur des trois moniteurs, perchés sur un bureau qui mangeait la moitié de l'espace, perçait la pénombre.

Pour le Glacier, les ordinateurs étaient bien plus que des outils de travail ou du matériel de communication ; c'étaient des instruments de musique d'une merveilleuse complexité, capables de capturer et de reproduire les nuances les plus subtiles des sons et des timbres électroniques. Il avait acheté son premier ordinateur dix ans auparavant, avait enrichi ses connaissances et amélioré sa technique au fur et à mesure, et s'était tenu au courant de chaque nouvelle génération de puces et de logiciels.

Il avait été parmi les premiers utilisateurs d'ordinateurs, devenus par la suite aussi omniprésents que les téléphones. Cela ne dérangeait pas le Glacier. Sur un clavier de piano, presque tout le monde peut taper trois notes, et nombreux sont ceux qui savent jouer un air simple. Quelques initiés peuvent pianoter la *Marche nuptiale*, ou un vieil air des Beatles, et les meilleurs arrivent à jouer les *Nocturnes* de Chopin. En suivant cette analogie, le Glacier était le Glenn Gould ou le Horowitz du clavier d'ordinateur. Aucun concerto, aucune symphonie ne lui résistait. Avec un clavier, une mémoire vive suffisante, et un modem, le Glacier faisait des miracles.

Et le miracle, en ce moment précis, lui permettait de suivre les pérégrinations de William DeMille Hawkins. Les casinos de Las Vegas avaient leur propre système de contrôle électronique des cartes de crédit, de même que la Citibank Card Credit Banking sur West Sahara Avenue. En se connectant à leurs réseaux nationaux, le Glacier pouvait suivre les traces de quiconque utilisait une carte bancaire. D'après l'écran que le Glacier contemplait, l'ancien agent du FBI préférait la Gold Card de l'American Express pour régler ses dépenses de base, une MasterCard pour ses billets d'avion et ses réservations d'hôtel, et une Visa pour ses locations de voiture.

En utilisant les numéros des diverses cartes, le Glacier avait greffé un drapeau permanent sur le dossier de Hawkins, repérant chaque transaction dans les banques de données quelques secondes après utilisation de la carte. Comme il avait déguisé son entrée dans les réseaux grâce à un système de mots de passe, en cas d'audit électronique, son ordinateur ne se distinguerait pas d'un des terminaux accrédités du système.

Le Glacier était très impressionné. S'il avait été capable d'émotions humaines normales, il se serait peut-être laissé gagner par la nervosité. Hawkins s'approchait... il brûlait bien plus que le Glacier ne l'aurait cru, et bien trop rapidement. Ces derniers jours, l'ancien flic avait été à Phoenix, à Denver, et il était maintenant à Berkeley, trois villes prestigieuses pour le Glacier.

Phoenix, c'était le Dr Saunders ; Denver, forcément la mère Putnam et sa fille ; Berkeley, ce ne pouvait être que Carol Prentice. Quand il avait vu que Hawkins louait une voiture à Oakland, le Glacier avait été intrigué. Il en avait déduit que Hawkins se raccrochait à un semblant d'espoir, qu'il fouillait désespérément dans le passé afin de tomber sur un détail qui lui servirait aujourd'hui. C'était forcément le Noir, ce fumier de Ritchie qui, il l'aurait juré, s'était fait épingler par les flics pour le meurtre de Carol. Depuis, il s'était marié et il vivait toujours à Berkeley. Une pierre qu'on avait oublié de retourner et qui avait accumulé Dieu sait quelle sorte de mousse. Sa seule erreur. Il aurait dû le tuer quand il en avait eu l'occasion.

Souriant d'un air triste, le Glacier se cala confortablement dans son fauteuil à l'ergonomie étudiée. Il contempla l'écran où s'étalait la liste des transactions des cartes de crédit de Hawkins. D'après ce que le Glacier avait lu sur le sujet – et il en avait lu un rayon – le tueur en série moyen désirait inconsciemment se faire prendre et être puni pour ses crimes, ou au moins avoir l'occasion de s'en vanter publiquement. Le Glacier ne souscrivait pas à cette théorie, mais même si elle était exacte, encore fallait-il que le chasseur soit plus intelligent que la proie. Dans le cas présent, c'était hautement improbable.

Le Glacier avait découvert les horribles noirceurs de son psychisme à un stade précoce de sa carrière, et plutôt que de se laisser engloutir par elles comme les membres inférieurs de sa race, il avait retourné ses affreuses pulsions à son avantage ; grâce à son intelligence aiguë, il avait appris à se connaître, à distinguer ses forces et ses faiblesses. Comme il voyageait à volonté dans les bases de données du FBI, il avait appris de quel sobriquet l'affublait Hawkins, mais il préférait le surnom qu'il s'était choisi : l'Alchimiste, celui qui transforme le plomb en or, la folie en pouvoir, la vie chaude et trépidante en une mort immobile et glacée.

Quand Jay pénétra dans le bureau, Cruz était pendu au téléphone. Un soleil tardif envoyait des diagonales de poussière lumineuse à travers la longue pièce étroite ; Jay s'assit derrière son bureau et alluma l'ordinateur. Cruz fronça les sourcils en l'apercevant, mais poursuivit sa conversation téléphonique. Lorsqu'il raccrocha, il fit pivoter sa chaise et demanda :

– Où diable étais-tu passée ?

– Je bossais.

– Sans blague ?

Cruz était en colère, mais il y avait autre chose dans sa voix. Une inquiétude ? De la jalousie ?

– J'ai appelé chez toi une dizaine de fois. J'y suis même passé. La voiture n'y était pas.

– Je te l'ai dit, je bossais.

– Sur quoi ? Ton bronzage ?

Du calme, ma jolie. Il ne te prend pas encore pour une meurtrière. Il croit que tu t'es payé du bon temps, que tu t'es fait sauter.

– J'étais à Albuquerque.

Il faut que le mensonge soit le plus près possible de la vérité.

– Qu'est-ce que tu y faisais ?

– Je te l'ai dit, je bossais.

– Toute la nuit ?

– J'ai dormi à l'hôtel... C'est interdit ?

– Tu ne m'avais pas dit que tu irais à Albuquerque.

– Je ne savais pas qu'il fallait te demander la permission. Je suis ici pour t'aider à installer un système informatique, tu t'en souviens ? J'avais des trucs à faire à Albuquerque.

– Quoi, par exemple ?

– Tu peux m'expliquer à quoi rime cet interrogatoire ?

L'ancien pompier soupira bruyamment.

– Excuse-moi, finit-il par dire. J'étais inquiet, c'est tout.

– Tes excuses sont acceptées, sourit Jay.

– Alors, qu'est-ce que tu fichais à Albuquerque ?

– Je fouinais.

– Tu as découvert quelque chose ?

– Oui.

– Quoi ?

Il y avait toujours une pointe de soupçon dans sa voix. Jay s'efforça de garder son sourire.

– J'ai léché le cul d'un tas de gens. A la mairie, au service des dossiers. Ils m'ont autorisée à me brancher sur leurs bases de données.

Ce n'était pas tout à fait exact, mais presque. Après avoir quitté son nid d'amour sur Central Avenue, elle avait passé plusieurs heures à justifier sa présence à Albuquerque.

– Tu aurais pu le faire par téléphone, reprocha Cruz. La moindre des choses aurait été de me prévenir.

– J'ai l'habitude de travailler en solo, soupira Jay. J'ignorais que je devais te faire un rapport toutes les cinq minutes.

– J'ai jamais dit ça, s'offusqua Cruz.

– Alors, lâche-moi les baskets.

Il y eut un long silence. Cruz le brisa le premier.

– Ah, excuse-moi, Jay. Allez, on fait la paix, proposa-t-il en tendant une main, paume en avant.

– D'accord, on fait la paix.

– Alors, qu'est-ce que tu as trouvé ?

– Quatre victimes, quatre incendies. Bingham, MacDonald,

Symington, et Lowenthal. Symington est décorateur à l'opéra, et MacDonald est avocat à Albuquerque.

– On le savait déjà.

– Oui, mais on ne savait pas que Symington avait un colocataire jusqu'à l'année dernière. Un dénommé Simon Kerzner. Un ancien d'Hollywood, comme Symington.

– Comme ça, il partageait son appartement ?

– Kerzner était gay. Et je crois qu'ils étaient amants.

– Il était gay ?

– Oui, Kerzner est mort. Il s'est suicidé. Il était HIV positif. Symington l'est aussi.

– Je ne vois toujours pas le rapport.

– Kerzner était modéliste. Il travaillait au Los Alamos Museum. Son patron était Bingham. Bingham l'a viré, sans doute parce qu'il était positif.

– Merde ! souffla Cruz, et il se pencha en avant.

– Tu l'as dit bouffi, opina Jay. Ça te va comme mobile ?

Le petit chéri de Rand Symington se fait virer, puis se suicide. Pour venger son amant, Rand fout le feu à la baraque de Bingham.

– Et il allume les autres incendies pour se couvrir.

– Attends, ce n'est pas fini.

– Je t'écoute.

– MacDonald, l'avocat. Il est associé dans un machin appelé APMC, Armada Property Management Corporation.

– Jamais entendu parler.

– APMC a une filiale... Spectrum Properties... Ça ne te dit rien ?

– Spectrum est propriétaire de l'immeuble de rapport d'Albuquerque. Seigneur !

– Je ne connais pas encore les tenants et les aboutissants, mais je dirais qu'il y a un rapport entre l'incendie de la maison de rapport et ceux de Santa Fe. Il nous reste à découvrir lequel.

Un large sourire éclaira le visage de Cruz.

– Qui va-t-on interroger en premier, supergénie ? Bingham ou MacDonald ?

– Bingham. Los Alamos est moins loin.

Après avoir poliment décliné l'invitation de Goddard qui lui proposait de dormir sur le canapé, Hawkins emprunta le dossier de l'affaire Prentice, réserva une chambre au Travelodge, sur University Avenue, et partit à la recherche de Thomas Ritchie, l'ancien amant noir de Carol, le seul sur la liste de Goddard qui vivait encore dans la région.

D'après le flic à la retraite, Ritchie, qui avait abandonné le mime depuis longtemps, était expert-comptable pour des clients du show-business. Marié, père de deux adolescents, il habitait dans un quartier chic, sur les collines qui surplombaient le club de tennis de Berkeley.

Stephen's Way s'avéra être une petite rue de maisons accrochées à la falaise reliant deux routes qui serpentaient parmi les montagnes. Les deux côtés de la rue étaient bordés de voitures, principalement des Saab, des BMW, des Range Rover ; les couleurs dominantes semblaient le vert, le bleu foncé ou le gris métallisé. Il y avait néanmoins une exception : une Ford Mustang 64 décapotable couleur pomme d'amour garée devant chez Ritchie.

Hawkins lui avait téléphoné de l'hôtel, mais malgré cela Ritchie parut nerveux quand il vint lui ouvrir. La photographie qui figurait dans le dossier de Goddard montrait un jeune homme sec comme un coup de trique, le visage mince auréolé d'une énorme coiffure afro, le nez chaussé de lunettes rondes à la John Lennon. L'homme qui se tenait dans l'encadrement de la porte de la maison de Stephen's Way était chauve, la taille enrobée, et il portait des lunettes bifocales à monture d'écaille. La géologie humaine à l'œuvre, l'inévitable érosion de l'âge.

– Hawkins ?

– Oui.

– Entrez donc, fit Ritchie en s'effaçant.

L'ancien mime conduisit Hawkins le long d'un large couloir carrelé qui menait dans une grande pièce rectangulaire. Derrière une baie vitrée coulissante, on voyait un ravin feuillu qui offrait une vue panoramique du coucher de soleil sur San Francisco. Le mobilier, moderne, était en rotin, le tissu d'ameublement blanc cassé. Une très belle femme mince, vêtue d'une robe en tricot deux tons plus foncés que le tissu, était assise sur un long canapé rectangulaire, devant un service à café posé sur la table basse. Elle avait bien dix ans de moins que Ritchie. Ses mains croisées sur ses genoux révélaient des jointures blanchies par la crispation et la nervosité. Elle n'avait certes pas la tête à profiter du panorama grandiose.

– Ma femme, Claire, dit Ritchie, qui s'assit à côté d'elle et posa une main sur les siennes. Voici l'agent Hawkins, dont je t'ai parlé.

Hawkins s'installa dans un grand fauteuil, de l'autre côté de la table basse.

– Je ne travaille plus au Bureau, dit-il calmement. Je suis un citoyen ordinaire maintenant. Si vous ne voulez pas parler de ces choses, rien ne vous y oblige.

– Nous n'avons pas de secrets, répondit Ritchie. Vous disiez que vous aidiez le FBI dans une enquête en cours ?

– C'est exact.

– Du café ? proposa Claire Ritchie.

– Volontiers. Avec du sucre et de la crème s'il vous plaît.

La femme versa le café et Hawkins prit la tasse en porcelaine qu'elle lui tendit.

– Cela fait longtemps que je n'ai pas repensé à Carol Prentice, dit Ritchie.

A côté de lui, sa femme pinça les lèvres et croisa de nouveau ses mains sur ses genoux. Hawkins but son café à petites gorgées. Il attendait.

– Je n'avais jamais entendu parler d'elle avant votre coup de fil, dit la femme.

– C'est tellement loin, se justifia Ritchie. Je ne voyais pas le besoin d'en parler.

– Vous faisiez partie de la troupe de mimes, n'est-ce pas ?

– Oui, des folies de jeunesse, acquiesça Ritchie, et il s'esclaffa.

Son rire semblait forcé. Claire lui lança un regard froid. Hawkins se dit qu'elle avait dû encaisser pas mal de choses pour obtenir le droit d'habiter dans une maison avec vue sur la baie. Il discerna autant de peur que de colère dans son regard.

– Carol Prentice était aussi dans la troupe.

– Plus ou moins, rectifia Ritchie. Elle ne prenait rien au sérieux. Ni le mime ni la politique.

– C'était une groupie ?

– Non, je n'irais pas jusque-là. Elle était jeune, paumée, elle cherchait quelque chose sans savoir quoi.

– C'était le cas de beaucoup de jeunes dans ce temps-là, remarqua Hawkins. Moi compris.

– Claire n'était qu'un bébé à l'époque, sourit Ritchie.

Il avança une main vers sa femme, mais retint son geste.

– Je ne regrette rien, dit Claire. J'ai l'impression que c'était une époque affreuse.

– Gardez-vous des souvenirs du jour où Carol a été assassinée ? demanda Hawkins.

– J'y ai beaucoup réfléchi. Comme je vous le disais, c'est tellement loin.

– D'après le dossier, la troupe était à San Francisco, ce jour-là.

– En effet. Nous participions à un happening dans Golden Gate Park. Je ne me souviens plus pourquoi... un truc contre la guerre, j'imagine.

– A quelle heure y êtes-vous arrivé ?

– Tôt. A neuf heures et demie.

– Vous êtes donc parti de Berkeley vers neuf heures ?

– Oh, on a commencé à ramasser les collègues bien plus tôt. Huit heures, huit heures et quart.

– Vous avez été chez Carol ?

– J'y suis passé. Elle ne voulait pas venir avec nous.

– Quelle heure était-il ?

– Autour de sept heures. Elle m'avait dit qu'elle n'avait pas dormi de la nuit. Elle s'était défoncée.

– Elle avait pris de la drogue ?

– Oui, de l'acide. Elle était en descente.

– Et vous ?

– Que voulez-vous dire ?

– Aviez-vous pris de l'acide, vous aussi ?

– Non.

– Carole traficotait. Vous êtes passé chez elle pour acheter de la drogue ?

– Non, maintint Ritchie. Je vous l'ai dit, je suis allé lui demander si elle voulait venir à la manifestation.

– Combien de temps êtes-vous resté ?

Ritchie loucha vers sa femme.

– Oh, trois quarts d'heure... un peu plus, peut-être.

– D'après ce que j'ai compris, vous avez fait l'amour.

– Oui.

– Oh, pour l'amour du ciel ! s'exclama Claire qui gratifia son mari d'un regard méprisant.

– Ça ne voulait rien dire, assura Ritchie. Tu ne comprends pas, Claire. C'était différent à l'époque.

– Pas si différent, rétorqua sa femme.

Gêné, Hawkins s'absorba dans la contemplation du panorama. Claire n'était pas jalouse des anciennes fredaines de son mari. Sa colère avait des motifs plus récents.

Hawkins s'éclaircit la gorge.

– Nous avons... euh, des preuves que Carol avait aussi fait l'amour avec un autre homme.

Le regard de Claire se fit encore plus méprisant.

– Avec le type à l'Indian.

– Le Motard ?

– Oui, c'était comme ça qu'il se faisait appeler.

– Il y avait aussi un soldat. Un dénommé Follett.

– Non, c'était le Motard.

– Comment pouvez-vous en être aussi sûr ?

– Parce que Carol me l'avait dit.

– Ça ne figure pas dans le dossier.

– Oui, je sais, acquiesça Ritchie, nerveux.

– Pourquoi n'avoir rien dit à l'époque ?

– Parce que c'était en 1968 et que je suis noir.

– Je ne vous suis pas.

– Évidemment, vous ne pouvez pas comprendre. (Ritchie se passa une main sur son crâne dégarni.) Carol avait été assassinée et on a retrouvé Follett mort un peu plus tard. Follett couchait avec elle, moi aussi. Un Noir dans un ménage à trois... valait mieux ne pas être noir, même à Berkeley, une ville universitaire soi-disant éclairée.

– Vous êtes certain qu'elle était avec le Motard la veille du drame ?

– Positif. Ils avaient pris de l'acide ensemble, et ils s'étaient disputés.

– A quel sujet ?

– Parce qu'elle couchait avec moi. Il était jaloux. Il était fou de jalousie, d'après elle. C'est ce que j'ai dit à la police.

Claire se leva.

– Je n'ai pas envie d'en entendre davantage.

Elle quitta la pièce. Hawkins la regarda partir.

– Je suis désolé si je vous ai causé des ennuis, dit-il.

– Vous n'y êtes pour rien, déclara Ritchie. Ça couve depuis longtemps. Cette discussion sert de révélateur.

– Avez-vous rencontré le Motard ?

– Deux fois, je crois. Une fois dans un restaurant, et une autre à l'université.

– Comment était-il ?

– Calme. La voix douce. Intelligent.

– Qu'est-ce qui vous fait dire qu'il était intelligent ?

– Je ne sais pas. C'est juste une impression. Il ne parlait pas beaucoup, il observait surtout.

– Vous avez dit à la police qu'il avait un sale caractère.

– C'est ce que disait Carol.

– Il était violent ?

– Pas physiquement, mais il piquait des crises. Toujours d'après Carol.

– Lui avait-il parlé de son passé ?

– Je ne me souviens plus bien. A part sa moto et les vêtements qu'il portait sur le dos, il n'avait pas grand-chose. Remarquez, on vivait avec trois fois rien à l'époque.

– C'était lui qui fournissait Carol ?

– Peut-être.
– Vous a-t-elle jamais dit d'où il venait ?
– Pas directement. Toutefois, il lui avait raconté qu'il travaillait pour Osh-Kosh. Aux entrepôts.
– La fabrique de vêtements ?
– Oui.
– En Oregon, alors.
– Sur la côte pacifique, en tout cas, dans le Nord.
(Ritchie ôta ses lunettes et se pinça l'arête du nez.) Je me souviens d'avoir vu une fois sa moto garée dans l'allée, près de chez Carol. Comme je savais qu'il était chez elle, je n'étais pas entré. Je crois qu'elle était immatriculée dans l'État de Washington. (Il remit ses lunettes.) Mais je ne pourrais pas le jurer. (Il regarda le coucher de soleil par-dessus l'épaule de Hawkins, puis hocha la tête.) Oui, je crois que c'est comme ça qu'il s'est levé Carol. Il lui a fait son numéro d'épagneul sur son enfance difficile, quel pied de se retrouver à Berkeley après tout ce qu'il avait enduré, vous voyez le genre.
– Où se trouvait l'orphelinat ? Vous le savez ?
– Oh, ce n'était pas tout à fait ça. Il travaillait dans un camp avec d'autres gosses. Sur une île, je crois. Un truc religieux. Il avait dit à Carol qu'il préférait être naufragé sur une véritable île déserte que de retourner là-bas. Carol a tout gobé, bien sûr, surtout à cause de son frère.
– C'était un orphelinat catholique ?
– Oui. Le père Corbeau et la sœur Manchot. Carol trouvait ça drôle qu'on leur ait donné des noms pareils.
– Étiez-vous au courant pour le bébé ?
Ritchie détourna les yeux.
– Oui, acquiesça-t-il.
– C'était le vôtre ?
– Comment savoir ? Elle couchait avec tout le monde. Elle avait dit que c'était le mien ; en tout cas, c'est ce qu'elle avait dit au Motard.
– Ça ne figure pas non plus dans le dossier.
– Non, je sais.
– Pourquoi avait-elle dit cela au Motard ?
– Pour le faire enrager.
– Elle comptait se faire avorter ?
– La Free Clinic n'était qu'à deux pas. Le Motard lui avait prédit qu'elle brûlerait en enfer si elle se faisait avorter. Il l'avait traitée d'assassin... Sauf que l'assassin, c'était lui, soupira le Noir.

15

Le lendemain matin, Cruz et Jay allèrent en Cherokee dans le piémont, sur les talons d'un violent orage. Ils atteignirent Los Alamos juste avant midi. Le ciel restait noir et menaçant, les rues étaient désertes et l'air chargé d'électricité.

– On dirait la Quatrième Dimension, remarqua Jay en observant le paysage par la vitre quand ils descendirent Central Avenue.

Il y avait des barrières de sécurité et des grillages partout, et les bâtisses qui bordaient les rues avaient l'apparence froide et oppressante de baraquements.

– Ça file la chair de poule, constata Jay.

– Tout n'est pas comme ça, la rassura Cruz.

Il tourna dans la 19e Rue et remonta vers le nord. Là, il n'y avait que des pavillons, style après-guerre, avec des pelouses grandes comme des mouchoirs de poche, encore gorgées d'eau après l'averse. Par-delà les toits, on apercevait la masse verte des collines boisées, mais en ville tout était gris.

– C'est la vieille ville, expliqua Cruz. Elle a été construite dans les années 40 et 50. Les maisons récentes sont nettement mieux.

– D'après le rapport de l'assurance, la maison de Bingham se trouvait dans un endroit appelé Urban Park.

– C'est la zone urbaine, de l'autre côté des grillages.

– Mais maintenant il habite ici ?

– Bellevue Street, dit Cruz.

Il vira à gauche, parcourut une centaine de mètres puis tourna à droite.

– Nous y sommes, annonça-t-il.

– Pour une belle vue, c'est une belle vue, railla Jay.

Bellevue Street était aussi triste et banale que le reste de la vieille ville. Cruz se rangea devant un pavillon et coupa le moteur.

– On dirait qu'il a dégringolé dans l'échelle sociale, lança Jay en examinant la maison. Il a évalué le montant des dégâts à plus de trois cent mille dollars. A combien estimes-tu ce pavillon miteux ?

– Soixante-dix mille.

– C'est bizarre, susurra Jay.

Ils descendirent du véhicule et gravirent une pente en ciment qui menait à la porte d'entrée. La porte grillagée était rouillée, le coin inférieur gauche tordu. Cruz frappa. Quelques secondes plus tard, la porte intérieure s'ouvrit et Bingham apparut sur le seuil. Plutôt petit, la cinquantaine grisonnante, une barbe châtain foncé fraîchement taillée parsemée de poils blancs, il portait un jean, un polo de golf vert pâle et un cardigan bleu clair. Son regard humide laissait penser qu'il portait des lentilles de contact.

Il adressa un signe de tête à Cruz, ignora Jay, et les fit entrer. L'intérieur était aussi miteux que l'extérieur. Chambre sur la droite, salon sur la gauche, cuisine et salle de bains dans le fond. Une alcôve nichée entre le salon et la cuisine servait de bureau, avec tout juste assez de place pour une table de travail et un ordinateur.

Les meubles du salon étaient banals et délabrés, à l'évidence d'occasion. Pas de tableaux, rien pour décorer les murs couleur nicotine. Et cela empestait le chat.

– Puis-je vous offrir quelque chose ? demanda Bingham.

La proposition était purement formelle. Cruz et Jay la déclinèrent. Ils s'assirent sur un canapé bas en similicuir. Bingham se laissa choir dans un fauteuil écossais rembourré.

Qu'est-ce qu'un directeur de musée fiche dans un endroit pareil ?

– Nous aimerions vous parler de Simon Kerzner, dit Jay.

La réaction de Bingham le surprit.

Il s'y attendait.

– Je vous demande pardon ?

– Simon Kerzner. Il travaillait pour vous.

– Dites-moi plutôt qui vous êtes avant que je réponde à vos questions, dit Bingham d'un ton glacial.

D'après le dossier que Jay avait lu, Bingham ne s'était jamais marié. Elle devinait pourquoi.

– C'est Janet Fletcher, dit Cruz. Elle me donne un coup de main.

– A quel titre ?

– Au titre qui me plaît, rétorqua Cruz. Mrs. Fletcher appartient officiellement au FBI.

– Oh, fit Bingham.

Il s'éclaircit la gorge, ses yeux humides se fixèrent tour à tour sur Jay et Cruz. Ce dernier avait été flic autrefois, et il en avait gardé les attitudes.

– Simon Kerzner, répéta Jay.

– Oui, il a travaillé pour moi.

– Il s'est suicidé, déclara Cruz.

– Ah bon ?

– Juste après que vous l'avez renvoyé, dit Jay.

– Êtes-vous en train de suggérer une relation de cause à effet ?

– Oui, nous pensons qu'il y a un lien, opina Cruz.

– Je ne vois pas quel rapport avec l'enquête sur un incendie criminel.

– Le mobile, avança Jay.

Bingham fit la moue.

– Croyez-vous qu'un mort puisse se venger ? demanda-t-il.

– Lui non, mais quelqu'un qui l'aimait, dit Cruz.

– Si vous avez des soupçons contre cet homme, arrêtez-le.

– Qui vous a dit que c'était un homme ? demanda Jay.

– Personne, mais Kerzner était homosexuel.

Bingham prononçait *sexuel* comme s'il y avait deux *s* après le *x*.

– Vous saviez que Kerzner était homo ?

Bingham haussa les épaules et grimaça avec mépris.

– Il était HIV positif.

– Comment l'avez-vous appris ? demanda Cruz. Il vous l'a dit ?

– Non. Je l'ai su après son examen médical annuel.

– C'est pour ça que vous l'avez viré ? Parce qu'il avait le sida ?

– Certainement pas, riposta Bingham avec humeur. Pour commencer, on aurait pu me reprocher un licenciement abusif.

– Pourquoi l'avez-vous renvoyé, alors ? demanda Cruz.

– Quand il a appris sa séropositivité, son travail s'en est ressenti.

– Mais vous ignoriez qu'il s'était suicidé ?

– Oui.

– Que saviez-vous de lui ? interrogea Jay.

– Pratiquement rien. Je savais qu'il habitait à Santa Fe, comme beaucoup de gens chez nous. Bon sang, soupira Bingham, c'était un simple technicien, je le connaissais à peine.

– Le petit personnel, hein, fit Jay, amère.

– Plus de cent employés travaillent pour le musée, Mrs. Fletcher. Je ne les connais pas tous personnellement.

– Pourquoi avoir emménagé ici ? demanda Cruz en embrassant la pièce quasiment nue d'un regard circulaire. Ce n'est pas tout à fait votre genre, pourtant.

– Parce que la maison était libre, rétorqua Bingham, tendu.

– Et bon marché, ajouta Jay. Bien plus que votre ancienne résidence.

– L'état de mes finances ne vous regarde pas, répliqua Bingham. Et je ne vois toujours pas en quoi cela peut aider votre enquête. Je vous l'ai déjà dit, si vous croyez que l'amant de Simon Kerzner a mis le feu à ma maison, arrêtez-le. Si vous n'avez pas d'autres questions... fit-il en se levant.

– Et vos antiquités, dit calmement Jay sans bouger de son siège. Le constat adressé à votre assurance mentionnait un certain nombre d'antiquités. Des tapis. Des tapis navajo, en particulier.

– Et alors ?

– D'une valeur de quarante-deux mille dollars.

– Vous mettez mon constat en doute, Mrs. Fletcher ?

– Non. Vous aviez tous les certificats possibles. Je les ai vus.

– Alors ?

– Simple curiosité.

– Par exemple ?

– Par exemple, pourquoi ne pas les avoir remplacés ?

Et elle désigna les murs nus d'un geste large.

– Ça ne se remplace pas comme ça. Les pièces qui ont brûlé dans l'incendie étaient uniques, elles n'avaient pas de prix. J'avais mis des années à les acquérir.

– J'aurais cru que vous auriez mis un point d'honneur à recommencer votre collection, dit Jay.

– Eh bien, je n'ai peut-être plus le cœur à ça.

– Peut-être, fit Jay.

Elle se leva à son tour, imitée par Cruz.

– Vous me préviendrez quand vous aurez trouvé le coupable ? demanda Bingham.

– Vous serez le premier à l'apprendre, assura Jay, souriante.

Elle quitta la maison avec Cruz et ils regagnèrent la Cherokee.

– Tu ne crois pas que tu as été un peu dure ? fit Cruz en démarrant.

– C'est un goujat doublé d'un fumier, dit Jay, qui alluma une cigarette. Il a viré Kerzner dès qu'il a appris qu'il était séropositif. Le pauvre a reçu son acte de décès et sa feuille de licenciement dans la même enveloppe.

– Eh, minute. Souviens-toi que Bingham est la victime dans cette affaire.

– Possible, fit Jay. Tout dépend de l'angle qu'on adopte. (Elle souffla une volute de fumée.) J'aimerais jeter un œil sur l'endroit où il habitait avant.

– Facile, dit Cruz.

Il enclencha la première, fit demi-tour et reprit la route qu'ils avaient empruntée à l'aller. Quelques minutes plus tard, ils quittaient le centre décrépit de Los Alamos et pénétraient dans les agréables rues bordées d'arbres des faubourgs résidentiels. Les habitations étaient pour la plupart des maisons rustiques à deux niveaux, mais cela changeait des blockhaus miniatures du centre-ville. Des arroseurs automatiques entretenaient les pelouses et toutes les maisons possédaient des baies vitrées avec vue.

L'ancienne résidence de Bingham se trouvait sur Ridgeway Drive, une rue qui surplombait un canyon escarpé au fond duquel serpentait une rivière presque à sec. Le terrain était nu et paraissait avoir été récemment nivelé. Une benne à ordures y était entreposée et la pancarte d'une agence immobilière était plantée près du trottoir.

– Pas mal, estima Jay tandis que Cruz se garait devant le terrain. Il avait une assurance multirisque, alors pourquoi être parti d'un quartier pareil ?

– Il te l'a dit, la maison de Bellevue Street était libre.

– Ça sent l'arnaque, décida Jay.

– Tu crois ?

– Évidemment ! Il passe dix ans et dépense quarante mille dollars à amasser des tapis navajo et il laisse tomber d'un seul coup. Il déménage d'un quartier chic pour aller s'enterrer dans une bicoque minable avec des meubles pourris. Ce n'est pas logique.

– Vas-y. Quelle est ta théorie ?

– Je n'en ai pas... pas encore. Mais j'aimerais bien jeter un œil sur son dernier relevé bancaire.

Au volant de sa voiture de location, Williams Hawkins traversa les faubourgs de Steilacoom, à l'orée de Tacoma, dans l'État de Washington, et finit par trouver le quai d'embarquement au pied d'Union Street. Il y avait deux quais distincts, un pour le pénitencier de McNeil Island, l'autre pour Anderson Island, légèrement plus au sud, et séparée de sa sinistre voisine par les eaux glaciales de Balch Passage. Dans la lumière de l'après-midi, on pouvait distinguer les deux îles à deux milles au large.

Hawkins acheta un billet, puis embarqua sa voiture sur le ferry d'Anderson Island. Dix minutes plus tard, avec seulement une dizaine de véhicules à bord, le ferry fendait péniblement les eaux de Puget Sound. Abandonnant sa voiture, Hawkins alla passer la traversée de vingt minutes sur le pont. Accoudé à la rambarde, il bâilla. Le matin, il avait été secoué en vol en venant d'Oakland et il était fatigué de sillonner le pays en avion.

La veille, un rapide coup de téléphone à des amis jésuites de Georgetown University lui avait appris tout ce qu'il avait besoin de savoir sur « l'île » et le « camp » dont Thomas Ritchie avait parlé. L'île en question s'appelait Anderson Island et le camp était l'École de Saint-Vincent, sur la baie d'Amsterdam. Saint-Vincent était en réalité un camp de redressement qui fournissait le personnel de la maison de retraite diocésaine de la baie des Loutres, située un kilomètre plus loin sur la côte.

D'après ses amis de l'université, la maison de retraite avait davantage servi de résidence estivale aux membres importants du clergé que de lieu de méditation. Ses contacts n'étaient pas sûrs des détails, mais un scandale avait éclaboussé Saint-Vincent dans les années 60 et on l'avait fermé définitivement en 1971. La maison de retraite appartenait toujours au clergé, mais elle avait été transformée en auberge et rebaptisée « Le Repos de l'Ange ». Hawkins avait réservé une chambre par téléphone depuis Berkeley.

Le petit ferry annonça son arrivée d'un coup de sirène tonitruant puis déchargea sa maigre cargaison. Hawkins acheta une carte routière grossièrement tracée à l'épicerie-bureau de poste, puis partit à la découverte de l'île, large de trois kilomètres. Bien qu'étroites, les routes étaient pavées et bien entretenues, bordées par des massifs de cornouillers, des cèdres et des pins. Étonnamment accidentée, l'île ressemblait à une Irlande miniature avec ses prés escarpés et ses propriétés agricoles minuscules.

Hawkins tourna dans Yoman Street et remonta Ekenstam Johnson Road. En haut de la colline, il aperçut deux étangs. Sur sa carte, on les indiquait comme Florence Lake et Josephine Lake. Ils étaient en fait reliés par une étroite rivière, et quelques rares cottages étaient nichés dans un écran de verdure. Une route unique menait à Florence Lake. Apparemment, les habitants d'Anderson Island préservaient jalousement leur vie privée.

Hawkins descendit la colline jusqu'au centre de l'île. En se fiant à la carte, il tourna à droite dans Sandberg Road et se dirigea vers la pointe éloignée de l'île et la baie des Loutres. Huit cent mètres plus loin, il trouva un chemin sur sa droite et une pancarte discrète lui apprit qu'il avait atteint le chemin du Repos de l'Ange. Il s'engagea dans le chemin de graviers et quelques secondes plus tard arriva devant l'ancienne maison de retraite diocésaine.

C'était, selon le canon esthétique qu'on adoptait, le fantasme suprême d'un amateur de cabanons ou un cauchemar architectural. Le bâtiment était gigantesque, haut de deux étages avec une demi-douzaine d'ailes et des avant-toits en cèdre qui pointaient dans tous les sens. Les fondations étaient en pierres massives grossièrement taillées, et une vaste véranda ombragée courait sur trois façades, soutenue par d'énormes colonnes qui ressemblaient à des poteaux télégraphiques peints à la chaux. Derrière le bâtiment, une haute clôture entourait une piscine et des terrains de tennis. La piscine était asséchée, les murs en béton craquelés et maculés de tâches verdâtres. De l'herbe saillait à travers les fissures qui zébraient les terrains asphaltés.

Hawkins descendit de voiture. Le seul autre véhicule garé sur le parking était un camping-car dont la plaque minéralogique indiquait RETRD. Hawkins sourit ; de son temps, cela aurait voulu dire *Retard* ou *Retraité*. La présence du camping-car signifiait également que le Repos de l'Ange n'attirait pas une clientèle abondante.

Hawkins prit son sac de voyage dans le coffre et se dirigea vers l'entrée de l'hôtel. A vingt pas de la véranda, une courte volée de marches en ciment menait vers un ponton et une petite plage de galets. A deux ou trois kilomètres à l'ouest, on apercevait la côte d'Olympic Peninsula. Même dans la lumière scintillante du soleil, le détroit entre l'île et la péninsule semblait dangereux, la mer grise et agitée. Hawkins se demanda si le tueur de Carol Prentice avait contemplé la mer à cet endroit et envisagé de fuir à la nage.

Hawkins retourna vers la véranda et poussa la double porte grillagée qui menait à l'hôtel. Le vestibule au parquet ciré était sombre, éclairé seulement par un haut vitrail qui se découpait sur le palier. Le dessin en plomb représentait un ange auréolé, avec des ailes gigantesques, les bras tendus dans un geste salvateur. La robe de l'ange était rose pâle, ses yeux marron, sa chevelure déployée argentée, son auréole couleur tournesol, le tout sur un fond bleu nacré et vert profond. Hawkins avait l'impression d'être tombé dans un aquarium tropical ou dans une version colorisée de *La route semée d'étoiles*. Résistant à l'envie de fredonner « Tou-ra-lou-ra-lou-ra », il s'approcha de la réception et actionna la vieille cloche à l'ancienne. Peu après, un homme d'une trentaine d'années parut, vêtu d'un blue-jean, d'un T-shirt des Grateful Dead, et chaussé de tongs en plastique.

– Mr. Hawkins ? demanda l'homme en se glissant derrière la réception.

– Lui-même.

– Byron Remocker, dit l'homme qui ouvrit le registre et tendit un stylo bille à Hawkins. Signez le registre, je vous prie, je vais vous montrer votre chambre.

– Vous êtes à court de personnel ? s'enquit Hawkins.

Il griffonna son nom sous ceux de Mr. et Mrs. O. P. Casgrand, certainement les propriétaires du camping-car.

– Non, pas vraiment, répondit Remocker. Ma femme fait la cuisine, et moi le reste. Nous tenons l'auberge à deux.

Il contourna la réception, empoigna le sac de Hawkins et le précéda dans l'escalier.

Située au premier, la chambre était spacieuse, banalement meublée, avec vue sur la mer. Remocker déposa le sac de Hawkins sur un lit des années 30, puis ouvrit la fenêtre afin d'aérer la pièce.

– Il n'y a pas de salle de bains ? s'étonna Hawkins.

– Au bout du couloir, sourit Remocker. Mais vous l'aurez pour vous tout seul ; il n'y a personne d'autre à l'étage.

– Les affaires ne marchent pas fort ?

– Oh, on se débrouille. Nous n'avons pas beaucoup de personnes seules, mais ma femme connaît des groupes New Age qui viennent pour des séminaires de trois jours. Ils trinquent à la Grande Déesse, s'embrassent, se réconfortent, des trucs comme ça. Ça paie les factures et c'est une clientèle régulière.

– Ça n'a pas toujours été un hôtel, je crois ?

– Non, c'était une maison de retraite catholique. Le clergé, qui est toujours propriétaire des murs, nous loue l'hôtel.

– Vous êtes là depuis longtemps ?

– Six ans. C'est notre version du retour à la terre. Avant, je travaillais pour Boeing.

– Pourquoi l'église a-t-elle cessé de s'en servir ?

– Je ne sais pas trop. L'endroit est resté inhabité pendant longtemps avant qu'on s'y installe. Quand on a emménagé, Marine – c'est ma femme – a trouvé un vieux numéro de 1970 du *Time*.

– Je me demande ce qui s'est passé.

– Si ça vous intéresse, vous devriez interroger le Suédois.

– Le Suédois ?

– Gunnar Gustavsen. C'était le gardien.

– Où puis-je le trouver ?

– Il a pris sa retraite. Il possède une petite herboristerie, plus haut, sur Higgins Cove. Il fabrique des infusions.

La maison de Gustavsen se trouvait au bout d'un chemin de terre, à deux kilomètres au nord du Repos de l'Ange. C'était une petite cabane, perchée au bord d'une falaise avancée qui surplombait la côte rocheuse. La maison était entourée sur trois côtés de massifs de cornouillers, d'érables et de pins. Leurs branches bruissaient sous la brise qui soufflait du détroit de deux kilomètres qui séparait la côte occidentale de l'île de l'Olympic Peninsula.

Gustavsen était assis sur son porche, devant une table de jeu passablement délabrée, garnie d'écorces et de feuilles séchées. A l'aide d'un moulin à café électrique, il réduisait des poignées de feuilles en poudre fine dont il remplissait ensuite des sachets de Cellophane. Au premier coup d'œil, on aurait pu croire à un laboratoire clandestin de marijuana. Mais en observant le Suédois, Hawkins ne put s'empêcher de sourire. Au moins soixante-dix ans, un large visage tanné, sillonné de rides et de cicatrices, un gros nez cassé, d'épais cheveux blanchis par le sel marin, Gustavsen n'avait rien d'un trafiquant de drogue.

– Shittim, fit-il en voyant Hawkins approcher.

– Pardon ?

– Shittim, répéta Gustavsen. Vous en voulez ? proposa-t-il en désignant la pile de feuilles et d'écorces. Je peux vous faire une infusion.

– Non, sans façon.

– Ça ne vous ferait pourtant pas de mal, grogna Gustavsen. (Son moulin à café ronronna et il remplit un autre sachet.) C'est avec ça qu'a été fabriquée l'Arche d'alliance... « et ils fabriqueront une arche avec le bois de shittim » : *Exode, chapitre 25, verset 10*. (Il éclata d'un rire sonore.) Dans la version du roi Jacques, c'est traduit par acacia, mais moi j'appelle ça du shittim. (Il sourit à Hawkins.) Le nom latin est *Cascara sagrada*.

Hawkins s'était attendu à trouver un homme avec un accent suédois, mais Gustavsen parlait de la voix égale et monotone des habitants de la côte nord du Pacifique.

– Le cascara est un laxatif, n'est-ce pas ? demanda Hawkins.

– C'est ce que je disais, ça ne vous ferait pas de mal.

– J'ai beaucoup voyagé ces derniers temps, expliqua Hawkins. Je ne savais pas que ça se voyait à ce point.

– Y a des gens qui lisent dans les livres, moi je lis sur les visages. Vous avez l'air complètement bouché, et je ne parle pas seulement de vos intestins. Asseyez-vous donc, dit-il en montrant un banc rudimentaire adossé à la maison.

Hawkins obéit. Gustavsen remplit encore une dizaine de sachets, puis reposa son moulin. Il se tourna vers Hawkins, sortit un paquet de Marlboro de la poche de sa chemise et alluma une cigarette.

– C'est splendide, dit Hawkins en pointant le menton vers la vue.

– C'est rien qu'un papier peint pour moi, bougonna Gustavsen. Ça fait trop longtemps que je l'ai devant les yeux, j'y fais plus attention.

Le Suédois était certes un vieil homme, mais ses yeux gris-bleu pétillaient d'intelligence. Il tira une longue bouffée de sa cigarette et souffla la fumée par les narines de son nez cabossé.

– Vous êtes de la police, dit-il d'un ton paisible.

– J'étais, rectifia Hawkins, légèrement surpris. Comment avez-vous deviné ?

– Oh, c'est pas difficile. Vous disiez que vous aviez beaucoup voyagé. Vous n'avez pas fait tout ce chemin pour me vendre une propriété en Floride, et comme j'ai enterré toute ma famille, vous n'êtes pas non plus un notaire qui vient m'annoncer que j'ai hérité d'une fortune. D'ailleurs, vous avez l'air d'un flic.

– Vous auriez fait un bon flic vous-même, Mr. Gustavsen.

– Appelez-moi Gunnar, ou le Suédois, dit le vieil homme avec un sourire. En fait, j'ai été flic. J'étais MP à Pearl Harbor en 1941.

Il se pencha et remonta la jambe droite de son pantalon. De la cheville jusqu'à son genou osseux, une méchante cicatrice courait sur son mollet imberbe et parcheminé.

– Le 7 décembre, précisa-t-il. J'ai failli y laisser ma jambe. On m'a donné une Purple Heart[1] et démerdez-vous.

– Et vous êtes revenu ici ?

– Tout juste. Y avait pas de boulot pour les infirmes, alors après la guerre je suis allé travailler pour la sainte mère l'Église. (Il gratifia Hawkins d'un large sourire.) Ma mère, qui était luthérienne, a dû se retourner dans sa tombe en me voyant trimer pour les papistes.

– Vous travailliez à Saint-Vincent ?

– Mouais. (Il y eut un long silence, puis le Suédois reprit la parole.) C'est pour ça que vous avez fait tout ce chemin, je parie.

– Qu'est-ce qui vous fait dire ça, Gunnar ?

Le Suédois se cala sur sa chaise.

– Anderson Island n'est pas connue pour son taux de criminalité élevé, Mr. Hawkins. A moins de compter les touristes qui jettent leurs ordures sur les plages et les voleurs de pommes en automne. Si vous êtes là, c'est pour Monseigneur. C'est pour Saint-Vincent.

Hawkins décida de jouer franc jeu.

– Je suis écrivain, Gunnar. J'ai travaillé pour le FBI. J'enquête sur un meurtre qui a eu lieu à Berkeley en 1968. Des indices m'ont conduit jusqu'à Anderson Island. A part ça, j'avance à l'aveuglette... sans jeu de mots, ajouta-t-il en tâtant son bandeau noir.

– J'aime les gens qui savent rire de leurs malheurs, répondit le Suédois. Quel rapport entre Berkeley et Saint-Vincent ?

– D'après moi, le tueur avait été interné au camp de redressement, ou il avait travaillé pour la maison de retraite.

1. Décoration attribuée aux blessés de guerre. *(N.d.T.)*

– C'est la même chose. Les gosses du camp travaillaient à Saint-Vincent. Ils faisaient la cuisine, la plonge, des trucs comme ça.

– Vous y étiez factotum ?

– Homme à tout faire, plombier, charpentier, appelez ça comme vous voulez. Dès qu'un truc était cassé, c'est moi qui le réparais. Et Monseigneur réglait cash. J'ai pas payé d'impôts depuis que l'armée m'a réformé.

– C'est la deuxième fois que vous mentionnez Monseigneur, remarqua Hawkins.

– Mgr Pozniak. Il dirigeait le camp et la maison de retraite pour l'archidiocèse. Il était à la fois maton et maître d'hôtel. Les hommes le détestaient, les femmes l'adoraient et les gamins en avaient une trouille bleue.

– Il y a eu un scandale, je crois, dit Hawkins.

Il dut attendre un moment la réponse du Suédois.

– Non, répondit finalement ce dernier, pas de scandale, un meurtre.

– Un des garçons ?

– Monseigneur. On a fait croire à une noyade accidentelle, mais c'était un meurtre, vous pouvez me croire.

– Pourquoi dites-vous ça ?

Gustavsen pointa la tête vers la baie.

– Personne ne s'amuse à nager dans le Drayton Passage en plein mois de janvier, Mr. Hawkins. C'est pas bon pour la santé. La marée l'a emporté jusqu'à Pitt Island. Quand on l'a repêché, il ne restait plus assez de chair pour servir d'appât aux poissons. On l'a identifié grâce à sa bague.

– Il n'aurait pas pu se suicider ?

– Un prêtre catholique ne se suicide pas, Mr. Hawkins, surtout un fils de pute comme Son Eminence Gregory Pozniak.

– Qui l'a tué, alors ? Avait-il des ennemis ?

– Des centaines. Pour commencer, tous les gosses qui ont connu l'enfer à Saint-Vincent à cause de ce sadique.

– Sadique ? Vous voulez dire qu'il abusait physiquement des enfants ?

– Ah, abuser, encore un de ces mots ronflants qu'on lit dans les journaux ! Moi, je préfère parler de torture. (Gustavsen s'assombrit.) Il y a eu d'autres rumeurs.

– Des abus sexuels ?

Cela n'aurait pas été la première fois. Gustavsen fronça les sourcils, jeta son mégot sur le porche et l'écrasa longuement du talon.

– Appelons un chat un chat, Mr. Hawkins. C'était de la sodomie, des viols de jeunes innocents ; il leur infligeait l'enfer et la damnation s'ils ne faisaient pas exactement ce qu'on leur demandait.

– Personne ne se plaignait ?

– J'ai commencé à travailler pour la maison de retraite en 1946. Pozniak n'était qu'un simple prêtre à l'époque. Il allait et venait comme tous les autres. Il s'est installé en 55 ou 56, je ne m'en souviens plus. Il a dirigé le camp pendant douze ans. Vingt-cinq gamins se sont suicidés pendant cette période. Avant son arrivée, il n'y en avait pas eu un seul. (Gustavsen alluma une autre cigarette.) Non, Mr. Hawkins, personne ne se plaignait. Il a fallu attendre sa mort pour que quelques gosses glissent un mot à l'oreille de l'évêque. Ils avaient grandi, ils n'étaient plus au camp, ils n'avaient plus rien à craindre. L'archidiocèse a mené sa propre enquête. C'est à ce moment qu'ils ont décidé de fermer le camp. Ils ont tout remisé dans le placard.

– Ça s'est arrêté là ? Rien n'a été rendu public ?

– Ils ont brûlé les dossiers. Je les ai vus faire ; ils ont fait un grand feu de joie sur la plage. Les enjeux étaient trop gros. Saint-Vincent était un camp catholique, mais c'était censé être sous la responsabilité du service des centres de redressement pour mineurs de l'État.

– Et personne n'a cherché à enquêter sur la mort de Monseigneur ?

– Personne. D'accord, c'était une justice expéditive, mais justice avait été faite. Personne n'a pleuré sur sa tombe, vous pouvez me croire.

Hawkins attendit. Il y avait autre chose... caché sous la surface.

– Vous restez convaincu qu'il a été assassiné ?

– Absolument.

– Vous en avez parlé à quelqu'un.

– Tout le monde en parlait.

– Vous avez des preuves concrètes ?

– Non, pas vraiment.

– Pas vraiment ou pas du tout ?

Gustavsen parut se perdre dans ses souvenirs.

– J'ai vu des tas de gosses passer par Saint-Vincent, Mr. Hawkins, finit-il par déclarer. Mais pendant toutes ces années, je n'en ai vu qu'un seul tenir tête à Monseigneur. Il m'a fait honte, parce qu'il avait plus de courage que moi.

– Qui était-ce ?

– Ricky Stiles. Richard Alexander Stiles. Un enfant trouvé. A seize ans, il avait été transféré de l'orphelinat de Bellingham. L'une des nonnes l'avait giflé pour avoir juré. Le lendemain, il était venu en classe avec une chaîne de vélo et il l'avait presque battue à mort.

– Vous croyez qu'il avait quelque chose à voir dans la mort de Pozniak ?

– Le lendemain du jour où Monseigneur s'est noyé, Stiles a volé une moto au secrétaire de Pozniak et il a disparu.

– Une moto ? demanda Hawkins, le cœur battant. Vous vous souvenez de la marque ?

– Je veux ! C'était la même que j'utilisais à Pearl Harbor. (Il sourit.) Une Indian.

Jay Fletcher s'installa devant son ordinateur portable qu'elle avait posé sur une petite table, devant la fenêtre du salon, et laissa son regard errer dans la nuit. De l'autre côté du ravin, on voyait les lumières de Torreon Park ; au-delà, les monts Jemez formaient une masse noire et déchiquetée qui masquait les étoiles. Jay alluma une autre cigarette, replia une jambe sous ses fesses et reporta son attention sur l'écran.

Le microprocesseur 80486 qu'elle avait acheté à Albuquerque, avec modem et lecteur de CD-Rom intégrés, avait presque épuisé son compte en banque mais il en valait la peine. Avec les mots de passe de Cruz et les logiciels qu'elle avait subtilisés chez Gaddis, elle finit par comprendre comment marchait le Spécial K.

A première vue, cela ressemblait à un jeu de Donjons et Dragons, un site comme il en existait des milliers sur le Net, accessible à plus d'un million d'utilisateurs de PC qui se branchaient sur le système en composant simplement un numéro de téléphone.

Une fois dans l'environnement du jeu, on se retrouvait dans un monde de flics, de tueurs et de victimes, guère différent de ceux qu'on voit à la télévision aux heures de grande écoute. Les victimes pouvaient être vengées par leurs amis ou leurs amants, les flics avaient droit à des indices, et les tueurs sillonnaient le paysage éthéré en semant la terreur. C'était peut-être d'un goût douteux, mais c'était relativement innocent selon les critères de l'Internet, surtout comparé à des adresses comme Filthnet, spécialisé dans la pornographie, ou à Fetishlink avec ses listes interminables de sous-répertoires.

Ce qui était différent dans Spécial K, c'étaient les trappes. Chaque jeu de rôle que Jay connaissait possédait ses pièges et ses oubliettes, mais dans le jeu préféré de Gaddis, les trappes étaient des sorties cachées qui vous aspiraient hors de l'environnement du jeu, vous baladaient sur la « colonne vertébrale » en fibre optique des douze villes du réseau, et vous propulsaient enfin à travers un « serveur » jusqu'à un « nœud » anonyme qui changeait à chaque partie.

Pour parler simplement, les trappes vous faisaient entrer dans une autre dimension, un enfer électronique où on acceptait les cinglés comme Gaddis sans poser de question. Si on savait où se trouvaient les trappes, on pouvait rejoindre le niveau caché de Spécial K, mais en voyageant à l'aveugle. Un seul connaissait la destination finale de chacun : SK.ENCH., l'Enchanteur, l'opérateur de Spécial K. Le jeu à plusieurs niveaux offrait ainsi des garanties de sécurité évidentes.

Le premier niveau, celui du jeu de rôle, n'était là que pour filtrer les amateurs qui croyaient tomber sur un jeu banal. Comme le labyrinthe électronique qui reliait les trappes à la destination finale était choisi au hasard, on ne pouvait pas repérer le parcours des joueurs et découvrir l'identité de leur modem, ce qui protégeait à la fois l'opérateur et quiconque se branchait sur le jeu, empruntait une trappe et rejoignait finalement la destination de nœud. En changeant de destination chaque jour, on accroissait la sécurité du système. Jay faillit éclater de rire quand elle découvrit le dispositif. Elle en avait vu des dizaines dans ses livres préférés. Dans ceux de C.S. Lexis Narnia, la trappe était un placard qui menait dans un autre monde, ou un tableau accroché au mur. C'était comme le trou du lapin dans *Alice au pays des merveilles*, ou le mécanisme utilisé par H.G. Wells dans *La machine à remonter le temps*. La dernière fois que Jay avait vu ce truc fonctionner, c'était dans le film de Schwarzenegger où un enfant se sert d'un billet de cinéma magique pour pénétrer dans un film d'aventures.

Les trappes étaient d'une sûreté absolue. Sauf que la sûreté absolue n'existait pas. SK.ENCH avait beau être fort, il devait cependant obéir aux paramètres du Net. D'une manière ou d'une autre, chaque bit, chaque octet qui circulait sur les autoroutes de l'information était obligé d'obéir aux lois de celles-ci. La « colonne vertébrale » T3 en était l'exemple type, c'était aussi la faille dans le plan de SK.ENCH.

Au début, l'Internet, qui s'appelait encore Arpanet, était un moyen pour les savants d'échanger des informations sur longues distances. En se popularisant, le système surchargea les lignes téléphoniques déjà encombrées.

Au début des années 90, comme le trafic sur le Net était devenu dramatiquement lent, on créa le système câblé T3 – des câbles en fibre optique reliaient douze villes principales sur le Net ; Seattle, San Francisco et Los Angeles sur la côte ouest, Hartford, New York et Washington sur la côte est, et six autres villes entre les deux côtes. Des réseaux locaux se branchaient par téléphone sur la ville relais la plus proche, laquelle régulait les messages sur le système en fibre optique. L'Enchanteur et ses amis ne pouvaient éviter de passer par l'une des douze villes pour accéder à leur destination secrète.

Vivant à Albuquerque, Gaddis avait dû être raccordé au T3 de Houston. Si on empruntait la trappe à Kansas City, on passait forcément par Saint Louis, et si on l'empruntait à Salt Lake City on passait par Denver. On appelait cela un aiguillage, et sans ce procédé le système aurait éclaté depuis longtemps sous la masse d'informations qui circulaient dans le réseau.

Pour suivre les messages destinés au sous-niveau de Spécial K, Jay devrait patienter à chacun des douze aiguillages, identifier les messages concernés, les suivre et remonter à leur source.

Pour cela, les programmes nécessaires existaient déjà, et à son retour de Los Alamos, Jay les avait simplement puisés au CERT, le Computer Emergency Response Team de Carnegie-Mellon University à Pittsburg. Le CERT, créé à l'origine par le ministère de la Défense, avait ainsi permis de repérer Robert T. Morris, l'étudiant de Cornell qui avait introduit l'infâme supervirus sur l'Internet en 1988. Le CERT avait depuis travaillé en étroite collaboration avec le FBI, et ses membres avaient acquis le surnom de Cyberflics de l'Internet.

Jay savait pertinemment que ce qu'elle s'apprêtait à faire était aussi illégal que l'utilisation du C-Bix pour retrouver Gaddis, mais elle était désormais au-dessus de cela. La mort du tueur avait été un simple accident ; en y regardant de plus près, Jay n'avait pas eu le choix. C'était elle ou lui. On ne fait pas d'omelette sans casser d'œufs, inutile de pleurer la mort d'un serial killer. Si Jay n'utilisait pas son savoir pour traquer les autres membres du Spécial K, elle ne se le pardonnerait jamais.

Elle se pencha sur le clavier, appela le menu principal sur le disque dur, puis chargea ses logiciels. Les programmes qu'elle avait puisés au CERT attendaient déjà dans la boîte de dialogue Envoi qu'on les appelle. Jay retint son souffle, puis frappa la touche Entrée. Elle se cala sur sa chaise et contempla l'écran. Invisibles, ses limiers électroniques partirent à la chasse dans le noir. Il ne lui restait plus qu'à attendre.

Le Glacier passa entre les énormes dauphins qui gardaient l'entrée principale de l'hôtel Mirage et pénétra dans le dôme de verre. Bâti en 1989, l'hôtel-casino aux trois tours était encore considéré comme le must de Las Vegas, celui qui attirait le plus de touristes.

Toutes les vingt-quatre heures, plus de cent mille personnes passaient par l'hôtel, certaines pour visiter le delphinarium, d'autres pour voir les célèbres dompteurs Seigfried et Roy dresser leurs tigres blancs, l'attraction vedette du Mirage, d'autres encore pour respirer l'atmosphère d'un hôtel qui possédait des douzaines de cascades, sa propre forêt tropicale, et un volcan en plein air dont les éruptions avaient lieu toutes les demi-heures en soirée. Il y avait même des gens qui venaient pour jouer.

Ceux-là comptaient parmi les plus gros flambeurs de Las Vegas. Le Mirage se vantait de posséder des machines à sous à cinq cents dollars le jeton, des poker-vidéo à cent dollars la mise, et un casino qui encaissait en un mois à ses tables de craps et de baccarat l'équivalent du budget annuel d'un État du tiers-monde. Celui qui cherchait un riche touriste à Las Vegas avait de grandes chances de le trouver au Mirage.

Ayant passé plus de dix ans dans la ville, le Glacier s'y connaissait en chance. Il pouvait vous citer les pourcentages de réussite au pharaon, à la roulette, et au black jack ; il pouvait vous donner la cote des mises, suivre ou passer, ne pas suivre, ne pas passer, aux tables de craps de la plupart des grands casinos ; il pouvait vous donner les probabilités au Keno et calculer les gains à partir d'un bulletin simple ou multiple. Il pouvait vous parler des doubles mises au pharaon, des martingales – doubler la mise après une perte, par exemple.

Il connaissait aussi la loi cardinale de Las Vegas : si vous ne voulez pas perdre, ne jouez pas. Si on joue assez longtemps, on finit toujours par perdre, car au long terme les probabilités penchent toujours du côté de la banque. Cependant, une seule mise, judicieusement placée, peut parfois vous faire gagner. Et pour le Glacier, il arrivait que cette unique mise soit nécessaire.

Il se fraya un chemin parmi la foule des visiteurs, à travers une jungle de palmiers, de plantes vertes et de meubles en rotin, et parvint enfin à la réception. Adossés à l'aquarium de poissons tropicaux de sept cent mille litres et de dix-sept mètres de long, une demi-douzaine d'employés s'affairaient auprès des clients.

Le Glacier fit tranquillement la queue pendant cinq bonnes minutes puis, quand vint son tour, il dit poliment à la jeune employée qu'il avait un message de Los Angeles et d'importants documents à remettre à un client de l'hôtel. Après une rapide vérification, l'employée l'informa que la personne en question n'était pas dans sa chambre. Le Glacier remercia la jeune femme et s'éloigna. Contournant le Lagoon Saloon, une autre oasis de palmiers et de cascades, ignorant l'entrée envoûtante du casino, le Glacier se dirigea vers les ascenseurs. Celui qu'il prit l'emmena jusqu'au dix-huitième étage.

Bien qu'ayant agi sur un coup de tête, il avait choisi sa proie avec soin ; il s'était introduit dans l'ordinateur de réservation du Mirage et dans les bases de données du centre des Cartes bancaires afin d'obtenir une liste de clients potentiels. Celui qui lui convenait le mieux était un certain Franz Schroeder, un homme d'affaires de Freiberg, en Allemagne.

L'ordinateur du Mirage le définissait comme le directeur général d'Elektrowerke AG ayant réservé une chambre pour cinq jours ; le casino lui attribuait une solvabilité de deux cent mille dollars et précisait que c'était sa première visite à Las Vegas. Le centre des Cartes bancaires lui connaissait sept cartes de crédit. Comme Schroeder avait réservé une chambre à un lit, il était logique d'en conclure qu'il voyageait seul.

En sortant de l'ascenseur, le Glacier emprunta le long couloir silencieux et s'arrêta devant la porte de la chambre de Schroeder. Il sortit une poignée de cartes magnétiques de sa poche et commença à les glisser une à une dans la fente de la serrure.

Les chambres avaient chacune un code différent, mais les hôtels possédaient des superclefs dérogatoires capables d'ouvrir n'importe quelle serrure à quatre chiffres, et le Glacier avait pioché les siennes dans le fichier informatique du Mirage. Il détenait ainsi une collection de cartes magnétiques dont il reprogrammait les codes à chaque changement bimensuel. La serrure céda au troisième essai. Il rangea ses cartes, ouvrit la porte et entra dans la chambre.

Sans être luxueuse, c'était malgré tout une chambre correcte, de taille moyenne, et donnant sur le dôme en verre de trente mètres de haut, la jungle de palmiers, de bassins et de cascades, et sur l'Imperial Palace de l'autre côté du Strip. Le grand lit était défait, une bouteille d'eau minérale entamée traînait sur la table de chevet, et l'armoire renfermait des costumes luxueux, taille trente-huit, ainsi que trois paires de chaussures cousues mains. Dans le premier tiroir de la commode, le Glacier trouva des sous-vêtements et une demi-douzaine de chemises en soie soigneusement pliées dans le second.

Le passeport de Schroeder était caché sous les chemises. D'après le document, Schroeder avait cinquante-deux ans, les yeux bleus et les cheveux châtains. La photo d'identité montrait un homme souriant au visage mince, à la moustache grisonnante et aux lunettes cerclées à verres teintés. Pas le genre à claquer deux cent mille dollars au jeu ; mais le Glacier avait appris depuis longtemps qu'un visage était moins éloquent qu'un nom, et qu'il n'y avait pas grand-chose à apprendre de l'un ou de l'autre. Il remit le passeport à sa place et entra dans la salle de bains.

La trousse de toilette en cuir de Schroeder était ouverte sur la tablette de l'évier. Elle contenait un rasoir électrique Braun, une paire de brosses à cheveux en argent gravées aux initiales FS, une petite boîte de talc de marque européenne, et une bouteille d'eau de Cologne à moitié vide de chez Lagerfeld. Le Glacier examina l'armoire à pharmacie. La seule chose digne d'intérêt était un flacon délivré par une pharmacie de Freiberg qui contenait de l'hydrochlorure de chlorphentermine. Apparemment, Schroeder essayait de maigrir sans se fatiguer. Qu'il prenne un coupe-faim ne changeait rien à l'affaire, mais cela permettrait peut-être d'obscurcir l'enquête en cas de complications.

De retour dans la chambre, le Glacier ouvrit le bar-frigo : il y avait trois bouteilles d'eau minérale de la même marque que celle de la table de chevet. Le Glacier les sortit, les disposa sur la commode et dévissa les capsules. Il prit ensuite une petite boîte jaune dans la poche de sa veste, en sortit cent minuscules pilules blanches, chacune contenant vingt milligrammes d'une drogue connue sous le nom de bromure butylique de Hyoscine. Même aux doses énormes qu'il versa dans les bouteilles, la drogue n'apparaîtrait pas à l'autopsie, car le bromure butyllique de Hyoscine était inconnu aux États-Unis. Le Scordin B, ou stibron, comme on l'appelait au Japon, était un antispasmodique de la même famille que l'atropine, mais dix fois plus puissant. Une demi-bouteille d'eau minérale droguée suffirait à faire dormir Herr Schroeder pour l'éternité. Une quantité d'alcool, même minime, et récemment ingérée, précipiterait son départ pour le voyage sans retour. Vu l'âge de Schroeder, on conclurait sans doute à une crise cardiaque.

Le Glacier revissa les capsules, vérifia que les pilules s'étaient bien dissoutes, puis remit les bouteilles dans le Frigidaire. Il examina ensuite la chambre pour s'assurer que tout était en ordre. Il y avait gros à parier que, dans les quatre ou cinq heures suivantes, Franz Schroeder reviendrait dans sa chambre. Il y avait aussi gros à parier qu'il boirait une bouteille de son eau minérale préférée. Le Glacier consulta sa montre : dix-neuf heures trente. Il reviendrait à minuit, espérant trouver sa victime trépassée. Il y avait une navette pour Los Angeles à une heure ; avec un peu de chance, le Glacier serait à Berkeley avant le petit déjeuner.

Il grimaça ; est-ce que cela réparerait son erreur ancienne ? Il médita quelque temps, puis en vint à la conclusion que la chance était vraiment de son côté. La chance alliée à une intelligence supérieure. Sa grimace s'effaça, remplacée par un sourire quand il imagina l'expression de Tom Ritchie. Exactement ce dont le Glacier avait besoin : un voyage dans le passé. Son sourire s'élargit et illumina son visage ; en plus du reste, ce qu'il s'apprêtait à faire allait rendre le petit Hawkins complètement cinglé.

16

Assis dans la cabine d'une camionnette des ponts et chaussées municipaux volée, le Glacier surveillait l'entrée de la maison sur Stephen's Way. En poste depuis deux heures, il avait vu un Thomas Ritchie vieillissant monter dans sa Mustang et s'éloigner, et une Toyota du service des Ménages à domicile arriver. Les deux employés jamaïcaines étaient encore dans la maison, de même que Mrs. Thomas Ritchie, à n'en pas douter.

La camionnette des ponts et chaussées était une couverture parfaite. Un homme assis dans une voiture de location aurait éveillé les soupçons et entraîné le passage d'une patrouille de police ; une camionnette municipale avec un homme en bleu de travail endormi au volant passerait en revanche inaperçue.

Tommy avait paru en bonne santé, mais son crâne dégarni et son embonpoint naissant avaient choqué le Glacier. Regent Street était loin, comme étaient loin ses jambes de danseur et son ventre tablette de chocolat. Le temps avait fait son œuvre. La lame avait perdu de son tranchant.

Tout comme Berkeley, à ce que le Glacier pouvait en juger. Des dealers de crack et des sans-abri dans les fourrés de People's Park. Des BMW et des Volvo à la place des Coccinelle et des minibus Volkswagen. Des femmes qui faisaient leur jogging en combinaison moulante avec des bananes en Nylon à la ceinture, comme un renflement obscène de la braguette. Des hommes d'âge mûr avec des queues de cheval qui partaient travailler à vélo, leur serviette attachée dans le dos avec des cordes élastiques. Les omelettes faites avec des œufs fermiers et des tomates séchées au soleil. L'argent avait coulé la révolution. Woodstock *bis* au *pay per view*. Plus de causes pour lesquelles se battre.

Le Glacier sourit ; tout compte fait, il avait gardé la foi au fil des ans, il avait refusé de perdre son tranchant. Il n'avait pas non plus changé physiquement – pas de ventre, pas de bajoues, pas de cheveux blancs ni de barbe, sauf quand ça l'arrangeait. Éternellement jeune, guerrier solitaire et farouchement indépendant. Comme Hawkins, qui recherchait encore la justice après toutes ces années. Quelle paire ils faisaient !

Un léger buzz le tira de ses pensées. Jetant un œil sur sa montre digitale, il pressa le minuscule bouton qui redémarrait la programmation de la sonnerie. Il sortit une boîte en cuir de sa combinaison, prit deux gélules marron et les avala sans eau. Il lui en restait suffisamment pour les douze heures à venir... une précaution pour être sûr de ne pas s'éterniser à Berkeley, ne pas céder à la tentation.

Les deux Jamaïcaines reparurent, elles changèrent leurs aspirateurs et leurs balais dans le coffre de la Toyota et s'éloignèrent. Peu après, la porte du garage s'ouvrit, et une Mazda Miata jaune vif recula, vira et descendit l'allée. Une belle Noire d'une trentaine d'années conduisait la petite voiture de sport, les yeux cachés derrière des lunettes de soleil géantes, les cheveux tirés en arrière et noués avec un ruban vert vif. La femme de Tommy.

Elle dépassa la camionnette sans un regard et fonça vers Gravatt Drive. D'après les relevés de sa MasterCard, elle avait rendez-vous tous les jeudis dans le centre de yoga de Berkeley sur Ashby Street, et c'était sans doute là qu'elle se rendait. Le centre de yoga était à un quart d'heure en voiture, et la séance durait au moins une heure. Largement assez pour le Glacier. Assez pour les préparatifs.

Il resta dans la camionnette quelques minutes supplémentaires, au cas où Mrs. Ritchie aurait oublié quelque chose. Il loucha sur le siège à côté de lui. La boîte à outils y était toujours. Il l'ouvrit. Elle était vide, sauf pour une chose : une batte de base-ball en bois flambant neuve. Le vendeur du magasin de sports d'Oakland lui avait conseillé une batte en aluminium, mais le Glacier avait refusé. La consistance était importante. Il referma la boîte à outils, l'empoigna et descendit du véhicule. Il ferait d'abord quelques tours de batte avec les Ritchie, puis jouerait une partie avec son vieil ami William DeMille Hawkins. Jusqu'à présent, ils faisaient match nul. Mais un simple coup de batte allait tout changer.

Après avoir quitté de bon matin Anderson Island, Hawkins regagna Seattle en voiture. Il passa une heure avec un groupe d'assistantes sociales à la mine sinistre, au tribunal de King County, puis se rendit quelques centaines de mètres plus loin dans le bâtiment de la Sécurité publique, un cube de verre des années 60. S'appuyant sur la politique départementale, les assistantes sociales refusèrent de discuter d'un cas individuel, et la police de Seattle, bien que plus coopérante, ne put rien lui dire qu'il ne sût déjà. Pozniak était mort depuis longtemps et personne n'avait entendu parler de Ricky Stiles.

A midi, il commençait à regretter de ne pas avoir accepté l'infusion de shittim que Gunnar Gustavsen lui avait proposée. Il savait intuitivement qu'il était parvenu à un tournant de sa traque du Glacier, mais il n'arrivait pas à franchir ce cap. L'enquête était bouchée. Il finit par se retrouver dans la section des périodiques de la bibliothèque municipale où il visionna les archives sur microfilms du *Seattle Post-Intelligencer.*

Il y trouva plusieurs références à Pozniak, concernant surtout ses activités de collecteur de fonds pour l'archidiocèse, sa nécrologie, et de courts articles sur sa mort « accidentelle » qui cessèrent au bout de trois jours. Pas une ligne sur le camp de rééducation de Saint-Vincent.

N'ayant rien à se mettre sous la dent, il retourna dans le hall, trouva une cabine téléphonique et appela le bureau de l'archidiocèse. Improvisant, il raconta au secrétaire qui prit l'appel qu'il voulait profiter de ses vacances pour retrouver une grand-tante qui avait été nonne, membre notamment de l'ordre des Sœurs du Sang précieux. Il n'était pas sûr, mais il croyait se souvenir qu'elle avait travaillé dans un orphelinat à Bellingham. Le secrétaire lui demanda de patienter, puis revint une ou deux minutes plus tard. L'orphelinat était fermé depuis plusieurs années, mais l'endroit existait toujours. Il avait été transformé en maison de repos et en hospice pour les personnes âgées de l'ordre. Hawkins nota l'adresse, remercia le secrétaire et raccrocha. Il prit un café et un beignet à la cannelle au drugstore du coin, et remonta dans sa voiture de location pour se rendre à Bellingham.

Située au nord de Puget Sound, la petite ville était à mi-chemin de la frontière canadienne, à une heure de voiture de Seattle. Autrefois un port côtier florissant, son économie reposait désormais sur l'université de Washington et sur le tourisme. Pour un flic, Bellingham était surtout célèbre pour avoir abrité l'une des victimes de Ted Bundy.

L'hospice du Sang précieux se trouvait sur le mauvais versant de Chuckanutt Mountain, dans le district de Fairhaven. D'après la brochure et la carte routière que Hawkins avait dénichées à l'office de tourisme, le bon côté de Chuckanutt était la corniche qui longeait la côte, avec ses luxueuses propriétés accrochées à flanc de montagne. Le mauvais côté, recouvert de pins de Virginie et d'épicéas, surplombait le vieux réservoir Padden et le « South », un des plus anciens et des plus pauvres quartiers de Bellingham.

Hawkins finit par trouver l'hospice au bout d'une rue qui grimpait en serpentant au-dessus de California Street. Le bâtiment principal, une construction victorienne de trois étages en briques jaunes surmontée d'un toit mansardé en cuivre verdi par le temps, était gigantesque. On y avait rajouté deux dortoirs aux murs de bardeaux, et un grillage rouillé clôturait l'endroit où un terrain de base-ball miniature avait été rogné sur la forêt.

Des mauvaises herbes hautes de cinquante centimètres poussaient sur le centre du terrain et les fougères avaient envahi le poste du lanceur. On n'y jouait plus au base-ball depuis des années. Le plus proche voisin de l'hospice était un mobile-home abandonné que Hawkins avait aperçu en gravissant la colline. C'était certes un endroit paisible pour des nonnes en fin de carrière, mais un enfer de désolation pour les gamins qui y avaient vécu. *Orphelinat*. Le mot lui-même faisait vieux et démodé.

Hawkins s'étira en descendant de voiture. Une statue de la Vierge en robe bleue se dressait au milieu d'un parterre de fleurs circulaires. La Sainte Mère contemplait avec adoration l'objet qu'elle tenait dans ses mains jointes, un cœur en fibre de verre encerclé d'épines. D'un écarlate glacé, le cœur jurait affreusement avec le bleu émail de la robe, et on avait peint amoureusement des gouttes de sang dégoulinant des mains. Hawkins détacha ses yeux de la statue grotesque et contempla le bâtiment. Au crépuscule, il ressemblerait, en plus lugubre, à la maison de Bates, dans *Psychose*.

– J'arrive, mère, murmura Hawkins.

L'orphelinat avait dû être parfait pour renforcer les traumatismes et produire des cinglés comme le Glacier. Contournant la statue, Hawkins gravit la volée de marches qui menait à l'entrée principale et pénétra dans le bâtiment.

Une table en bois occupait le vestibule, juste derrière la porte, mais personne n'y était assis. Plusieurs couloirs prolongeaient le vestibule et, contre un mur, un vaste escalier menait aux étages supérieurs. Les murs étaient lambrissés à hauteur de taille, puis en stuc vert pâle jusqu'au plafond en plâtre craquelé. Le plancher grinçant était recouvert d'un linoléum marron. Hawkins s'efforça de ne pas respirer trop fort ; l'air confiné était chargé des odeurs de cave, d'urine et de vieil âge.

Une robuste sexagénaire sortit d'une pièce. Elle portait le bonnet serré et la robe blanche des sœurs soignantes. Le crucifix noir et argent suspendu à sa ceinture avait la taille d'un petit marteau. Lorsqu'elle approcha, les semelles épaisses de ses chaussures blanches raclèrent le plancher en sifflant.

– Oui ?

Elle avait une voix forte, mais neutre... pour l'instant.

– Je m'appelle Hawkins. Je suis du FBI.

Ce n'était pas tout à fait un mensonge, mais ce n'était pas non plus la vérité. Heureusement qu'il n'avait pas été élevé dans le catholicisme.

– Sœur Claude. Que puis-je pour vous ?

– Je cherche à retrouver quelqu'un qui... a vécu ici.

– Une sœur ?

– Non, un orphelin.

– L'orphelinat est fermé depuis des années.

– Je sais, mais j'espérais que vous auriez encore des registres...

– Quand l'orphelinat a fermé, les registres ont tous été transférés au bureau de l'archidiocèse.

Et il y avait peu de chance qu'on lui laisse les consulter, FBI ou pas.

– Y a-t-il quelqu'un à qui je pourrais parler ? Quelqu'un qui travaillait ici avant ? Qui aurait pu connaître la personne que je recherche ?

– Pourquoi le FBI s'intéresse-t-il à cet enfant ?

– Je n'ai pas le droit de vous le dire, hélas.

– Je vois.

C'était une impasse. Il y eut un long silence, puis l'imposante femme reprit la parole.

– Quand ce garçon a-t-il vécu ici ?

– Je ne connais pas la date de son arrivée, mais je sais qu'il a été transféré au camp de rééducation de Saint-Vincent en 1966.

– Ah, Mgr. Pozniak, grimaça la sœur. C'était donc un criminel ?

– Pas à l'époque, répondit Hawkins. Mais il l'est devenu depuis.

– De tels transferts n'avaient lieu que pour les cas extrêmes, déclara la sœur dont le visage s'était durci.

– On dirait que vous avez vous-même travaillé à l'orphelinat.

– J'étais l'assistante administrative de la mère supérieure. (La sœur toisa longuement Hawkins.) Qu'avait donc fait ce garçon pour mériter d'être envoyé chez monseigneur Pozniak ?

– Il avait frappé une nonne de votre ordre... avec une chaîne de bicyclette.

Sœur Claude se raidit et une étincelle parcourut ses yeux bleu pâle. Elle agrippa le crucifix pendu à sa taille et le serra d'une main rageuse. Outre la colère qui tendait les traits de son visage, on devinait une peur profondément enfouie.

– Le jeune Stiles, souffla-t-elle.

– C'est cela, confirma Hawkins en se retenant d'exploser de joie.

La décoction de Gunnar Gustavsen était superflue, désormais, Hawkins avait franchi le tournant décisif.

– Dites-moi ce qu'il a fait, Mr. Hawkins, implora la sœur d'une voix presque tremblante.

– C'est malheureusement confidentiel, ma sœur. Je regrette.

– Dites-le-moi.

C'était un ordre. Si Hawkins continuait à se taire, la piste se terminerait ici.

– Il a tué, finit-il par admettre. Et plus d'une fois.

Même à ce moment précis, il n'était pas sûr du chiffre. D'après ses comptes, le Glacier avait tué au moins trente-cinq fois, et la réalité était sans doute largement supérieure.

– Eh, oui, soupira la vieille sœur, qui ne parut pas surprise.

– L'avez-vous connu ?

– Pas très bien. Mais j'ai su ce qu'il avait fait. Et je craignais ce dont il était capable. (Elle relâcha le crucifix.) Suivez-moi.

Elle précéda Hawkins dans l'escalier grinçant menant au dernier étage. Au bout d'un petit couloir sombre, elle frappa à une étroite porte en bois plein et entra.

Tournant le dos à Hawkins, une femme habillée comme sœur Claude retapait un lit en fer. La pièce nue ne comprenait qu'une petite commode et une chaise de cuisine peinte du même bleu passé que la robe de la Vierge. Seul un crucifix en bois décorait les murs blancs. Une petite fenêtre ouvrait sur les collines et la ville.

– Celandine, dit sœur Claude, voici Mr. Hawkins, du FBI. Il aimerait s'entretenir avec toi de Richard Stiles. (Une pause.) Ça ne te dérange pas ?

– Non, bien sûr, fit la femme, qui se retourna.

Elle souriait. Sœur Celandine abordait la cinquantaine, mais elle paraissait plus jeune. Le côté gauche de son visage avait la douceur juvénile des femmes qui entrent en religion de bonne heure. Enfant, elle avait dû être jolie. Le côté droit de son visage était ravagé par une cicatrice dont les zébrures roses s'entrecroisaient du front au menton ; l'une d'elles fermait presque son œil et une autre tirait ses lèvres vers le bas. Hawkins la regarda bouche bée, remarquant que la moitié de son oreille droite donnait l'impression d'avoir été arrachée. Il eut soudain honte de s'être apitoyé sur la perte de son œil. Sœur Celandine avait un horrible visage de Janus.

Elle s'assit sur le lit refait et laissa échapper un soupir presque satisfait.

– Mon Dieu, souffla-t-elle, sans cesser de sourire. Cela fait des années que je n'ai pas pensé à Richard. Que voulez-vous savoir exactement ? demanda-t-elle en levant les yeux sur Hawkins.

Sœur Claude posa une main sur l'épaule du flic retraité.

– Je vous laisse tous les deux, dit-elle calmement. Je dois m'occuper de mes patients.

Elle s'éloigna en faisant siffler ses semelles sur le sol. Hawkins alla à la fenêtre, regarda dehors, puis se retourna.

– Je savais qu'il vous avait frappée, mais...

– Vous ignoriez l'étendue des dégâts, répondit sœur Celandine, dont les lèvres remontèrent sur la droite tandis que le côté gauche de sa bouche restait figé. Ne soyez pas gêné, Mr. Hawkins. Je sais de quoi j'ai l'air. (Elle eut un petit rire.) Les nonnes n'ont pas besoin d'être belles, vous savez ; ce n'est pas une condition préalable, et je suis persuadée que le bon Dieu n'y voit pas d'inconvénient.

– Quel âge aviez-vous quand cela est arrivé ? demanda Hawkins.

– Vingt ans. J'étais une novice. C'était ma première année d'enseignante.

– Vous n'étiez pas beaucoup plus âgée que Stiles, remarqua Hawkins.

– Non, en effet. Je ne savais pas encore que des êtres comme ça existaient.

– Pourquoi vous avait-il frappée ?

– Il apprenait des gros mots aux plus jeunes. Des gros mots et des histoires sales. Je lui avais ordonné d'arrêter.

– Il n'avait pas obéi ?

– Non... Et puis il a commencé à faire des remarques sur moi.

– Des remarques physiques ? demanda Hawkins, qui avait deviné. Celandine opina d'un air triste.

– Oui, ça m'a rendue furieuse. J'ai perdu la tête.

– Et vous l'avez giflé.

– Oui. Je le regrette encore aujourd'hui. Je n'aurais jamais dû le faire.

– Et il est revenu le lendemain pour se venger.

– Oui.

– Combien de temps après a-t-il été transféré à Saint-Vincent ?

– Je ne sais pas au juste. Je suis restée longtemps à l'hôpital. Plusieurs mois. A mon retour, il était déjà parti. Mais j'ai gardé le contact.

– Vous avez gardé le contact ? Avec un garçon qui a essayé de vous tuer ? Qui vous a défigurée à vie ?

– Oh, pas directement, protesta sœur Celandine, rougissante. (En brunissant, ses cicatrices parurent s'animer et grouiller comme des vers.) Je me sentais responsable de ce qui lui arrivait. Je voulais savoir ce qu'il devenait. J'ai écrit des lettres.

– A Mgr Pozniak ?

– Non, à son assistant, le père John. Il avait pris Richard sous son aile.

– Et Richard lui a volé sa moto.

– Non, il ne l'a pas volé, dit sœur Celandine en souriant de nouveau. Père John la lui a donnée.

– Comment le savez-vous ?

– Il me l'a dit, déclara-t-elle simplement. Après son départ.

– Il a quitté Saint-Vincent ?

– Oui.

– Quand ?

– Peu après le décès de Mgr Pozniak.

– Mais pourquoi est-il parti ? A cause de Stiles ?

– Non. La foi de John vacillait. Il s'était beaucoup politisé. Il avait aidé à créer la clinique des réfractaires à Seattle. Ensuite, il a aidé les réfractaires et les déserteurs à passer au Canada. Il a été arrêté deux fois. Finalement, il a quitté l'Église. (Sœur Celandine poussa un bref soupir.) Ça m'a longtemps attristée. Il s'est exilé au Canada. C'était un geste politique. Il y est resté, même après l'amnistie.

– Vous avez de ses nouvelles ?

– Oh, oui, dit-elle, et elle se leva pour aller ouvrir un tiroir de la commode. John est mon unique lien avec le monde extérieur. Il m'écrit régulièrement. Il me raconte ses voyages.

Elle sortit une poignée de cartes postales aux couleurs éclatantes et en tendit une à Hawkins. La tour Eiffel. Il la retourna et jeta un coup d'œil au dos. C'était un message banal : « Je vais bien ; j'aurais aimé que tu sois là. » Puis il remarqua la signature.

– Doux Jésus ! s'exclama-t-il.

– Je vous demande pardon ?

– Le nom, fit Hawkins tandis que les pièces du puzzle s'assemblaient sous ses yeux. La signature.

– Eh bien ?

– John Prentice.

Le prêtre de Seattle.

Le frère de Carole Prentice.

– C'est tenter le diable, déclara Cruz.

– Possible, rétorqua Jay, mais ça permettra peut-être d'empêcher quelques incendies... et de sauver des vies humaines.

Ils traversèrent la cour éclairée aux lanternes du restaurant Maria Teresa et se dirigèrent vers une table située à l'angle opposé. Elle était adossée à l'un des hauts murs en adobc de la maison centenaire. D'après Cruz, le Maria Teresa était le meilleur restaurant de la vieille ville d'Albuquerque, et aussi le plus cher. Jay s'en fichait comme de sa première chemise ; manger était bien le cadet de ses soucis.

– Rappelle-toi, recommanda Cruz. Le fumier est avocat, et il a le bras long.

– Tu parles si je m'en fous.

– C'est dément, pesta Cruz, hâtant le pas pour rattraper Jay qui se frayait un chemin parmi les tables. On n'a pas le début d'une preuve.

– Si on lui fout la trouille, il nous les apportera, les preuves.

L'homme qui mangeait seul à la table du coin était grand, la quarantaine, le cheveu noir, et luxueusement vêtu. Une bouteille de vin reposait dans son coffret à côté de lui et un attaché-case en cuir fin chatouillait son pied gauche. Tout en mangeant, il feuilletait une épaisse liasse de documents, une paire de lunettes bifocales à monture d'écailles en équilibre sur son nez.

Il leva les yeux quand Cruz et Jay s'arrêtèrent devant sa table.

Des yeux de serpent.

Il ôta ses lunettes d'un geste expert et gratifia les nouveaux venus d'un sourire éteint.

Brian MacDonald ?

– Oui.

– Fletcher, FBI. Et voici J.M. Cruz, du département d'investigation des sapeurs-pompiers.

MacDonald les dévisagea, le même sourire éteint aux lèvres.

– Ça fait plaisir de voir que vous prenez votre travail à cœur, dit-il. Si c'est au sujet de l'incendie de ma résidence secondaire, je préfère que vous preniez rendez-vous aux heures de bureau. (Il pointa son couteau et sa fourchette vers son assiette.) Comme vous le voyez, je suis en train de dîner.

Jay regarda l'assiette. Le dîner en question semblait être du poulet baignant dans une sauce rouge à la framboise.

– Nous ne sommes pas venus vous parler de votre résidence secondaire, dit-elle. Il s'agit de l'Armada Property Management Corporation.

– J'ai bien peur de ne pas comprendre, dit MacDonald.

– Mon œil ! fit Jay. (Elle tira une chaise et s'assit. Cruz resta debout.) Vous faites partie du conseil d'administration.

– A vous entendre, miss Fletcher, on dirait que c'est un délit.

– Agent spécial Fletcher. Eh bien, oui, ça se pourrait.

– Ça se pourrait ? répéta MacDonald, et il reposa ses couverts. Le droit ignore les « ça se pourrait », miss Fletcher.

– En tant qu'actionnaire principal d'Armada Property Management, vous *pourriez* savoir que cette société possède aussi Spectrum Properties. Or, une maison de rapport appartenant à Spectrum a été détruite par un incendie il y a quelques jours. C'était un incendie criminel. Ça *pourrait* aussi vous intéresser d'apprendre que plusieurs personnes sont mortes dans cet incendie. La plupart étaient des enfants d'émigrés en situation irrégulière.

L'avocat s'adressa directement à Cruz.

– Vous voulez dire des moricauds.

– Un incendie avec mort d'homme est classé comme un homicide, Mr. MacDonald, dit Jay. C'est un meurtre. Que les victimes soient des émigrés clandestins en fait une affaire fédérale. (Elle sourit.) Mais je suis sûre que vous le saviez déjà, n'est-ce pas, Brian ?

– Je ne vois pas en quoi cela me concerne, répondit l'avocat. Armada possède divers intérêts à Albuquerque comme ailleurs. Si Spectrum Properties louait des appartements à des émigrés clandestins, je peux vous assurer que je n'étais pas au courant.

– Mon œil, dit encore Jay.

– Êtes-vous en train de me dire que je suis impliqué dans cet incendie ? demanda-t-il avec son sourire éteint. Parce que si c'est le cas, vous feriez bien d'apporter des preuves à votre allégation. Sans parler du mobile, miss Fletcher.

– La maison de rapport était une étape pour une opération coyote, dit Cruz qui prenait la parole pour la première fois.

– Que peut bien être, je vous prie, une opération coyote ?

– Du travail au noir, expliqua Jay. Une main-d'œuvre bon marché destinée aux champs. Vous prenez des clandestins, vous promettez de leur faire traverser la frontière mexicaine, et vous les mettez au turbin dès leur arrivée. En plus, vous organisez des crèches comme celle de la maison de rapport afin de leur presser le citron davantage. C'est de l'esclavage moderne. D'après la police, c'est une affaire juteuse, Brian.

– Attention où vous mettez les pieds, miss Fletcher. Un pas de plus et vous risquez de vous retrouver avec un procès au cul.

Non, fumier. C'est toi qui es en terrain miné. Tu n'imagines pas ce que je suis capable de te faire.

– Vous n'intenterez aucun procès, Brian, ni contre moi ni contre personne. Vous savez pertinemment que je dis la vérité.

L'avocat prit le temps de se servir un verre de vin qu'il dégusta tranquillement. Puis il s'adossa confortablement contre le dossier de sa chaise. Il n'avait même pas sourcillé.

– Admettons un instant que vous dites la vérité, dit-il enfin.

– Admettons, approuva Jay.

– Admettons que je dirige l'opération coyote dont vous parlez. Ça m'assure d'énormes rentrées d'argent. Pourquoi mettrais-je le feu à la poule aux œufs d'or ?

– Vous vous apprêtiez à déménager le foyer de toute façon, avança Cruz. Et vous aviez aussi d'autres chats à fouetter, pas vrai ?

– Par exemple ?

– Par exemple Harry Plaque Chauffante.

– Qui ?

– Onze personnes sont mortes dans l'incendie, dit Jay. Neuf bébés, la femme qui s'occupait d'eux, et un Blanc d'une cinquantaine d'années retrouvé dans la cage d'escalier. Ça a pris du temps, mais on a fini par l'identifier. Il s'appelait Harry Radborne. Un incendiaire professionnel.

– On le surnommait Plaque Chauffante à cause de la méthode qu'il employait pour mettre le feu, précisa Cruz. Il déposait une boîte pleine d'essence sur une plaque chauffante, et il s'en allait tranquillement. Du travail vite fait, bien fait.

– Eh alors ? fit MacDonald avec un haussement d'épaules. Un pyromane meurt brûlé dans l'incendie qu'il déclenche. C'est plutôt poétique comme justice.

– Il était mort avant le début de l'incendie, dit Cruz. On lui avait défoncé le crâne à coups de marteau. D'après le médecin légiste, le meurtre avait eu lieu ailleurs. On a transporté son cadavre dans la cage d'escalier.

– Et, bien sûr, c'est moi qui l'y ai mis ? C'est à dormir debout, Mr. Cruz. (Il reprit son couteau et sa fourchette.) Revenez quand vous aurez des preuves plus solides.

Et il reprit son repas.

Jay s'empara du poivrier, le dévissa, et versa le contenu dans l'assiette de l'avocat. MacDonald reposa ses couverts avec un soupir.

– Regardez ce que vous avez fait. Vous avez gâché un excellent poulet à la framboise.

– Et vous, vous avez assassiné onze personnes.

– Allez vous faire foutre, miss Fletcher, vous et votre moricaud.

Son ton n'avait pas changé. A côté d'elle, Jay sentit Cruz se raidir.

– Vous passez des menaces de procès aux injures racistes en moins de deux minutes, ricana Jay. Seriez-vous nerveux, Brian ?

– Pas du tout.

Mon œil !

– Et pourtant vous êtes toujours là. Vous continuez à discuter.

– Il se pourrait que j'apprécie les joutes intellectuelles.

– Je croyais vous avoir entendu dire qu'il n'y avait pas d'« il se pourrait », en droit.

Ce fut au tour de Jay de s'adosser confortablement. Il y eut un long silence.

– Avez-vous quelque chose à ajouter ? demanda enfin MacDonald. Sinon, vous feriez mieux de partir.

– Oui, une question.

– Je vous en prie.

Le coup de grâce.

– Pourquoi Harry Plaque Chauffante vous faisait-il chanter ? A cause de l'opération coyote ou à cause de l'incendie de votre résidence secondaire ?

Les phares de la Cherokee trouaient la nuit. Cruz et Jay fonçaient vers Santa Fe. Il faisait froid malgré le chauffage, et Jay était recroquevillée contre la portière.

– Tu crois vraiment que ça a marché ? questionna Cruz.

Il coula un œil vers Jay. Elle semblait cadavérique dans la faible lueur du tableau de bord, mais ses yeux étincelaient de triomphe.

– Je veux ! répondit-elle. Tu ne verras jamais un avocat paniquer davantage que ça.

– En partant, je l'ai vu se servir un verre de vin. Il n'avait pas l'air de paniquer.

– Je l'ai accusé de meurtre. Il est avocat et il a le bras long, tu l'as dit toi-même. S'il était un tant soit peu innocent, il aurait déjà porté plainte, et on serait en train de répondre à l'interrogatoire serré du procureur.

– Ça peut encore arriver, dit Cruz, inquiet.

– Ça m'étonnerait. Je te parie que, dix secondes après notre départ, ce fumier sautait sur son téléphone cellulaire pour appeler à l'aide. Il est dans le collimateur, et il le sait. C'est une ordure visqueuse doublée d'un raciste ; il ne plongera pas tout seul.

– Qu'est-ce que tu crois qu'il va faire ?

– Essayer de faire intervenir ses relations. Ensuite il va se croiser les bras et réfléchir.

– Et après ?

– On recevra un appel de lui nous proposant un marché s'il balance ses petits copains... y compris notre ami Bingham de Los Alamos.

– Je ne comprends toujours pas comment tu as fait le lien, dit Cruz d'un air perplexe.

Il vaut mieux que tu ne le saches pas.

– C'était ton idée, répondit Jay. Depuis le début, tu prétends qu'il y a un lien entre les quatre incendies. Appelle ça de l'intuition de flic.

Il a suffi de se glisser dans des bases de données confidentielles. Dossiers médicaux, comptes bancaires, annuaire confidentiel de Los Alamos... ça, c'était un délit fédéral. Un de plus.

– Bon, voyons voir... Bingham et l'autre type de Los Alamos – Lowenthal – investissent leurs économies dans Armada.

– Et tout ce qu'ils ont réussi à emprunter, ajouta Jay. Lowenthal avait trois hypothèques sur sa maison. Bingham a vendu sa collection de tapis... avant l'incendie de sa baraque.

– A la suite de mauvais investissements, MacDonald se retrouve dans la panade, Armada plonge, alors il fout le feu à sa résidence secondaire pour toucher l'argent de l'assurance.

– Il met la pression sur Lowenthal et Bingham. Soit ils apportent de l'argent frais, soit ils plongent avec lui. Il leur propose les services de Harry Plaque Chauffante ; ils acceptent, mais Plaque Chauffante devient gourmand et fait chanter MacDonald.

– Doux Jésus ! s'exclama Cruz. Quel sac de nœuds. Oui, fit-il après réflexion, mais ça n'explique pas Symington. En quoi est-il mêlé à tout ça ?

– C'est le pigeon, expliqua Jay. Cette histoire d'HIV tombait à pic pour Bingham. Vu sa position, il n'a pas eu de mal à apprendre la boulette de Symington. Ça faisait de lui le coupable idéal : il avait le mobile et l'opportunité. Sauf qu'en réalité il n'avait aucun mobile. Los Alamos a versé une indemnité pour licenciement abusif et ça s'est arrêté là. Bingham a quand même manœuvré pour que les soupçons retombent sur Symington. Plaque Chauffante a changé sa technique pour les incendies de Santa Fe. Il s'est servi de préservatif. Ça désignait Symington, et les autres semblaient hors du coup. Ils se sont même arrangés pour que l'incendie chez Symington ne fasse que des dégâts mineurs. Ça le rendait encore plus coupable.

– Pourquoi ai-je cette désagréable impression que tu as fouillé dans des endroits où tu n'aurais pas dû mettre le nez ? demanda Cruz. Rien de tout ça ne figure dans les dossiers officiels.

Petit futé.

– On n'est pas obligé de s'en servir comme pièce à conviction, sourit Jay. D'ailleurs, on n'en aura pas besoin maintenant. Ils sont aux quatre cents coups. Ça va être à celui qui se dégonfle le premier.

– Quand même..., fit Cruz, pas vraiment rassuré.

– Allez, Cruz, c'est l'exemple même où la fin justifie les moyens.

Cruz laissa tomber.

Vingt minutes plus tard, ils atteignaient Santa Fe ; Cruz déposa Jay devant la maison au bord du ravin. Épuisée par sa folle journée, elle commença à se déshabiller à peine entrée et faillit ne pas remarquer la lumière qui clignotait sur son ordinateur pour signaler qu'un message en ligne l'attendait. Jetant sa jupe et son chemisier sur le dossier du canapé, elle traversa le salon dans le noir et s'assit devant son ordinateur en soutien-gorge et petite culotte. Elle pianota sur le clavier pour appeler le message.

– Doux Jésus ! souffla-t-elle. Ça marche.

Le message était un rappel de la traque qu'elle avait effectuée sur l'aiguillage pour atteindre le tableau d'affichage de Spécial K. D'après ce qu'elle avait sous les yeux, l'opérateur du système utilisait des mesures de sécurité presque aussi complexes que le programme du CERT qu'elle avait chargé depuis Carnegie-Mellon. A mi-chemin de la traque, le système d'alarme de Spécial K. s'était déclenché et le tableau d'affichage s'était éteint de lui-même, annulant les recherches. Le programme CERT n'avait pas réussi à établir le numéro de téléphone complet de l'appel d'entrée dans le tableau d'affichage, mais il avait trouvé l'indicatif régional et les trois permiers chiffres : (413) 637...

Jay passa sur le CD-ROM, introduisit le disque des Renseignements téléphoniques et tapa les six chiffres. Elle obtint ainsi le code postal du mystérieux correspondant : 16057. Jay contempla l'écran lumineux d'un air perplexe.

– Où peut bien se trouver Slippery Rock en Pennsylvanie ? demanda-t-elle à haute voix.

Et qui peut bien être le tueur qui s'y cache ?

17

Le lendemain matin, peu après neuf heures, William Hawkins franchit la frontière canadienne à Blaine, dans l'État de Washington, direction Vancouver, en Colombie-Britannique. La première chose qu'il remarqua fut l'absence totale de panneaux d'affichage le long de la route, la seconde l'ignorance des Canadiens en matière de limitation de vitesses. A part cela, il n'y avait pas de différence entre les deux pays, sinon que les distances et la vitesse étaient affichées en kilomètres.

Après avoir roulé une vingtaine de minutes dans un delta qui lui rappelait vaguement la Louisiane, Hawkins vit la route à six voies se rétrécir soudain pour entrer sous le Deas Tunnel qui devait lui faire franchir la Fraser. Il émergea dans la ville-dortoir de Richmond et découvrit au loin Vancouver, adossé aux Rocheuses canadiennes qui scintillaient au soleil comme dans un conte de fées.

D'après sa carte routière, Vancouver s'étendait sur une large langue de terre prise entre le bras droit de la Fraser, qu'il devait encore franchir, et la crique de Burrard, un fjord étroit qui s'élargissait en débouchant dans la mer. Les montagnes se dressaient derrière la crique.

On franchissait le bras droit de la Fraser par une succession de ponts et d'intersections en trèfle dont la moitié correspondait à des routes allant vers l'aéroport, l'autre offrant divers itinéraires pour rejoindre Vancouver. D'après l'adresse que la sœur lui avait donnée, John Prentice habitait dans une banlieue appelée Point Grey, au nord de l'université et à quelques rues d'une plage.

Après s'être débattu avec les panneaux indicateurs incohérents qui enjambaient la route, Hawkins trouva finalement la bonne bretelle et déboucha dans South West Marine Drive, une étroite route sinueuse bordée de haies et de hauts murs d'enceinte dont la présence n'aurait pas été déplacée à Beverly Hills. A gauche, les maisons se dressaient sur une falaise qui surplombait la Fraser, et au-delà de la rivière s'étendait l'aéroport. En se fiant à son sens de l'orientation, pourtant bien développé, Hawkins pensait se diriger vers le nord, mais il apprit rapidement que les panneaux indicateurs de Vancouver ignoraient singulièrement la précision.

Deux kilomètres plus loin, la route s'élargit et les maisons cédèrent le pas à des massifs fournis de cèdres et de pins. Quelques minutes plus tard, la route se rétrécit de nouveau en longeant le périmètre du campus de l'université. Hawkins finit par trouver une route qui descendait vers l'océan. Il s'arrêta près d'une plage pour consulter sa carte et trouva enfin l'adresse que lui avait donnée sœur Celandine.

Prentice habitait dans une rue transversale, à mi-chemin d'une colline escarpée. Le quartier était un curieux mélange de petites villas victoriennes, de maisons rustiques à deux niveaux et de constructions ultramodernes en acier et verre dont les murs extérieurs en plâtre étaient peints dans différents tons de saumon ou de bleu pâle. La maison de Prentice possédait une modeste entrée sur rue, et l'arrière sur pilotis donnait dans une étroite allée sinueuse.

Hawkins descendit de voiture et alla sonner à la porte. Bien qu'ayant longuement réfléchi pendant le trajet à ce qu'il dirait à Prentice, il ne savait toujours pas comment l'aborder. N'obtenant pas de réponse, il sonna une seconde fois et, au bout de quelques secondes, il entendit des pas racler le plancher. La porte s'ouvrit lentement. Hawkins se retrouva nez à nez avec un garçon de dix-huit ou dix-neuf ans, un Vietnamien ou un Cambodgien au teint olivâtre dont la peau soyeuse aurait pu être celle d'une fille. Il avait de très longs cheveux de jais, portait un pantalon blanc en soie hypermoulant et une chemise d'un vert éclatant ornée d'un dragon qui descendait par-dessus son épaule et lui barrait la poitrine.

– Je cherche John Prentice.

– *Toï khong hieu*, répondit le garçon en haussant les épaules, un sourire aux lèvres.

Hawkins reconnut la phrase ; c'était l'une des premières qu'il avait apprises à Saigon : « Je ne comprends pas. » Il se creusa la mémoire pour se rappeler ses rudiments de vietnamien.

– *John Prentice dau ?*

– *Khong day, khong day*, dit le garçon en hochant la tête et il s'apprêta à refermer la porte. (« Il n'est pas là. »)

– *Dau ?* demanda Hawkins, et il retint la porte d'une main.

– Plage, dit le garçon d'un air effarouché. (Il porta les mains devant son visage et mima le geste d'un photographe.) *Chup hinh. Xi ne, xi ne.*

Chup hinh signifiait photographie, mais que pouvait bien vouloir dire *Xi ne* ? Soudain, Hawkins comprit. *Xi ne* dérivait du français ciné. *Xi ne, ciné.* Prentice prenait des photos sur la plage.

Hawkins sourit, lâcha la porte, et remercia le garçon.

– *Cam on ong.*

Le garçon s'inclina et répondit avec une politesse égale, malgré une nervosité toujours aussi grande :

– *Khong co gi.*

Il referma la porte sans bruit. Hawkins s'éloigna puis s'arrêta. En se retournant, il vit le rideau de la fenêtre s'entrouvrir d'un pouce. Le garçon le surveillait. Abandonnant sa voiture, Hawkins descendit vers la plage.

Arrivé en bas de la colline, il traversa la route, s'arrêta dans une épicerie-buvette-poste de sauvetage, et acheta un café qu'il but en route. Le gobelet de plastique à la main, il surveilla du coin de l'œil si quelqu'un utilisait une caméra vidéo. Il n'y avait pas foule sur la plage, mais elle n'était pas déserte non plus.

Une escouade du troisième âge en survêtement satiné aux couleurs criardes pratiquait le tai-chi sous l'œil attentif d'un vieux sage chinois, des adolescents jouaient au Frisbee au bord de l'eau, poursuivis par un setter irlandais au cou affublé d'un foulard, et, éparpillés sur le sable, des hommes et des femmes en maillot de bain se faisaient rôtir au soleil.

Une dizaine de tankers et de cargos mouillaient au large, et les flancs boisés des montagnes se dessinaient derrière eux dans le lointain. Les gratte-ciel de la ville se découpaient à l'extrémité de la crique, foisonnement de verre teinté, de ciment pastel, version miniature et plus attrayante de Los Angeles ou de Houston.

A intervalles réguliers au-delà de la ligne de marée haute, des rondins de cèdre servaient de coupe-vent. Perché sur l'un de ces rondins, un homme filmait les garçons qui jouaient au Frisbee. Hawkins s'arrêta à l'ombre d'un arbre pour le regarder.

La quarantaine, vêtu d'un pantalon flottant bleu foncé et d'un T-shirt qui soulignait les muscles de ses épaules, il pratiquait à l'évidence le culturisme. Son cou épais supportait une large tête léonine. Ses cheveux blond gris étaient noués en queue de cheval. Ce n'était pas, loin de là, l'image que Hawkins se faisait d'un prêtre défroqué.

Et il filmait des gambades d'adolescents.

Hawkins sortit de l'ombre, s'aventura sur la plage et s'approcha de l'homme à la caméra.

– John Prentice ?

L'homme pressa sur le bouton arrêt et dévisagea Hawkins.

– Nous nous sommes déjà rencontrés ? demanda-t-il d'un ton qui, sans être suspicieux, n'avait rien d'amical.

– Non. Vous ne me connaissez pas. Je m'appelle Bill Hawkins. Je suis passé chez vous. Votre... ami m'a dit où vous trouver.

– Kim ? sourit Prentice. Il faut vraiment que son anglais se soit amélioré. Je suis très étonné que vous m'ayez trouvé.

– Je baragouine le vietnamien, expliqua Hawkins.

– Ah ?

Le ton de Prentice s'était durci. Il n'y avait pas mille raisons pour qu'un Américain de l'âge de Hawkins connaisse ne serait-ce qu'un mot de vietnamien.

– Vous avez fait l'armée ?

– J'étais dans la police militaire... à Saigon.

– C'est là que vous avez perdu un œil ? demanda Prentice avec une moue imperceptible.

– Non, répondit calmement Hawkins. Ça, c'était en allumant un barbecue. Je n'avais pas bien lu les instructions.

– Que me voulez-vous, Mr. Hawkins ? La guerre est finie et il y a eu une amnistie pour les réfractaires et les déserteurs.

– Vous n'étiez ni l'un ni l'autre.

– Non, en effet.

– Vous étiez prêtre.

– Vous semblez être bien informé sur mon compte, Mr. Hawkins. Je ne suis pas sûr que ça me plaise.

Prentice déposa avec précaution la caméra sur les rondins polis par la mer. Ses biceps étaient plus gros que les mollets de Hawkins.

– Je viens de Bellingham, expliqua Hawkins. J'ai vu votre amie sœur Celandine. Elle vous souhaite le bonjour, à propos.

Prentice s'empourpra. Il était prompt à s'enflammer. Savait-il aussi contrôler sa colère ?

– Venez-en au fait, Mr. Hawkins.

– Il s'agit de Ricky Stiles, dit benoîtement ce dernier.

Le sang reflua des joues de Prentice aussi vite qu'il était apparu. Il serra les poings, et les muscles de son cou se raidirent. Puis il se détendit et posa tranquillement les mains sur ses cuisses.

– Je vous écoute, dit-il.

– Vous l'avez connu au centre de rééducation de Saint-Vincent, sur Anderson Island. Vous vous êtes lié d'amitié avec lui.

– A Saint-Vincent, Mr. Hawkins, il valait mieux se faire des amis. Ce n'était pas un endroit particulièrement chaleureux.

– Oui, j'ai cru comprendre. D'après ce qu'on m'a dit, Mgr Pozniak était la cause de l'hostilité ambiante.

– La compassion n'était pas son fort. (Prentice parut réfléchir.) Qui êtes-vous exactement, Mr. Hawkins ? Et pourquoi Ricky Stiles vous intéresse-t-il tant ? Tout cela est si loin !

– Je suis écrivain, Mr. Prentice. D'autre part, il n'y a pas de prescription pour un meurtre.

– Qu'insinuez-vous ?

– Ricky Stiles a assassiné Mgr Pozniak, puis il a jeté son corps dans l'océan.

– Pozniak s'est noyé.

Hawkins ignora le commentaire.

– Le lendemain du meurtre, vous avez permis à Stiles de prendre votre moto, et vous l'avez laissé partir de Saint-Vincent. Il a disparu.

– Il a pris la moto sans me demander la permission.

– Ce n'est pas ce que m'a affirmé sœur Celandine. En outre, vous n'avez pas signalé le vol à la police de Steilacoom, ni au shérif de Pierce County, ni à la police de la route.

Prentice hésita.

– Je ne voulais pas lui attirer d'ennuis.

– On pourrait vous accuser de complicité de meurtre.

– La mort de Monseigneur n'a jamais été classée comme un homicide. C'était une noyade.

– Je ne pensais pas à Pozniak.

La réponse prit Prentice de court, et Hawkins avait été flic suffisamment longtemps pour distinguer l'effarement authentique d'une surprise feinte.

– Je ne comprends pas, dit l'ancien prêtre.

– Je parlais de votre sœur, Carol.

Prentice parut abasourdi.

– Quel rapport entre Carol et Ricky Stiles ? demanda-t-il, et là encore il semblait sincère.

– Vous n'avez jamais fait le rapprochement ?

– Ma sœur a été assassinée par un type avec qui elle couchait. On n'a jamais retrouvé son meurtrier.

– Moi, si. C'était Stiles.

Le culturiste se décomposa sous les yeux de Hawkins.

– Dieu du ciel ! s'exclama-t-il. Vous en êtes sûr ?

– Absolument, assura Hawkins. Il était à Berkeley avec votre Indian et il se faisait appeler le Motard. J'ai l'impression qu'il a vécu quelque temps aux crochets de votre sœur avant de l'assassiner.

Le regard de Prentice se perdit vers la mer et les montagnes lointaines.

– On ne pouvait pas me joindre à l'époque, dit-il d'une voix paisible. J'étais au Canada et en Europe ; je n'ai appris le meurtre qu'un an plus tard.

Il se retourna vers Hawkins. Vidés de leur dureté, ses yeux brillaient de larmes. Il respira profondément avant de poursuivre.

– Nous n'étions pas très proches à l'époque, mais j'avais toujours cru...

Il laissa sa phrase en suspens.

– Que cela viendrait avec le temps ? suggéra Hawkins.

– Oui, j'imagine.

– Je sais ce que vous ressentez, déclara Hawkins.

C'était vrai ; il avait eu la même impression avec son propre père, mais lorsqu'il avait compris le sentiment qu'il éprouvait pour lui, son père était déjà mort.

Les deux hommes s'assirent sur les rondins et restèrent un instant silencieux. Sur la plage, les joueurs de Frisbee avaient disparu dans la réverbération aveuglante. Au loin, à l'entrée de la crique, la silhouette massive d'un cargo grossissait lentement.

– Et Stiles ? questionna Hawkins.

– Oui ?

– Quel genre de relation entreteniez-vous avec lui ? Quelle raison avait-il de tuer votre sœur ?

– C'est important ? Ou c'est juste pour étoffer le roman que vous écrivez ?

Un soupçon de froideur teintait de nouveau la voix de Prentice.

– Non, c'est important, assura Hawkins. Pozniak et Carol ne sont que les premiers d'une série.

– Bonté divine ! souffla Prentice. J'ignorais.

– Alors, Stiles ? insista doucement Hawkins.

– Il était incroyablement intelligent, dit Prentice après un silence. Il possédait un génie brut, non dégrossi. Il était brillant dans le sens premier du terme... il resplendissait. (Prentice hocha la tête d'un air las.) Exactement le genre que Mgr Pozniak abhorrait. Il ne marchait pas à la baguette, il ne se laissait pas intimider.

– Monseigneur l'a choisi comme bouc émissaire ?

– Oui, du jour où il l'a vu. Ricky Stiles était un rêve devenu réalité, un véritable cauchemar ambulant pour Mgr Pozniak.

– Expliquez-vous.

– Il avait tout, la beauté et l'intelligence.

– Stiles était beau ? s'étonna Hawkins.

La pensée le troubla. Dans son esprit, le Glacier avait toujours été une ombre, un être sans visage. Désormais, il devenait réel.

– Aussi beau qu'intelligent, confirma Prentice.

– Et Pozniak le voulait ?

– Oui.

– Mais Ricky refusait de jouer le jeu.

– Exact. Pire, même, il défendait les autres enfants. Il rendait Pozniak marteau.

– Ainsi, les rumeurs sur les agissements de Pozniak sont fondées ?

– Hélas oui. (Prentice serra de nouveau les poings, puis les reposa sur ses cuisses d'un geste impuissant.) Seule la peur retenait Monseigneur de maltraiter Stiles. Il savait qu'il pouvait être très violent. Il savait de quoi il était capable si on le poussait trop loin.

– Étiez-vous au courant des penchants de Pozniak à l'époque ?

– Il n'y avait aucune preuve, mais je m'en doutais. Stiles était venu me voir pour que j'intervienne en faveur d'un garçon.

– Que lui avez-vous répondu ?

– La vérité, fit Prentice avec un haussement d'épaules. La vérité, ou du moins telle que je la percevais à l'époque. Je ne pouvais rien faire. Je venais d'être ordonné seulement deux ans auparavant. Je n'étais qu'un prêtre. Pozniak était connu et bien considéré, en tout cas en dehors de l'Église. Il avait un pouvoir énorme. Oh, Seigneur ! siffla-t-il. J'aurais dû faire quelque chose. N'importe quoi, mais quelque chose !

– A propos du garçon que Stiles voulait protéger...

– Oui ?

– Stiles était-il son amant ?

– C'est possible. Oui, j'imagine. Il y avait environ deux cents garçons à Saint-Vincent. Ce genre de choses était inévitable.

– Stiles était-il homo ?

– Ricky était homo, bi ou hétéro selon ses désirs. Il avait cette qualité de refléter ce qu'il voulait en fonction de ce que souhaitait l'autre.

– Et vous ?

– Je ne comprends pas.

– Stiles et vous. Aviez-vous une relation homosexuelle avec lui ?

La question était difficile à poser, et sans doute encore plus à entendre. Mais Prentice n'hésita pas.

– Non, répondit-il d'un ton ferme.

– L'auriez-vous souhaité ?

– Je ne vous mentirais pas. Oui, cela m'est venu à l'esprit.

– Mais vous n'avez rien fait ?

– Non.
– Avec les autres garçons non plus ?
– Non, soupira Prentice.

On devinait une blessure profondément enfouie. Saint-Vincent avait sans doute été une tentation douce amère pour quelqu'un comme Prentice, un jeune prêtre doutant de sa foi comme de sa sexualité.

– Stiles savait-il que vous étiez homo ?

Prentice s'esclaffa. Un rire sec qui claqua comme de vieux os qui se brisent.

– Je ne savais pas moi-même si j'étais homo ou pas, Mr. Hawkins. Je peux vous citer une flopée de thérapeutes qui vous le confirmeront.
– Avez-vous jamais parlé à Stiles de Carol ?
– Je lui en ai peut-être glissé deux mots.
– Vous lui aviez dit qu'elle s'inscrivait à Berkeley ?
– C'est possible.
– Qu'est-il arrivé à l'autre garçon ? Le petit ami de Stiles.
– Il s'est suicidé... Il s'appelait Paul, comme l'apôtre.
– Croyez-vous que Stiles vous ait jugé responsable de sa mort ? Parce que vous n'aviez rien fait quand il vous a demandé de l'aide.
– Je me sens encore responsable, Mr. Hawkins. A l'époque, c'était même pour ça que j'avais laissé Stiles prendre ma vieille Indian. C'est une des raisons qui m'ont fait quitté la prêtrise.

Il porta soudain la main à son cœur comme si une ancienne douleur venait de se réveiller.

– Ainsi, il s'est donc vengé. Il a assassiné votre sœur.

C'était une hypothèse vraisemblable, la seule qui collait avec les faits.

– Vous connaissiez Ricky Stiles, n'est-ce pas ? Était-il capable d'une chose pareille ?
– Oui, sans aucun doute.

Il n'y avait rien à ajouter. Hawkins posa une main secourable sur l'épaule de Prentice, puis se retourna et s'éloigna. Prentice l'arrêta.

– Vous êtes en voiture ? lança-t-il.
– Oui, pourquoi ?
– Où êtes-vous garé ?
– Devant chez vous.
– Dans ce cas, je vous raccompagne. (Prentice ramassa sa caméra et descendit du rondin.) Je voudrais vous montrer quelque chose. Ça pourrait vous aider.
– Quoi donc ?
– Une photographie... de Ricky.

Assis au volant de sa voiture de location, le Glacier regarda Bill Hawkins monter dans son véhicule et redescendre la rue. Son vieil ami frère Pédale resta encore quelques minutes sur le trottoir avant de rentrer chez lui. Le chasseur et sa proie s'étaient enfin rejoints, mais qui chassait qui ? La traque électronique de Hawkins avait conduit le Glacier jusqu'à Ritchie et à sa maison de Berkeley, désormais transformée en charnier sanglant, mais le borgne, cette ordure, avait aussi réussi à remonter jusqu'à Anderson Island et Saint-Vincent. Le Glacier était arrivé trop tard pour coincer Hawkins à Bellingham, mais le voyage à Vancouver et la visite de ce pédé de John prouvaient que le flic avait parlé à sœur Celandine. En repensant à elle, le Glacier ressentit un pincement au cœur ; il revit l'étonnement sur le visage de la nonne tandis qu'il la défigurait à coups de chaîne. Il se souvint de la joie ineffable qu'il avait ressentie en découvrant son nouveau pouvoir. C'était si loin ! Le tout début. La source.

Le Glacier avait vu l'enveloppe qu'emportait Hawkins en sortant de chez Prentice, et il avait deviné ce qu'elle contenait. Le vieil article de journal, la photo du *Berkeley Barb*. Le Glacier avait certes vu Hawkins, mais c'était un prêté pour un rendu... Hawkins avait vu le Glacier. Il faudrait désormais agir... et vite.

Mais pas encore.

Le Glacier contempla la maison presque miteuse. Si le jeune Viet qu'il avait repéré signifiait quelque chose, c'était que frère John étalait enfin ses goûts au grand jour. Le Glacier essaya d'imaginer l'intérieur de la maison. Une moquette blanche et un lit circulaire avec des draps de satin noir ? Le jeune Viet en tablier affriolant apportant une tasse d'infusion à son cher John ? Petit cul serré et cuisses bronzées, soyeuses et imberbes. Petits cris délicats, bite maigrelette et passion à l'eau de rose.

Se sentant bander lui-même, le Glacier chassa vivement ces pensées et se força à se rappeler Saint-Vincent. Le plancher qui grinçait au milieu de la nuit, les lits en fer, et le frou-frou de la robe de Pozniak traversant le dortoir, sa grosse lampe torche à la main. Les murmures.

Agrippé au volant, le Glacier s'efforça de tout oublier. Oublier qui il était et d'où il venait. Seul l'instant présent existait. Il laissa la souffrance l'envahir, gronder en lui comme un orage. Accordons-leur une heure ou deux. Attendons la nuit. Attendons que la bête se réveille.

La décision n'avait pas été facile à prendre, et Jay n'était toujours pas sûre qu'elle fût la bonne. Assise derrière le bureau de Cruz, elle contempla l'enveloppe blanche qu'elle avait coincée sur le clavier de son ordinateur. Cruz était chez le general attorney avec qui il préparait l'acte d'accusation contre MacDonald et ses complices. Il ne rentrerait sans doute pas à son bureau si tard dans la nuit, mais Jay ne voulait pas risquer de tomber sur lui. Pas maintenant. Il était temps de partir.

Elle resta cependant où elle était et alluma une cigarette. La question de Symington et de son implication dans la série d'incendie avait été résolue, du moins en théorie. Cruz et l'armée de procureurs du capitole finiraient par arracher les aveux de MacDonald. Pour l'instant, ce n'était pas le plus important. Jay avait de plus gros poissons à faire frire. Si elle avait aimé le mélo, elle aurait dit que le destin l'appelait.

Fous le camp avant de changer d'avis. Fous le camp avant de te dégonfler.

Elle tira longuement sur sa cigarette. Elle avait passé la moitié de la nuit à échafauder des plans, dont un dans lequel elle mettait en scène sa propre mort, laissant des indices qui accusaient MacDonald. Au lever du soleil, elle avait même imaginé comment s'extraire assez de sang pour en arroser l'intérieur de la voiture qu'on lui avait prêtée. Elle avait aussi pensé à y laisser une chaussure pour que les gars du labo aient la preuve qu'elle avait bien explosé avec le véhicule.

Dément. Et pire... définitif. On peut revenir de vacances, mais pas de l'au-delà. Ainsi, elle aurait au moins une chance. Une fuite possible, une porte de sortie qui se rétrécit avec le temps comme l'obturateur d'un appareil photo.

La lettre pour Cruz était facile à comprendre et assez crédible, vu les circonstances. Elle avait organisé le système informatique de base pour le Service d'investigation des sapeurs-pompiers, mais son bannissement du FBI l'avait minée. Elle était dépressive. Elle avait besoin de s'éloigner pour réfléchir. Pour se retrouver. Pour être sûre de ce qu'elle voulait faire de sa vie. Tout cela était vrai. Ou presque. Elle en vint à penser à la psy qu'elle avait vue avant de partir. C'était peut-être l'issue. Un cabinet sombre, de jolies plantes vertes, des confessions sincères. Un nettoyage de l'âme. Une issue facile.

Foutaises.

Il lui restait plus d'un mois de congé-maladie et de vacances ; elle le prendrait, qu'on le veuille ou non. Si Charlie Langford, ou un autre à Washington, n'appréciait pas, tant pis. Elle avait besoin de prendre des distances. Mais elle restait en contact, promis.

Elle écrasa sa cigarette. Il était vraiment l'heure de partir. Sa décision n'était peut-être pas logique, mais peu importe. Elle reporta son regard sur la fenêtre, à l'autre bout de la pièce. Le soleil se levait et le bourdonnement du trafic résonnait faiblement. Le monde extérieur. Un monde dont elle ne faisait plus partie. Comme un personnage de ses livres d'enfant, elle avait traversé le miroir, était entrée dans un placard munie de l'amulette magique, et en était ressortie métamorphosée. Qu'est-ce qui l'avait changée au juste ? La colère, peut-être, ou la culpabilité. Après tout, elle avait de quoi se sentir coupable. Car, si elle avait réussi à convaincre les braves gens de Tomahawk autrefois, Bobby Robson aurait dormi en prison cette nuit du 4 juillet 1976, au lieu de célébrer le Bicentenaire en étranglant Kimberly Sue Strzoda parce qu'elle se refusait à lui.

Jay feuilleta l'agenda de Cruz, trouva l'adresse de la compagnie de taxis et composa le numéro.

18

Hawkins était dans le bureau du lieutenant Stanley Talman, chef de la Criminelle de Berkeley. La pièce était à peine assez grande pour un bureau, deux chaises et une rangée de classeurs métalliques. Accrochée au mur, derrière le lieutenant, une photographie en couleurs représentait Talman en maillot de bain assis à la proue d'un voilier, une blonde en bikini pelotonnée contre lui. Au loin, on apercevait le Golden Gate Bridge. Sur la photo, le policier, l'air hagard, avait encore tous ses cheveux et la taille svelte.

– J'aimerais bien savoir ce que vous fabriquez, tonna Talman.

– Je vous l'ai dit, soupira Hawkins. Je farfouillais dans une vieille affaire de meurtre de 1968. Perry Goddard m'a donné un coup de main. C'est pas plus compliqué que ça.

– Rien n'est jamais simple, grogna Talman.

Sur le bureau, devant lui, il y avait un gobelet de café en plastique avec son couvercle, un flacon de Maalox, et un cendrier plein de mégots. Durant les vingt dernières minutes, Talman avait grillé une dizaine de cigarettes à faible teneur en goudron et bu des rasades de café entrecoupées de gorgées de Maalox.

– Avant de parler au frère de Carol Prentice, à Vancouver, je croyais que Thomas Ritchie était un témoin secondaire.

– Oui, mais maintenant, il est mort, et sa femme aussi. Vingt-quatre heures après que vous les avez quittés.

Talman alluma une autre cigarette. La pièce était déjà largement enfumée.

– Avec une batte de base-ball, reprit le lieutenant. Comme pour la jeune Prentice.

Il ôta la cigarette de ses lèvres et avala bruyamment une gorgée de café. Hawkins grimaça. Le café avait dû refroidir. L'estomac du bougre devait être une véritable fabrique d'ulcères.

– C'est un message, dit Hawkins.

– Destiné à qui ? A vous. A moi ? A Perry Goddard de mes deux ? Au pape ?

– Peu importe.

– Ça n'a pas de sens.

– Je suis bien d'accord.

– Ce gugusse zigouille Carol Prentice en 1968, puis il revient plus de vingt-cinq ans plus tard et démolit Ritchie et sa femme exactement de la même façon.

– Eh oui.

– Ça n'a pas de sens, répéta le lieutenant, et il dévisagea Hawkins à travers un écran de fumée. Vous croyez que c'est ce Stiles ?

– J'en suis sûr.

– Mais vous affirmez aussi qu'on ne trouvera rien sur lui dans aucun fichier informatique, c'est ça ?

– C'est ça.

– Vous êtes en train de m'expliquer que ce mec est un magicien.

– Je ne vous explique rien, lieutenant. C'est vous qui m'avez convoqué, vous vous en souvenez ?

– Vous êtes revenu à Berkeley à cause de la photo, c'est ça ?

– C'est ça.

– Laissez-moi y rejeter un coup d'œil.

Hawkins sortit de sa poche la coupure jaunie que John Prentice lui avait donnée à Vancouver. Elle avait été découpée dans le numéro du *Berkeley Barb* du 12 avril 1968, et montrait la photo de deux jeunes gens courant gaiement au-devant de l'objectif. Ils étaient poursuivis par une demi-douzaine de policiers en tenue de combat. La légende disait : « Les manifestants sèment les Pigs[1] dans le parc. » D'après Prentice, le garçon de gauche était Ricky Stiles. Celui de droite n'était autre que Thomas Ritchie. Stiles avait envoyé la coupure de presse à Prentice, à la clinique pour réfractaires de Vancouver, où il l'avait reçue vers mai ou juin. Stiles avait ajouté un mot de sa main : « Déjà célèbre, pour le meilleur ou pour le pire. »

Hawkins tendit la coupure à Talman. Le policier regarda la photo en tirant sur sa cigarette.

– C'est le Motard de l'affaire Prentice ? demanda-t-il.

1. Littéralement, les cochons. C'est ainsi que les gauchistes américains des années 60 surnommaient les policiers. *(N.d.T.)*

– C’est en tout cas ce que m’a certifié le frère de Carol.

– Bon Dieu de merde, Ritchie n’avait jamais dit qu’il le connaissait.

– Il a rencontré Carol en juin ; cette photo date d’avril. Ritchie et Stiles se connaissaient avant de rencontrer Carol Prentice. Ritchie a menti.

– Son mensonge ne lui a pas profité, dit Talman. Vous permettez que j’en fasse une photocopie ?

– Je vous en prie.

Talman quitta le bureau et reparut quelques minutes plus tard avec plusieurs photocopies de la coupure de presse. Il en offrit une à Hawkins. Grâce à la photocopieuse, Talman avait agrandi le cliché de deux fois sa taille originale ; désormais, on reconnaissait clairement Ritchie.

– Je me suis dit que vous aimeriez en avoir une, dit Talman.

– Merci.

Talman étudia longuement Hawkins.

– Vous êtes sûr que le Bureau n’est pas impliqué dans cette affaire ? Je n’empiète pas sur les plates-bandes des Fédéraux ?

– Non, j’agis seul.

– Parfait, fit Talman visiblement soulagé. La vie est assez difficile comme ça... Vous voulez voir le carnage ?

– Ça pourrait m’aider.

– Allons-y.

Lorsqu’ils arrivèrent devant la maison de Stephen’s Way, il n’y avait plus de véhicules de police, ni d’ambulances ni de camions de télévision. Seules des bandes jaunes entouraient la maison du crime comme un paquet cadeau.

– Seigneur ! bougonna Hawkins quand Talman l’introduisit dans l’entrée.

Des éclaboussures brunes maculaient les murs. Une énorme giclée dessinait un arc de cercle sur le mur de gauche, parsemé de gouttelettes de sang séché jusqu’au plafond. Les gars du labo avaient souligné avec des autocollants blancs les taches irrégulières sur le carrelage, et une flèche jaune suivait une traînée de sang qui courait le long du couloir.

– Suivez la ligne jaune, grogna Talman.

Ils traversèrent le couloir et débouchèrent dans le salon. La traînée de sang se prolongeait sur la moquette blanche et débordait jusqu’au centre de la pièce. Une flaque de sang coagulé rouge-brun s’étendait sur le plateau en verre de la table basse.

– On dirait qu’il attendait la femme derrière la porte d’entrée, dit Talman, qui contempla la table basse en allumant une cigarette. Il l’a frappée d’un seul coup de batte. Le médecin légiste affirme que son crâne a éclaté comme un melon. Il l'a ensuite traînée par les chevilles jusqu'au salon et l'a allongée sur la table.

– C'est réfléchi, commenta Hawkins.

Il songeait à la distinction entre un meurtrier qui laisse sa victime sur place et celui qui la dispose en évidence selon un plan connu de lui seul.

– Si vous voulez, dit Talman, sceptique.

Il n'était pas homme à se perdre dans des détails subtils quand il s'agissait d'un crime de sang.

– A-t-elle été mutilée ? interrogea Hawkins.

– C'est pas une question à poser.

– Et Ritchie ?

Talman fit un signe de l'index et conduisit Hawkins sur la terrasse en cèdre, puis lui désigna le ravin. Hawkins ne vit que des feuillages et des traces de branches fraîchement cassées.

– On l'a retrouvé dans le ravin, expliqua Talman. Les genoux éclatés ; pareil pour les bras et les doigts de chaque main. Le type lui avait brisé les dents et le médecin légiste prétend qu'il l'avait étouffé plusieurs fois, sans doute avec de la gaze, puis réanimé. Il l'a achevé à la batte.

– Les blessures sont toutes antérieures à la mort ?

– D'après le toubib, oui.

– Il a été torturé, décréta Hawkins.

– Ça m'en a tout l'air. Quand Stiles en a eu terminé, il est monté prendre une douche. Les gars du labo trouveront peut-être des trucs intéressants. Mais ça prendra du temps.

– Il a dû être effrayé, dit Hawkins, l'œil rivé sur le ravin.

Il retourna dans le salon, suivi de Talman.

– Pourquoi dites-vous ça ? s'étonna-t-il.

– A cause du manque de précautions, expliqua Hawkins, qui jeta un regard circulaire dans le salon. Ça ne lui ressemble pas.

– Le manque de précautions ? Merde, qu'est-ce qu'il vous faut ! ? Il a massacré deux personnes et il s'en tire les doigts dans le nez. En plus, vous dites qu'il n'est fiché nulle part. Vous parlez d'un manque de précautions ! C'est un crime parfait, oui !

– Stiles est dérangé, mais il n'est pas fou. Il n'a pas agi sur un coup de tête. Il était inquiet. C'est ça qui l'a ramené ici après toutes ces années.

– Inquiet pour quoi ?

– A cause de moi. Parce que je farfouillais dans l'affaire Carol Prentice.

– Comment l'aurait-il su ?

– Je l'ignore. Mais il le savait. (Il désigna la pièce d'un geste.) Ça, c'est une mise en scène. En réalité, Stiles est revenu pour effacer ses traces.

– Effacer ses traces ? Merde, ça remonte à près de trente ans.

– J'ai découvert que Thomas Ritchie avait menti. Il connaissait Stiles, ils étaient amis. Il avait peut-être aussi menti pour autre chose. Et c'est cette autre chose qui inquiétait le meurtrier.

– Quoi, par exemple ?

– Je n'en sais rien, mais ça devait être important. Si important que ça a forcé Stiles à sortir de son bois.

– Je ne vois pas, dit Talman.

– Moi non plus. Pas encore. Où est Perry Goddard ?

Talman ricana.

– A sa librairie. Il garde le profil bas. Il a peur que je ne lui vole dans les plumes pour vous avoir laissé consulter le dossier Prentice. Il a peur que je ne lui fasse sauter sa pension.

– Vous voulez que j'arrête de me mêler de cette affaire ? Que je disparaisse ?

– Putain, non ! souffla Talman. La photographie que vous m'avez montrée est ma seule piste. (Il parut hésiter.) Mais je ne tiens pas à me retrouver dans la merde, Hawkins.

– Promis. Je vais avoir besoin de Goddard, et aussi du dossier Prentice.

– Vous comptez vraiment trouver quelque chose dans ce tas de merde ?

– Oui. Quelque chose qui a échappé aux enquêteurs en 1968. Quelque chose qui fout une trouille bleue à Ricky Stiles.

Jay prit un avion pour Pittsburg où elle ne resta que le temps de louer une voiture. D'après les brochures, Pittsburg était un centre culturel international dans la lignée de Paris, ou au moins de Philadelphie, mais Jay découvrit la réalité crue dès que l'avion perça le brouillard gris acier qui enveloppait la ville. Pittsburg salissait le paysage d'une tache sombre et aucun artifice culturel ne pourrait changer ses origines : c'était depuis plus de cent ans une ville d'aciéries et de produits pétroliers. La nuit, les hauts fourneaux, les usines et les raffineries brillaient sans doute comme les feux de l'enfer.

Jay loua une voiture, et remonta vers le nord. Entre Albuquerque et les Appalaches, elle avait refoulé dans un coin de sa tête les doutes qu'elle avait encore sur son entreprise. Bien que parfaitement consciente de l'aspect plus qu'extravagant de ses projets, elle n'en demeurait pas moins fermement décidée. Les dés étaient jetés. C'est comme lorsqu'on saute en parachute, une fois hors de l'avion, il est trop tard pour faire demi-tour. Qu'on le veuille ou non, on ne s'arrêtera pas avant d'avoir touché terre.

Après quarante minutes d'autoroute, Jay sortit pour emprunter la nationale 108 qui la conduisit à Slippery Rock. D'après la pancarte, la ville avait une population de vingt-deux mille âmes et s'honorait d'héberger une douzaine de sociétés de services. Jay trouva un motel à la périphérie de la ville, y déposa ses bagages, puis éplucha l'annuaire téléphonique qui ne comportait pas plus de cent pages, jaunes et blanches confondues.

D'après ce qu'elle put en juger, la plupart des commerces s'étalaient dans Main Street, le reste étant éparpillé sur la 108. A en croire la brochure du patrimoine du Slippery Rock qu'elle trouva sur la table de chevet, la ville avait autrefois été un centre industriel effervescent, mais son économie reposait désormais largement sur le collège de l'État qui se dressait dans la banlieue ouest. Il y avait un commissariat, un tribunal, et une caserne de pompiers sur Water Street, au moins dix magasins de pièces détachées pour automobile, et un centre de planning familial. Et toutes les commodités modernes. Sur la couverture de l'annuaire, un plan de la ville montrait deux rivières, un club d'aviation, une piste de vitesse pour dragsters et un centre commercial. Malheureusement, il n'indiquait pas où trouver le serial killer local.

Jay rangea l'annuaire, prit une douche, enfila un jean et un T-shirt, puis sortit visiter la ville. A l'évidence, l'urbanisme n'avait pas fait l'objet d'une réflexion approfondie. De vieilles maisons en bois jouxtaient des hangars en béton, les rues ne suivaient pas de plan établi, les trottoirs apparaissaient et disparaissaient, et il y avait des arbres partout. L'ensemble était curieusement réussi. Baigné par le soleil, Slippery Rock donnait l'impression d'être une agréable ville moyenne américaine, légèrement désuète, nichée dans une petite vallée et entourée de collines moutonnantes.

Le centre-ville était formé par l'intersection de la 108 et de Main Street. Trois côtés du carrefour étaient bâtis, mais le quatrième était un pré, bordé par une rivière sinueuse. En suivant Main Street pendant cinq pâtés de maisons, la rue redevenait la nationale 258, et sur la gauche s'étendait le campus de Slippery Rock State College. A gauche du campus, dans l'ombre d'un château d'eau sur pilotis, Jay aperçut un grillage qui entourait des bâtiments en béton, certainement un centre de détention pour prisonniers en semi-liberté.

Jay fit demi-tour et revint vers le centre-ville. La traque électronique avait été formelle, l'appel provenait de Slippery Rock ; mais comment un tueur en série passait-il inaperçu dans une bourgade de province aussi tranquille ? A Slippery Rock, on ne pouvait avoir de secrets pour personne, tout le monde était cousin ou parent de cousin, tout le monde connaissait l'état du compte en banque du voisin et la date de son mariage. Quiconque s'avisait d'avoir une aventure avec la femme de son voisin était obligé de consommer dans un autre comté.

Il n'était pas question pour Jay d'aller directement voir la police. Elle n'avait plus droit aux prérogatives du FBI. L'affaire se résumait à un duel entre le chasseur et sa proie. L'idée fit frissonner Jay.

Qui est le chasseur et qui est la proie ?

De retour dans sa chambre d'hôtel, Jay rouvrit l'annuaire et nota les noms et numéros de téléphone utiles. Pour une ville de sa taille, Slippery Rock débordait de succursales fédérales et d'agences d'État, qui devaient toutes être informatisées. S'introduire dans le terminal d'une de ces boîtes lui permettrait d'avoir accès aux autres, même si pour cela elle était obligée de se servir des codes de Cruz et de jouer à la marelle électronique à travers le pays.

En cas de besoin, elle pouvait aussi utiliser ses propres codes d'accès pour s'introduire dans le VICAP et les autres bases de données du FBI, malgré les risques que cela comportait ; même en prenant toutes les précautions possibles, elle ne pouvait s'introduire dans les énormes centraux de Washington ou de Quantico sans laisser de traces. D'un autre côté, ces centraux recevaient plus de dix mille demandes légitimes par jour, il y avait donc peu de chance qu'on remarque son intrusion. La bureaucratie monolithique qu'elle avait tant critiquée constituait sa meilleure protection.

Par chance, sa chambre possédait une ligne directe. Elle débrancha la prise téléphonique, la remplaça par celle de son ordinateur portable et utilisa le modem pour se connecter sur une ligne non attribuée. Les lignes non attribuées étaient en principe utilisées par la compagnie du téléphone pour vérifier ses propres installations, et elles ne possédaient pas de numéros susceptibles d'être reconnus par un ordinateur. Les fraudeurs, qui avaient découvert leur existence depuis longtemps, s'en servaient pour diminuer leurs factures téléphoniques.

Jay installa les paramètres nécessaires sur le modem et démarra le programme. Cela prendrait du temps, mais elle finirait par repérer les lignes téléphoniques de la région qui utilisaient un modem. Elle consulta sa montre : trois heures passées. Il n'y avait pas de journal local à Slippery Rock, elle devrait donc aller à Butler, situé à une trentaine de kilomètres.

Comparée à Slippery Rock, Butler, le siège du comté, était une métropole florissante, avec son vaste tribunal, sa prison en plein centre, et sa propre ligne d'autobus. La brique dominait, mais on trouvait aussi quelques maisons en pierre de taille et des immeubles en béton et verre de dix ou douze étages, sans doute pour prouver que la petite ville industrieuse de cent mille âmes possédait un avenir autant qu'un passé. D'après ce que vit Jay, son économie reposait essentiellement sur Pullman-Standard, le plus gros constructeur américain de véhicules utilitaires, et sur les aciéries Armco qui s'étendaient à l'ouest en dehors des limites de la ville.

L'*Eagle* de Butler occupait un bâtiment en brique sur Diamond Street, coincé entre le tribunal néogothique avec son horloge de clocher et la prison. Dans les archives du journal, le classeur « meurtres » était désespérément mince. Au cours des dix dernières années, la majorité des homicides s'étaient passés en famille et impliquaient l'alcool à des degrés divers. Pendant la même période, il n'y avait eu que quatre morts violentes à Slippery Rock. Deux à la suite de scènes de ménage, un suicide, et un homicide involontaire au cours d'une attaque à main armée contre une station d'essence. Il y avait encore moins de cas de personnes disparues dans les archives, et aucune à Slippery Rock.

Ce qui signifiait deux choses : soit la proie de Jay vivait bien à Slippery Rock mais choisissait ses victimes ailleurs, soit elle avait fabriqué ses meurtres de toutes pièces pour frimer sur le tableau d'affichage de Spécial K. La première hypothèse semblait la plus plausible. Jay savait intuitivement que SK. ENCH. aurait débusqué tout de suite un imposteur. Spécial K. n'était pas un endroit pour amateurs ni pour frimeurs. Jay referma le classeur en grimaçant ; Dieu seul savait quels rites initiatiques on devait passer pour devenir membre de la petite bande de démons du Magicien.

Donc, à moins que son ordinateur ne trouve une piste, Jay était dans une impasse. Elle réfléchit quelques instants, puis rouvrit le classeur « meurtres » sur une impulsion. La plupart des articles étaient signés Christy Skeed. Jay retourna le classeur à la bibliothécaire et monta à la rédaction, mais la responsable des chiens écrasés était en reportage et personne ne savait où la joindre. Jay sortit du bâtiment, laissa sa voiture dans Diamond Street, marcha jusqu'à Main Street, et trouva ce qu'elle cherchait à moins de cent mètres du palais de justice – *Chez Phil*, un petit bistrot qui sentait le graillon.

Il était tassé entre un magasin de chaussures et Butler Smokes, un buraliste marchand de journaux. C'était la fin d'après-midi et *Chez Phil* était désert, à part un obèse en tablier sale – sans doute Phil lui-même –, qui nettoyait le grill, noir de graisse de bacon et de hamburger.

Jay s'assit sur un tabouret en similicuir. Des bistrots comme celui-ci n'existaient plus à Washington ni à Santa Fe : juke-boxes miniatures alignés comme des pierres tombales sur le comptoir en Formica, murs vert pâle souillés pour toujours d'éclaboussures d'huile de friture, cinq tables face au bar, et une énorme caisse enregistreuse en cuivre. Des reçus d'addition étaient embrochés sur une pointe d'acier, à côté de la caisse.

Phil faisait d'excellentes affaires, et Jay se doutait que les reçus ne représentaient que le sommet de l'iceberg. Elle était prête à parier que le brave vieux Phil ne tapait qu'une addition sur deux pour amadouer le fisc, et glissait le reste sous son tablier graisseux. Comme *Chez Phil* était le restaurant le plus proche du palais de justice et du siège de l'*Eagle*, les flics, les avocats, les juges et les journalistes constituaient le gros de sa clientèle.

L'obèse continua son grattage un bon moment, puis il se retourna et essuya ses battoirs sur son tablier. Il avait la cinquantaine et une grosse bouille de Slave que creusaient le genre de rides qu'on gagne à trop sourire.

– Qu'est-ce que je peux faire pour vous, ma p'tite dame ?

– C'est vous, Phil ?

– En chair et en os... surtout en chair. (Son visage s'éclaira d'un sourire, et les rides s'effacèrent.) Phil Kowalchuk.

– Jennifer Smith.

– Enchanté. Qu'est-ce que je vous sers ? Petit déjeuner, déjeuner ou dîner ?

– Christy Skeed.

– Qu'est-ce que vous lui voulez ?

Le sourire perdit de son éclat, mais à peine.

– Elle vient souvent ici ?

– Tous les jours.

Bravo pour l'intuition.

Jay gratifia l'obèse de son plus beau sourire.

– Pour le petit déjeuner, le déjeuner ou le dîner ?

– Les trois, parfois. Pourquoi ?

– J'aimerais lui parler.

– Vous êtes de la police ?

– Statisticienne, répondit Jay.

Phil plissa son large front brillant de sueur.

– Tiens, elle est nouvelle, celle-là.

– Nous essayons de réunir des bases de données statistiques sur les crimes régionaux, dit Jay. Miss Skeed pourra sans doute m'aider.

– Vous avez essayé à l'*Eagle* ?

– Elle n'y est pas.

– Alors, elle ne va pas tarder, dit Phil. Installez-vous, je vous apporte du café.

– Entendu, fit Jay en se levant. (Elle contempla la pièce d'un air admiratif.) Quand j'étais gosse, il y avait un endroit comme celui-là dans ma ville natale. Le patron faisait toutes sortes de tartes. Vous n'en avez pas, par hasard ?

Le sourire du gros s'élargit.

– Tartes aux pommes, aux myrtilles, tourtes aux pêches, à la rhubarbe, au potiron, suivant les saisons, et tarte meringuée au citron toute l'année.

Jay porta une main à son front et fit mine de se pâmer.

– Vous êtes marié ? demanda-t-elle.

– Depuis trente-deux ans, répondit Phil, rayonnant. Qui fait la cuisine, d'après vous ? Et comment croyez-vous que je suis devenu comme ça ? ajouta-t-il en se donnant une tape sur le ventre.

– Dommage, soupira Jay. Bon, ce sera une tarte meringuée au citron.

Une demi-heure et deux parts de tarte plus tard, Christy Skeed se glissa en face de Jay. Elle avait dans les vingt-cinq ans, une tignasse blond-roux, un visage rond parsemé de taches de rousseur, et les yeux les plus étranges que Jay ait jamais vus. L'un était bleu, l'autre noisette, et tous deux paraissaient mouchetés d'or.

– Au cours complémentaire, mon instit croyait que j'étais possédée par le diable, dit la jeune femme. Elle était persuadée que j'avais le mauvais œil, la marque de Caïn, ou allez savoir. Il y a un nom savant pour ça, mais je ne m'en souviens plus.

– Excusez-moi, rougit Jay. Je ne m'étais pas rendu compte que je vous dévisageais bouche bée.

– Oh, vous faites donc pas de bile, répondit la journaliste. J'ai l'habitude. Je ne fais plus attention.

Phil lui apporta une tasse de café et une part de tarte aux pommes avec du fromage blanc et de la glace. Christy but une gorgée, soupira de plaisir, puis s'attaqua à la tarte. Jay voulut éteindre sa cigarette, mais la jeune femme l'arrêta.

– Non, allez-y, tout le monde fume à la rédaction. C'est le seul endroit dans tout le comté de Butler où on peut encore attraper un cancer des poumons sans culpabiliser.

Phil reparut avec la cafetière, remplit la tasse de Jay, lança un sourire radieux à Christy, puis s'en alla.

– Vous faites les chiens écrasés dans l'*Eagle* ? demanda Jay.

– Exact. Phil m'a dit que vous vouliez me parler statistiques ?

– Il y a de ça.

Christy but une autre gorgée de café, loucha vers Jay, puis s'intéressa à sa tarte.

– Qu'est-ce que vous voulez savoir d'autre, alors ? demanda Christy la bouche pleine.

– Slippery Rock.

– C'est une petite ville de Pennsylvanie. Elle abrite le collège d'État, où j'ai fait mes études ; à part ça, il n'y a pas grand-chose. Pourquoi vous intéressez-vous à ce bled ?

Jay termina sa cigarette et but une goutte de café.

– Mettons que nous faisons des recherches particulières sur Slippery Rock, dit-elle.

– Vous êtes du FBI, n'est-ce pas ? demanda Christy.

Elle lécha sa fourchette puis en utilisa le dos pour ramasser les dernières miettes dans son assiette.

– Je travaille avec le Bureau.

Ce n'est qu'un demi-mensonge.

– Je ne connais même pas votre nom.

– Je m'appelle Jennifer Smith.

– Vous venez pour les lettres, hein ?

La journaliste piocha une cigarette dans le paquet de Jay, et l'alluma. Elle s'adossa sur sa chaise, et fuma d'un air songeur. Ses yeux de deux couleurs avaient presque un effet hypnotique.

– Ça se pourrait, avança prudemment Jay.

Quelles lettres ?

– On n'en a pas reçu depuis un an. C'est de l'histoire ancienne, maintenant. Ça m'étonne vraiment que le FBI s'intéresse à ça.

– Racontez-moi plutôt ce que vous savez, dit Jay.

Christy tira une bouffée et émit une sorte de grognement.

– C'est moi qui pose ce genre de question, d'habitude.

– Si nous trouvons quelque chose, vous serez la première à l'apprendre. Ça vous va ?

– Marché conclu. Qu'est-ce que vous savez déjà ?

– Faites comme si je ne savais rien.

Ça, ce n'est pas un demi-mensonge.

– Il y a eu six lettres en deux ans, à peu près une tous les quatre mois.

– Adressées à l'*Eagle* ?

– Oui. Bernie Lane a reçu les deux premières. Après, il a trouvé du boulot à Boston. Quand j'ai repris la rubrique des faits divers, les lettres me sont parvenues directement. En fait, c'était la même lettre chaque fois.

– Des photocopies ?

– Non, elles étaient manuscrites. Toutes les quatre d'une encre différente. (Elle parut réfléchir.) Bleue, verte, rouge, et un genre de violet.

– Que disaient les lettres ?

– Je vous l'ai dit, c'était toujours la même : « Il faut détruire les mauvaises graines et rendre stérile le terreau du pêcheur. Alors, nous serons sauvés. » Des trucs de cinglé.

– Étaient-elles signées ?

– Non, mais il y avait toujours quelques cheveux collés en bas de la page.

– Des cheveux ? Quelle sorte de cheveux ?

– Des cheveux très fins. Des cheveux de bébé ou de vieillard.

– Avez-vous montré les lettres à la police ?

– Oui, on a essayé, dit Christy avant d'avaler une gorgée de café. La police de l'État a prétendu qu'il n'y avait rien à faire parce que rien ne prouvait qu'il y avait eu un meurtre. Quant aux flics de Slippery Rock, ça ne les a pas intéressés non plus.

– Pourquoi avoir montré les lettres à la police de Slippery Rock ?

– Parce qu'elles avaient été postées là-bas.

– Alors qu'avez-vous fait ?

– J'ai fait ma petite enquête.

– Pas de vieillards disparus ? Ni de bébés ?

– Non. Il y a bien eu une vieille atteinte d'Alzheimer qui s'est perdue dans le parc de Slippery Rock. Elle est tombée dans la rivière et s'est noyée.

– Vous avez fait examiner les cheveux par un labo ?

– Mon patron est un vrai rat, s'esclaffa Christy. Je n'ai pas de budget pour ce genre de choses.

– Les lettres se sont arrêtées d'un seul coup ?

– Oui, il y a environ un an.

– Rien depuis ?

– Rien. J'imagine que le type a déménagé, ou que ça a cessé de l'amuser. De toute façon, il n'y avait pas matière à faire un article.

Jay réfléchit un instant.

– Avez-vous remarqué quelque chose de particulier dans les lettres ? A part les cheveux et la couleur de l'encre.

– L'écriture était nette, précise. Une écriture d'architecte, ou de dessinateur industriel.

– Pas de fautes d'orthographe ? Pas d'erreurs de grammaire ?

– Non.

– Et le papier ?

– Un papier à lettres ordinaire.

– Les enveloppes ?

– Pareil. (Christy hésita, puis grimaça.) Attendez. Il y avait autre chose.

– Oui ?

– Celui qui écrivait les lettres fumait la pipe. Je me souviens d'y avoir pensé en ouvrant la première. J'ai eu la même impression avec les trois suivantes.

– Qu'est-ce qui vous fait dire ça ?

– Mon père aussi fumait la pipe. Du plus loin que je me souvienne, je l'ai toujours connu fumant la pipe. Ma mère se plaignait que ses vêtements empestaient le tabac. J'ai reconnu la même odeur sur l'enveloppe et sur les lettres.

– Pourriez-vous la définir ?

– Une odeur douceâtre... comme un parfum de cerise.

Assis dans la pénombre face aux écrans lumineux, le Glacier jouait et rejouait au même jeu ; il pianotait sur le clavier tel un virtuose, modifiait et perfectionnait le jeu. Il fallait sans cesse changer l'appât. Au début, l'environnement du jeu n'était qu'une série de concepts et de mots et n'attirait que des esthètes, comme Christie, son premier joueur, le psychiatre de Baltimore qui aimait tant les petites filles. Puis la technologie avait changé, et à partir d'une dizaine de sources différentes, du simulateur de vol aux systèmes complexes d'images fractales, le Glacier avait construit un monde authentique fait de montagnes, de lacs, de déserts, de châteaux et de donjons, de palais et de chambres secrètes ; c'était si réaliste que même des joueurs comme Billy Ray, le dingue du sida de Taladega en Alabama, y prenaient du plaisir.

Des tas de joueurs participaient activement à son jeu, et, pour la plupart, le monde que le Glacier avait créé était autrement plus réel que celui dans lequel ils vivaient, mangeaient, dormaient et tuaient. Sur le Net, chacun avait la possibilité de se libérer, de raconter son histoire, de réaliser ses rêves sans retenue et sans crainte. Le Glacier avait parfois plaisanté avec Christie sur l'aspect thérapeutique du jeu, et de Spécial K. en général. Le psychiatre considérait le jeu comme un excellent outil d'assimilation ; il affirmait qu'il pouvait supprimer les stigmates des comportements déviants dans un environnement où la déviance était la norme.

Pour Christie au moins, il était inévitable que le monde extérieur accepterait un jour ou l'autre leur activité meurtrière comme un passe-temps banal ; on ne les jugerait pas plus qu'on ne juge les prédateurs nocturnes. Comme disait Christie, dans un monde devenu fou, qui avait le droit de qualifier quiconque de psychopathe ?

Le Glacier s'enfonça dans son fauteuil et contempla la chambre qu'il venait de créer prendre forme sur l'écran. Il l'avait bâtie pour Seefeld, le dernier membre à être accepté dans le Spécial K. Là, l'Allemand pourrait rejouer ses massacres rituels au marteau pour que tous en profitent.

La chambre était une épreuve initiatique. Seefeld était le premier membre d'un pays étranger, et pendant longtemps le Glacier l'avait observé s'exercer sur les premiers niveaux du jeu. Seefeld se branchait et se débranchait selon son humeur. Au début, il avait donné l'impression d'être un joueur ordinaire avec un penchant pour les jeux de donjons et dragons multipostes, mais il avait fini par découvrir les trappes et avait demandé son entrée dans le vrai Spécial K.

Les autres joueurs avaient appris avec inquiétude l'existence d'un étranger, ne serait-ce que parce que l'accès à l'Internet par un satellite transatlantique rendait la surveillance plus efficace. Mais Seefeld avait intrigué le Glacier. Quand il lui avait demandé de prouver sa bonne foi, Seefeld lui avait montré une série de kidnappings d'enfants, de meurtres et de mutilations remontant à plusieurs années. Après avoir consulté Christie, le Glacier avait mis une traque électronique sur Seefeld dès qu'il s'était rebranché sur les niveaux supérieurs du jeu, et il l'avait suivi jusqu'à Linz, en Autriche, la ville natale d'Adolph Hitler, ce qui lui avait semblé une heureuse coïncidence.

De Linz, le Glacier avait pisté Seefeld à travers le Net européen jusqu'à Munich. De là, il s'était introduit dans les bases de données de trois agences de presse, et il avait vérifié le récit de Seefeld. Les dates, les heures et les événements concordaient parfaitement, mais cela n'avait pas suffi au Glacier. Il avait exigé de Seefeld des détails complémentaires inconnus de la presse, puis avait vérifié leur authenticité dans les fichiers informatiques de la police. Là encore, les détails concordaient. Comme test final, le Glacier avait demandé à Seefeld la date et le lieu de son prochain crime. L'Allemand s'était exécuté de bonne grâce, et ce matin même, d'après une dépêche d'agence, un enfant avait été enlevé à l'heure promise.

Le Glacier sourit en voyant l'image finie sur l'écran. Dans la soirée, quand il avait branché le jeu et le tableau d'affichage, il avait ouvert un nouveau fichier et laissé un smiley [[:› pour Seefeld en guise de bienvenue dans le groupe. Le Glacier se réjouit. La chambre qu'il avait dessinée pour Seefeld ressemblait sur de nombreux points à l'antre d'iniquité de père John à Vancouver. Le Glacier était particulièrement fier de la façon dont il avait réussi la cheminée et les éclaboussures de sang sur le manteau marbré. Les restes noircis du jeune Viet enfourné de force dans la cheminée n'étaient pas mal non plus.

Le Glacier se mit à rire, puis il fredonna une chanson de Leonard Cohen. L'une de ses préférées : *First we take Manhattan, Then we take Berlin*[1].

1. Prenons d'abord Manhattan, ensuite nous prendrons Berlin. *(N.d.T.)*

19

Les feuilles du dossier de Carol Prentice étaient étalées dans le salon de Perry Goddard. Certaines étaient punaisées sur des chevalets empruntés à la Brigade criminelle, d'autres entassées sur la table basse, et le reste éparpillé sur le plancher. Perry Goddard et William Hawkins travaillaient depuis la veille et tous deux avaient l'air hagards et épuisés.

Goddard était affalé dans sa chaise longue, une Corona à la main. Assis sur le canapé, Hawkins contemplait d'un œil éteint le chevalet installé de l'autre côté de la table basse.

– Rien, dit Goddard. (Il nota bruyamment, puis se pencha en avant en faisant grincer la chaise longue.) Tout avait été fait selon les règles. Rien ne nous avait échappé. Tout ça, c'est des conneries. On court après un fantôme.

– C'est pas un fantôme qui a éclaté le crâne de Claire Ritchie avec une batte de base-ball, avec laquelle il l'a ensuite violée... C'est Ricky Stiles.

– Et vous maintenez qu'il a agi à cause de quelque chose qui remonte au premier meurtre ?

– J'en suis sûr.

– Pourquoi ? demanda Goddard. Ce type est marteau. Il est peut-être simplement revenu en souvenir du bon vieux temps. Il voulait peut-être finir ce qu'il avait commencé.

– Non.

– Pourquoi pas ?

– Parce que ça ne ressemble pas à Stiles. Non, répéta Hawkins en hochant la tête, il est revenu parce que j'approchais trop.

– Vous approchiez de quoi ? fit Goddard, exaspéré. Si c'est quelque chose qu'on n'a pas vu en 68, pourquoi est-ce qu'on ne le voit toujours pas maintenant ?

– Je ne sais pas.

– Eh bien, moi non plus, grogna Goddard en désignant le fatras de papiers qui entourait les deux hommes. Je vois que dalle à part de la paperasserie qui s'accumule pour rien.

– C'est là, affirma Hawkins.

– Vous êtes aussi dingue que Stiles, ricana Goddard. Il s'inquiète d'un truc qui n'existe pas, et vous pourchassez des chimères pour ce même truc de merde.

– Vous n'aviez pas su que Thomas Ritchie et Stiles se connaissaient avant de rencontrer Carol Prentice, riposta Hawkins. Si vous avez pu louper ça, vous avez pu louper autre chose.

– Oh, Seigneur ! gémit Goddard.

– Recommencez depuis le début, dit Hawkins. Pas à pas.

– Comme vous voudrez, soupira Goddard qui s'affala de nouveau dans sa chaise longue. C'est reparti pour un tour !

– Qui a prévenu la police ? demanda Hawkins.

– Une dénommée Maureen Donegan. C'était une simple relation. Elle devait aller faire du shopping avec Carol. La petite Donegan trouve la porte de l'appartement ouverte, entre et voit Prentice. Elle manque s'évanouir mais réussit à téléphoner à police-secours. La patrouille la plus proche a été dépêchée sur les lieux et c'est comme ça que tout a commencé.

– Et ensuite ?

– La patrouille a téléphoné à la Brigade criminelle. Eddie Cochran, mon partenaire, reçoit l'appel, va jeter un coup d'œil et demande aussitôt le camion réfrigéré et l'aide des gars du labo. Je témoignais au tribunal pour une autre affaire. Quand je suis arrivé chez Carol Prentice, on avait déjà emporté le macchabée.

– Qu'avez-vous trouvé en arrivant ?

– Les gars prenaient encore les photos. Eddie se disputait avec un mec des Stups.

– A cause de la drogue retrouvée sur les lieux ?

– Ouais. Le stup voulait emporter la came, mais Eddie prétendait que c'étaient des pièces à conviction pour la Criminelle.

– Comment ça s'est terminé ?

– J'ai dit au stup d'aller se faire foutre.

– Et ça l'a calmé ?

– Oui.

– Ensuite ?

– Ensuite, rien, dit Goddard. Eddie est allé interroger les voisins et arrêter Ritchie.

– Comment aviez-vous appris l'existence de Ritchie ?

– Par la petite Donegan.

– Elle connaissait aussi Stiles ?

– Oui, mais pas sous ce nom. Pour elle, c'était le Motard.

– Que s'est-il passé après ?

– C'est dans mes notes. J'ai aidé les gars du labo à mettre la drogue dans des sachets et à faire l'inventaire des pièces à conviction. On a mis les scellés sur la porte, on a emporté les pièces à conviction au labo, et on est partis.

– La suite s'est entièrement déroulée hors de l'appartement ? Les interrogatoires de la petite Donegan, de Ritchie, et des amis de Carol Prentice ?

– Oui.

Hawkins se mordilla la lèvre inférieure.

– Ce qui a détourné Stiles des projecteurs, même s'il était resté dans le coin.

– Je ne pige pas.

– Stiles est revenu après presque trente ans parce qu'il paniquait. Il a tué Ritchie à cause de quelque chose que Ritchie savait.

– Mais quoi, nom de Dieu ? ! On a tout épluché une dizaine de fois !

– Ritchie savait quelque chose sur Stiles. Le pire, c'est qu'il avait peut-être oublié.

Goddard opina.

– Jusqu'à ce que vous veniez lui rafraîchir la mémoire ?

– Possible.

– Quelque chose d'intime ? suggéra Goddard. C'est forcément un truc que personne ne savait. Ritchie était peut-être pédé. D'après ce que vous m'avez dit, Stiles est à voile et à vapeur, ou il l'était.

– Non, ça ne suffirait pas.

– Alors quoi ?

– Un truc très personnel, dit lentement Hawkins, et il farfouilla dans les classeurs et les papiers étalés sur la table basse. Vous dites que vous avez fait l'inventaire des pièces à conviction ?

– Le classeur avec l'étiquette bleue, acquiesça Goddard en pointant un doigt.

Hawkins ramassa le classeur et commença à feuilleter le dossier. Il n'y avait rien qui sortait de l'ordinaire. A part les indices matériels tels que les traces de sang, le dossier répertoriait surtout les drogues et la quincaillerie qui allait avec. Plusieurs pipes, du papier à rouler, des flacons de parfum contenant des restes d'huile de cannabis, un shilum, le matériel courant du parfait hippie de l'époque.

L'inventaire contenait aussi une liste des produits de beauté de Carol Prentice et autres objets intimes, saisis surtout dans sa salle de bains. A la lumière de ses aventures sexuelles connues, la liste racontait une histoire intéressante. Un étui en forme de coquillage pour diaphragme ; un tube d'onguent gris entamé, ce qui supposait qu'elle avait eu des morpions dans un passé récent ; de la gelée lubrifiante ; une boîte de Tampax neuve.

D'après l'enquête menée par Goddard et son partenaire, une vérification auprès de la Free Clinic de Berkeley montrait que Carol Prentice était enceinte de deux mois et demi à sa mort. Dans son dossier à la clinique figurait aussi ses problèmes de morpions, une blennorragie soignée et guérie, une urétrite persistante d'origine inconnue, et la prescription du diaphragme à son arrivée à Berkeley l'année précédente. En d'autres termes, la jeune femme avait une vie sexuelle mouvementée. Une note dans son dossier indiquait aussi que Carol était encore vierge quand on lui avait prescrit le diaphragme. Débarquant de Rochester pure et innocente, Carol Prentice avait aussitôt adhéré avec enthousiasme à la philosophie de l'amour libre.

Hawkins relut l'inventaire. Outre les articles liés à la sexualité, il y avait une armoire à pharmacie pleine de remèdes en vente libre et quatre drogues sur ordonnance, parmi lesquelles de la belladone et un inhalateur.

– Elle avait des troubles bronchiteux ? demanda Hawkins.

– De l'asthme, précisa Goddard sans bouger de sa chaise. On a même vérifié auprès de son médecin à Rochester. Elle souffrait aussi gravement du rhume des foins.

Avec les médicaments pour l'asthme se trouvait aussi la description d'un boîte de pilules retrouvée à côté du lit. Il n'y avait pas d'étiquette, six capsules dans un flacon en plastique – blanches avec une raie rouge au milieu et un code de chaque côté : P.D. 387.

– Il y avait des pilules à côté du lit, remarqua Hawkins.

– Il y en avait partout, nom d'un chien !

– Oui, mais celles-ci n'ont pas d'étiquette.

– Non, ça ne me dit rien, fit Goddard avec un haussement d'épaules.

– De quel côté était dirigé le matelas, vous vous en souvenez ?

Goddard se creusa la tête.

– Vers la porte, dit-il enfin.

– Par rapport au pied du matelas, de quel côté a-t-on retrouvé Carol ?

– Sur la droite, allongée sur le flanc. Il l'a frappé de la main gauche, n'oubliez pas.

– D'accord, mais si on est à la tête du lit, c'est le contraire. Carol, elle, dormait sur le côté droit.

L'air concentré, Goddard essaya de s'imaginer la scène.

– Ça y est, j'y suis, dit-il en se frappant sur le front. Bon, et après ?

– J'en reviens à ma question. De quel côté du matelas a-t-on retrouvé les pilules ?

– Il doit y avoir un croquis à la fin du rapport.

Hawkins passa aussitôt à la dernière page et hocha la tête avec satisfaction. Le code de la boîte de pilules correspondait au numéro encerclé à la gauche de la tête du lit.

– A gauche, dit-il.

– C'est ce que je vous disais, mais qu'est-ce que ça change ?

– Les hommes ont tendance à dormir du côté du lit qui leur laisse leur bonne main libre, expliqua Hawkins. Celle avec laquelle ils caressent pendant l'amour.

– Je ne sais pas, dit Goddard. Ça fait tellement longtemps que je n'ai pas pratiqué. Mais je ne vois toujours pas ce que ça change.

– Vu que les pilules ont été retrouvées sur la gauche du lit, elles appartenaient sans doute à un gaucher.

– Merde ! souffla Goddard en se dressant sur sa chaise. A Stiles.

– Vous n'aviez pas vérifié à quoi servaient les pilules ?

– Ah, poussez pas, grogna Goddard. Berkeley était la capitale de la drogue à l'époque, et de toute façon ce n'était pas une affaire de stupéfiant.

– C'est juste, concéda Hawkins.

– Alors comment savoir maintenant à quoi elles servaient ? On a dû les jeter depuis longtemps.

– Ça ne devrait pas être trop difficile, déclara Hawkins.

Il décrocha le téléphone, composa un code du Bureau et obtint le laboratoire à Washington. Il lut le numéro des pilules inscrit sur l'inventaire à son interlocuteur et patienta. La réponse lui parvint en cinq minutes.

– Alors ? demanda Goddard quand Hawkins revint s'asseoir sur le canapé.

– P.D. 387 et la capsule rouge et blanc est la vieille désignation d'un médicament appelé Phenamecide. Le principe actif est le primidone.

– On dirait un antibiotique. Il avait peut-être attrapé la chaude-pisse, lui aussi.

– C'est un anticonvulsant, murmura Hawkins.

– Pour les crises nerveuses ?

– Oui. Il a remplacé le phénobarbital dans les années 60.

– On le prescrivait pour quoi ?

– Pour l'épilepsie, déclara Hawkins avec une pointe de triomphe. C'est pour ça que Stiles est revenu à Berkeley. Thomas Ritchie savait qu'il était épileptique.

Jay se réveilla au lever du soleil dans sa chambre d'hôtel, des larmes séchées sur les joues, mais sans aucun souvenir de ses rêves. Pour une raison quelconque, elle ressentait une tristesse infinie qui dépassait sa petite personne. Elle souffrait pour le monde entier, et bien sûr c'était ridicule. Elle essaya de chasser ses idées noires en allant courir dans les rues endormies de Slippery Rock et finit par tomber sur une boulangerie qui venait juste d'ouvrir. Elle acheta un petit pain encore chaud, un café brûlant, et retourna à l'hôtel. En attendant que le café refroidisse, elle prit une douche, puis alla s'asseoir devant son ordinateur.

La veille, en rentrant de Butler, elle avait découvert que le programme de recherche avait répertorié dans la région vingt lignes téléphoniques connectées à un modem. Une rapide vérification dans l'annuaire sur CD-ROM lui apprit que douze de ces lignes concernaient le collège (huit à la bibliothèque et quatre dans des bureaux divers).

Un autre modem était situé dans le cabinet du juge sur Franklin Street, un quatorzième au commissariat de Water Street, le quinzième à l'école de Slippery Rock sur Kiester Road, et le seizième au centre d'aide aux femmes en détresse, situé dans le même immeuble que le juge.

Le seul modem commercial appartenait au Giant Eagle, le grand magasin de la place, au nord de la ville. Il restait donc trois modems utilisés par des particuliers. Grâce au CD-ROM, Jay trouva les noms dans l'annuaire et les nota sur le papier à lettres de l'hôtel.

Dr Evelyn Kushinski, Grove City Road
John Gordon, ingénieur, Maltby Street
Elias M. Telfer, Elm Street.

Jay contempla la feuille en mâchouillant le bord de son gobelet en plastique. Autant rayer le Dr Kushinski de la liste, car les tueurs en série de sexe féminin n'existaient quasiment pas ; John Gordon, l'ingénieur de Maltby Street, n'était pas non plus un candidat probable. On trouvait peu de serial killers dans les professions qualifiées, notamment chez les experts-comptables, les physiciens et les ingénieurs. Ne restait donc qu'Elias Telfer.

D'un autre côté, Jay ne pouvait pas exclure les modems des commerces ni des institutions. Son homme pouvait très bien utiliser un ordinateur de la bibliothèque du collège, de l'administration de l'école, ou même celui de Giant Eagle. Échangeant son café contre une cigarette, elle essaya d'imaginer un employé de Giant Eagle se glisser dans le magasin après la fermeture pour bavarder avec SK. ENCH. Non, c'était difficilement envisageable.

« Merde », souffla-t-elle. L'optimisme qu'elle avait ressenti la veille s'éloignait à vitesse grand V, et elle s'en voulut d'avoir pensé que la traque serait facile. Son habileté à utiliser l'informatique sans les contraintes inhérentes à la procédure judiciaire était certes un immense avantage, mais ce n'était pas non plus une baguette magique.

Elle attendit neuf heures pour appeler Christy Skeed à l'*Eagle*. Comme la journaliste n'était pas encore arrivée, Jay laissa un message, lui demandant de vérifier les trois noms de la liste. Ayant fait cela, elle rangea son ordinateur, quitta sa chambre et prit sa voiture de location pour se rendre au campus.

Le collège était situé sur les pentes d'un ancien lieu de rassemblement indien appelé Kus Kuskuski, ou Érables Sucrés. Il restait encore un bosquet d'érables, mais la prairie était désormais recouverte d'un patchwork d'immeubles modernes reliés entre eux par un réseau de sentiers et de routes.

Prise de vertige, Jay eut l'impression de remonter le temps : le Slippery Rock State College ressemblait beaucoup à son alma mater de l'Ohio. Fraîches jeunes filles en kilts et en chemisiers blancs, des piles de livres serrées contre la poitrine, garçons aux yeux lourds de bière qui sortaient des dortoirs les bras chargés de paquets de linge sale.

Les rollers remplaçaient les bicyclettes, et les Honda Civic aux couleurs criardes ornées de décalcomanies des Grateful Dead les vieilles Coccinelle Volkswagen. Ah, elle était bien révolue l'époque du pipi de chat, comme l'appelait son père. L'époque où on croyait tout savoir quand bien même on était à peine sevré. La tristesse du réveil accabla Jay de nouveau quand elle emprunta l'allée du campus pour rejoindre la bibliothèque, et elle dut refouler des larmes, furieuse de sa sensiblerie de midinette. Elle trouva une place dans le parking, en face du bâtiment en béton des années 70, se gara, puis gravit la volée de marches de l'entrée principale.

La bibliothèque du collège de Slippery Rock ressemblait à toutes celles qu'on rencontre aux quatre coins de l'Amérique. Une Holiday Inn éducative avec ses moquettes industrielles couleur sale, ses rayonnages de chêne clair à n'en plus finir ; c'était une bibliothèque pour étudiantes en sciences de seconde année qui portaient toutes des lunettes et des jeans effrangés, et paradaient avec sérieux et suffisance. Jay ne put s'empêcher de sourire en franchissant le tourniquet de métro qui barrait l'entrée de la bibliothèque proprement dite. Elle était prête à parier qu'elle trouverait le même genre de jeunes à la librairie du collège, sauf qu'il s'agirait d'étudiants en seconde année d'anglais.

Les ordinateurs voués à la recherche se trouvaient à l'arrière du bâtiment brillamment éclairé ; il y en avait une douzaine, installés dans des sortes d'alcôves séparées par des parois d'un mètre cinquante de haut. A vue d'œil, la moitié environ était des terminaux multimédias équipés de CD-ROM. Trois alcôves étaient occupées.

Jay choisit une alcôve vacante, s'assit et brancha la bécane. Elle parcourut le menu principal, puis lança Windows ; comme prévu, les ordinateurs étaient équipés pour voyager sur Internet, mais également de compteurs et de code d'accès pour en chiffrer l'utilisation. Jay commença à se dire qu'elle pouvait rayer la bibliothèque de sa liste.

Elle retourna au menu principal, éteignit l'ordinateur et partit à la recherche d'une personne susceptible de répondre à quelques questions. Avisant une jeune femme à l'air particulièrement prétentieux, une brune avec une natte, elle lui fit signe.

– Oui ? fit la jeune pimbêche.

– Quelles sont les heures de la bibliothèque ?

– Je vous demande pardon ?

– Les heures, mon petit ; les heures d'ouverture.

– De huit heures à vingt heures, sept jours par semaine.

– Qui l'utilise en dehors des heures ouvrables ?

– Personne.

– Il n'y a pas de passe-droit ?

– Certains professeurs et assistants font des recherches le soir. (La jeune femme fronça les sourcils et prit son air le plus officiel.) Puis-je vous demander pourquoi vous me posez ces questions ?

– Je représente la Commission des finances des collèges d'État, rétorqua Jay, prise d'une intuition subite.

Et cela marcha. La jeune femme blêmit.

– Oh, excusez-moi. Y a-t-il autre chose qui pourrait vous être utile ?

– Avez-vous d'autres ordinateurs dans le bâtiment ?

– Trois, mais les étudiants n'ont pas le droit de s'en servir.

– Qui s'en sert ?

– Nous. Le personnel de la bibliothèque.

– S'agit-il d'ordinateurs ou de terminaux reliés au central de l'administration ?

– Je ne suis pas sûre de comprendre.

– A quoi servent-ils ?

– A cataloguer les livres. A gérer les fiches, repérer les retards.

– Peut-on les utiliser à autre chose ?

– Je ne sais pas ce que vous voulez dire.

La pauvre tirait sur sa natte et lançait des regards inquiets à la ronde derrière ses lunettes de myope.

– Pourriez-vous, par exemple, écrire une lettre à votre tante ? Dessiner ? Dresser des tableaux ?

– Non.

Des terminaux. Inutilisables. Le fumier n'est pas ici.

– Bien, je vous remercie, miss... ?

– Albright. Candice Albright.

– Je vous remercie, miss Albright.

– Y a-t-il autre chose ?

– Oui, pouvez-vous me rendre un service ?

– Volontiers, opina l'étudiante avec l'ardeur d'un jeune épagneul.

Jay prit une feuille dans une alcôve, écrivit les trois noms de sa liste et tendit la feuille à la jeune femme.

– Tâchez de savoir s'ils ont emprunté des livres à la bibliothèque, ou s'ils se sont servis des ordinateurs.

– Vous pouvez compter sur moi.

– Parfait. Êtes-vous ici pendant la journée ?

– Oui. Je suis sur le programme mentor ce trimestre, sous la direction d'Eugène... Euh, fit-elle, écarlate, de Mr. Kyle.

Arrête de rêver, ma mignonne.

– Très bien. Je vous appellerai cet après-midi.

– J'aurai votre information.

– Parfait. (Elle remercia la jeune femme d'un sourire.) Votre aide m'a été précieuse.

– Merci.

– Vous pouvez disposer.

La jeune femme s'éloigna vivement. Jay la regarda disparaître dans la marée de livres, puis, réprimant un fou rire, elle quitta la bibliothèque.

De retour à l'hôtel, elle trouva un message de Christy Skeed sur son téléphone. Elle appela l'*Eagle* et on lui passa la journaliste.

– Vous avez trouvé quelque chose ? demanda Jay.

– Oh, pas de quoi bondir au plafond, répondit Christy. Mais comme on enseigne à l'école de journalisme, même les informations négatives sont parfois utiles.

– Par exemple ?

– Je n'ai rien trouvé sur le Dr Kushinski ni sur John Gordon. Telfer est le seul qui a un dossier.

– Quel genre de dossier ?

– Des plaintes.

– Quel genre ?

– Oh, il y en a pour tous les goûts, s'esclaffa la journaliste. Des plaintes contre les arrêtés municipaux aux accusations de conspiration contre la police.

– Conspiration ?

– Oui, à propos des meurtres de chats.

– Quoi ?

– Il y a eu une série de mutilations d'animaux voilà quelques années. Surtout des chats. On les a retrouvés coupés en deux. C'était presque chirurgical. Telfer adore les chats. Il a prétendu que la police était en cheville avec le département de sciences du collège. Vous savez, pour les fournir en animaux destinés à la vivisection. (Christy rit de nouveau.) Le problème, c'est que le collège n'a jamais disséqué de chats. Seulement des grenouilles.

– On dirait que ce type est cinglé.

– En tout cas, c'est un excentrique.

– Aurait-il pu écrire les lettres ?

– Oui, ça se pourrait. Il est assez bizarre pour ça.

– Entendu. Merci infiniment.

– De rien. Faites-moi signe si vous apprenez quelque chose.

– Je n'y manquerai pas.

Jay raccrocha. La mutilation d'animaux était une constante chez les tueurs en série, mais c'était d'habitude un plaisir timide auquel ils ne s'adonnaient que pendant leur adolescence. Cependant, c'était mieux que rien, et la ligne téléphonique de Telfer était connectée à un modem. Une visite à l'amoureux des chats s'imposait.

La maison d'Elias Telfer sur Elm Street était un pavillon fait de bric et de broc, aux murs de bardeaux, entouré d'un terrain encombré de ferraille, adossé à un bosquet et à des ronciers. D'épaisses feuilles de plastique disjointes équipaient les fenêtres en guise de carreaux, le toit de bardeaux était recouvert de mousse, et la véranda avait complètement disparu, remplacée par un échafaudage de parpaings et de planches. En face du pavillon, un chantier semblait abandonné depuis longtemps. Telfer vivait du mauvais côté de Main Street.

Jay se gara dans l'allée encombrée, et jeta un œil autour d'elle. Parmi les carcasses de voitures rouillées, les camionnettes sur cales, les réfrigérateurs sans porte, et les piles de bois en désordre, il y avait des grillages de poulaillers partout. A peine était-elle descendue de voiture que Jay fut entourée d'une horde de chats curieux, dont un énorme matou orange vif aussi gros qu'un chien, un œil en moins et une oreille arrachée. Jay regretta de ne pas avoir emporté son revolver ; le domaine de Telfer lui fit penser à *Massacre à la tronçonneuse* sauf qu'on ne risquait pas d'attraper la rage en allant voir un film d'horreur.

C'était pure folie, bien sûr ; Telfer était le suspect principal d'une affaire de meurtres en série. On n'allait pas frapper simplement à sa porte, on se faisait épauler par cinquante types en survêtement noir et cagoule, on mettait son téléphone sur écoute, et on restait à l'écart, à portée de mégaphone. S'il ne sortait pas au bout de cinq minutes, on balançait une dizaine de grenades lacrymogènes par les fenêtres. Jay n'avait même pas une petite bombe paralysante de poche.

Elle venait les mains nues.

Escortée par son armée de félins trottinants, Jay fit exactement ce qu'on ne devait jamais faire en pareil cas : elle alla frapper à la porte. Sentant quelque chose contre sa jambe, elle faillit rater une marche branlante. C'était le gros matou borgne qui se frottait contre sa cheville en ronronnant comme un moteur de hors-bord. Jay entendit des pas étouffés, et la porte déglinguée s'ouvrit.

– Que se passe-t-il ?

Elias Telfer ne ressemblait pas à l'idée qu'elle s'en était faite. Les images de *Massacre à la tronçonneuse* s'effacèrent. L'homme qui était devant Jay était un petit quadragénaire soigné, avec de longs cheveux gris noués en queue de cheval et coiffés d'une casquette de base-ball. Il portait aussi de vieilles bottes de cow-boy aux talons usés, un jean à pattes d'éléphant si vieux que le bleu en était presque blanc, et un T-shirt Che Guevara. Il avait des joues rondes, des yeux bleus rieurs, et des lunettes à double foyer.

– Elias Telfer ?

– *C'est moi*, dit-il en français. (Il caressa gentiment du bout de sa botte le matou qui s'enroulait autour des jambes de Jay.) Et voici Moteur. Vous lui plaisez. Je vous offre une bière ?

L'amoureux des chats avait une agréable voix douce, presque ronronnante.

– Jennifer Smith. J'aimerais vous parler.

– Volontiers, dit Telfer, et il s'effaça. Entrez, je vous en prie.

La maison était petite, bien agencée, et propre comme un sou neuf, même si elle sentait le chat. Il y avait une petite cuisine, un salon salle à manger, et une autre pièce dans le fond. Les meubles d'occasion étaient dépareillés, mais confortables. Dans le coin du salon, sur un vieux bureau d'écolier trônait un ordinateur relativement récent.

– Je vous fais du thé ? demanda l'homme.

– Non, merci.

– Je reviens tout de suite.

Telfer disparut dans la cuisine, puis revint avec une bouteille de bière sans étiquette.

– Je la brasse moi-même, dit-il en brandissant la bouteille. Écologique. C'est moins fort que de la pisse de chat, mais j'aime ça. (Il se laissa tomber dans un fauteuil avachi face à Jay.) Vous avez l'air d'un flic, dit-il avec un sourire espiègle. Dans mes années de fumette, vous m'auriez rendu nerveux.

– Je m'intéresse aux lettres que vous adressez à l'*Eagle*.

Jay avait insisté sur *lettres* tout en observant attentivement sa réaction. Il sourit, puis avala une gorgée de son breuvage.

– Lesquelles ? Je leur envoie des lettres de protestation pour tout et n'importe quoi.

– On dirait que vous vous êtes spécialisé là-dedans.

– Exactement. J'édite une feuille de choux baptisée *Mauvaises Nouvelles*, dit-il en pointant son pouce par-dessus son épaule vers l'ordinateur. Je la fais imprimer à Butler tous les quinze jours. J'ai cinq à six cents fidèles abonnés, de Honolulu jusqu'à Anchorage. J'écris aussi des articles pour *Harrowsmith, Whole Earth, Mother Jones*. Ça paie pas des masses, mais c'est une façon de vivre comme une autre.

Ça explique le modem. Ce type n'est pas un tueur.

Moteur bondit sur les genoux de Jay et se pelotonna en boule, ronronnant de plus belle. Jay caressa l'énorme tête rousse. Le ronronnement s'amplifia.

– Parlez-moi des massacres de chats, dit Jay.

Tefler s'assombrit.

– Vous êtes au courant ?

– Oui.

– Une putain de saloperie de merde, excusez mon langage.

– Vous pensiez vraiment que la police était impliquée ?

– Non. Je voulais juste qu'elle se bouge le cul. (Il pointa le menton vers l'ordinateur.) La SPA a un service informatique. On lit des trucs comme ça tous les jours, des fourrières locales vendent des animaux au marché noir aux écoles, aux labos. Mais je savais que ce n'était pas le cas. Un cinglé tuait pour le plaisir. Un dangereux psychopathe.

– Il coupait les chats en deux.

– Pire. J'ai vu quelques victimes. Les yeux arrachés, les crânes défoncés, les pattes amputées... ensuite seulement, il les coupait en deux. Parfois, il manquait les têtes. Vraiment dégueu, excusez mon langage.

– Et ça s'est arrêté d'un coup ?

– Oui, j'ai l'impression. Et on ne m'a pas beaucoup aidé à découvrir qui était l'enfant de salaud. Même Kushinski a refusé. Il ne voulait pas être mêlé à ça. Le trou du cul.

– Le Dr Kushinski ?

– Vous le connaissez ?

– Vous avez dit « il ». Je croyais qu'Evelyn Kushinski était une femme.

– Oh, c'est bien un homme. C'est le véto du coin. Il crèche à Harrisville, à cinq ou six bornes d'ici.

– Un vétérinaire ? Et il ne fait rien contre les bourreaux d'animaux ?

– *Pardonnez-moi*, dit Telfer en français avec une moue de mépris, mais c'est un enfoiré de première. S'il n'était pas véto, je dirais que c'est lui le sadique qui a martyrisé les chats.

Assis dans la petite salle du tribunal, au quatrième étage du palais de justice d'Albuquerque, Cruz écouta la fin de l'acte d'accusation de Brian MacDonald. Cruz avait déjà témoigné, mais il avait tenu à rester afin de voir les policiers emmener en prison le fumier visqueux. Pour que tout soit parfait, il ne manquait que Jay Fletcher.

Cruz tiqua. Il entendit vaguement l'avocat de MacDonald tenter d'obtenir une liberté sous caution pour son client. La disparition soudaine de Jay hantait Cruz depuis qu'il avait trouvé sa lettre de « démission » sur le clavier de son ordinateur. Furieux qu'elle l'ait plaqué au beau milieu de l'affaire de l'incendiaire à la capote, il ne pouvait néanmoins s'empêcher d'être inquiet.

Certes, il ne connaissait pas Jay depuis longtemps, mais la décision abrupte de la jeune femme ne semblait pas coller avec sa personnalité. Elle n'était pas du genre à plaquer un collègue en plein boulot, ni à abandonner un travail à moitié fait. Il l'avait trouvée bizarre depuis son escapade imprévue à Albuquerque et la scène qu'il lui avait faite, mais il mettait cela sur le compte des sentiments contradictoires qu'il éprouvait à son égard. Il était quasiment convaincu qu'elle avait couché avec quelqu'un la nuit où elle s'était absentée de Santa Fe, et la réaction que cette certitude avait déclenchée en lui l'avait abasourdi : il était jaloux. Il n'en ferait pas état quand il téléphonerait à Langford à Washington pour faire son rapport sur le départ inattendu de Jay, un appel qu'il ne pourrait plus remettre longtemps, même si Jay devait en pâtir.

Une tape sur l'épaule le tira de ses réflexions. En se retournant, il se trouva nez à nez avec un homme au visage de basset assis derrière lui. L'homme avait un triste sourire de flic, aussi sincère qu'un morceau de charbon.

– Cruz, n'est-ce pas ? Service des investigations des sapeurs-pompiers de Santa Fe ?

– Tout juste. On se connaît ?

– Horace Sladky, Criminelle d'Albuquerque. (Il pointa un menton vers MacDonald.) J'ai appris que vous aviez épinglé votre suspect. Je suis venu jeter un coup d'œil. (Il sourit.) Ça fait plaisir de voir un avocat se faire rembarrer. Bande de chacals... Vous lui avez tiré des aveux ?

– Pas la peine, répondit Cruz, fier de son coup.

Entre sa propre enquête et les informations que Jay avait tirées de sa boîte magique, ils avaient suffisamment de preuves.

– Onze accusations pour meurtre, une pour chaque victime qui a péri dans l'incendie. En plus, conspiration. Et nous n'avons pas fini. Il ne sera pas le seul à plonger.

– Il restera à l'ombre un moment, dit Sladky.

Le juge refusa la caution et on emmena MacDonald. Son avocat le regarda partir, puis rangea ses papiers dans sa serviette. Le public commença à quitter la salle. Sladky, qui avait observé la scène, reporta son attention sur Cruz.

– Où est votre collègue ? La fille du FBI ?

– Elle s'est absentée de Santa Fe.

Comment un flic de la Criminelle d'Albuquerque connaissait-il Jay ?

– Dommage, dit Sladky.

– Vous la connaissez ?

– Oh, fit Sladky en haussant les épaules, je l'ai rencontrée après l'incendie. Elle s'était perdue dans les couloirs et elle avait atterri dans la salle de l'équipe spéciale. L'affaire sur laquelle on bosse semblait drôlement l'intéresser. Je voulais lui apprendre qu'on venait de la boucler... En fait, on l'a bouclée pour nous.

– Quelle affaire ?

– Un serial killer. La presse n'en a rien su. Ça n'a pas fait d'éclaboussures... façon de parler.

– C'est ça qu'elle faisait au FBI. Des profils psychologiques, des machins pour aider des types comme vous.

– Ouais, c'est ce qu'elle m'a dit. (Sladky esquissa un sourire mais ses yeux fureteurs restèrent inexpressifs.) Elle est absente pour longtemps ?

– Je ne sais pas, dit Cruz. Elle a pris un congé pour raisons personnelles.

– Ah bon ? Un deuil familial, peut-être ?

– Quelque chose comme ça. Pourquoi ? Vous avez arrêté le coupable ?

Sladky haussa de nouveau les épaules.

– Quelqu'un nous a devancés, dit-il d'un ton égal. Une vraie boucherie. (Sladky se leva.) Je me disais qu'elle aurait aimé savoir.

– Je lui dirai dès que je la verrai, promit Cruz.

– C'est ça, dites-lui.

20

Le Centre de recherches sur l'épilepsie de San Francisco était situé sur South Embarcadero, au sud de Market Street, non loin du vieux China Basin et de Bay Bridge. Quand Hawkins était un jeune MP, le sud de Market Street était encore une zone industrielle desservant les quais de l'Embarcadero, quartier d'étroites ruelles, d'entrepôts sinistres, fréquenté par les putes les moins chères de la ville.

Les temps avaient changé. Le Moscone Convention Center, qui occupait cinq hectares, était au centre du renouveau du quartier. Désormais les entrepôts regorgeaient de bars branchés, de salons de tatouage, de boutiques chics et de lofts habités par des peintres, des danseurs, des musiciens.

La veille, Hawkins avait téléphoné au Centre de recherches sur l'épilepsie et pris rendez-vous avec le médecin résident, le Dr Shelburne, qui possédait un bureau au deuxième étage d'une ancienne usine rénovée donnant sur la baie. La trentaine, passionné, nerveux, Shelburne portait autour du cou, en guise de stéthoscope, des lunettes pendues au bout d'un ruban de soie noire, et il avait passé une blouse blanche par-dessus un costume rayé. Hawkins essayait depuis son arrivée d'apaiser les inquiétudes du médecin.

– J'espère que vous ne croyez pas que l'épilepsie conduit à la psychose, dit Shelburne.

– Je ne crois rien, docteur. Je ne connais rien sur l'épilepsie. C'est pour ça que je suis là.

Shelburne hocha la tête, mais sa nervosité n'avait pas disparu.

– L'épilepsie a été terriblement mal comprise pendant des siècles, dit-il. Une erreur judiciaire, pourrait-on dire, ajouta-t-il avec un bref sourire.

– Oui, le mal caduc, acquiesça Hawkins.
– C'est cela. Le haut mal, le mal sacré. On lui donne de multiples appellations. Épilepsie vient du grec, et signifie saisissement, attaque.
– Est-ce très répandu ?
– Cinq personnes sur mille en souffrent à travers le monde.
– Et aux États-Unis ?
– Un peu moins. Peut-être trois sur mille.
Hawkins fit la moue. Cela semblait peu, mais cela faisait tout de même 140 000 personnes. Une foule dans laquelle le Glacier se cachait.
– Lorsque je vous ai téléphoné, je vous ai parlé d'un médicament. Vous m'avez dit que vous ne le connaissiez pas.
– En effet, acquiesça Shelburne, et il feuilleta son carnet. Phenacemide, ou primidone.
– C'est ça.
– J'ai vérifié. On ne l'utilise plus pour l'épilepsie.
– Mais vous l'avez trouvé ?
– Oh, oui. Il a été supprimé de la liste officielle au milieu des années 70. Le FDA[1] l'a interdit trois ans plus tard.
– On ne le trouve plus sur le marché ?
– Pas aux États-Unis, sourit Shelburne. Nous appelons cela un produit orphelin.
– J'aurais besoin d'explications.
– Un produit orphelin est un produit dont l'efficacité n'est attestée que pour les maladies rares. Soit il n'est pas rentable, soit il est trop toxique. En fait, les médicaments qu'on ne trouve pas aux États-Unis sont ceux qui n'ont pas reçu l'AMM de la FDA – l'autorisation de mise sur le marché, si vous préférez – ou dont l'AMM a été retirée.
– Dans quelle catégorie se situe le Phenacemide ? demanda Hawkins.
– Dans la dernière. Même quand il était autorisé, on ne l'utilisait qu'en dernier recours.
– Pourquoi ?
– Je vous l'ai dit, à cause de sa haute toxicité. Les effets secondaires sont effrayants, du moins d'après ce que j'ai pu en lire.
– Quels sont ces effets secondaires ?
– Oh, la liste est longue.
– Je ne suis pas pressé, dit Hawkins.
– Accès suicidaire, troubles hépatiques, perte de potassium, aplasie

1. Food and Drug Administration, office du contrôle pharmaceutique et alimentaire. *(N.d.T.)*

médullaire, dépression, maux de tête chroniques, perte pondérale, anorexie, nausée, vomissements, douleurs abdominales, photosensibilité.

– Photosensibilité ?

– C'est un problème commun à tous les antiépileptiques et à l'épilepsie elle-même. Dans les cas graves, le malade doit porter des lunettes noires pendant la journée. Ça fait aussi partie de la mythologie, soupira Shelburne. Beaucoup d'épileptiques fuient le jour et ne sortent que la nuit.

– Comme les vampires.

– Hélas, oui.

– Vous disiez qu'on ne prescrivait ce médicament que dans les cas graves ?

– Pour l'épilepsie essentielle, phase deux, et surtout pour l'épilepsie psychomotrice.

Hawkins commençait à se perdre dans la terminologie.

– Combien y a-t-il de sortes d'épilepsie ? demanda-t-il.

– Oh, un certain nombre, sourit Shelburne, qui, tout à ses explications scientifiques, en oubliait sa nervosité. Vous est-il déjà arrivé d'être sur le point de vous endormir et d'être réveillé subitement par un spasme musculaire ? C'est souvent la jambe, parfois le bras.

– Oui, bien sûr, ça arrive à tout le monde. Un de mes professeurs d'anthropologie m'avait dit qu'il s'agissait d'une réminiscence de l'époque de l'homme des cavernes. C'est un peu comme pour les chiens au moment où ils s'endorment. Un instinct de survie.

– Votre professeur avait tort, décréta Shelburne. Cela s'appelle la phase myoclonique. D'habitude, cela ne dure que dix millièmes de seconde. C'est une forme de ce que nous appelons l'épilepsie akinétique. En général, elle est assez bien contrôlée, mais dans les cas graves, elle peut être mortelle. Chez les enfants, la phase myoclonique s'appelle le syndrome de West. Les enfants épileptiques font ce que nous appelons des attaques de Salam : des prosternations incontrôlées. Cela peut conduire à l'anorexie, aux lésions cérébrales, parfois à la mort.

– Donc tout le monde est épileptique ?

– A un degré plus ou moins important, oui. L'épilepsie est un phénomène électrochimique du cerveau. Normalement, les messages parcourent un réseau neuronal en séquences pulsatives. Chez un épileptique, les signaux électriques sont déclenchés par à-coups incontrôlés. Dans les crises les plus graves, tout le système électrocérébral se met en marche d'un coup.

– C'est comme un court-circuit ?

– Plutôt comme un afflux massif. Il en résulte une surcharge électrique.

– Et on pète les plombs, dit Hawkins.

– Exactement. Chez un épileptique, le système est coupé, ce qui provoque l'attaque. Elles sont plus ou moins fréquentes, plus ou moins intenses. Tout est relatif.

– Si je comprends bien, on ne prescrit le Phenacemide qu'en cas d'épilepsie grave ?

– Oui. Comme je vous le disais, pour l'épilepsie psychomotrice.

– C'est-à-dire ?

Shelburne s'enfonça sur sa chaise et tripota le ruban de soie de ses lunettes.

– Avez-vous lu *The Terminal Man* ? Ou peut-être avez-vous vu le film tiré du livre ?

– Oui, acquiesça Hawkins. De Michael Crichton, le type qui a écrit *Le Mystère d'Andromède* et *Jurassic Park*.

– Lui-même. Dans le livre, le héros souffre d'épilepsie psychomotrice. L'épilepsie semble avoir des origines génétiques, mais la forme psychomotrice est due à un grave traumatisme – fracture du crâne, longue maladie assortie de fortes fièvres. Quand le livre a été écrit, l'électrothérapie était très à la mode.

Hawkins opina. Il se souvenait vaguement d'avoir découpé un article dans *Life* pour un devoir scolaire. Il revit des photos de chats, des électrodes plein la tête. Selon le bouton sur lequel on appuyait, les chats sifflaient et crachaient, ou se pelotonnaient et ronronnaient.

– Je me souviens d'avoir lu quelque chose là-dessus, dit-il.

– La mode ne dura pas longtemps, dit Shelburne.

– Ça ne marchait pas ?

– Si, mais seulement sur certains patients, et jusqu'à un certain point. C'était aussi une méthode lourde – il fallait poser des dizaines d'électrodes à divers endroits du crâne. Et ça ne marchait pas du tout pour l'épilepsie symptomatique, ou jacksonienne, due à une méningite ou à de graves tumeurs.

– On s'est donc retourné vers les médicaments.

– Oui, acquiesça Shelburne, qui fit la moue et joua de nouveau avec ses lunettes. Toutefois, je ne serais pas surpris d'un retour des méthodes mécanistes. La technologie a beaucoup changé depuis que Crichton a écrit son livre. La micro-informatique, vous savez. Je vous avoue que je ne vois pas cela d'un bon œil.

Hawkins s'efforça de remettre Shelburne sur les rails.

– Combien d'épileptiques souffrent de la forme psychomotrice ?

– Environ dix pour cent.

Ah, ça commençait à devenir intéressant. Cela ne représentait plus que 14 000 personnes.

– Et parmi eux, combien ont pris un médicament comme le phenacemide ?

– Pas beaucoup. Comme je vous l'ai dit, on ne le prescrivait que dans des cas extrêmes. Disons dix pour cent.

1 400. L'étau se resserrait autour du Glacier.

– Évidemment, ces patients ne sont fichés nulle part.

– J'ai bien peur que non, confirma Shelburne en hochant la tête.

– Si un patient ne pouvait plus prendre du Phenacemide, à quel médicament aurait-il recours ?

– A une association d'anticonvulsants. Du Di-hydran et du phénobarbital, par exemple. Ce n'est pas aussi efficace, bien sûr. L'espérance de vie d'un tel malade serait courte.

– Pourquoi ?

– Le phénobarbital associé au Di-hydran ne contrôlerait pas complètement l'incidence des crises. Chaque nouvelle attaque causerait des lésions cérébrales. Finalement, le malade succomberait, probablement en état de mal.

Encore de la terminologie barbare.

– Qu'est-ce que c'est ?

– L'état de mal est un coma dû à l'accumulation d'un certain nombre de crises sur une longue période. Cela provoque une détérioration du cerveau, et cela amène le patient dans une situation où il subit un nombre de crises de haut mal sans jamais reprendre connaissance. Les cellules du cerveau s'activent toutes en même temps.

– Que se passe-t-il alors ?

– Épuisement fonctionnel du cortex cérébral. Arrêt cardiaque, arrêt respiratoire, asphyxie, déshydratation, hémorragie cérébrale. L'un ou l'autre de ces symptômes, ou tous à la fois. Finalement le cerveau est privé d'oxygène.

– Et le malade meurt.

– Oui. Les patients dont la condition nécessite le recours au Phenacemide ne vivent pas vieux.

– Celui qui m'intéresse a dépassé la quarantaine.

– Je vois, fit Shelburne en dressant un sourcil.

– Comment fait-il pour survivre ?

– Il n'y a pas trente-six solutions. Il a trouvé un moyen de se procurer du Phenacemide.

– Malgré l'interdiction ? Est-ce possible ?

Shelburne garda longtemps le silence avant de répondre.

– Oui, finit-il par admettre, incapable de mentir. C'est possible.

– Expliquez-moi comment, demanda Hawkins.

La clinique pour femmes en détresse de Slippery Rock était située dans une vaste bâtisse en bois de Franklin Street, en plein centre-ville. Les bureaux se trouvaient au rez-de-chaussée, lequel abritait aussi un dortoir pour fugueuses, victimes de viol, et femmes battues. La directrice était une dénommée Astrid Kee, une version adulte de Candice Albright, l'étudiante employée à la bibliothèque du collège.

La natte d'Astrid était parsemée de cheveux blancs, et sa bouche avait le pli amer de celle qui a écouté la souffrance d'autrui plus souvent qu'à son tour. Les posters obligatoires « Retiens la nuit », et « Je suis fière d'être une femme » décoraient son bureau, une plante verte périssait dans un coin, et trois armoires métalliques complétaient le mobilier.

Sur le bureau proprement dit, une pancarte indiquait qu'on était dans un lieu non-fumeur. En arrivant, Jay avait aperçu une petite pièce équipée d'un ordinateur récent, d'une imprimante et d'une photocopieuse.

– Pour qui m'avez-vous dit que vous travailliez ? demanda Kee.

Jay surprit une pointe d'accent bostonien chez la femme qui trônait derrière son bureau. Astrid avait émigré loin de sa ville natale.

– Pour le CERT, répondit Jay. Computer Emergency Response Team.

– Jamais entendu parler, dit Kee.

Elle s'adossa sur sa chaise pivotante. Jay s'efforça de rester inexpressive. Astrid Kee était le genre d'emmerdeuse pour qui les femmes sont toutes sœurs. Sauf que les femmes ne sont pas plus sœurs que les hommes sont frères. Jay réussit à ne pas dévoiler le fond de sa pensée.

– Nous intervenons sur Internet, dit-elle de son ton le plus aimable.

– Qu'est-ce que cela vient faire avec nous ?

– Votre clinique se branche parfois sur VIOL en ligne. Vous souscrivez aussi à SASH-L.

Le premier était une messagerie qui offrait des discussions sur le viol ; le second une lettre/discussion pour l'organisation de la lutte contre toutes sortes de harcèlement sexuel.

– Et cela vous dérange, Mrs. Smith ?

– Pas le moins du monde.

– J'aime mieux ça, fit Kee. Parce que nous essayons de faire du bon travail. Nous ne sommes pas non plus subventionnées par l'État et nous n'aimons pas que l'administration vienne fourrer son nez dans nos affaires.

– Le CERT ne dépend pas du gouvernement, objecta Jay.

– Tiens donc ! Je parie que c'est lui qui vous finance.

– Là n'est pas la question, miss Kee.

– Alors quelle est la question ?

Quelqu'un se branche sur votre ordinateur et attaque les victimes que vous êtes censée aider.

– Nous pensons que quelqu'un s'introduit dans votre ordinateur chaque fois que vous vous branchez sur le Net.

– C'est grotesque.

– Non, nous avons des preuves.

C'était faux, mais Jay était persuadée d'avoir raison. Après sa rencontre avec Elias Telfer, elle avait branché son ordinateur et lancé un programme de diagnostic sur toutes les lignes téléphoniques équipées de modem, sauf sur celles du collège. La ligne de la clinique pour femmes en détresse était la seule qui montrait une intrusion secrète. Quand la clinique ouvrait sa porte électronique pour se connecter à Internet, quelqu'un en profitait pour se glisser dans l'ordinateur.

– Comment l'avez-vous découvert ? questionna Kee.

– C'est tout le travail du CERT, miss Kee, déclara Jay avec un sourire tranquille. Nous ne cherchions pas à vous espionner, croyez-moi.

– Pourquoi voudrait-on s'introduire dans notre ordinateur ?

– Les pirates de l'informatique font ça pour le plaisir, répondit Jay. Mais d'habitude, ils choisissent un système qui se veut infaillible... pour la gloire.

– Alors de qui s'agit-il ?

– Nous ne sommes pas sûrs. Quel genre de fichiers conservez-vous sur votre disque dur ?

– Des dossiers d'affaires classées, de la correspondance, des choses comme ça.

– Vous gardez aussi les noms et les adresses des femmes que vous aidez ?

– Oui, admit Kee après une hésitation.

– Le suivi ?

– Parfois, acquiesça Astrid en fronçant les sourcils. Pourquoi ?

Jay comprit qu'elle marchait sur des œufs.

– Il y a quelqu'un dans le coin qui s'imagine qu'une femme violée, ou une femme qui tombe enceinte, est une bénédiction pour lui.

– Vous voulez dire qu'il y a un détraqué qui s'amuse avec les victimes ?

Tu n'as pas idée !

– C'est possible, dit Jay.

– Je n'arrive pas à y croire.

– Vraiment ? fit Jay. Il y a des centaines de groupes pornographiques sur le Net. Ils passent ouvertement des petites annonces dans les magazines virtuels. Pourquoi pas ça ?

La directrice se redressa soudain.

– C'est invraisemblable. Il faut que j'en avise...

Jay l'interrompit vivement.

– Je vous saurais gré de garder cela pour vous pour l'instant.

– Mais il faut que cela cesse ! s'écria miss Kee.

– Bien sûr. C'est notre but. Mais il ne faut pas que notre tordu se doute de quelque chose. Il va continuer à s'immiscer dans les programmes d'un groupe comme le vôtre.

Astrid Kee dévisagea Jay d'un air horrifié. Cette affaire la dépassait. Son agressivité s'estompa.

– Qu'attendez-vous de moi ? demanda-t-elle.

– Dites-moi comment marche votre centre.

– Nous conseillons des femmes qui ont été violées ou maltraitées.

– Depuis combien de temps sauvegardez-vous vos dossiers sur l'ordinateur.

– Depuis l'ouverture, il y a trois ans. Au début, nos bureaux se trouvaient au collège. Le centre s'appelait Women Against Violence Against Women (Mouvement des femmes contre la violence envers les femmes).

WAVAW, tu parles d'un sigle !

– Utilisiez-vous les ordinateurs du collège ?

– Oui.

– Mais plus maintenant ?

– Non, dit miss Kee, après une hésitation. Nous ne sommes plus affiliées au collège.

Une rupture idéologique ? La clinique serait-elle trop fondamentaliste pour le collège ?

– Qui a accès à l'ordinateur ?

– Moi. Kelly Quarrington, mon assistante. Et notre comptable.

– C'est aussi une femme, j'imagine.

– En effet. C'est Hilda Jovanovich. Son cabinet se trouve sur Main Street.

– D'autres personnes de l'extérieur ?

– Non.

– Hilda vient-elle souvent travailler sur vos livres de comptes ?

– Tous les quinze jours.

Et je parie qu'elle fait le même travail pour la clinique vétérinaire du Dr Evelyn Kushinski.

Si le suspect avait ouvert une porte secrète sur la disquette programme d'Hilda, il avait pu s'introduire sans laisser de trace dans l'ordinateur de la clinique sitôt que la comptable s'en était servi. Simple, mais efficace.

Un truc que SK. ENCH lui avait peut-être appris.

– Et la plupart de vos clientes sont de la région ?

– Certaines. Ce sont souvent des femmes battues.

– J'imagine qu'il y a aussi de nombreux viols suite à des rendez-vous galants qui tournent mal.

La directrice tiqua.

– Un viol est un viol. Qu'il survienne à la suite d'un rendez-vous ne change rien à l'affaire.

– Excusez-moi, je ne voulais pas dire que...

– Je sais ce que vous vouliez dire. Et la réponse est oui. La majorité des viols auxquels nous avons affaire proviennent du collège. Les grossesses aussi.

– Qu'arrive-t-il aux jeunes filles ?

– Je ne comprends pas.

– Vos patientes. Après leur passage chez vous, retournent-elles au collège ? Rentrent-elles chez elles ? Disparaissent-elles ?

– Ça dépend.

– Conseillez-vous aux filles enceintes de se faire avorter ?

– Nous ne leur conseillons rien, claqua Kee. Nous nous contentons de les aider.

– D'accord, mais vous suggérez un avortement.

Kee toisa Jay d'un regard glacial.

– Je ne vois pas en quoi cela concerne un fraudeur qui pille nos dossiers... Franchement, je n'aime pas la tournure que prend cette conversation.

Ne l'effarouche pas. Tends-lui une perche.

– Je ne porte pas de jugement de valeur, dit Jay d'un ton apaisant. Mais si je veux être utile, j'ai besoin de savoir comment vous fonctionnez. Si vous recommandez l'avortement à des jeunes filles, vous risquez aussi de déclencher certaines réactions. L'avortement est un sujet sensible.

– J'en suis bien consciente, répondit sèchement Kee. Eh bien, oui. Dans certains cas, nous recommandons un avortement.

– Vous recommandez des médecins particuliers ?

– J'espère que vous ne me demandez pas de noms.

– Bien sûr que non.

– Nous envoyons nos patientes dans des cliniques spécialisées, oui. Nous prenons les rendez-vous, nous fournissons les moyens de transport. Nous réglons parfois les frais.

– Cela se passe dans un autre État ?

– Pas forcément. En dehors du comté, toutefois. (Elle pinça le nez de rage et s'empourpra.) Les braves gens de Butler n'acceptent pas notre présence de gaieté de cœur... alors une clinique pour IVG, vous pensez...

– Vous suivez les jeunes filles que vous envoyez dans ces cliniques ?

– Quand c'est possible. Certaines filles... euh, femmes, ne retournent plus au collège.

– Vous n'entendez plus parler d'elles ?

– Ça arrive.

Ça doit arriver. C'est la seule explication.

Jay sentit la panique s'emparer d'elle. Elle avait parlé à trop de gens, laissé trop de traces. Il était temps de s'évaporer dans la nature. Si elle laissait une trop forte impression, elle risquait de tout gâcher.

– Mrs. Smith ?

La voix d'Astrid Kee fit sursauter Jay. Elle s'aperçut qu'elle regardait la directrice d'un air hagard.

Seigneur, je perds les pédales !

– Oh, excusez-moi. J'essayais d'évaluer la situation.

La panique. Et autre chose aussi. Elle brûlait. Elle approchait du but, elle le sentait.

– Doit-on suspendre l'utilisation de l'ordinateur en attendant que... vous en ayez terminé ?

– Surtout pas. Faites comme si de rien n'était. Je dois faire mon rapport avant d'envisager une action quelconque.

Elle décida de terroriser Astrid Kee pour l'empêcher de nuire.

– J'ai peur d'être obligée de faire intervenir le Bureau, dit-elle.

– Le Bureau ?

– Le FBI, précisa Jay.

La directrice se raidit.

– Je ne crois pas que mon conseil d'administration apprécierait, déclara-t-elle.

– Je n'ai peut-être pas le choix. Cela dépasse le mandat du CERT.

– Il en serait de même pour une intervention injustifiée du FBI, objecta la femme, de plus en plus nerveuse.

Dans un passé récent, il y avait eu de nombreuses poursuites contre les centres comme celui d'Astrid qui forçaient les mineurs à se faire avorter. Si Kee avait fermé les yeux sur de telles initiatives, et si l'IVG s'était déroulée dans un autre État, il s'agissait d'un délit fédéral : enlèvement avec détention arbitraire, pour être précis.

– Voilà ce que je vous propose, dit Jay en se levant. Je vais rédiger mon rapport, mais je vous tiendrai au courant avant de faire quoi que ce soit. Attendez que je vous téléphone avant de prévenir votre conseil d'administration.

Kee acquiesça, visiblement soulagée.

– Cela me paraît raisonnable, fit-elle.

Elle tendit une main que Jay accepta. La poigne de la directrice était sèche et osseuse. Jay essaya d'imaginer Astrid Kee en train de consoler une adolescente de dix-huit ans qui venait juste de se faire violer par son « petit ami ».

– Je vous rappelle, assura Jay.

Ne t'inquiète pas, Astrid Kee. Quand j'en aurai terminé, je ne remettrai plus les pieds dans le coin.

La nuit tombait sur le Strip. C'était le moment préféré du Glacier ; dans la chaleur suffocante de la journée, Las Vegas n'avait pas d'épaisseur ; le soleil tuait les couleurs, la lumière crue faisait ressortir les défauts et les trucages. La ville ne prenait vie qu'à la tombée de la nuit ; le rêve devenait réalité, les défauts et les trucages disparaissaient derrière les néons scintillants et les arcs-en-ciel clignotants.

La nuit, le Glacier respirait.

Il ne tenait plus en place après une journée passée dans sa cachette sombre, rivé devant son écran, tentant en vain de pomper l'énergie de l'ordinateur pour chasser la menace qu'il sentait planer. Il ne connaissait que trop les symptômes ; il les avait vus approcher tels d'énormes corbeaux noirs dont les ailes dessinaient des ombres au-dessus de sa tête.

Il quitta sa maison, rejoignit le Strip à pied, et tourna dans O'Shea's. Il marcha en se forçant à se concentrer, respira à pleins poumons les odeurs de l'asphalte surchauffé, les relents appétissants qui émanaient des restaurants, les parfums, les odeurs de sueur. Parfois, s'il se concentrait suffisamment, il pouvait repousser l'inévitable et prétendre qu'il était comme tout le monde... jusqu'à ce que l'inévitable arrive.

Il lui restait peu de temps, et il le savait. Toute la journée, il avait senti les vagues de léthargie et d'euphorie, d'excitation et d'abattement. Et cette soif inextinguible. Combien de fois avait-il ressenti cette impression ? Combien de fois l'avait-il combattue, pour se laisser finalement absorber par elle ?

Même avec ses lentilles de contact légèrement teintées, les lumières environnantes lui déchiraient les sens ; les couleurs devenaient des sons, le toucher avait un goût. Bientôt, il n'y aurait plus qu'un tunnel noir et l'impression qu'un train de marchandises fonçait vers lui dans un vacarme assourdissant.

Il continua de marcher sans réfléchir ; ses mains crispées tricotaient dans le vide. Il s'arrêta, s'appuya contre un distributeur automatique de journaux, s'y agrippa, força ses doigts à cesser de gigoter. Mais il tricotait toujours et avait désormais l'impression que sa langue enflait, remplissait sa bouche sèche, poussait ses dents et son palais, bouchait toute arrivée d'air.

Il émit un petit cri que personne n'entendit. Le plastique des lentilles brûlait les membranes délicates et les fluides. Il eut vaguement conscience d'un couple qui s'arrêtait près de lui. L'homme et la femme portaient des T-shirts assortis du Caesar's Palace.

– Ça ne va pas, mon vieux ?

Le Glacier grinça des dents et émit de nouveau son faible cri. La femme agrippa le bras de l'homme. Le Glacier aurait voulu que l'homme et la femme s'éloignent avant qu'il ne fasse quelque chose qu'ils allaient regretter.

– Il est saoul.

– Non, je crois qu'il est malade. Bon sang, chérie, regarde son visage !

Non, pas malade. En train de se métamorphoser sous leurs yeux. Il fallait qu'il se dépêche. Il avait eu tort de sortir.

– Partons, dit la femme en tirant l'homme par le bras.

L'homme abandonna son rôle de bon Samaritain à contrecœur.

Il venait de sauver sa vie. Il n'y eut pas de sang brûlant pour sillonner l'air glacé. Pas de coup de rasoir. Pas maintenant. Pas déjà.

Le couple s'éloigna. Le Glacier abandonna la sécurité du distributeur et retourna sur ses pas. Les lumières étaient vivantes, désormais, des milliers de serpents s'agitaient en clignotant à l'horizon. Seules les expériences antérieures, analogues à celle-ci, identiques dans leur déroulement, lui permettaient de continuer. S'il suivait les méandres de sa mémoire, il retrouverait son chemin.

Il commença à entendre la musique dès qu'il atteignit le coin de la rue. Le doux murmure des oiseaux rassemblés sur un fil ou sur les branches d'un arbre. Une simple note, aiguë comme le chant des cigales, bourdonnait des éclats de lumière, contrebalancée par la symphonie de la muraille humaine qui l'encerclait de ses chairs. Quel air ? Pour combien de temps ? « Ding, dong » ?

Ding, dong, la sorcière est morte.

Le Magicien dormirait bientôt. Les pilules aideraient un peu. Les autres devront se passer de lui ce soir. Il trouva le coin de la rue, suivit aveuglément les miettes de pain que Gretel avait semées, perçut au-dessus de lui le terrible et monstrueux battement d'ailes.

Non, il n'était pas malade. Il se métamorphosait.

Dans la salle de l'équipe spéciale du quartier général de la police d'Albuquerque, Cruz sirotait l'infect café d'Horace Sladky en regardant l'inspecteur aux cheveux grisonnants fouiller dans le classeur des témoignages. Le coup de téléphone du flic avait été clair et sans équivoque : si Cruz voulait éviter de gros ennuis, il ferait mieux de rappliquer vite fait au QG.

– Vous ne pouviez pas m'expliquer les choses par téléphone ? demanda Cruz.

– Non, dit Sladky, qui avait trouvé ce qu'il cherchait et sortit une feuille du classeur. Si on ne garde pas le profil bas, on est dans la merde tous les deux.

– Alors, je vous écoute.

Sladky jeta un œil sur la feuille de papier.

– Le Manuel, dit-il.

– Le tueur que vous avez pincé ?

– Lui-même.

– J'enquête sur les incendies criminels, Sladky, je ne suis pas un flic de la Criminelle.

– Votre partenaire du FBI. Celle qui s'est retrouvée ici après le grand incendie, vous vous souvenez ?

– Jay Fletcher. Vous m'aviez demandé de ses nouvelles au tribunal.

– Oui, c'est bien elle.

– Et alors ?

– J'ai vérifié. D'après mes informations, elle utilisait un véhicule du ministère des Transports quand elle travaillait avec vous à Santa Fe. Une Ford Escort verte de 93. GTL 946.

– C'était bien une Escort, acquiesça Cruz, mais je ne me souviens plus de la plaque. Venez-en au fait, voulez-vous.

– Voilà : nous avons ratissé le quartier autour de la maison du Manuel. Quelqu'un se souvient d'avoir vu la voiture.

– Quand ?

– Une heure et demie avant qu'on reçoive l'appel anonyme.

– Et cette personne se souvient de la plaque ? renifla Cruz. Une sacrée veine, vous ne trouvez pas ?

– Ça se peut. Sauf que la personne qui a reconnu la voiture porte les mêmes initiales, GTL. C'est pour ça qu'elle s'en souvient.

– C'est pour ça que vous m'aviez demandé de ses nouvelles au tribunal ?

– Non, c'était une intuition. Désormais, j'ai des faits.

– Appelons ça des coïncidences, dit Cruz.

– Vous êtes son avocat ? Merde, elle est flic. On sait que sa voiture se trouvait sur les lieux au moment du crime. C'est une pro de l'informatique, comme le Manuel. Celui ou celle qui a descendu le fumier possédait des informations de première. Des informations que seul un flic pouvait obtenir.

– Vous la soupçonnez ?

– C'est notre suspect numéro un. A moins que vous n'ayez d'autres explications.

– Merde !

– Comme vous dites. Vous n'avez toujours pas de nouvelles d'elle ?

– Non.

– Et les gens de Washington ?

– Je ne suis pas au courant.

Sladky rangea la feuille dans le classeur et dévisagea Cruz.

– Comment on manœuvre ? demanda-t-il.

Le sous-entendu était clair. Sladky avait permis à Jay d'avoir des informations sur le tueur, et Cruz était censé être responsable d'elle pendant son séjour à Santa Fe. Si elle avait tué le Manuel, Cruz et Sladky étaient dans une panade noire.

– Avec prudence, dit Cruz après une longue réflexion. Je vais me renseigner... Combien de temps pouvez-vous garder ce témoignage sous le coude ?

– Deux jours. Une semaine, grand maximum. Sinon, ça finira par se savoir et on dira que les flics cherchent à étouffer l'affaire.

– Je ferai aussi vite que je pourrai.

– Trouvez-la rapidement, conseilla Sladky. Vous devriez aussi prévenir les gens de Washington. Je ne crois pas que le Manuel était le seul sur sa liste. A mon avis, elle ne fait que commencer.

Jay ralentit en arrivant sur la nationale. En plein jour, le comté de Butler offrait un paysage agréable de collines et de landes. La nuit, vu ce que Jay avait appris, le pays lui sembla aussi menaçant qu'une forêt d'ombres prête à l'engloutir vivante.

Agrippée au volant, elle remua sur son siège afin de sentir le poids rassurant de son 9 mm, au creux de ses reins. Tout s'était passé trop vite, et elle n'était pas sûre d'être prête. Avec plus de temps, elle aurait pu préparer un plan, une stratégie, envisager différentes solutions.

Dégonfle-toi.

Non, trop tard.

Elle n'avait eu aucun mal à se renseigner sur Hilda Jovanovich et découvrir qu'elle était aussi la comptable du vétérinaire, et la visite à Candice Albright à la bibliothèque du collège avait confirmé ses soupçons. Kushinski utilisait régulièrement la bibliothèque, en se déplaçant lui-même ou en se servant de son modem. D'après ce que lui avait dit la petite Albright, Kushinski s'intéressait particulièrement au procès de *Roe* contre *Wade* et à tout ce qui avait trait à l'avortement. Autrement, ses lectures avaient pour objet l'histoire locale du collège de Slippery Rock, et principalement les informations concernant l'ancienne école Crocker située dans les faubourgs de la ville.

Un bref détour par la mairie avait suffi à renseigner Jay. Bâtie en 1937, l'école Crocker, réservée aux cours élémentaires et aux premières classes du secondaire, avait été abandonnée au milieu des années 70 après un incendie qui avait ravagé l'auditorium et le gymnase. Le coût des réparations étant prohibitif, la direction avait préféré faire construire deux nouvelles écoles.

Trois ans auparavant, devant les difficultés économiques, la direction avait tenté de vendre la vieille école aux enchères. Personne n'étant décidé à offrir le prix minimal, les locaux avaient été retirés de la vente. Un an plus tard, moins de deux mois avant l'arrivée des premières lettres à l'*Eagle* de Butler, la direction fit une seconde tentative. Cette fois, il y eut un acquéreur, le Dr Evelyn Kushinski, le vétérinaire de Harrisville. D'après son offre écrite conservée à la mairie, il avait l'intention de faire raser les bâtiments encore debout et de transformer l'endroit en élevage de gibier et réserve naturelle. Pour l'instant, il n'avait pas encore procédé à des travaux.

Un élevage de gibier, Seigneur !

Jay avait terminé la journée à Harrisville, dans sa voiture, fumant cigarette sur cigarette, un œil sur la clinique de Kushinski. Ce dernier avait passé l'après-midi à soigner des chiots, des perruches malades, et des hamsters femelles enceintes, mais Jay n'avait vu aucun propriétaire de chat entrer dans le bâtiment en briques rouges. A six heures, quand le crépuscule enveloppa les collines avoisinantes, les lumières de la clinique s'éteignirent, et celles de l'appartement du premier s'allumèrent. Il ne restait qu'un véhicule dans le petit parking pavé, devant la clinique – une Land Rover zébrée noir et blanc qui semblait sortir d'un documentaire sur les safaris. Jay avait vérifié : le véhicule appartenait à Kushinski.

A neuf heures, alors que la nuit était presque tombée, Jay aperçut pour la première fois le vétérinaire quand il sortit de la clinique, ferma la porte derrière lui et se dirigea vers sa Rover. Son physique ordinaire la surprit. Il était petit, environ un mètre cinquante, la quarantaine, le visage rond, rasé de près, et portait un coupe-vent bleu et une casquette de base-ball. Un quidam anodin. Un petit bonhomme qui s'intéressait de trop près aux avortements, conduisait un 4 × 4 zébré, et jouait à des jeux mortels sur l'Internet avec une assemblée de monstres.

Le vétérinaire grimpa dans sa Land Rover, mit le contact et démarra. Il tourna dans Grove City Road, se dirigea vers le village, puis bifurqua dans la nationale 8. Jay le suivit de loin ; presque à coup sûr, elle savait où le tueur de chats allait. Kushinski, qui cherchait à toucher un large public avec ses lettres fielleuses. Kushinski, qui faisait disparaître les pauvres jeunes filles désespérées.

C'était la partie la plus facile, bien sûr. La disparition de tant de jeunes filles aurait dû alerter l'opinion, mais Jay savait que l'absence de cadavre signifiait un classement dans l'épais dossier des personnes disparues ; la liste des personnes disparues, elle, reposait au fond des tiroirs de la police, juste à côté des signalements du Yéti et des OVNI.

Kushinski était déjà hors de vue quand Jay traversa Slippery Rock sur la nationale 108. A sa droite, elle voyait la lumière jaune livide du commissariat. Un chef, trois agents et deux véhicules. Pas vraiment des renforts, même si elle avait été en position d'en réclamer.

Il n'était pas encore dix heures, mais Slippery Rock fermait déjà pour la nuit. Au loin, les lumières du collège brillaient encore à l'est, mais la ville elle-même était plongée dans le noir complet. Jay traversa le carrefour de Main Street et de la nationale, puis continua, dépassa le motel, et s'enfonça vers le sud-ouest. Sur sa droite, les maisons se firent plus rares, et deux kilomètres plus loin, la route n'était plus bordée que par des taillis et des arbres.

Voyant l'embranchement de Mulberry Street se découper dans ses phares, Jay ralentit. Pas de voiture en face, et personne derrière. Jay ralentit encore, puis éteignit ses phares et roula à l'aveuglette. Sans phares, elle eut l'impression que les ombres des collines encerclaient la voiture et menaçaient de l'étouffer. Une vision fugitive faillit lui faire quitter la route : un cavalier sans tête chevauchant un destrier aux yeux de braise poursuivait Ichabod Crane dans le paysage désolé de Sleepy Hollow. Elle avait mouillé son lit pendant une semaine après avoir vu le film à la télé. Mikey, sa sœur, s'était moquée d'elle sans pitié.

A quoi riment ces souvenirs d'enfance ? Qu'est-ce qui m'arrive ?

Oh, rien. La solitude, l'ennui, personne pour m'inviter à sortir.

Elle reprit le contrôle de son véhicule. Elle entrevit l'embranchement dans les bois à cinquante mètres. Elle ralentit, avança au pas, puis vira sans mettre son clignotant. Elle entendit soudain les graviers crisser sous les pneus. Elle continua, penchée en avant, le nez collé au pare-brise. Inutile de tenter le diable, mieux valait se garer à l'écart de la route au cas où un policier curieux viendrait à passer.

Elle se gara à cheval sur le fossé, descendit de voiture et huma longuement l'air nocturne. Cela sentait le pin, le cèdre, l'odeur douceâtre du vieux foin et des feuilles pourries. Loin au-dessus de sa tête, Jay entendit le vol en piqué d'un faucon de nuit. Avec un doux sifflement régulier, une brise légère agitait les feuillages des arbres qui bordaient le sentier de graviers.

Jay songea à fumer une cigarette pour se calmer, mais se ravisa et préféra s'assurer que son revolver était toujours en place. Il y était. Elle avança avec prudence, marchant dans la rigole jonchée de feuilles mortes pour amortir le bruit de ses pas. Moins d'une minute plus tard, elle atteignait l'orée du bois et les vestiges de la vieille école Crocker se dressèrent devant elle, de l'autre côté d'un pré de trente mètres de large qui, entretenu, avait dû être une belle pelouse. Plus vaste que Jay ne l'avait prévu, l'école était une bâtisse coloniale en briques rouges d'un étage, et huit fenêtres s'alignaient de chaque côté d'une haute porte voûtée. Jay s'arrêta pour laisser ses yeux s'habituer à l'obscurité et refoula son envie de fumer.

L'allée contournait le pré et dessinait une courbe devant l'entrée principale. Un mât nu se dressait au sommet d'un monticule, devant l'escalier. Jay ne vit pas la Land Rover. Kushinski l'avait sans doute garée derrière le bâtiment. Elle ferma les yeux pour essayer de visualiser les plans de l'école qu'elle avait consultés à la mairie.

L'école était bâtie en forme de H amputé, la longue jambe face à Jay, la plus courte à l'arrière, reliée par les ruines de l'auditorium et du gymnase. Les classes des élèves du secondaire étaient situées dans la partie frontale, celles des primaires à l'arrière. Outre l'entrée principale, le bâtiment comprenait une demi-douzaine de portes. Trop de fuites possibles.

Aucune lumière. Soit Kushinski opérait dans le noir, soit il utilisait une des salles de classe à l'arrière du bâtiment. Jay essaya de se remémorer l'agencement des salles. Il y en avait deux et un bureau de chaque côté de l'entrée principale, et un long couloir menait vers l'aile arrière. La bibliothèque se trouvait au bout de l'aile arrière droite, et au-dessus, le laboratoire de sciences naturelles.

C'est ça. C'est là qu'il est.

Courbée en deux, Jay traversa le pré à fond de train, glissa dans l'herbe humide, perdit l'équilibre, se rattrapa, et courut jusqu'à l'escalier qu'elle gravit quatre à quatre. La double porte, à moitié défoncée par les haches des pompiers, pendait sur ses gonds. Par terre, des feuilles mortes et des brindilles traversaient le trou béant comme une sorte de flèche. Jay entra.

De l'autre côté de la porte, elle se figea et tendit l'oreille pendant que ses yeux s'habituaient à l'obscurité dense. Des odeurs, aigres, acides. Jay tâta d'une main le mur granuleux. Un tissu épais, sans doute de l'amiante, recouvert de peinture. Apprendre pendant cinquante ans les rudiments d'hygiène aux enfants, tout en leur inoculant le cancer du poumon !

Recouvert d'un vieux linoléum à carreaux blancs et noirs, le sol ressemblait à un échiquier. Jay grimaça un sourire. C'était un univers tellement familier... connu de tous les enfants du monde. Neuf mois par an de purgatoire. Jay pourrait circuler dans l'école Crocker les yeux fermés.

Elle gravit une seconde volée de marches usées au milieu, devina le contour des portes dans le noir. Des bureaux, ceux du principal et du principal adjoint. Quand un enfant y était envoyé, c'était comme une condamnation à mort. Utiliser l'entrée principale en dehors des alertes au feu, ou si on n'était pas accompagné de ses parents, équivalait à un suicide.

En haut des marches, Jay se retrouva devant deux larges couloirs qui partaient à droite et à gauche. Une énorme vitrine, aux verres brisés en mille morceaux, lui faisait face. Les coupes de football, les plaques commémoratives, les trophées et les hommages aux élèves morts pendant la Seconde Guerre mondiale avaient été sauvés des flammes. Un trou noirci remplaçait les lourdes portes coupe-feu. Au-delà, ce devaient être l'auditorium et le gymnase. En se rappelant les plans qu'elle avait vus à la mairie, Jay tourna à droite, longea le couloir qui menait à l'escalier. De chaque côté, les portes des casiers métalliques pendaient comme des dents brisées.

Une nouvelle odeur, horrible, empestait le couloir. Jay s'arrêta pour sortir son revolver. Elle connaissait cette odeur... celle, lourde et âcre, de la chair en putréfaction. Il ne manquait que le bourdonnement des mouches.

Jay perçut un son qui jurait étrangement avec l'affreuse puanteur. Un son étouffé, lointain. Vivaldi. Jay déglutit péniblement, tourna au coin du couloir, posa un pied sur la première marche de l'escalier, et faillit hurler en sentant une chose effleurer son visage. Elle se recula vivement, braqua son revolver droit devant elle, et s'apprêta à tirer.

Oh, Seigneur !

Au bout de ficelles qui pendaient de la cage d'escalier, tels des énormes carillons à vent, les restes de centaines de chats se balançaient – têtes, queues, pattes, troncs. Certaines étaient là depuis peu, les yeux écarquillés, les gueules ouvertes encore roses ; d'autres étaient à l'évidence plus anciens, le poil maculé de tâches sombres, les yeux creux, la chair noircie, dure comme du cuir.

Des totems.

Comme les crânes empalés sur des bambous à Bornéo pour faire fuir les ennemis. Un avertissement pour les sains d'esprit : Vous pénétrez dans le royaume de la folie. Demi-tour. Demi-tour.

Pas question. Pas question. Trop tard. Trop tard.

Jay reprit sa progression, gravit l'escalier en évitant les morceaux de cadavre, refluant la bile acide qui lui brûlait la gorge, retenant sa respiration devant l'horrible puanteur. Heureusement, au premier palier, le charnier suspendu s'arrêtait. Au bas du second palier, il ne restait qu'une seule ficelle, éclairée par la faible lueur de la lune qui traversait l'unique fenêtre. Jay s'arrêta de nouveau et fouilla la pénombre. Plus de chats.

Une main humaine, suspendue par une ficelle nouée autour des os du poignet, pointait ses doigts vers le sol. Une main de fille. Une bague entourait le petit doigt, un fil d'or orné d'une pierre en forme de cœur. La main était fraîche, la peau rose et tendue, l'os du poignet blanc, la moelle jaunâtre débordait des fentes brisées du radius et du cubitus.

C'est pas le moment de t'évanouir. Tu n'as encore rien vu.

Jay contourna la main et reprit son ascension. Le courant d'air faisait lentement pivoter la main, et en tournoyant, la bague attrapait la lumière qui tombait de la fenêtre. Plaquée contre le mur, Jay se força à avancer. On entendait mieux la musique. C'était *Les Quatre Saisons*. « L'hiver », pensa Jay, ce qui était risible, car elle sentait la sueur salée dégouliner dans sa nuque et mouiller ses reins.

Elle atteignit le haut des marches, pointa la tête à l'angle de la cage d'escalier et aperçut un rai de lumière filtrer sous une porte, au bout du couloir, à moins de dix mètres. Le laboratoire de sciences naturelles. Les éclats de musique s'amplifièrent, et Jay entendit quelqu'un siffler en mesure. Les yeux écarquillés, le regard tendu, elle distingua une chaise près de la porte. Il y avait quelque chose sur la chaise. Des vêtements ?

Jay fit un pas dans le couloir, attendit que la musique atteigne son apogée, puis arma son revolver et engagea une balle dans la chambre. Ce n'était pas une balle réglementaire, loin de là. La pointe de celle-ci était creuse. Si le vétérinaire la forçait à tirer, Jay voulait que la balle lui fasse un trou grand comme une assiette.

Il y eut un court silence, puis la musique reprit. « Le printemps ». L'air était plus léger, plus riche, plus entraînant. Jay savait qu'elle n'écouterait plus jamais Vivaldi de la même oreille. Elle avança pas à pas, le dos collé au mur, s'arrêtant de temps en temps, l'oreille aux aguets.

Une autre odeur la saisit, plus écœurante que celle des chairs en décomposition des pauvres créatures martyrisées suspendues dans la cage d'escalier. Des relents acides lui piquèrent le nez et lui arrachèrent des larmes brûlantes. De sa main libre, elle essuya les larmes et se mit à respirer par petits coups rapides. Elle s'efforça de croire que c'était à cause de l'odeur, mais elle n'était pas dupe. C'était la proximité du danger.

Jésus est avec moi, ça j'en suis sûre.

Un autre pas, puis elle s'arrêta de nouveau. Elle n'était qu'à un mètre de la chaise. C'était effectivement des habits : des chaussettes fines ; un boxer-short en soie, plié ; un pantalon de toile, plié ; une chemise bleu pâle, pliée ; et un coupe-vent en popeline bleu foncé, surmonté d'une casquette de base-ball et, au-dessus, d'un portefeuille et d'un trousseau de clefs.

Il est à l'intérieur, tout nu. Oh mon Dieu !

Jay tendit la main et effleura les clefs. Malgré la puanteur acide, elle sentit les relents de lotion après rasage qui imbibaient les vêtements. Jade East ? Non, ça ne se faisait plus, c'était son imagination.

Gordie Saybrook sentait le Jade East la première fois qu'il avait fourré sa main dans ma culotte, sur le siège arrière de la Buick flambant neuve de maman. Moi, je m'étais parfumée au White Shoulders.

Jay respira un bon coup, dépassa la chaise et jaillit dans la salle, le revolver braqué à deux mains.

C'était une vaste salle rectangulaire, haute de plafond, éclairée par une demi-douzaine de néons fluorescents. Il avait réussi à faire arriver le courant dans la pièce. Les hautes fenêtres étaient obstruées par d'épais morceaux de feutre collés avec des bandes adhésives argentées.

Le vieux laboratoire avait été transformé en salle d'embaumement. Recouvertes d'épais plastiques, des feuilles de contreplaqué garnissaient les tables. De sa place, Jay distingua sur une table les restes d'un cadavre de femme en décomposition. La tête ainsi que les mains et les pieds manquaient. Par terre, d'énormes casseroles remplies d'une substance goudronneuse, bouillonnaient sur des plaques chauffantes.

On avait disposé quatre chaises à côté des chaudrons. Une élégante petite boîte était posée sur une des chaises ; sur les trois autres, face à l'électrophone, trois jeunes femmes tout habillées étaient assises, rigides, le visage inexpressif et sans vie. Une blonde et deux brunes. L'œil droit de la blonde manquait, le trou de l'orbite bourré de coton. Sa main droite manquait aussi, tranchée net au poignet.

De la taxidermie !

Doux Jésus, il les empaille !

Comme les trophées d'élans qu'on accroche aux murs.

Le bureau du professeur avait été remplacé par une immense table recouverte de zinc. Un autre corps l'occupait, dépecé, la peau pendant du dernier point d'attache du scalp. Kushinski, nu comme un ver, le corps luisant de sueur, penché au-dessus de la forme écorchée, arrachait soigneusement les yeux de leurs orbites. Il fumait une pipe à la Sherlock Holmes et le parfum mielleux du tabac flottait dans l'air.

A portée de main, il avait disposé un plateau d'instruments – larges couteaux incurvés, grosses aiguilles, ficelle de marin, plusieurs scies. Derrière lui, à moitié caché, se dressait un squelette bâti avec des tubes de plastique et du fil de fer de cage à poules, complété par une armature articulée et un crâne en plâtre. Deux gros yeux artificiels étaient déjà en place.

Jay dut faire un bruit, car Kushinski leva les yeux de son travail et la dévisagea. Il resta un instant interdit, puis sourit. Il s'essuya le front de sa main droite ; la gauche, cachée par la table, disparaissait entre ses jambes. Quand il ouvrit la bouche, Jay nota qu'il avait la voix douce et un léger accent anglais. Voyant ce que Jay regardait, il s'illumina.

– Oui, je commence toujours par les yeux, expliqua-t-il. J'aime qu'elles me regardent faire, pas vous ?

21

Je suis très impressionné, dit Charles Langford, assis derrière son bureau, au sous-sol du bâtiment Hoover. Au moins, maintenant, nous avons le nom de ce fumier.

– Ça t'impressionne peut-être, rétorqua Hawkins qui lui faisait face, mais pas moi. Stiles a toujours réussi à me devancer d'un pas. Ça n'a pas changé. Il sait tout ce que je fais.

– Et tu es persuadé qu'il puise ses informations dans des banques de données ?

– Positif. Il n'y a pas d'autre explication. Ça ferait une sacrée coïncidence si Ritchie et sa femme avaient été matraqués à mort vingt-quatre heures après que je les ai interrogés. Stiles ne me suit pas moi, il file mes cartes de crédit sur ordinateur.

– Ce serait donc un informaticien ?

– Ça m'en a tout l'air.

– S'il repère tes retraits bancaires, c'est qu'il est bougrement fortiche. C'est peut-être un pro. S'il utilise les banques de données des cartes de crédit, tu ne peux pas faire grand-chose, sinon te protéger en payant comptant.

– Pas facile à faire de nos jours. D'ailleurs, je ne sais pas si j'ai envie de me protéger.

– Si tu ne le fais pas, il saura que tu es sur ses traces.

– Il le sait déjà. Si je continue à utiliser mes cartes de crédit, je pourrais peut-être le faire sortir du bois. Je ne peux pas le laisser refaire le coup des Ritchie. Si je n'avais pas été les voir, ils seraient peut-être encore en vie.

– Tu n'en sais rien. C'était peut-être une coïncidence.

– Foutaises, Charlie. Mais merci quand même. (Hawkins pivota dans son fauteuil et regarda la carte murale des États-Unis.) Si je joue son jeu, je peux l'épingler... je le sais.

– Jouer son jeu ?

– Oui, le prendre à son propre piège. Faire du piratage informatique.

– Avec ton truc sur l'épilepsie ?

– Exactement. J'ai passé pas mal de temps avec le chercheur du Centre de recherches sur l'épilepsie à San Francisco, et ce matin je suis resté une heure au téléphone avec leur antenne nationale, ici même, à Washington. Il n'existe que quatre médicaments efficaces pour la version psychomotrice de la maladie dont souffre, semble-t-il, Stiles : Di-hydran, Tégretal, Dépakine, ou n'importe quelle association de phénobarbital. Ça, ce sont les médicaments légaux.

– Et sinon ?

– Il y a un médicament orphelin, le Phenacemide. On n'en trouve plus aux États-Unis. Stiles en prenait dans les années 60, quand le médicament était encore sur le marché.

– Si tu découvres qui l'importe, tu resserres le filet ?

– Évidemment.

– Qui fabrique ce produit ?

– Oh, pas mal de laboratoires. Un en Suède, un en France, un autre au Canada. Je parie qu'il s'approvisionne au Canada. C'est ce qu'il y a de plus près, et c'est plus facile. D'après ce que le toubib de San Francisco m'a expliqué, Stiles passe sans doute commande par téléphone et se fait expédier le médicament par la poste.

– C'est légal ?

– Oui et non. En tout cas, les autorités ferment les yeux. Des tas de gens font comme lui, surtout les malades du sida et leurs médecins.

– Ça concerne combien de personnes ?

– Si j'avais accès aux fichiers du Centre de recherches sur l'épilepsie, je pourrais te répondre assez précisément.

– Et le Centre refuse ?

– Oui, tant que je n'ai pas de mandat.

– Et je crains que tu ne l'obtiennes jamais.

– A moins que mon enquête ne devienne officielle, souligna Hawkins.

– Laisse tomber, c'est pas le moment, répondit Langford. Un tas de merde vient de s'abattre sur le FBI, et c'est pas fini.

Il sortit une feuille de sa poche et la jeta sur le bureau.

– Qu'est-ce que c'est ? demanda Hawkins.

– Lis. Pendant ce temps-là, je vais pleurer dans mon coin.

Le fax était une photocopie d'une dépêche de l'*Independent News*

Service qui résumait un article de l'*Eagle* de Butler, en Pennsylvanie, écrit par une certaine Christy Skeed :

> INS/Eagle de Butler/Slippery Rock/Skeed : Suite à un coup de fil anonyme, la police locale de cette petite ville de Pennsylvanie a découvert le cadavre d'un vétérinaire, le Dr Evelyn Kushinski, dans le laboratoire de sciences naturelles d'une école désaffectée. Une enquête préliminaire indique que le Dr Kushinski semble impliqué dans une vague de meurtres s'étendant sur plusieurs années.
>
> Dans l'école, fermée depuis près de quinze ans, on a retrouvé les restes de neuf jeunes femmes, sinon plus, âgées de dix-huit à vingt ans.
>
> Eric Sommers, le chef de la police, qui a refusé tout commentaire sur le tueur en série de Slippery Rock, s'est borné à indiquer que les animaux mutilés dans la région de Slippery Rock-Butler au cours des deux dernières années avaient peut-être été martyrisés par ce même Dr Kushinski.
>
> La journaliste a également appris qu'une femme se faisant passer pour « Jennifer Smith » semblait s'intéresser de près au Dr Kushinski. Smith, qui prétendait travailler pour le CERT, le Computer Emergency Response Team, avait enquêté au centre pour femmes en détresse de Slippery Rock. Astrid Kee, la directrice du centre, se refuse à tout commentaire.
>
> L'enquête suit son cours.

– Une maniaque de la légitime défense a descendu un serial killer ? demanda Hawkins en lançant le fax sur le bureau. Tiens, c'est nouveau, ça.

– C'est cette Jennifer Smith, acquiesça Langford. Skeed m'a envoyé la dépêche une heure avant que Sommers, le chef de la police de Slippery Rock, n'appelle la police de l'État. Les gars de Pennsylvanie nous ont contactés. Nous sommes officiellement chargés de l'affaire.

– Tiens, j'aurais cru que ça reviendrait au BSU.

– Il faut des spécialistes en informatique. La police a fouillé chez Kushinski. Il possédait des ordinateurs haut de gamme qui ont été complètement détruits. Les gars de là-bas nous envoient ce qui reste des disques durs pour voir si on peut en tirer quelque chose.

– Alors, quel est le problème ? demanda Hawkins.

– Je crois savoir qui est Jennifer Smith, dit négligemment Langford.

– Si c'est vrai, sourit Hawkins, tu seras un héros.

– Il me semble qu'elle est des nôtres, fit Langford en hochant tristement la tête.

– Un agent du Bureau ?

Langford soupira bruyamment.

– Tu te rappelles quand je t'ai demandé de t'occuper du Glacier en dehors du cadre officiel ? Je t'avais alors parlé d'une certaine Jay Fletcher. Elle s'était foutue dans de sales draps en Californie, elle avait fouillé dans des bases de données sans autorisation et avait compromis un procès. Je l'avais envoyée se calmer à Santa Fe. Elle devait installer un système informatique pour un dénommé Cruz, un enquêteur des sapeurs-pompiers.

– Oui, je me souviens vaguement. T'étais en pétard.

– Je le suis toujours.

– Et alors ?

– Alors, Fletcher a disparu. Elle a laissé une lettre à Cruz pour le prévenir qu'elle prenait un congé pour raisons familiales.

– Je ne vois pas le rapport, dit Hawkins, perplexe.

– Peu de temps avant qu'elle s'évapore, la police d'Albuquerque enquêtait sur une série de meurtres dont l'auteur était surnommé le Manuel. Les flics ont reçu un appel anonyme. Ils ont retrouvé l'assassin... assassiné. Les médias n'en ont pas été informés. Il était dans l'informatique, lui aussi, et ses ordinateurs ont tous été détruits.

– Même technique.

– Exactement.

– As-tu d'autres preuves contre cette Fletcher ?

– Pas encore. On enquête.

– Une enquête interne, j'imagine ?

– Tu parles ! Cette dépêche a été diffusée ce matin, ajouta Langford en pointant le fax du menton. A ton avis, combien de temps avant que la presse à scandales ne s'en empare ?

– Oh, ça va pas traîner, assura Hawkins. Mais rien n'indique que cette Jennifer Smith soit liée au FBI.

– La journaliste qui m'a envoyé l'histoire a déjà des soupçons. Encore un jour ou deux, et j'aurais la meute à ma porte.

– C'est un peu léger. Tu fais de la parano. Tu as toujours été comme ça, Charlie, gourmanda gentiment Hawkins.

– Ce n'est pas de la parano, c'est de la prudence. Fletcher est une spécialiste en informatique dont la déontologie n'est pas le point fort. Elle n'est pas du genre à s'embarrasser des règlements, pour elle la fin justifie les moyens. Deux psychopathes se font buter, et c'étaient tous deux des fondus de l'informatique.

– Tu ne crois pas que tu vas un peu vite ?

– Écoute, Bill, l'Internet évolue en dehors de toute législation. Pour l'instant, c'est encore le Far West. Bordel, tu l'as dit toi-même... le Glacier aussi est un pirate de l'informatique... Seigneur ! Je viens d'avoir une idée.

– Je t'écoute.

– Fletcher. Elle développait pour nous un programme appelé le Criminal Behavior Index, le C-Bix. D'après elle, à condition d'avoir suffisamment de données, on pouvait dépister les récidivistes comme les serial killers. Si je ne me trompe pas, elle en a déjà abattu deux. Si ça se trouve, il y a un lien entre ce qu'elle fait et Ricky Stiles.

– Pure coïncidence, objecta Hawkins.

– Tu sais très bien que les coïncidences n'existent pas dans notre métier.

– Tu me parles d'un Charles Bronson en jupon. *Une justicière dans la ville*. La vengeresse masquée chez les meurtriers et les violeurs. C'est une chimère, Charlie, un fantasme de féministe New Age. Moi, je te parle d'un psychopathe en chair et en os qui massacre des tonnes de gens depuis près de vingt ans.

– L'un et l'autre font peut-être partie du même cauchemar, dit Langford.

– Peut-être, soupira Hawkins. Mais en attendant, j'ai besoin de tes services. (Il prit la coupure du *Berkeley Barb* sur le bureau de Langford.) Est-ce que Jack Prine travaille toujours chez vous ?

– Je veux ! Et il vieillit bien.

– Super, dit Hawkins. Tu crois qu'il pourrait ajouter vingt-cinq ans à notre ami Stiles ?

Il tendit la photo du journal à Langford.

– Oui, ça peut se faire, acquiesça ce dernier. Autre chose ?

– Le médicament de Stiles contre l'épilepsie. Si je trouve le circuit de distribution, je peux le serrer, Charlie. Une fois pour toutes. Si tu as raison pour cette Fletcher, ajouta-t-il en regardant son ami dans le blanc des yeux, on devrait peut-être utiliser ses compétences. Il est temps de se battre avec ces salauds sur leur terrain, selon leurs propres règles, et non les nôtres.

– Je suis de la vieille école, Bill ; je ne connais pas d'autres règles que celles que j'ai suivies depuis toujours.

– Il est temps que tu en apprennes d'autres.

Langford feuilleta son agenda. Ayant trouvé ce qu'il cherchait, il griffonna un numéro sur un bout de papier et le tendit à Hawkins.

– Appelle ce numéro. Le type, tu ne le croiras pas, se nomme Wacker[1]. Dis-lui que tu appelles de ma part.
– Il est discret ?
– Une tombe.
On frappa à la porte. Langford leva la tête et vit un petit brun sur le seuil.
– Je cherche le bureau de Charles Langford, demanda l'homme.
– Vous y êtes. Que puis-je pour vous ?
– Mon nom est Cruz. Il s'agit de Jay Fletcher, j'ai des renseignements qui risquent de vous intéresser.

Plantée devant la fenêtre de sa chambre d'hôtel, Jay contemplait les gratte-ciel de Chicago. D'où elle était, elle apercevait la jetée et les rivages du campus de l'université de l'Illinois. Au-delà, des centaines de petits voiliers dansaient sur le lac Michigan sous un vent soutenu. Le soleil brillait et il n'y avait pas un nuage dans le ciel d'un azur parfait.

Jay avait exigé une chambre avec vue sur la tour John Hancock, et la direction s'était empressée de la satisfaire. La tour se dressait tel un obélisque égyptien à un kilomètre au sud. Bâtie à la fin des années 60, elle restait impressionnante. Large à la base, sanglée dans ses madriers en X, elle s'élevait sur exactement cent étages en se rétrécissant légèrement, le toit surmonté de deux antennes jumelles qui ajoutaient trente mètres à sa hauteur totale.

Jay s'était documentée tôt le matin. Elle avait ainsi appris que les cinq premiers étages du John Hancock étaient occupés par des galeries marchandes, les six suivants par des parkings réservés aux bureaux des étages supérieurs. Les seizième et dix-septième étages abritaient les équipements, notamment la climatisation, le chauffage et l'électricité.

Du dix-huitième au quarante et unième, on trouvait des bureaux, les deux suivants encore des équipements, le quarante-quatrième abritait un supermarché, un gymnase club et une piscine. Sept cent cinquante appartements de tailles diverses occupaient l'espace entre le quarante-cinquième et le quatre-vingt-douzième. A l'origine, c'étaient des résidences de luxe, mais leurs propriétaires les avaient peu à peu mises en location. Du quatre-vingt-douzième au centième, on trouvait encore des équipements, un restaurant, un bar, et plusieurs stations de télévision, de radio, ainsi qu'une terrasse panoramique.

1. L'excentrique. *(N.d.T.)*

Plus de cinq mille personnes y habitaient ou y travaillaient, elles consommaient un total de 2 271 124 litres d'eau, produisaient 50 tonnes d'ordures, et utilisaient autant d'électricité qu'un village de six mille habitants. La tour comportait 1 930 kilomètres de fils électriques et de câbles, et 50 ascenseurs la desservaient. Les ascenseurs express transportaient plus d'un demi-million de visiteurs par an au restaurant et à la terrasse panoramique. Après plus de vingt-cinq ans, la tour Hancock demeurait le plus grand ensemble habitable du monde.

Sur les cinq mille personnes qui y vivaient ou y travaillaient, Jay Fletcher ne s'intéressait qu'à une seule. D'après ses informations, cette personne s'appelait Homer Ellis Dunton, et selon son propre témoignage il avait sauvagement assassiné onze individus au cours des six ans et demi passés. Le lendemain, dans la journée, Jay le tuerait.

Elle tira les lourds rideaux sur la vue et s'éloigna de la fenêtre. La douleur qui martelait ses tempes depuis son arrivée à Chicago résonnait maintenant dans son crâne comme une timbale, et le Xanax qu'elle avait déniché chez Kushinski à Harrisville ne semblait pas la calmer. Jay était quasiment sûre qu'aucune pilule au monde n'agirait sur ce qu'elle ressentait actuellement.

Meurtrière !

Elle traversa la pièce dans la demi-pénombre et s'arrêta devant le lit. Elle envoya valser ses mocassins, retira son T-shirt, puis déboutonna son jean. Elle s'assit ensuite sur le lit, ôta son jean et s'allongea sur le dos, la tête calée sur quatre coussins.

La télévision marchait mais Jay avait coupé le son. Le seul bruit qu'on entendait était le murmure presque subliminal de la climatisation. Jay l'avait branchée au maximum et l'air froid lui donnait la chair de poule.

Après avoir passé la moitié de la nuit sur les routes et une bonne partie de la matinée à rechercher des informations sur Homer Ellis Dunton, Jay, bien qu'épuisée, savait qu'elle ne pourrait pas trouver le sommeil. Un meurtre froidement exécuté valait bien une dizaine de cafés serrés.

Elle ferma les yeux et ressentit un vertige soudain en repensant au vétérinaire et à ce qu'elle avait vu dans son laboratoire. Combien de femmes, gisant les yeux mi-clos dans la demi-pénombre de la salle, avaient subi ses pratiques horribles ? Le vétérinaire fou s'était écarté de la table de dissection, une main tendue vers Jay, l'autre étreignant la pointe rose de son pénis. Elle avait braqué l'arme sur son visage, mais il n'avait pas paru s'en émouvoir ; il avait continué à sourire et à se branler frénétiquement tout en s'approchant d'elle.

Des amis intimes qui partagent le même secret et jouissent de l'instant.

Salue ton nouveau voisin.

Elle avait hésité l'espace d'un instant, mais l'excessive dépravation de l'homme et le fruit de sa folie meurtrière qui décorait sinistrement la salle avaient eu raison de ses derniers scrupules. Jay avait tiré une seule fois ; la balle s'était logée dans l'orbite de l'œil droit du psychopathe et avait traversé son crâne par le canal optique. La pipe avait jailli de sa bouche, des cendres incandescentes avaient giclé sur le corps dépecé. L'arrière de son crâne avait explosé, éclaboussant de fragments osseux et de sang écarlate le tableau noir, sali de craie. Jay s'était vivement retournée et avait vomi.

Le tout avait pris moins de temps qu'il n'en faut pour zapper d'une chaîne à l'autre. Mais depuis quelques heures, Jay se repassait dans sa tête cet instant pourtant si bref. Elle chassa l'horrible souvenir, essaya de se concentrer sur les images qu'elle fit défiler avec la télécommande sur l'écran de télévision, au pied du lit.

Elle finit par trouver les chaînes à péage. Stallone, Jackie Chan et Bridget Fonda. Il y avait aussi quatre pornos au choix : deux films hétéro, un film de lesbiennes et un bi intitulé *Les Épouses salaces.* Comme chaque film autorisait un aperçu de trois minutes, Jay commença à zapper entre les quatre chaînes ; elle avait déjà joué à ce jeu dans les chambres d'hôtel, et elle se demandait chaque fois qui pouvait avoir envie de voir des inconnus baiser.

Des solitaires.

Sur l'écran, une blonde d'une trentaine d'années, sourire aux lèvres, écartait les jambes tandis qu'un pilier de football américain aux fesses boutonneuses se glissait en elle avec une précision chirurgicale. La blonde avait gardé ses chaussures. Un gros plan montra l'organe du colosse aller et venir à la cadence d'un métronome. Le plan s'élargit et on vit les talons aiguilles de la blonde marteler le cul rougi du footballeur.

Est-ce que Kushinski regardait des choses comme ça quand il tuait ses victimes ?

Ou préférait-il mater les chats ?

A quoi pense un homme normal en regardant un film porno ? Est-ce un remède contre la solitude ? Est-ce qu'un homme normal pense à de telles images quand il est avec sa femme ou sa petite amie ?

Dans le film de lesbiennes, deux femmes, grognant et hurlant, se coursaient avec des vibromasseurs autour d'un lit ovale aux draps de satin noir. Jay devina l'ombre du micro au-dessus de leur tête. Il y avait peut-être une explication : dans un film de Stallone, personne ne saigne ni ne meurt pour de vrai, personne ne se fait baiser pour de vrai non plus. Or, dans les films qu'elle visionnait, tout était vrai. Pas de trucages, pas d'effets spéciaux, pas de chiqué.

Le film de la troisième chaîne était une reprise du premier dans lequel le footballeur était joué par un Noir et la femme par une rousse. Il la prenait par-derrière, et lui appliquait une claque sur la croupe tous les deux ou trois coups de reins.

Avec sa toison de feu et le rose chair de son sexe, on aurait dit qu'un couteau en os noir découpait une tranche de gigot. L'homme était aussi bien membré que Carl, l'aide-serveur d'Albuquerque. La femme avait l'air de regarder du linge tournoyer dans le séchoir d'une laverie automatique.

Tu te souviens quand tu lui as explosé la cervelle ? C'était comme de voler, ou d'être sous acide, ou de tomber dans un puits de velours noir. Comme ton premier bain de minuit dans le lac privé, quand tu t'es ensuite allongée sur le radeau, éclairée par la lune, bercée par les vagues qui léchaient tes jambes.

C'était comme faire l'amour. En mieux, peut-être.

Sur la dernière chaîne, une femme copulait avec trois hommes en même temps, chaque orifice bourré à craquer, tandis qu'une autre les matait en mâchant du chewing-gum et en se masturbant avec un godemiché géant.

Les trois minutes écoulées, l'écran se brouilla, puis un message apprit à Jay combien cela lui coûterait pour voir la suite. Elle fixa l'écran, hébétée, puis éteignit la télévision avec la télécommande.

Elle roula sur le côté, attrapa le téléphone sur la table de chevet, puis composa un numéro à Washington qu'elle s'était répété comme une incantation sur tout le trajet de Harrisville jusqu'à Chicago. C'était celui de la psychiatre de son amie Nadine, celle qu'elle avait vue avant de partir pour Santa Fe.

Elle tomba sur un répondeur ; il y eut un message, puis une tonalité, puis le sifflement de la bande vierge. Jay écouta un instant, puis raccrocha. A quoi bon laisser un message ? Elle replaça le téléphone sur la table de chevet et ralluma la télé.

22

Assis dans le fauteuil grinçant, sorte de panier en osier, Charles Langford osait à peine bouger, conscient d'être fort peu « politiquement correct ». En fouillant dans la vie privée de Jay Fletcher, il avait rapidement découvert l'existence de sa voisine Nadine ; de Nadine au Dr Sarina Chisolm, la psychiatre du Capitol Hill Hospital, il n'y avait qu'un pas, et Langford commençait à regretter de l'avoir franchi. Tout s'écroulait devant ses yeux ; certes, Cruz, en tant qu'« ami du FBI », faisait son possible pour l'aider, mais Horace Sladky, le flic d'Albuquerque, n'en faisait qu'à sa tête et Sarina Chisolm ne valait pas mieux.

La psy qui lui faisait face de l'autre côté de la table ancienne ressemblait à une Candice Bergen potelée aux cheveux grisonnants. Le cabinet lui-même était un fouillis d'icônes culturelles, pot en grès planté de plumes d'aigle, tapis mexicains, des macramés partout et un poster encadré de *Hair*, la comédie musicale, suspendu près de la porte. Langford était près à parier que Sarina était un prénom d'emprunt que le Dr Chisolm s'était acheté en même temps que sa quincaillerie hippie. Vu son âge, elle s'appelait selon toute vraisemblance Patricia ou Barbara.

Mais quel que fût son véritable prénom, la psychiatre était une authentique emmerdeuse.

– Pourquoi vous intéressez-vous tant à la santé mentale de Jay ? demanda-t-elle.

– Parce qu'elle a des problèmes.

– Vous disiez qu'elle avait rédigé une lettre de démission ?

– Pas tout à fait. Elle a pris un congé.

– Cela me paraît tout à fait raisonnable, inspecteur Langford.

Elle prononça « inspecteur » comme si le mot lui écorchait la bouche. Dans les années 60, elle devait sans doute traiter les flics de *pigs* et n'avait pas dû changer beaucoup d'avis depuis.

– Dans des circonstances ordinaires, je serais d'accord avec vous, docteur Chisolm.

– Vous ne m'avez encore rien dit qui sorte de l'ordinaire, inspecteur.

– Jay était très tendue ces derniers temps.

– Oui, acquiesça prudemment Sarina Chisolm avec une grimace d'inquiétude. C'est l'impression que j'ai retirée de notre brève entrevue.

– Se plaignait-elle de dépression grave ?

– Oh, inspecteur Langford, vous savez très bien que je suis liée par le secret professionnel !

– Avait-elle des idées suicidaires ?

– Secret professionnel.

– Écoutez, docteur Chisolm, j'essaie d'aider Jay, pas de l'accabler. Je la crois en danger.

– Qu'est-ce qui vous fait penser ça ? Elle a décidé de prendre un congé. A mon humble avis, elle en avait bien besoin.

– Oui, le FBI nous fait cet effet-là à tous, dit sèchement Langford. Mais la question n'est pas là.

– Alors où est la question ?

– J'ai besoin de retrouver Jay au plus vite.

– Je crains de ne pouvoir vous aider. Je ne sais absolument pas où elle est.

– Elle n'est pas restée en contact avec vous ?

– Je ne l'ai vue qu'une fois, inspecteur Langford, pour une seule séance.

Chisolm n'était pas évasive, mais quelque chose dans sa voix faisait tiquer Langford. Était-ce de l'inquiétude ? Non. Elle déplaça de quelques centimètres le pot de plumes d'aigle. Non, ce n'était pas de l'inquiétude. Elle évaluait la situation. Elle savait quelque chose.

– Donnez-moi votre opinion de médecin, alors, proposa finalement Langford.

– Sur quoi ?

– Sur une hypothèse de travail.

– Une hypothèse de travail qui concerne un agent féminin du FBI, peut-être ?

– Peut-être.

– Cela dépend de l'hypothèse en question. Tant qu'il ne s'agit pas d'un abus de confiance.

– Et si je vous disais qu'un agent du FBI a dépassé les bornes ?

– Quelles bornes ?

– Elle a perdu la tête. Elle a craqué.

– Tâchez d'être plus précis, dit Sarina Chisolm en riant. Qu'a fait cette personne pour vous faire dire qu'elle a « dépassé les bornes » ?

– Si je vous disais qu'elle a tué quelqu'un.

La psychiatre dévisagea Langford, puis détourna les yeux, apparemment pour admirer l'un des macramés suspendus à l'autre bout de la pièce.

– C'est une pratique courante pour un agent du FBI, j'imagine, finit-elle par dire.

– Pas vraiment. Je travaille depuis vingt-cinq ans pour le FBI et je n'ai jamais utilisé mon arme en dehors de la salle de tir.

– Mais on vous entraîne à tirer. La possibilité est donc toujours présente.

– Bien sûr. Mais en réalité, on nous entraîne surtout à ne pas tuer.

– Sauf en dernier ressort.

– Exactement.

– Mais j'imagine que le FBI n'engagerait pas quelqu'un qui serait incapable de tuer.

– Vous voulez parler des objecteurs de conscience ? demanda Langford. Dans ce cas, évidemment.

– Donc, votre agent féminin du FBI est capable de tuer ?

– Oui.

– Dans l'exercice de ses fonctions ?

– Non.

Chisolm encaissa en silence. Elle avait imaginé que Langford utilisait un chemin détourné pour lui expliquer que Jay avait tué un criminel, que son geste l'avait fait craquer et qu'elle avait ensuite disparu.

– Ce serait donc un meurtre ?

– Appelons cela un homicide justifiable, répondit Langford.

– Dans le sens légal du terme ?

– Non, justifiable moralement, du moins dans l'esprit de l'agent en question.

La psychiatre parut soucieuse.

– J'ai du mal à imaginer un tel contexte, dit-elle.

– Je vais vous en suggérer un, dit Langford. Supposons que cet agent féminin considère que le système ne fonctionne pas normalement, qu'elle en ressent une amère frustration, et qu'elle décide de faire justice elle-même.

– Vous parlez d'autodéfense ? C'est une notion monstrueuse qui justifie les actes meurtriers des groupes comme le KKK.

Le politiquement correct était de retour.

– Non, ce n'est pas tout à fait cela, objecta Langford.

Il mourait d'envie de fumer une cigarette, mais c'était hors de question, vu le contexte.

– Alors, j'aimerais que vous m'expliquiez, inspecteur Langford.

– Si la victime d'un viol émascule son bourreau, est-ce un crime ?

– Bien sûr. Le viol et l'émasculation sont deux actes bien différents.

– Certes, mais l'un mène à l'autre.

– Et c'est la raison pour laquelle nous avons des gens comme vous, inspecteur Langford. (Chisolm esquissa une moue et appuya son menton sur ses mains en forme de tente.) Vous êtes censés arrêter les violeurs pour que les femmes n'aient pas besoin de se faire justice elles-mêmes. C'est l'essence du comportement civilisé.

– Et si le système ne marche pas ? Que fait notre agent hypothétique ? Seulement un viol sur dix est déclaré, docteur Chisolm ; vous en êtes consciente, n'est-ce pas ? Que deviennent les victimes des neuf autres ? Où est la justice pour elles ?

– Quelque part dans l'avenir, dit Chisolm, et elle se cala, souriante, dans son fauteuil.

C'était bien la chose la plus absurde que Langford ait jamais entendue.

– Le changement exige du temps, inspecteur Langford. Les femmes attendent l'égalité depuis près de deux mille ans ; elles ne sont pas à quelques années près.

Langford dévisagea Sarina Chisolm. Elle vivait à l'évidence dans un monde imaginaire peuplé de niaiseries pompeuses. Le New Age arriverait d'une minute à l'autre et tout deviendrait merveilleux. C'était la vieille théorie : « Si Richard Nixon fumait un joint, le monde changerait du jour au lendemain. » Nixon n'avait pas touché au shit, mais Bill Clinton s'y était aventuré, et les choses n'avaient pas bougé d'un iota. Ni le Président ni Sarina Chisolm n'avaient vu ce que le Glacier infligeait à ses victimes. La veille, Langford avait reçu les photos de Slippery Rock. Qu'est-ce que Chisolm aurait pensé en les voyant ?

– Avez-vous un chat ? demanda Langford.

– Non, pourquoi ? s'étonna la psy, déroutée.

– Oh, rien. Peu importe. (Il y eut un silence.) Revenons à notre hypothèse de travail.

– N'importe qui, à condition d'être motivé, est capable de violence, soupira la psy. Même de tuer. Surtout si on n'a pas conscience de mal agir. C'est dans la nature humaine, tout simplement.

– De tuer plusieurs fois aussi ?

– Êtes-vous en train de me dire que notre agent hypothétique a tué à plusieurs reprises ?

Langford discerna une expression d'effroi, puis une lueur de culpabilité dans le regard de Chisolm quand elle détourna les yeux. Elle savait quelque chose.

– Oui, dit-il. Elle a tué deux fois.

– Et vous pensez qu'elle recommencera ?

– C'est possible. C'est même probable.

– Oh, mon Dieu, soupira la psy. Vous me mettez dans une situation difficile, inspecteur Langford.

– Je ne cherche pas à vous mettre dans une situation difficile, docteur. Je vous dis simplement ce que je sais. Et je ne sais pas grand-chose, ajouta-t-il avec une grimace.

– Il ne s'agit plus d'hypothèse de travail, n'est-ce pas ?

– J'ai bien peur que non.

– Oh, mon Dieu, fit la psy.

Langford patienta. Le visage de Chisolm passa par plusieurs expressions différentes.

– Avez-vous eu des nouvelles de Jay ? redemanda calmement Langford.

– Non. (Le Dr Chisolm ouvrit la bouche, faillit ajouter quelque chose, mais se ravisa.) Non, répéta-t-elle.

Elle semblait se parler à elle-même. Langford la laissa mariner dans son jus le temps nécessaire, puis il avança ses pions. Interrogatoire d'un témoin hostile, page 32 du manuel.

– Écoutez, docteur, commença-t-il, les mains dressées, paumes en l'air, je suis du côté de Jay. J'ignore quelle opinion vous avez de la police, ou du Bureau, ou du monde en général ; tout ce que je sais, c'est que Jay a des ennuis, de graves ennuis. Je veux la joindre avant que d'autres s'en chargent. Si elle a pris contact avec vous, j'aimerais le savoir maintenant, pas demain ni après-demain. Demain, ce sera peut-être trop tard. Pour nous tous.

Cette dernière remarque était une menace à peine voilée.

Si on apprend par la suite qu'elle est entrée en contact avec vous et que vous n'avez rien fait, votre réputation de sage avisé aux mains propres risque d'en prendre un coup dans l'aile.

– Avez-vous eu des nouvelles d'elle ? interrogea de nouveau Langford en s'efforçant d'être le plus aimable possible.

– Non..., répondit Chisolm. Pas directement, en tout cas.

– Que voulez-vous dire ?

– En arrivant ce matin, il y avait un message sur mon répondeur.

– De Jay ?

– Je ne suis pas sûre. Peut-être.

– Quel était ce message ?

– Il n'y en avait pas. On entendait une respiration, et une phrase infra-audible.

– Qu'est-ce que c'est que ça ?

– Quand on est extrêmement nerveux, il nous arrive de parler tout haut sans nous en rendre compte. Tout le monde fait ça, certains plus que d'autres. D'habitude, c'est à peine formulé, les mots restent dans la gorge. Plus on est nerveux, plus c'est audible. En principe.

– Pensez-vous que c'était Jay ?

– C'est possible. En tout cas, c'était une voix de femme. Il y avait comme un écho...

– Un appel de loin ?

Dans ce cas, la compagnie du téléphone pouvait retrouver l'origine de l'appel. Chisolm hocha la tête et rajusta son châle sur ses épaules.

– Oui, c'est ce que j'ai pensé en repassant le message, confirma-t-elle.

– Cela vous arrive souvent que des gens vous appellent sans laisser de message ?

– Non, rarement. Je n'ai pas ce genre de clientèle. Mes patients sont tous en analyse. (Elle eut un petit sourire triste.) La plupart sont devenus des amis.

Elle collectionnait les cures comme les médailles et appelait ses patients des amis, mais elle n'avait pas eu le temps de se lier avec Jay.

– Avez-vous toujours l'enregistrement ?

– Oui.

Langford sourit intérieurement. Les gars du labo pourraient peut-être identifier la voix.

– Avez-vous pu comprendre ce qu'elle disait ?

– Oui, je crois. C'était à peine un murmure. Elle l'a répété deux fois, puis elle a raccroché.

– Que disait-elle ?

– *A quoi bon ? A quoi bon ?*

Dans le sous-sol du QG du FBI, Bill Hawkins et Cruz encadraient Jack Prine qui passait au scanner le cliché du *Berkeley Barb*. Presque magiquement, l'agrandissement de la photographie jaunie se matérialisa sur la double page de l'écran de son ordinateur.

– C'est le Noir ou le Blanc ? demanda Prine.

– Le Blanc, répondit Hawkins.

Prine étouffa un grognement.

– Le Noir ressemble, en plus maigrichon, à cet acteur qui jouait dans *Mod Squad*, vous voyez qui je veux dire ?

– Je crois qu'il s'appelait Luke, avança Cruz.

– C'est ça, opina Prine. Il avait une épaisse tignasse, exactement comme celui-là. Son texte se résumait à un seul mot : « Solide. »

Prine manœuvra la souris et l'image de Thomas Ritchie jeune glissa sur la droite de l'écran. Prine pianota un instant, et le visage de Ricky Stiles emplit toute la surface de l'écran.

– Solide, décréta Prine, puis il s'enfonça sur sa chaise et se gratta la joue. Il a un visage intéressant. Quel âge a-t-il sur la photo ?

– Dix-huit ou dix-neuf ans. La photo a été prise en 1968.

Prine fixa l'écran en hochant la tête.

– Donc, il a dépassé la quarantaine.

Il fouilla dans la poche de sa blouse crasseuse et en sortit un tube de pastilles de menthe. Il en fit gicler une dans sa bouche et la suça bruyamment.

– Pouvez-vous me donner des informations sur le personnage ? demanda-t-il. Des détails de sa vie privée, je me fous de son casier judiciaire.

– Il est épileptique, dit Hawkins. Beau garçon, extrêmement intelligent, et sans doute très calé en informatique. Un peu comme toi, ajouta-t-il en souriant.

– Un informaticien intelligent et séduisant qui souffre d'épilepsie, s'esclaffa Prine. A part l'épilepsie, c'est mon portrait craché.

– Tu lui ressembles moins que tu crois, rétorqua Hawkins.

– Bon, voyons ce qu'on peut faire, dit Prine, et il cliqua sur les yeux avec la souris. S'il est comme nous, sa vue a dû baisser. Est-ce qu'il porte des lunettes ?

– Il attache trop d'importance à son physique, dit Hawkins. Je pencherais pour des verres de contact. (Il se souvint de ce que lui avait dit le docteur de San Francisco.) Des verres teintés. Les épileptiques souffrent de photosensibilité.

– Difficile à dire comme ça, fit Prine, mais j'ai l'impression qu'il a les yeux bleus. On va les teinter en noisette. (Il cliqua sur la souris et les yeux de Stiles foncèrent.) Bon, j'ajoute quelques pattes-d'oie pour faire bonne mesure.

Notablement vieillis, les yeux paraissaient étrangement sages pour le visage juvénile.

– Impressionnant, dit Cruz. On dirait un truc vaudou.

– Il faut toujours commencer avec les yeux, expliqua Prine. Les fenêtres de l'âme et toutes ces conneries. Pourtant, c'est vrai. Si on saisit bien les yeux, le reste vient tout seul.

Le spécialiste frappa encore quelques touches, et la photo de Ricky Stiles disparut comme par enchantement.

– Que s'est-il passé ? s'inquiéta Hawkins.

– Relaxe, Max, plaisanta Prine. J'ajoute simplement trente ans d'expérience.

– Comment ça marche ? demanda Cruz.

– Vous voulez les explications techniques précises ou une vulgarisation pour profanes ?

– La vulgarisation, dit Hawkins.

– Nous avons programmé tout un tas de paramètres de vieillissement. Élasticité de la peau, rétrécissement du squelette, des trucs comme ça. A première vue, votre bonhomme est un ectomorphe[1]... plutôt petit et nerveux. Il prendra peut-être un peu de bide entre dix-huit et cinquante ans, mais pas des masses ; il a sans doute gardé un visage mince. Il mène une vie sédentaire ou active, à ton avis ?

– Active, répondit sans hésiter Hawkins. Et mieux vaut que je ne te dise pas la nature de ses activités.

– Il picole ?

– Non. C'est contre-indiqué avec son traitement.

– Et ses médicaments pour l'épilepsie ? Quels sont les effets secondaires connus ?

– Peut-être un peu de rétention d'eau, mais rien d'important. Sa maladie provoque parfois des ennuis hépatiques. Il a peut-être le teint jaunâtre.

– C'est un fumeur ?

– Aucune idée. Peut-être.

– Entendu, fit Prine. Ça nous donne une base de départ.

Il pianota sur le clavier, puis actionna la touche Entrée. Le visage de Stiles reparut sur l'écran, ligne par ligne. Moins d'une minute plus tard, l'image était complètement formée. C'était un Styles différent. Un quadragénaire séduisant aux yeux inexpressifs. Il avait perdu des cheveux, ce qui dégageait son front, et ses pommettes étaient davantage accentuées. De fines rides tiraient sa bouche vers le bas, et son menton s'était légèrement élargi.

– Ça fait drôle, remarqua Hawkins.

Son ennemi avait enfin un visage.

– Sa tête me dit quelque chose, intervint Cruz en fixant l'écran avec curiosité. Il me rappelle peut-être un acteur ?

Hawkins claqua des doigts.

– Le type qui jouait Charles Manson dans la série télévisée !

1. Un des trois biotypes de la classification établie par W. H. Sheldon, caractérisé par un physique longiligne. *(N.d.T.)*

– Steve Railsback, acquiesça Prine. Il jouait *Le Diable en boîte* avec Peter O'Toole. Voilà à quoi ressemble votre bonhomme, dit-il en désignant l'écran. A quelque chose d'approchant, en tout cas... C'est un tueur ? demanda-t-il à Hawkins.

– Comment as-tu deviné ?

– Oh, je fais ce métier depuis pas mal d'années. On finit par développer un instinct. Il a l'air d'un tueur. Et c'est un pro, tu peux en être sûr. Je peux même ajouter autre chose.

– Vas-y.

– Il aime ça.

Chat échaudé... Assis dans la sombre chambre d'hôtel de Tijuana, le Glacier contemplait la prostituée affalée sur le lit exigu à quelques pas de sa chaise. Elle était grotesque, bien sûr, mais cela faisait partie de son charme. Quinze ou seize ans tout au plus, une obésité naissante, les fesses grêlées d'acné juvénile, les parties génitales épaisses et pendantes d'avoir trop servi, la fente d'une adulte avant l'âge. Son ventre de poisson flasque tombait sur ses cuisses tel un tablier de chair, et ses seins ressortaient tels des sacs de sucre à moitié vide. Elle avait un visage rond comme une assiette, avec des petits yeux porcins, un nez épaté, une petite bouche cupide, mais experte, des petites dents tachées et des cheveux noirs, raides comme des cordes.

A quoi pensait-il ? Ah, oui, aux chats échaudés. Il jeta un regard sur le *LA Times* plié à même ses genoux nus. L'article occupait trois paragraphes en bas de la page six. D'abord Gaddis, maintenant le vétérinaire de Slippery Rock qui se faisait appeler Dr Cream. Quelqu'un avait été assez curieux pour retrouver Gaddis, et ce quelqu'un avait remis ça. C'était celui qui signait « Matez-moi », forcément.

Quel était ce dicton que répétait sans cesse Monsignor Pourceau ? Une fois, c'est fortuit ; deux fois, c'est une coïncidence ; trois fois, c'est... Qui ? L'article du *Times* suggérait que l'assassin était peut-être un flic dévoyé. Encore une coïncidence quand Hawkins était si près du but ? Le Glacier réfléchit, le regard fixe braqué sur la pute endormie. Non, « Matez-moi » était un pro de l'informatique, contrairement à Hawkins. Appelons-le Ted, comme Ted Bundy, qui n'était plus là pour s'en formaliser.

Qui était le prochain sur la liste de Ted ? Le Glacier ferma les yeux pour visionner mentalement la carte des États-Unis. Slippery Rock était certes loin d'Albuquerque, mais l'inconnu avait eu du temps entre les deux meurtres. Assez de temps pour que la fringale s'installe ? Gaddis était peut-être un hasard, une première dégustation, mais ce brave allumé de Dr Cream prouvait que Ted n'avait pas fini d'assouvir sa faim, et que le tableau d'affichage de Spécial K. lui servait de menu.

Le Glacier ferma de nouveau les yeux ; il ressentit une légère brûlure salée. Lorsqu'il irait chercher ses pilules, il achèterait aussi une solution pour ses lentilles. Il essaya de se concentrer sur Ted et sur la mort de l'homme de Slippery Rock. Le Dr Cream, membre récent du groupe, était réellement siphonné, et le Glacier avait longuement parlé de lui avec son ami Christie. Son fétichisme animal était un élément intéressant, mais le psychiatre de Baltimore était tombé d'accord avec le Glacier pour trouver l'homme instable. Il y avait aussi de fortes chances que la prudence ne fût pas son point fort. Comme Gaddis avait mené Ted au Dr Cream, il ne serait pas surprenant que le Dr Cream conduise Ted à un autre membre de la liste. Si Ted était vraiment un flic féru d'informatique, il y avait de grandes chances qu'il raisonne comme Hawkins... avec précision et méthode.

Pour la seconde fois, le Glacier visionna mentalement la carte des États-Unis. Quels étaient les joueurs qui vivaient le plus près de Slippery Rock ? Il y avait bien Christie, à Baltimore, mais il était trop bien planqué ; le Glacier lui-même n'avait jamais réussi à le filer complètement, encore moins à l'identifier. Landru, qui habitait Cleveland, était assez près, mais le Glacier ne l'avait pas vu se brancher depuis des mois. Le plus proche était donc Gecht, à Columbus, ce type bizarre qui citait toujours des passages du *Livre des morts tibétains*.

En admettant que Gecht soit la prochaine cible, qu'est-ce que le Glacier était censé faire ? Il pouvait se rendre en Ohio et l'avertir en personne, mais il n'y avait aucun moyen de savoir quand Ted frapperait, ni même s'il frapperait. Cela forçait aussi le Glacier à enfreindre les règles qu'il s'était fixées : depuis qu'il avait endossé l'habit de Spécial K., il avait évité de rencontrer les joueurs, malgré leur insistance.

Après une longue réflexion, le Glacier en était arrivé à la conclusion que, hormis lui-même et son ami Christie, tous les joueurs vivaient au bord de la folie, et malgré leur habilité à découvrir le tableau de bord caché sous le jeu de rôles anodin, si bien caché qu'il avait permis de filtrer les vrais cinglés comme Jeffrey Dahmer[1] et ses semblables, il

1. Jeffrey Dahmer, serial killer appartenant à la famille des tueurs désorganisés (par opposition aux tueurs organisés, capables d'effacer les indices, brouiller les pistes et tenir la police en haleine). Il s'agit de psychotiques qui tuent dans un état second, inconscients des conséquences de leurs actes, et se font généralement rapidement arrêter. Cette distinction est due à Robert Kessler et aux chercheurs du BSU. *(N.d.T.)*

y avait gros à parier qu'ils finiraient par se faire prendre. En rencontrer un seul présentait un risque que le Glacier n'était pas décidé à prendre. Il n'avait pas l'intention de finir sa vie dans un asile d'aliénés, ni de la passer en prison comme Charles Manson. Saint-Vincent l'avait vacciné.

Il consulta sa montre – il n'était pas encore dix heures du matin. Il en avait encore pour une heure, puis il serait à San Diego pour le déjeuner. De là, il ne restait qu'une heure d'avion pour rejoindre Las Vegas. Dès son arrivée, il posterait un message pour Gecht sur le tableau d'affichage, en espérant que cela suffise. Le soir, lorsque le jeu reprendrait, il surveillerait attentivement son déroulement, au cas où Ted les observerait, tapi dans un buisson.

Le Glacier alla secouer la fille par l'épaule. Il grimaça ; sa peau était grasse de sébum et légèrement huileuse. Une dizaine de virus sexuellement transmissibles grouillaient probablement sous son épiderme gluant, le sida y compris, mais peu lui importait ; après tout, il n'allait pas faire l'amour avec elle. En reniflant, il crut percevoir l'odeur de la pinède et de la mer d'Anderson Island.

Sur le lit, la fille ouvrit les yeux et le vit. Elle soupira, bâilla, puis se redressa et s'assit en appuyant ses grosses pattes par terre. Elle bâilla encore, puis, courbée en deux, le prit dans sa bouche. Ses bruits de succion étaient presque risibles.

Sous leur propre poids, les cheveux sales de la fille se séparèrent, de sorte que le Glacier aperçut la fossette entre la base de son crâne et la première vertèbre de sa nuque. De là, la lame entrerait sans peine dans le pont de Varole et le trigone cérébral jusqu'au centre du cerveau. Dans les mains du Glacier une vie inutile prendrait soudain sens en filant entre ses doigts.

La fille continua de sucer bruyamment. Le Glacier ressentit les douleurs anciennes et perçut les murmures lointains. C'était un cadeau qu'il faisait à la pauvrette, et pour lui un plaisir. Un échange équitable. La meilleure définition de l'amour. Que pouvait bien espérer de mieux une fille comme elle ?

Il empoigna les ciseaux.

Vingt dollars avaient suffi pour identifier Homer Ellis Dunton ; c'était le pourboire que Jay Fletcher avait remis au chasseur à l'uniforme seyant qui montait la garde au pied des ascenseurs du John Hancock Center. Elle avait dit à l'homme au nez d'aigle qu'elle faisait, à leur insu, une enquête sur les résidents célèbres de la tour pour le magazine *People*. Le chasseur avait eu l'air de s'en foutre royalement.

Il avait confié à Jay que Dunton donnait des pourboires de radin et lui avait assuré qu'il sortait presque toujours, seul, vers dix heures, pour revenir peu après le déjeuner, parfois avec une jolie fille... non, ce n'était pas une professionnelle. Le chasseur ignorait ce que Dunton faisait dans la vie, ou même s'il travaillait.

Pliant soigneusement le billet qu'il glissa dans la poche de son gilet, le chasseur avait promis à Jay de lui faire signe quand Dunton descendrait. Jay attendait dans un fauteuil confortable, cachée derrière un écran de plantes. A dix heures et quart, un jeune homme d'environ vingt-cinq ans, élégamment vêtu, sortit d'un des ascenseurs et se dirigea vers l'entrée de Michigan Avenue. Le chasseur fit un clin d'œil à Jay et pointa une main gantée vers la silhouette qui s'éloignait.

Ignorant la file de taxis, Dunton s'engagea dans la large avenue animée. Le guide que Jay avait potassé dans sa chambre d'hôtel prétendait que c'était le début du Magnificent Mile, l'avenue des magasins les plus luxueux de Chicago. Jay n'avait pas l'impression de faire du shopping, et Dunton non plus, apparemment. Il marchait vers le sud d'un pas vif, sans un regard pour les vitrines de Tiffany, de Gucci, ni de Hammacher Schlemmer.

Jay ne le voyait que de dos. En l'entr'apercevant dans le hall du John Hancock, elle avait eu l'impression qu'il était bel homme, plutôt brun, et qu'il portait un costume sur mesure, mais c'était à peu près tout. Elle aurait pu accélérer le pas et l'examiner de plus près, mais elle préféra rester à distance.

Dunton traversa la Chicago River après la Tribune Tower. Il avait déjà parcouru près de deux kilomètres, et Jay se demanda si elle ne perdait pas son temps ; elle aurait peut-être mieux fait de profiter des fenêtres de deux ou trois heures dans son emploi du temps quotidien pour s'introduire dans son appartement du John Hancock.

Dunton pénétra dans Grant Park mais ne traversa pas complètement le jardin ; il tourna et gravit les larges marches qui menaient à l'entrée imposante du Chicago Art Institute. Jay le suivit, toujours à distance respectable, et faillit le perdre dans la foule grouillante des écoliers qui s'était rassemblée autour des énormes lions en pierre gardant l'entrée. Jay acheta un billet, prit une carte au bureau d'informations, et se dirigea vers le labyrinthe de galeries.

Pendant une demi-heure, elle fila Dunton à travers les salles : Médiévale, Renaissance, Impressionnistes, postimpressionnistes, et Photographie contemporaine. L'œil rivé sur Dunton, elle remarqua à peine les tableaux. Il ne semblait pas s'intéresser non plus aux collections. Il allait de tableau en tableau, de salle en salle, avec l'aisance d'un habitué. Il semblait réserver son attention au public, parcourait des yeux les groupes et les visiteurs solitaires comme s'il cherchait quelqu'un. Il s'attachait surtout aux femmes de vingt à trente-cinq ans, coulait un regard négligent vers celles qui se promenaient en groupes ou par deux, et s'attardait sur les femmes seules. Il s'arrêta sur un banc en cuir d'une des galeries et entama une conversation avec une jeune fille d'une vingtaine d'années qui croquait un dessin sur un cahier ouvert sur ses genoux. Plantée à l'autre bout de la vaste salle, Jay les observa. Finalement, la jeune fille sourit et hocha la tête. Dunton dit quelque chose qui la fit rire, puis il s'éloigna.

Il drague. Il se cherche un joli petit poisson.

L'appât et l'hameçon. Dahmer proposait de l'argent, Gacy promettait du travail, et Bundy s'était plâtré un bras pour émouvoir ses victimes[1]. Quel appât Dunton avait-il accroché au bout de son hameçon ? Jay grimaça quand un souvenir d'enfance vint la chatouiller. Ce genre de choses lui arrivait souvent depuis quelque temps. Qu'est-ce que c'était déjà ? Une histoire de poisson.

Même les gros poissons en trouvent de plus gros pour les manger.

Voilà, c'est exactement comme ça qu'il fallait faire ! Être le gros poisson. Elle dépassa Dunton en détournant soigneusement les yeux et se dirigea vers la galerie suivante, priant pour qu'il ne fasse pas demi-tour et rentre chez lui. La salle dans laquelle elle pénétra était petite, presque intime, sombre, et de petites lampes à halogène éclairaient une dizaine de présentoirs. D'après la pancarte, il s'agissait de la collection Rubloff de presse-papiers. Apparemment, Rubloff avait été un magnat de l'immobilier de Chicago avec un penchant pour les objets en verre, dont il avait fait don à sa mort à l'Art Institute. Jay parcourut les présentoirs et s'absorba dans la contemplation des objets scintillants avec une fascination feinte. Pour l'instant, elle était seule dans la salle.

Elle eut bientôt conscience d'une présence dans son dos. Sa gorge se serra et elle dut déglutir avant de se retourner. Dunton se tenait un peu en retrait du présentoir. Il jeta un œil vers Jay, puis reporta son attention sur les presse-papiers.

Quoi ? Je ne suis pas assez jolie pour lui ?

Dunton s'approcha du présentoir et y posa ses mains. Jay remarqua une bague à son médium. Un scarabée égyptien sculpté dans une pierre noire et serti dans un gros chaton en or. Il se tourna vers Jay et lui sourit.

– Ils sont beaux, n'est-ce pas ? fit-il d'une douce voix de baryton.

1. Ted Bundy, Wayne Gacy et Jeffrey Dahmer, trois célèbres tueurs en série. *(N.d.T.)*

– Oui, acquiesça Jay. Mais c'est tout de même bizarre de collectionner les presse-papiers.

– Oh, tous les collectionneurs sont bizarres, répondit Dunton.

Il lui sourit encore ; Jay lui renvoya son sourire. De près, Dunton était encore assez beau, mais Jay pressentit une sorte de faiblesse chez l'homme. Son menton était trop large, son long nez aristocrate trop lisse, et ses lèvres trop pleines. Elle comprit soudain.

Seigneur ! Pas encore trente ans, et il a déjà subi un lifting !

– Êtes-vous collectionneur ? demanda-t-elle.

– J'aime à le croire.

– Donc, vous êtes bizarre, sourit Jay.

Prudence !

– En fait, je suis plutôt ennuyeux. C'est ce qu'on me dit, en tout cas.

– Vous n'avez pas l'air, constata Jay.

– De quoi ai-je l'air, d'après vous ?

– Vous voulez une réponse polie ou une réponse franche ?

– Une réponse franche, dit Dunton en regardant Jay dans les yeux.

Les siens étaient grands, noisette, et légèrement bovins, ce qui allait bien avec la moue de sa lèvre inférieure.

– Vous avez l'air riche, décréta Jay. (Ce qui était vrai. Sa chemise comme sa cravate étaient en soie, ses chaussures italiennes et cousues main.) Vous êtes très bien habillé, et il faut avoir de l'argent pour traîner dans les musées en plein après-midi.

– Je suis riche, sourit Dunton. Je crois que c'est pour ça qu'on me trouve ennuyeux.

– Vous disiez pourtant être collectionneur.

– Mais je le suis.

– Qu'est-ce que vous collectionnez ?

Des filles ? Des chats, peut-être ?

– Plusieurs choses. Mes parents aussi étaient collectionneurs. C'est de famille, j'imagine.

– Ils ne collectionnent plus rien ?

– Ils sont morts.

– Oh, je m'excuse.

– Non, ne vous excusez pas. Ils sont morts il y a longtemps. (Il continua de la fixer.) Et vous ? Vous aussi, vous traînez dans un musée en pleine journée. Vous êtes riche ?

– Non, en vacances.

– Seule ?

Jay laissa son sourire se crisper un brin ; dans sa situation, une femme seule commencerait à soupçonner où il voulait en venir. Jay devait jouer le rôle.

– Pourquoi me demandez-vous ça ?

Le sourire de Dunton s'agrandit.

– Parce que j'allais vous inviter à déjeuner, expliqua-t-il. Et je n'invite jamais les femmes mariées.

– Ai-je l'air d'être mariée ?

– Non, vous avez l'air intéressante.

Comme une dinde ligotée sur une broche.

Jay compta deux dixièmes de seconde, puis esquissa un sourire timide.

– Vous me draguez ? minauda-t-elle.

– Oh ! fit-il, surpris et choqué. (Qui, moi ?) Je voulais seulement vous inviter à déjeuner, c'est tout.

D'une banalité consommée : un homme lève une femme dans un musée, cela arrive tous les jours. C'est bien plus agréable que de draguer dans les bars pour célibataires, et il y a moins de témoins.

Encore deux dixièmes de seconde. Une femme normale prendrait le temps de la réflexion.

– D'accord, dit enfin Jay. C'est votre ville, à vous de choisir.

Mon Dieu, faites qu'il ne dise pas : « Pourquoi pas chez moi ? » Je ne suis pas prête. Pas encore.

– Au Quatre-vingt-quinzième, dit vivement Dunton. La cuisine y est excellente et c'est la meilleure vue de tout Chicago. Du moment que vous n'avez pas le vertige.

– Où est-ce ? demanda Jay.

Comme si je ne le savais pas !

– En haut de Big John, dit Dunton.

– Big John ?

– Oui, la tour John Hancock.

A midi, Langford retrouva Cruz et Hawkins dans le bureau de ce dernier à l'université de Georgetown afin de comparer leurs notes.

– Je ne sais pas pourquoi on se donne tout ce mal, pesta Langford en se laissant tomber dans le gros fauteuil, en face de Hawkins. On rencontre les pires barjots de la terre, et je ne compte pas les criminels.

Hawkins ne put réprimer un sourire.

– La psy t'a cassé le moral ?

– Tu parles ! grogna Langford. C'est une emmerdeuse-née.

– J'ai du mal à imaginer Jay aller voir un psychiatre, dit Cruz qui étudiait la grande carte murale et se retourna. C'est pas son genre.

– On se raccroche à ce qu'on peut, dit Langford. En l'envoyant chez vous, je croyais que ça lui ferait du bien, que ça l'éloignerait de la pression. (Il émit une sorte de grognement.) Ah, on peut dire que c'est raté. (Il étudia soigneusement l'enquêteur des sapeurs-pompiers.) Vous n'aviez pas de... euh, de problèmes, tous les deux ? Quelque chose qui l'aurait fait flipper ?

– Non, répondit platement Cruz. Je crois que...

– Quoi ? demanda Hawkins, intrigué par l'hésitation de Cruz.

– Je crois qu'il y avait quelque chose entre nous, ou qu'il aurait pu y avoir quelque chose. C'est assez confus.

– Une liaison amoureuse ? demanda Langford.

– Peut-être. Je n'ai pas insisté. Dès le début, j'ai compris qu'elle avait des problèmes à régler.

– Vous croyez qu'elle perdait la boule ? demanda Langford.

– Non, je ne pense pas, finit par répondre Cruz après un long silence. C'est plus compliqué.

– C'est-à-dire ? fit Hawkins. Personne ne l'a approchée comme vous ces derniers temps. C'est pour ça que vous êtes là, pour nous livrer vos intuitions.

– Nous avons besoin d'une piste, approuva Langford. N'importe quoi pour avancer.

– Je crois qu'elle en avait marre, dit Cruz. Elle avait eu son content. Dix ans à fréquenter les flippés et les timbrés, ça l'a usée. Elle a craqué. En plus, elle était seule, ajouta-t-il, l'air soucieux. Désespérément seule.

Le téléphone sonna. Hawkins décrocha, écouta l'interlocuteur puis tendit l'appareil à Langford.

– Les services techniques de Quantico, dit-il.

Le vieil homme prit le combiné, écouta en silence pendant près de cinq minutes, jetant des notes sur son calepin, puis raccrocha et se cala dans son fauteuil en grognant.

– Des bonnes nouvelles ? s'enquit Hawkins.

– C'est Fletcher, soupira Langford. On a un enregistrement de sa voix du temps où on travaillait sur le détecteur de stress. Ça correspond parfaitement avec le message laissé sur le répondeur de la psy. On l'a retrouvée.

– Où ? demanda Cruz.

– On l'a retrouvée grâce à la facture téléphonique de la psy. Elle est à l'Hilton de Chicago. Elle se sert de la carte de crédit du vétérinaire de Slippery Rock. Eh-ve-lyn, Eve-eh-lin, c'est du pareil au même pour l'American Express. On la tient. (Il hocha la tête d'un air las.) La garce ! Comment expliquer ça aux pontes ? Encore un an, et j'aurais pu prendre ma retraite anticipée. Je me serais retiré en Californie, j'aurais eu tout le temps pour torcher mes gosses.

– Ça t'arrivera peut-être plus vite que tu ne le penses, dit Hawkins, et il sourit. Tu pourras peut-être vendre l'histoire à une maison d'édition, à un producteur, même.

– Ouais, grommela Langford. Quel acteur voudrait jouer le rôle d'un nigaud assez tarte pour engager une gâchette folle comme Fletcher ? Red Skelton est trop vieux, et Tom Hanks trop maigre. Merde !

– Comment vas-tu t'en sortir ? demanda Hawkins.

– Pas un mot à l'agence de Chicago, hein ? J'envoie une équipe fantôme par le prochain vol.

Les équipes fantômes avaient officiellement disparu avec Hoover, mais il arrivait encore qu'on ait recours pour les boulots délicats à des agents triés sur le volet, des gars qui savaient tenir leur langue. Langford toisa Cruz.

– Je ne veux pas que ça sorte de ce bureau, compris ?

– Je serai muet comme une tombe, promit l'enquêteur des pompiers. Je ne veux pas qu'il arrive du mal à Jay, c'est tout.

– Nous non plus, assura Langford. Croyez-moi.

– L'hôtel est surveillé ? demanda Hawkins.

– Pour l'instant, oui, acquiesça Langford. On nous préviendra dès qu'elle se pointe. Si elle essaie de quitter la ville, on l'arrête et on la ramène ici.

– Tu ne pourras pas garder le secret bien longtemps, dit Hawkins.

– Qu'est-ce que tu crois ? ronchonna Langford. Je ne cherche pas à étouffer l'affaire. J'ai simplement besoin de temps pour me retourner. (Il passa une main dans ses cheveux dégarnis et poussa un profond soupir.) Et de ton côté ? Wacker t'a servi à quelque chose ?

– Pour l'instant, ça baigne.

Wacker le Hacker[1] était un ancien informaticien du FBI dont la spécialité consistait à effacer le passé des gens et à leur en inventer un neuf. Wacker ne le disait pas, mais il travaillait aussi de temps en temps pour la CIA. Hawkins lui avait donné sa liste la veille et Wacker l'avait rappelé deux heures plus tard.

– Tu as resserré le filet ? demanda Langford.

Hawkins acquiesça en louchant sur le fax que Wacker lui avait adressé de son loft de New York.

– D'après ton ami Wacker, il y a quatre mille cas d'épilepsies

1. Wacker signifie excentrique et Hacker est un terme récent qui désigne tantôt un passionné d'informatique, tantôt un adepte du piratage. *(N.d.T.)*

psychomotrices aux États-Unis. En retirant ceux qui sont ou trop jeunes ou trop vieux, et les femmes, on tombe à cinq cents. Sur ces cinq cents, moins de deux cents prennent du Phenacemide.

– Le médicament que Stiles utilise.

– Tout juste. (Hawkins feuilleta le fax.) Comme je te l'ai dit, plusieurs laboratoires pharmaceutiques fabriquent ce médicament, mais le labo canadien, conformément aux instructions de la FDA, refuse d'honorer les commandes directes par colis postal. Si un Américain veut acheter le médicament en question, il doit se faire délivrer une ordonnance par un médecin canadien, acheter le produit sur place et le faire entrer en fraude ici. Je n'imagine pas le Glacier prendre un tel risque.

– Ce qui donne quoi ?

– La plupart des gens figurant sur la liste de Wacker se fournissent chez Recklerpharm, un laboratoire allemand. En fait, quatre-vingt-dix pour cent.

– Stiles achète son médicament en Allemagne ?

– Non. Recklerpharm possède un labo à Juarez, au Mexique. Il ne livre pas par correspondance non plus, mais il tient une succursale à Tijuana. D'après le responsable de Recklerpharm que j'ai contacté ce matin, seulement neuf de leurs clients prennent des doses aussi fortes que Ricky Stiles.

– Ah, l'étau se resserre, remarqua Langford.

– Pas assez à mon goût.

Il y eut un long silence, que Cruz finit par briser.

– Bon, alors qu'est-ce qu'on fait, maintenant ?

– Je ne suis toujours pas convaincu qu'il y ait un lien entre Stiles et la femme du Bureau, dit Hawkins, soucieux. Pour l'instant, je me concentre sur Stiles ; je vais voir ce que je trouve à Tijuana. Vous deux, occupez-vous de Fletcher. (Il dévisagea Langford.) J'imagine que tout cela reste officieux, du moins pour l'instant ?

– Bien sûr.

– Parfait. Je devrais revenir dans les quarante-huit heures. Retrouvez-moi chez moi demain soir. J'aurais peut-être du nouveau.

23

– Alors, qu'est-ce que vous en pensez ? demanda Dunton.

Figée sur le seuil de l'appartement de Dunton, au quatre-vingt-dixième étage de la tour John Hancock, Jay Fletcher resta bouche bée.

– C'est magnifique, souffla-t-elle.

Et c'était vrai.

On avait créé un vaste espace en joignant deux appartements et en abattant les murs de séparation. Le résultat était une sorte d'atelier situé au nord-ouest de la tour. On voyait au loin le soleil miroiter comme une feuille d'or en se reflétant sur le lac Michigan. Jay et Dunton avaient passé tout l'après-midi ensemble. Dans moins d'une heure, il ferait nuit noire.

– Ma mère collectionnait les antiquités grecques et égyptiennes, déclara Dunton. Les collections mayas viennent de mon père... Les peintures et les photos contemporaines sont à moi.

Des œuvres d'art remplissaient la pièce principale. Des troncs de colonnes grecques supportaient d'exquises figurines égyptiennes, des bols sacrificiels mayas resplendissaient, sinistres et inquiétants, dans des vitrines éclairées par de minuscules spots suspendus au plafond, et aux murs, des tableaux de toutes tailles et de toutes les époques complétaient l'extraordinaire collection. Une moquette gris neutre habillait les sols. Les sièges, ou le peu qu'il y en avait, étaient modernes, en cuir pâle.

Selon Dunton, son père et sa mère étaient nés riches, et après leur mariage ils avaient passé leur vie à voyager. Seule ombre au tableau, pendant que les parents parcouraient le monde, leur fils unique échouait dans des pensions, toutes plus huppées les unes que les autres.

Ses exploits scolaires n'avaient pas été à la hauteur des espoirs de ses parents : il n'avait obtenu qu'un médiocre diplôme en histoire de l'art d'une obscure université du Midwest. Lorsque ses parents étaient à Chicago, ils habitaient la vieille maison familiale dans la banlieue d'Oak Park, une villa construite par Frank Lloyd Wright. Leur fils avait été exilé dans le luxe de la tour John Hancock.

Jay surprit un mouvement du coin de l'œil. Elle se retourna et vit qu'un gigantesque écran de télévision recouvrait le mur qui séparait la pièce principale de la cuisine. Jay y apparaissait de dos, dans l'encadrement de la porte. Remarquant sa surprise, Dunton pointa un doigt vers le plafond, et Jay vit une minuscule caméra de sécurité braquée sur elle.

– J'en ai fait installer partout, expliqua Dunton. Elles sont reliées à des détecteurs de mouvements et se mettent en marche automatiquement dès qu'on passe devant l'objectif.

– Vous avez peur des voleurs ? demanda Jay.

Dunton secoua la tête. Il ôta sa veste et la lança sur les genoux d'une statue égyptienne qui gardait la porte.

– Non, pas vraiment, fit-il. Appelons cela une excentricité. (Son sourire se changea en rictus amer.) Papa et maman voulaient que je me spécialise en histoire de l'art.

Papa et maman ?

– C'était leur vœu le plus cher. Disons que je l'ai réalisé pour eux à titre posthume. (Il désigna l'écran de télévision.) Le temps qui passe est de l'histoire, quant à l'art, c'est tout ce qu'on veut que ça soit. Par conséquent, j'enregistre tout, et cela donne de l'histoire de l'art.

– Tout ? demanda Jay en s'efforçant de garder un ton léger.

Tout possède un sens caché quand on se fait draguer par un dangereux psychopathe.

– Presque, répondit Dunton. Vous voulez boire quelque chose ?

– Non, merci.

Pas d'alcool, ce soir. Il faut absolument que tu gardes l'esprit clair, Janet Louise.

Dunton acquiesça, puis traversa la pièce et disparut derrière le mur de séparation. Jay entendit des glaçons tinter dans un verre et le sifflement d'une boîte qu'on ouvre. Elle tâta la bosse rassurante de son Browning niché au creux de ses reins. Sûre de pouvoir se défendre, elle s'approcha de l'écran de télévision ; l'image bougeait au fur et à mesure que Jay se déplaçait.

D'après le label discret, l'appareil était un Stewart Filmscreen Opta 90, ce qui signifiait sans doute que l'écran mesurait 90 pouces. Il y avait un petit clavier de contrôle dans un coin de l'écran, ainsi que des orifices pour lecteur de vidéocassettes, lecteur de vidéodisques, un lecteur de CD, et un tuner Yamaha. En dessous, un autre espace comportait un magnétoscope, les boutons de contrôle des caméras, et ceux des détecteurs de mouvements. Encore en dessous se trouvait un meuble de rangement pour les CD et les cassettes vidéo. Il y en avait des centaines.

Jay laissa courir sa main sur la tranche des cassettes. Tout était de l'art, et Dunton avait affirmé qu'il avait tout enregistré.

Tu enregistres les femmes que tu assassines, hein, Homer ? Ensuite tu te repasses les cassettes encore et encore.

La voix de Dunton sortit de nulle part.

– Non, ne touchez à rien, je vous prie !

Jay faillit en tomber à la renverse. Il se tenait derrière elle, à moins de trente centimètres, un verre de cristal rempli d'un liquide brunâtre à la main.

Il aurait pu me tuer !

– Dieu que vous m'avez fait peur !

– Excusez-moi. Le matériel est très sensible, c'est tout. (Il leva son verre.) Vous êtes sûre que vous ne voulez rien ? C'est du Coca, ajouta-t-il avec un sourire.

– Non, merci, assura-t-elle, souriante.

Surtout pas. Dieu seul sait ce qu'il a pu mettre dedans. Elle continua à sourire. Du chlorhydrate de chloral pour assommer ses victimes avant de les tuer ? A moins qu'il ne préfère les voir se débattre ? Elle ne savait pas encore, mais elle n'était pas décidée à risquer quoi que ce fût.

Dunton se laissa tomber dans un canapé bas, croisa les jambes et posa son verre sur son genou. Il ressemblait à une publicité du *New Yorker*. Jay le gratifia d'un petit sourire nerveux puis alla examiner les œuvres d'art. Elle s'arrêta devant un tableau. Deux silhouettes d'homme luttaient sur un fond sombre, des lignes blanches à peine esquissées dessinaient une sorte de cage ou de prison. Les silhouettes étaient grossières, les traits à peine soulignés. Les deux hommes se battaient-ils ou faisaient-ils l'amour ? Étaient-ils réels ou venaient-ils de l'imagination du peintre ? Impossible à dire.

– Francis Bacon, lança Dunton de l'autre bout de la pièce. C'est un de mes tableaux préférés.

Il se leva avec des gestes lents, comme un serpent. Jay sentit son cœur battre plus fort et sa gorge se serrer. Combien de temps attendait-il avant de frapper ?

Que fait-il des corps ?

Dunton la rejoignit devant le tableau, posa une main sur son coude et lui murmura à l'oreille :

– Permettez-moi de vous faire visiter.

Il lui montra les différentes collections, lui expliqua l'historique de chacune et lui apprit comment elles avaient fini dans les mains de ses parents. Il la tenait toujours par le coude ; en cas de coup dur, elle n'arriverait jamais à sortir son Browning à temps.

De l'autre côté de la cuisine, il y avait trois autres pièces. Les portes de deux d'entre elles étaient entrouvertes. Une pièce donnait sur une vaste salle de bains ; l'autre laissait deviner la chambre de Dunton, toute en noir, en blanc et en gris. Sous la fenêtre, Jay aperçut un bureau surchargé de matériel informatique.

– A quoi sert l'ordinateur ? demanda-t-elle.

– Oh, c'est comme ça que je fiche les choses que je collectionne. Et je m'en sers aussi pour les jeux vidéo. L'ordinateur est relié à l'écran de la pièce principale.

– Vous aimez les jeux vidéo ?

Dunton opina et un bref sourire éclaira son visage. Il devenait de plus en plus nerveux. Anxieux. Les nuages noirs l'envahiraient quand l'heure approcherait.

– J'adore ça, dit-il. Surtout les jeux de rôles où je peux être qui je veux le temps que je veux.

– Lequel est votre préféré ?

Jay avait vu des fragments du jeu du Spécial K. sur l'ordinateur de Gaddis et sur celui de Kushinski. C'était du sérieux, avec des images fractales de haute tenue, d'un niveau équivalent à ce qui se faisait de mieux dans le commerce.

– J'aime tous les donjons et dragons. Je ne joue pas depuis longtemps, j'en suis encore à apprendre... Vous voulez en voir un ?

Oh, j'adorerais, mais plus tard.

– Plus tard, peut-être.

Ils arrivèrent devant la troisième porte. De grandes statues en argile meublaient quatre alcôves, deux de chaque côté de la porte. Elles étaient très anciennes et peintes de couleurs vives.

– Elles sont égyptiennes, expliqua Dunton.

Il effleura une rangée de hiéroglyphes d'une main parfaitement manucurée.

– On dirait des jarres à vin, remarqua Jay.

Tu as vu les verrous sur la porte ? C'est aussi bien gardé qu'une chambre forte.

– C'est presque ça, sourit Dunton. Ce sont des vases canopes qui servaient à conserver les organes pendant qu'on momifiait les corps. (Il toucha le couvercle du vase de gauche, une tête d'animal, bleu et vert avec des oreilles de chauve-souris.) Celui-ci est Duamutef, le chacal. Il gardait les estomacs. Celui qui a une tête de babouin, c'est Hapi, le gardien des poumons. Les deux autres sont Imesty, qui conservait les foies, et Qebehsenuef, le faucon, qui s'occupait des intestins.

– J'espère qu'ils sont vides, dit Jay avec un petit sourire.

– Oui, ils sont vides, confirma Dunton d'un ton neutre, inexpressif. Un tic agitait ses mâchoires.

– Qu'est-ce qu'il y a là-dedans ? demanda Jay en empoignant le bouton de la porte.

Dunton lâcha son coude, lui agrippa le poignet d'une main ferme, et la força à lâcher le bouton.

– C'est ma collection personnelle, dit-il.

– Je peux la voir ?

Non, mais tu es devenue folle ?

Dunton la toisa d'un air hébété. Ses yeux étaient énormes et vides, deux trous sombres au milieu de la figure. Sur le poignet de Jay, la main était froide et osseuse.

– Plus tard, dit-il, et il la prit par le coude et l'entraîna vers la pièce principale.

Vas-y, maintenant !

Elle était au bord de la crise de nerfs. Elle comprit en voyant la baie vitrée, de l'autre côté de la pièce, que l'obscurité était totale. Chicago n'était plus qu'une mer de lumières scintillantes... à un million de kilomètres.

Bute-le avant qu'il te bute !

Non, pas encore. Pas avant d'être sûre. Non, je ne peux pas le tuer comme ça.

Bien sûr que si !

– Asseyez-vous donc, proposa Dunton en la poussant gentiment vers le canapé. Je vais vous montrer les jeux qui me plaisent vraiment.

Jay s'assit comme on lui demandait, tandis que Dunton allait jusqu'à l'écran géant. Il s'accroupit devant le meuble de rangement, choisit une cassette, la glissa dans le lecteur de vidéocassettes, et empoigna une télécommande complexe. Jay posa négligemment une main derrière son dos, et tâta la bosse rassurante du Browning.

Du pouce, elle fit sauter le cran de sûreté quand Dunton vint la rejoindre sur le canapé. Il s'assit à une trentaine de centimètres d'elle et pointa la télécommande vers l'écran. La télévision s'alluma instantanément et une image de synthèse d'un réalisme stupéfiant apparut. Sur fond de ciel bleu pur, des dupes défilaient par milliers, puis on arrivait dans une oasis entourée de palmiers vert émeraude. On devinait, à travers les feuillages, les flèches et les minarets d'un palais luxueux. La présence de Dunton à ses côtés rendait Jay affreusement nerveuse ; il émanait du bellâtre un désir morbide dont elle sentait les agaçants effluves, mais les images de synthèse la fascinaient tant qu'elle resta rivée sur l'écran. Un programmateur, même excellent, devrait travailler des semaines pour obtenir des détails surréalistes de cette qualité.

– C'est superbe ! s'extasia Jay.

– Et attendez, ce n'est pas fini !

L'image se brouilla légèrement comme un mirage de chaleur sur le bitume brûlant, puis se reforma pour montrer un gros plan du palais que Jay venait de voir la minute précédente. Des flèches, des tours, des remparts, et deux énormes portes en bois. A quatre-vingt-dix pouces, l'image aurait dû éclater en million de pixels lumineux, mais elle resta remarquablement en place. Jay avait joué avec les programmes graphiques dans ses moments libres et elle savait ce dont étaient capables les pros comme Jack Prine, mais ce qu'elle avait sous les yeux dépassait l'imagination. C'était génial !

Elle avait déjà vu ces images, elle les avait entrevues sur l'écran de Kushinski, en Pennsylvanie. Un goût de cuivre chaud lui emplit la bouche. Elle s'éclaircit la gorge.

– Comment s'appelle le château ? demanda-t-elle.

– C'est le royaume de l'Enchanteur.

Non, c'est faux !

La voix de Dunton lui parvint dans le lointain.

– Vous voulez jouer ?

Elle sursauta. Le palais s'était effacé. A sa place, elle vit l'intérieur de l'appartement de Dunton. La caméra était quelque part derrière elle. Elle discerna une forme allongée sur le canapé, et crut d'abord que c'était elle. Puis elle s'aperçut que sur l'écran Dunton n'était pas assis à côté d'elle. Le plan changea de nouveau. La femme sur le canapé... plus jeune, des mèches blondes, un nez parsemé de taches de rousseur chaussé de lunettes, une courte jupe couleur rouille, un chemisier blanc, de longues jambes bronzées, et des sandales. Soudain sa bouche s'agrandit de peur, elle voulut hurler, et une longue aiguille brisa un verre de ses lunettes et s'enfonça dans son œil. L'écran devint rouge, puis blanc. En même temps, Jay entendit Dunton lui murmurer d'une voix tremblante :

– Je suis Horus.

Le dieu des morts.

Jay cessa de penser ; une joie féroce bouillonna dans son ventre et monta en elle, chassant l'air de ses poumons dans un râle effrayant. Sa main jaillit de son dos, le Browning léger comme une plume, et ce fut au tour de Dunton d'écarquiller les yeux de peur.

– Mais... maman me laisse toujours gagner, implora-t-il d'une voix d'enfant gâté.

– Pas cette fois.
– Espèce de sale conne !
Il bondit sur elle, la main en avant, comme une griffe. Quelque chose brillait, une chose longue et pointue. Son hurlement retentit dans la pièce :
– Sale conne !
Pauvre con !

Elle se retrouva plantée devant la fenêtre, le regard perdu dans la nuit. Loin derrière elle, Dunton gisait sur le canapé éclaboussé de sang. La télévision bourdonnait doucement. Les yeux mi-clos, Jay sentit une sorte de léthargie engourdir ses muscles et ses os. Elle tenait toujours le Browning dans sa main droite. Elle serrait un objet dans son poing gauche dont les jointures blanchissaient. Elle ouvrit la main. C'était le scarabée de Dunton qu'elle avait remarqué à l'Art Institute. La grosse bague en or était gluante de sang.
Un souvenir.
Au BSU on lui donnait un autre nom.
Un totem.
Ce qu'un dément prend sur le corps de sa victime pour se rappeler le moment, pour se rappeler ce qu'il était devenu.
Moi.
« Non, je ne suis pas comme eux », gémit Jay, et elle appuya son front sur la vitre froide. Elle serra de nouveau le poing, ferma les yeux. « Je ne suis pas comme eux. »
Alors, comment appelles-tu quelqu'un qui a déjà tué trois fois ?
C'est différent.
Vraiment ?
Eux, veulent tuer. Ils en ont besoin. La mort est leur vie, elle lui donne son sens.
Et toi ?
Elle s'éloigna de la fenêtre, parcourut la pièce du regard, contempla le cadavre de Homer Ellis Dunton. Elle se vit sur l'écran géant et comprit ce qui lui restait à faire. Elle comprit l'avenir.
Je le fais parce que c'est nécessaire. Quelqu'un doit le faire. Avant qu'il ne soit trop tard.

La police de Chicago reçut l'appel anonyme à vingt-trois heures cinq. Comme le central de police-secours est équipé d'un système automatique pour retrouver le numéro d'où l'appel est effectué, il ne fut pas difficile de localiser le lieu : un téléphone public de l'aéroport international O'Hare.

Selon les indications du mystérieux interlocuteur, deux inspecteurs de la Criminelle de Chicago se rendirent à la tour John Hancock et ils pénétrèrent dans l'appartement de Homer Dunton à minuit précis. Dès la découverte du cadavre, une équipe complète fut appelée en renfort. Vers une heure du matin, un serrurier des services techniques de la police ouvrit la porte blindée contiguë à la chambre à coucher de Dunton. Peu après, le serrurier, en état de choc, fut transporté d'urgence à l'hôpital.

Moins d'une heure plus tard, les médias apprirent l'horrible découverte. Plusieurs journalistes firent le rapprochement avec le meurtre de Slippery Rock et, à trois heures, la nouvelle était diffusée par toutes les agences de presse. A quatre heures, la police de Chicago remarqua aussi les similitudes entre le meurtre de la tour John Hancock et celui de Kushinski, le vétérinaire de Slippery Rock.

A cinq heures, l'agence de Chicago du FBI avait déjà été alertée, et à six heures trente le chasseur de jour du John Hancock était ravi de conter son histoire sur la femme qui avait suivi Homer Dunton la veille. Il donna des interviews « payantes » à trois journaux à scandales avant d'être interrogé par la Criminelle. A sept heures, il parlait sur CNN, à Atlanta, et une demi-heure plus tard la nouvelle atteignit finalement Charles Langford à Washington.

A neuf heures quinze, Langford et Cruz s'envolaient pour Chicago.

24

– Doux Jésus ! murmura Cruz en sortant de la pièce où Homer Dunton avait entreposé sa collection « personnelle ».

Il garda un mouchoir imbibé d'eau de toilette plaqué sur sa bouche jusqu'à ce qu'il soit à l'abri, à l'autre bout de la pièce principale. On avait déjà enlevé huit des onze cadavres, mais les trois derniers étaient les pires. Les membres de l'équipe du labo de la Criminelle de Chicago se relayaient dans la chambre forte, et tous portaient des masques à oxygène.

Près de la fenêtre d'angle, Langford discutait avec le médecin légiste. Le Dr Elson était une femme d'une cinquantaine d'années, les cheveux grisonnants noués en chignon, un visage maigre de furet avec des yeux légèrement exorbités, et les dents en avant. Un masque de chirurgien pendait à son cou, et elle fumait une cigarette. En approchant, Cruz s'aperçut qu'elle respirait un tube de Vicks.

– Le Dr Elson, ici présent, m'expliquait comment notre homme s'y prenait, dit Langford.

– Vous avez vu la chambre ? demanda la femme.

– J'en reviens, acquiesça Cruz.

Il avait vu pire dans certains incendies, mais à peine.

– C'est intéressant, nota Elson. (Elle aspira une bouffée et recracha la fumée par le nez.) A en juger par l'endroit, il s'est inspiré des Égyptiens. Il a enlevé une partie du plafond, a inversé la sortie d'air et a laissé la nature faire le reste.

– Momification naturelle, dit Cruz.

Les trois cadavres restants commençaient déjà à se dessécher, alignés dans leur linceul en plastique ; les muscles tendus et rétrécis tiraient les membres dans une position fœtale grotesque. La même chose se produisait dans la fournaise d'un incendie. La pièce était parfaitement étanche, à une température constante de 49 degrés. Les odeurs trop compromettantes étaient évacuées grâce au système complexe de filtres et de convecteurs de la tour, et l'air chaud s'échappait finalement par les cheminées.

Elson s'étrangla de rire, en tirant sur sa cigarette.

– Aussi naturelle que possible au quatre-vingt-dixième étage d'un immeuble, dit-elle avec une moue judicieuse. On peut dire que Big John est la version américaine d'une pyramide.

– A-t-on retrouvé des traces de violences sexuelles ? demanda Langford.

– Les organes génitaux externes ont été découpés sur tous les cadavres, dit Elson avec un calme olympien. Mais vous avez raison, c'est une forte probabilité.

– On dirait qu'ils ont été éviscérés, intervint Cruz.

Il avait vu dans la chambre une rangée de seaux en plastique couleur pastel, maculés de taches et garnis de croûtes.

– Les outils qu'il utilisait représentent l'idée qu'il se faisait d'un équipement égyptien pour l'embaumement, expliqua Elson. Il a dû prendre des cours. Couteaux en silex, crochets pour écarter le crâne pendant qu'il vidait la cervelle, bandelettes de lin. C'est assez efficace, quand on y pense, ajouta-t-elle en hochant la tête. Il tue ses victimes, il les vide, puis il broie les entrailles dans le vide-ordures – on en a retrouvé des traces –, ensuite, il range les restes dans des linceuls en plastique et les laisse sécher. Il aurait pu en tuer une trentaine avant d'avoir à trouver un autre endroit pour les stocker.

– A quand remonte son premier massacre ? demanda Langford.

– Difficile à dire.

Le médecin légiste tira sur sa cigarette. Derrière elle, on transportait un corps dans son sac en plastique.

– Les deux qui restent sont les plus vieux. Ils datent de cinq ou six ans, à première vue. En outre, ils sont différents des autres cadavres.

– En quoi sont-ils différents ?

– Par l'âge et le sexe. L'un d'eux était un homme, la soixantaine, peut-être même plus. C'est le seul homme du lot. L'autre était une femme du même âge.

– Ses parents ? avança Langford.

– Oui, approuva Elson. C'est ce que je me suis dit. (Elle consulta sa montre.) Ah, la pause est terminée. Vous désirez savoir autre chose ? demanda-t-elle, souriante.

– Non, merci, fit Langford.

Le médecin le gratifia d'un sourire, remit son masque et se dirigea vers la chambre aux horreurs. L'homme du FBI la regarda partir.

– Vous avez vu l'ordinateur ? demanda-t-il à Cruz.

– Oui, écrabouillé.

D'après Sladky, les ordinateurs du Manuel avaient subi le même sort.

– Albuquerque, Slippery Rock, et maintenant Chicago. Ça fait beaucoup pour des coïncidences. Je me fous de ce que pense Hawkins, je suis persuadé qu'il y a un rapport entre ces trois meurtres et Ricky Stiles. Forcément.

– On n'a pas beaucoup d'indices pour progresser, remarqua Cruz. (Il parcourut la pièce du regard.) Jay est partie depuis longtemps, et on ignore où elle est allée.

– Si Hawkins trouve une piste au Mexique, ça nous mènera peut-être aussi à Fletcher. Je ne vois pas d'autres solutions.

– Espérons qu'il trouvera quelque chose, dit Cruz.

– Oui, et vite, soupira Langford.

Quand Langford et Cruz arrivèrent au John Hancock Center, Jay Fletcher était déjà à Los Angeles depuis une demi-journée. Homer Dunton avait quinze cartes de crédit et il conservait une liste de numéros d'identification pour chacune d'elles dans son bureau. Redoutant que son appel de la veille au Dr Chisolm puisse permettre au FBI de remonter jusqu'à elle, Jay avait préféré ne pas retourner à l'hôtel, ce qui l'avait obligée à abandonner son ordinateur portable et ses vêtements. Elle avait pris un taxi directement pour l'aéroport.

A O'Hare, elle avait encaissé le maximum de liquide sur chaque carte et les avait ensuite toutes jetées. Elle aurait pu prendre différents vols intérieurs, mais elle avait opté pour le vol régulier en direction de Los Angeles. Ce qu'elle avait vu du Royaume de l'Enchanteur suggérait un endroit chaud et sec, ce qui excluait tout l'est du pays.

Elle avait dormi pendant tout le vol, puis était descendue dans un petit hôtel italien sur Pacific Boulevard que lui avait recommandé son chauffeur de taxi. L'hôtel était à mi-chemin entre Long Beach et Los Angeles proprement dit, et le gérant avait accepté sans problème qu'elle règle trois nuits d'avance en liquide plutôt qu'avec une carte de crédit. Autre détail important, les chambres étaient équipées de magnétoscopes. Raisonnablement certaine d'avoir brouillé ses traces électroniques, du moins pour le moment, elle avait commandé un petit déjeuner avec un café double, puis s'était installée avec les cassettes qu'elle avait prises chez Dunton, et elle se les était passées et repassées.

L'une d'elles était particulièrement intéressante, car elle montrait Homer Dunton en train de jouer parmi différents niveaux du Royaume de l'Enchanteur, qui, elle s'en aperçut soudain, était le même jeu de donjons et dragons qui « cachait » le tableau d'affichage du Spécial K. SK. ENCH. était sans doute l'Enchanteur qui avait dessiné le Royaume de même que le tableau d'affichage qu'il recouvrait. Rien dans la documentation que Jay avait trouvée chez Gaddis, à Albuquerque, ni chez Kushinski, à Harrisville, ni chez Dunton ne lui permettait de deviner où était situé le système opérateur du Spécial K. Le jeu constituait sa seule piste.

D'après la cassette, il y avait au moins cinq niveaux de jeu et plus de vingt scénarii différents. Le premier niveau, qui s'appelait l'Éventreur, n'était rien d'autre qu'une reconstitution historique des meurtres de Whitechapel, avec des rues de Londres à faire froid dans le dos, un mystérieux tueur emmitouflé dans une cape, et ses victimes, des prostituées. Apparemment, l'objet du jeu était de tuer les victimes sans se faire prendre et sans laisser d'indices. La seule chose qui différenciait ce jeu de ceux qu'on trouvait dans le commerce était la violence exacerbée des meurtres, avec, entre autres, un choix d'organes qu'on pouvait prélever sur chaque cadavre.

En complétant victorieusement le premier niveau, on passait automatiquement à travers une porte grinçante, et une volée de marches conduisait au deuxième niveau : le Docteur Sanguinaire. Celui-ci était grossièrement basé sur les exploits du Dr Marcel Petiot, un médecin français qui avait assassiné une flopée de gens pendant la Seconde Guerre mondiale, surtout des Juifs cherchant à fuir hors de France. On pouvait choisir plusieurs rôles dans le niveau du Docteur Sanguinaire, parmi lesquels ceux d'agents de la Gestapo.

Dans le niveau trois, on se retrouvait comme par magie aux États-Unis avec l'Émigré. Là, le rôle principal était celui de Juan Corona, le maçon cubain coupable d'avoir violé, dévalisé et assassiné plus de vingt-cinq travailleuses émigrées dans les années 60. Le niveau trois différait des deux précédents ; il comprenait le procès de Corona, attribuait un rôle pour son frère Natividad mystérieusement décédé, et comportait un labyrinthe dans lequel on devait creuser un certain nombre de trous afin de retrouver les corps décapités des victimes. Pour tenir le rôle de Corona, le joueur devait d'abord découvrir la machette du tueur ; il y avait aussi plusieurs options érotiques. Encore plus violent que les deux précédents, le niveau trois en était presque obscène.

C'était en fait un rempart supplémentaire pour décourager les joueurs amateurs.

Le niveau quatre, l'Escadron de la Mort, était un étrange mélange qui proposait un large spectre des serial killers américains pour les rôles principaux, parmi lesquels le Zodiaque de Los Angeles, Berkowitz, le Tueur de la Green River, l'Étrangleur de Boston, Ted Bundy, et John Wayne Gacy. Apparemment, il y avait peu de règles, sinon l'obligation de tuer un maximum de personnes en un minimum de temps. Sur le niveau quatre, les détails des meurtres semblaient les plus importants, et on accordait des points pour le choix des instruments, la façon de se débarrasser des cadavres, ou les totems prélevés sur les victimes.

Finalement, un joueur suffisamment déterminé atteignait le Royaume de l'Enchanteur – le niveau que Jay avait brièvement aperçu la veille à Chicago. Sur la cassette, Dunton parcourait les différents niveaux, mais il ne cessait de revenir au dernier. Après les séquences d'ouverture du palais niché dans l'oasis, le joueur franchissait la porte principale, puis traversait une enfilade de pièces, chacune plus grotesque que la précédente. Les images du niveau cinq semblaient moins sophistiquées que celles des niveaux antérieurs, les détails à peine esquissés. Parvenue à la moitié de la cassette de Dunton, Jay comprit pourquoi.

Le cinquième niveau avait été dessiné exclusivement pour les joueurs qui avaient déjà découvert comment parvenir au tableau d'affichage du Spécial K. Dunton utilisait son adresse pour ouvrir les portes d'une demi-douzaine de pièces, et l'une d'elles avait montré un tueur en train de mutiler les mains de ses victimes qu'il tranchait entre l'annulaire et le médium. C'était le Manuel d'Albuquerque. C'était Gaddis.

Il y avait une pièce pour que chaque joueur puisse décrire graphiquement ses exploits. Il y en avait déjà une pour Dunton, que l'on atteignait en longeant un long couloir dont les murs étaient décorés de hiéroglyphes hideux.

Jay passa et repassa la cassette plusieurs fois, mais rien ne semblait conduire nulle part. Elle n'avait rien trouvé non plus dans les fichiers du disque dur de Dunton. Contrairement à Gaddis et à Kushinski, Dunton ne gardait ni journal ni registre. Après s'être occupée du collectionneur fou, Jay avait réussi à atteindre le tableau d'affichage en pistant les appels sur le logiciel de communication de Dunton, mais même après une demi-heure de piratage, elle n'avait pas avancé d'un pouce. Le tableau d'affichage restait blanc, il n'y avait pas une ligne de conversation en cours, et la seule chose digne d'intérêt était un bref message avertissant quiconque atteignait le Spécial K. qu'un intrus s'était peut-être glissé dans le Net. Elle-même, sans doute.

Dans l'impasse, Jay quitta l'hôtel, se rendit dans un supermarché voisin, et acheta des produits de première nécessité, de nouveaux vêtements entre autres. En se contorsionnant pour entrer dans un blue-jean neuf, elle s'aperçut soudain que ses règles étaient en retard d'une semaine. Le stress, sans doute, ou, Dieu la garde, une grossesse malvenue. Elle recompta les jours et poussa un soupir de soulagement. A moins que son organisme ne soit complètement détraqué, il y avait peu de chances que l'aide-serveur noir ait pu l'engrosser.

Elle repassa une nouvelle fois la cassette, alla jusqu'à l'ouverture du niveau cinq et arrêta l'image. Le Royaume de l'Enchanteur représentait-il l'endroit où il vivait, ou n'était-ce que son monde des horreurs, pas si imaginaire que cela ? Jay se concentra sur la qualité des images. Si l'Enchanteur dessinait ce graphisme à ses heures perdues, il était peut-être dans la profession.

Jay consulta les pages jaunes, dressa une liste d'une demi-douzaine de magasins de Los Angeles spécialisés dans les jeux de rôles informatiques. Sa liste à la main, elle sortit la cassette du magnétoscope et quitta l'hôtel. Trois heures et cinq cents dollars de frais de taxi plus tard, elle trouva ce qu'elle cherchait à la sortie de l'autoroute à péage, au sud d'Anaheim, à Orange, en Californie.

25

Plus de vingt ans auparavant, l'agent responsable de la branche du FBI de San Diego avait décrit à Hawkins Tujuana comme « une hémorroïde sur le trou du cul de l'Amérique ». Durant ces vingt années, la population de la ville frontière mexicaine s'était agrandie d'un million d'âmes, et aucune pommade diplomatique ne soulagerait la démangeaison aiguë causée par des Mexicains payés trente pour cent de moins d'un côté de la frontière que de l'autre.

Hawkins passa plus d'une heure à la frontière dans la chaleur étouffante de l'après-midi à faire la queue derrière la file de voitures, de camions, de minibus et de campeurs qui avançait à la vitesse d'un escargot au galop. Il finit par obtenir sa carte de touriste et son autocollant réglementaire qu'il paya quelques dollars *mordida* à un inspecteur en uniforme, et pénétra au Mexique dans sa voiture de location sans climatisation. Depuis sa dernière visite qui remontait à vingt ans, rien n'avait vraiment changé sinon qu'il y avait davantage de tout, étalé sur une superficie plus vaste.

Les rues étaient étroites, bruyantes, et les bouchons fréquents. Tout le monde semblait vendre quelque chose à quelqu'un, et une centaine de milliers d'affiches claironnaient leur message en anglais, en espagnol, et en espaglais, un mélange bizarre des deux langues. En espaglais, un bateau se disait un *canoa*, une station de taxis un *sitio*, et un chauffeur de taxi un *chofer*.

Il y avait de la poussière partout ainsi qu'un voile de fumée dû aux gaz d'échappement plus fournis qu'à Los Angeles. Dans le centre de Tijuana, on ne voyait pas à cent mètres. Hawkins se demanda s'il existait un mot espaglais pour pot catalytique. Non, certainement pas ;

la majorité des voitures immatriculées au Mexique dataient des années 70... pour les plus récentes.

Il finit par trouver l'adresse qu'il cherchait dans un faubourg miteux de la ville, sur la grand-route Tijuana-Ensenada. La *farmacia* Enfermo était coincée entre une casse de voitures et un bâtiment sans fenêtres couronné par un énorme néon qui affichait HITACHI. La farmacia était une sorte de bunker de plain-pied de la taille d'un supermarché moyen. D'après les informations de Hawkins, c'était le plus grand dépositaire de Phenacemide fabriqué par Recklerpharm.

Heureusement la pharmacie géante possédait la climatisation. Planté près de la porte, Hawkins profita un instant de la fraîcheur le temps d'analyser la situation. Le représentant de Recklerpharm à San Diego l'avait prévenu que les pharmacies mexicaines n'étaient en rien comparables à celles des États-Unis. Les ordonnances y étaient presque inconnues, les médicaments se vendaient au détail ou par caisse, et la plupart des grandes farmacias possédaient des cabines où on pouvait s'injecter tout et n'importe quoi, antibiotiques comme morphine.

La farmacia Enfermo comportait toute une série d'allées et de stands sans indication d'aucune sorte. Des cartons remplis de bandages côtoyaient des piles de tubes dentifrice entassés jusqu'au plafond, des poires à lavement de toutes les couleurs jouxtaient une longue table garnie de flacons de vitamine C.

Tout le monde semblait mexicain. Çà et là, des hommes et des femmes en blouse blanche erraient dans les travées, un porte-bloc à la main qu'ils consultaient de temps à autre, et répondaient d'un débit précipité aux questions les plus incongrues, hurlant presque pour couvrir la bouillie métallique qui sortait des haut-parleurs. La musique avait ce même rythme lourd et balancé que ce que Hawkins entendait depuis San Diego ; c'était la ranchera mexicaine, de la country music, vomie depuis Monterrey par Radio XEG, la plus importante station du Mexique.

Hawkins aborda quatre employés en blouse blanche avant de trouver quelqu'un qui parlait anglais. Une jeune fille le dirigea vers un comptoir à l'autre bout du bâtiment. Hawkins s'y rendit et héla un énième employé en blouse blanche. Celui-ci avait des cheveux blancs et portait des lunettes.

– Excusez-moi, parlez-vous anglais ?

– Bien sûr, répondit l'homme avec douceur.

– Vous êtes pharmacien ?

– Tout le monde ici est pharmacien, sourit l'employé.

Hawkins opina. C'était pire que ce qu'il avait cru. La fille qui l'avait dirigé n'avait pas plus de seize ans ; elle n'avait certainement pas terminé ses études secondaires, quant à son diplôme de pharmacienne...

– Je cherche un médicament particulier.

– Nous avons beaucoup de médicaments, dit l'homme avec un geste large. Après tout, c'est une pharmacie, non ?

– Celui que je recherche est un anticonvulsant.

– Nous en avons plusieurs.

– Avez-vous du Phenacemide ?

L'homme réfléchit, puis acquiesça.

– Vous en avez en rayon ?

– Oui.

– Où se trouve ce rayon ?

– Ah, il faut que je vérifie, dit-il avec un sourire, sans bouger de sa place.

– En fait, je m'intéresse à un client qui possède une ordonnance de Phenacemide.

– Ah, fit l'homme. (Son sourire ne s'effaça pas, mais ses yeux brillèrent derrière ses lunettes.) Vous ne désirez donc pas en acheter ?

– Non.

– Ah, répéta l'homme.

La discussion semblait l'amuser.

Hawkins sortit de sa poche l'agrandissement de la photo de Stiles et le déplia sur le comptoir. L'homme y jeta un coup d'œil.

– Avez-vous déjà vu cet homme ? demanda Hawkins.

– Vous êtes de la police américaine ?

– Oui, répondit platement Hawkins.

Il attendit que le pharmacien dise quelque chose, mais l'homme se contenta de le dévisager d'un œil torve, son éternel sourire aux coins de ses lèvres.

– Vous l'avez déjà vu ? répéta Hawkins.

– Difficile à dire, bougonna l'homme. (Il regarda de nouveau la photo, puis leva les yeux vers Hawkins.) Nous ne servons pas souvent des *gabachos*.

– Des gabachos ?

– Des Blancs, précisa l'homme avec un sourire béat. Comme vous.

– Ce gabacho vous achète du Phenacemide. C'est un épileptique.

– Ah, répéta l'homme pour la troisième fois.

Hawkins réfréna l'envie d'empoigner le Mexicain par sa cravate minuscule et de le secouer comme un prunier. Au lieu de cela, il sortit son portefeuille, tira un billet de cinq dollars et le déposa sur le comptoir à côté de la photographie de Stiles. L'homme parut se perdre dans un abîme de perplexité.

– Eh bien ? fit Hawkins.

– Oui, son visage m'est familier, consentit l'homme.

Hawkins rajouta cinq dollars.

– Familier comment ?

– Euh, je crois qu'il vient de temps en temps.

– Vous croyez ? demanda Hawkins qui posa derechef un autre billet de cinq dollars.

– Oui, acquiesça l'homme. Il vient.

– Et il achète du Phenacemide ?

– Oui.

– A-t-il une ordonnance ? D'un médecin américain ?

C'était un ballon d'essai.

– Il n'y a pas besoin d'ordonnance pour un anticonvulsant, dit le pharmacien. (Il sourit de toutes ses dents.) Qui s'amuserait à prendre un truc pareil ? Ce serait stupide, vous ne croyez pas ?

– En effet.

A court de billet de cinq, Hawkins posa un billet de dix dollars sur le comptoir.

– Ce n'est pas nécessaire, dit le pharmacien.

– J'ai besoin de savoir son nom.

– Je vais peut-être m'en souvenir, dit le pharmacien, et il attendit.

Hawkins jeta un billet de vingt dollars sur le comptoir. Le pharmacien le prit, puis rendit le billet de dix. Hawkins avait l'impression d'acheter un Big Mac.

– Un instant, dit le pharmacien, et il disparut derrière une pile de cartons qui contenaient du lait en poudre pour nourrisson, et reparut quelques instants plus tard, un coupon de carte de crédit à la main.

– Voici la personne que vous recherchez, dit-il, et il tendit le feuillet à Hawkins puis empocha l'argent qui traînait sur le comptoir.

Le coupon maculé d'encre de carbone portait l'en-tête de la Citibank.

– Je n'arrive pas à lire le nom, pesta Hawkins.

Le coupon provenait du dernier feuillet de la liasse et on ne distinguait que deux lettres floues sur l'emplacement réservé à l'adresse du signataire. Me, Ne, Mo... impossible à dire. Maine, Nevada, ou Missouri. C'était plutôt vaste, géographiquement parlant.

– Ça ne me servira à rien, râla Hawkins.

– Il n'y a pas de nom, opina le pharmacien, mais le numéro est bien lisible.

– Vous pouvez me retrouver le nom qui va avec ? demanda Hawkins.

– Peut-être. Ça risque de prendre du temps. Si vous aviez un numéro de téléphone où je puisse vous joindre...

L'homme laissa sa phrase en suspens. Hawkins fit un rapide calcul. Il devait rentrer à Washington le soir même. Il sortit une vieille carte de visite de sa poche, y griffonna son numéro de téléphone personnel et tendit la carte au pharmacien.

– Si je n'y suis pas, dit-il, laissez un message sur mon répondeur.

– Cela risque d'entraîner des dépenses supplémentaires, señor.

Hawkins soupira.

– Je n'ai plus de liquide, dit-il.

– Oh, ça ne fait rien, répondit l'homme, rayonnant. Comme vous pouvez le voir, nous acceptons les cartes de crédit.

Tout se régla finalement assez simplement. Le jeune employé hautement qualifié du point de vente GameMaster, à Orange, visionna une fois la cassette du Royaume de l'Enchanteur et identifia aussitôt le style d'images comme étant l'œuvre de Softimage Creations, une société spécialisée dans les jeux vidéo basée à Carson City, dans le Nevada.

Réglant en liquide, Jay acheta un nouveau portable pour remplacer l'ordinateur qu'elle avait abandonné à Chicago, ainsi qu'une demi-douzaine de jeux Softimage. De retour à son hôtel de Long Beach, elle chargea la cassette du Royaume de l'Enchanteur dans le magnétoscope, brancha son portable, et commença à parcourir les jeux l'un après l'autre.

La plupart étaient des donjons et dragons classiques, mais même comme ça Jay discerna des ressemblances avec le Royaume de l'Enchanteur. Les logiciels de jeux que l'employé lui avait montés au GameMaster étaient des bandes dessinées comparés à ces chefs-d'œuvre – vampires et farfadets grossièrement dessinés, couleurs criardes, effets spéciaux puérils. Les logiciels de Softimage utilisaient les couleurs avec une subtilité autrement plus fine, les dessins étaient plus précis, les jeux eux-mêmes semblaient davantage destinés aux adultes.

Sur les six jeux que Jay avait achetés, quatre avaient le même nom au générique : Merlin Ambrose. Dans son enfance, l'un des livres préférés de Jay était *The Once and Future King* de T.H. White, et elle reconnut aussitôt la référence. Dans le livre de White, le célèbre magicien qui aidait le roi Arthur à sauver Camelot était affublé d'un nom latin : Merlin Ambrosius. Merlin l'Enchanteur. SK.ENCH. n'était pas le premier tueur victime d'une mégalomanie excessive. Ce fut le dernier jeu qui serra le nœud coulant autour du cou du psychopathe.

D'après l'employé du GameMaster, *Passe ou manque*, bien que n'étant pas un jeu de rôles, était le logiciel le plus populaire jamais produit par Softimage. En lisant le générique, Jay s'aperçut que son premier copyright datait de 1980 et que le graphiste était aussi Merlin Ambrose, qui bénéficiait en outre de la mention « créé par », ce qui signifiait que Softimage lui versait probablement des droits d'auteur.

Passe ou manque était un jeu démodé rempli d'options comme le craps, la roulette, le keno, le stud poker, le black jack, ainsi que de plusieurs machines à sous. Il y avait même un sous-jeu qui permettait de parier sur les événements sportifs, avec un tableau de résultats tenu par un borgne vantard appelé Greg le Grec.

Le graphisme était moins raffiné que dans les autres jeux dessinés par Merlin Ambrose, mais les séquences d'ouvertures trahissaient son auteur. *Passe ou manque* ouvrait sur un désert identique à celui du Royaume de l'Enchanteur. Ambrose avait simplement transposé les images complexes du logiciel sur le niveau cinq du jeu de l'Internet.

En contemplant l'écran de son portable, puis en comparant l'image à celle qu'elle avait arrêtée sur le magnétoscope, Jay comprit enfin l'astuce. Des dunes de sable, des flamants roses dans une oasis enchanteresse avec un palais en arrière-plan, le tout sur fond de nuit étoilée qui s'évanouissait comme un mirage quand on rentrait dans le jeu.

Dunes
Oasis
Flamingo
Palace
Stardust
Mirage

C'étaient les noms de six casinos de Las Vegas[1].

Je te tiens.

Jay éteignit l'ordinateur, fit sa valise et appela un taxi. L'après-midi touchait à sa fin quand son vol décolla de l'aéroport de Los Angeles. Quand elle atterrit au McCarran International Airport de Las Vegas, la nuit tombait déjà. Jay prit une chambre au Best Western proche de l'aéroport. Sitôt installée, elle brancha son ordinateur portable. Il lui restait encore du pain sur la planche avant l'assaut final.

Assis dans sa chambre secrète, entouré par les milliers d'images du monde entier qu'il lui avait fallu tant de temps et d'efforts pour créer,

1. *Flamingo* : Flamant rose ; *Palace* : Palais ; *Stardust* : littéralement poussière d'étoiles, mais aussi « la vie en rose ». *(N.d.T.)*

le Glacier contemplait les deux écrans devant lui. L'un montrait l'Associated Press en ligne, l'autre était branché sur le service des cartes de crédit de la Citibank.

L'AP éditait l'histoire de Homer Dunton, assortie de trois étoiles clignotantes, et répétait l'information toutes les heures. Une dépêche datée de Butler, en Pennsylvanie, était accolée à la nouvelle. Le meurtre de Kushinski était relié à celui de Dunton, mais personne n'avait encore fait le rapprochement avec celui de Gaddis ; toutefois, le Glacier savait que cela ne tarderait pas. La dépêche de Butler et la nouvelle de l'AP de Chicago parlaient d'un suspect qui se faisait appeler Jennifer Smith, et le Glacier avait vu une bande-annonce pour *Hard Copy*, l'émission télévisée à scandales, dans laquelle on prétendait aussi que l'assassin était une femme.

A partir de l'interview du chasseur de la tour John Hancock, le journaliste de l'*Eagle* de Butler avait même réussi à obtenir un portrait robot de la suspecte : une brune sur la fin de la trentaine, plutôt jolie si on aimait les nymphettes sur le retour, mais avec un quelque chose de dangereux et de triste dans le regard et dans la bouche. On la surnommait déjà Ladykiller[1]. L'ambiguïté du terme arracha un sourire au Glacier. Si quelqu'un méritait ce surnom, c'était bien lui.

Plus intéressante et plus inquiétante était la piste électronique laissée par Hawkins. Berkeley, puis retour à Washington, un bref hiatus, puis un voyage impromptu à San Diego. Et maintenant, Tijuana ; un achat à la farmacia Enfermo en milieu d'après-midi. Il n'y avait qu'une seule explication pour que ce merdeux de borgne aille dans cette pharmacie précise de Tijuana : il avait découvert la nature exacte du vrai pouvoir du Glacier. Devant ses yeux, un des écrans scintilla et une nouvelle ligne se traça. Hawkins voyageait encore : il venait d'acheter un billet d'avion à San Diego. Retour à Washington.

Assis dans la pièce obscure, le Glacier sentit soudain le monde s'écrouler autour de lui, et l'air parfaitement filtré s'emplit brusquement d'une odeur étouffante de lavande. Le Glacier se figea, ses muscles se contractèrent, et il pressentit l'imminence d'une attaque. Oh, cela lui était égal ; après une vie entière dominée par le mal sacré, les symptômes et les effets lui étaient devenus familiers. Sachant que l'anxiété et la tension déclenchaient souvent ses absences, il avait pris une double dose de Phenacemide moins de deux heures plus tôt, et il

1. *Ladykiller* peut signifier à la fois la femme-tueur et le bourreau des cœurs. *(N.d.T.)*

savait qu'il pourrait contrôler ainsi n'importe quel saisissement qui risquait de lui causer du tort.

Merdeux !

Il entendit distinctement quelqu'un murmurer le mot. Était-ce Pozniak ?

Tu crois vraiment que tu peux me menacer, espèce de petit merdeux ? Qui te croira après ce que tu as fait à la nonne de l'orphelinat ? Merdeux.

Le Glacier regretta de ne pas avoir eu une batte de base-ball à la place de la chaîne de bicyclette pour lui écraser ses seins et lui faire éclater ses joues roses de honte. Enfin, on prend ce qu'on a sous la main, n'est-ce pas ? Voilà une chose que la vie lui avait apprise.

Et des secrets bien gardés.

Le corps de Pozniak changé en cire glacée dans les eaux de Puget Sound.

Le métal hurlant de l'Indian de père John entre ses jambes.

Le doux claquement du crâne de la sœur de père John explosant dans le soleil levant de Berkeley.

Ah, la première fois ! Douze ans. Quand il avait cru mourir et qu'il avait entendu la voix de Dieu, claironnante comme les cloches de Saint-Peter. Quand l'obscurité l'avait enveloppé et que les oiseaux volaient dans le noir en bruissant comme les feuilles séchées d'arbres morts.

La mort, cette merdeuse.

La bouche édentée d'Ellen Putnam qui le pompait sous les yeux de sa fille qui essayait de hurler, la langue coupée, et la morve qui ruisselait du nez de la mère.

Tue-les tous.

Le Glacier cilla, puis remarqua les ordinateurs. Des étoiles défilaient sur les écrans en veille. Il jeta un coup d'œil sur le cadran lumineux de sa montre. Une heure s'était écoulée en l'espace d'une seconde. Pendant les saisissements, le temps suspendait son vol ; parfois, le Glacier avait l'impression qu'il pourrait vivre indéfiniment dans ces blancs... dans cet espace-temps élastique où on le laisserait enfin tranquille.

Tue-les tous. La voix avait raison.

C'est le seul moyen. D'abord Hawkins, puis Ladykiller. Ne la matez pas, elle.

Matez-moi.

26

Dans son bureau en sous-sol du quartier général du FBI à Washington, Charles Langford voyait son avenir s'effondrer. Il venait d'avoir trois réunions avec les huiles d'en haut, sans résultat positif, et si le directeur n'avait pas été en vacances – il effectuait la descente du Grand Canyon en eau vive – Langford aurait aussi été convoqué dans son bureau.

Tout avait commencé à dérailler la veille au soir, quand *Hard Copy* dévoila l'affaire. La première, la journaliste de Butler avait fait un vague rapprochement avec le FBI, et par la suite la merde était tombée de partout. En quelques heures, une rumeur courait sur un lien entre le Manuel d'Albuquerque, Kushinski et Dunton, et la presse locale ne tarda pas à retrouver Nadine, la voisine de Fletcher. Nadine mena au bon Dr Chisolm qui s'épancha honteusement sur *Good Morning America*. Apparemment, cette psy au grand cœur n'invoquait le secret professionnel que lorsqu'elle n'était pas payée pour parler de ses patients. Elle tenta vainement de se couvrir en parlant au conditionnel et en refusant de donner le nom de Jay, mais Langford trouva quand même qu'elle manquait singulièrement d'éthique. N'importe quoi pour passer à la télé.

Chisolm affirma que « Jennifer Smith » était un agent spécial du FBI et qu'elle avait été récemment impliquée dans un procès douteux pour lequel on l'avait désignée comme bouc émissaire. Sans aller jusqu'à accuser directement le FBI, Chisolm suggérait clairement que le Bureau était en définitive responsable des actes de « Jennifer Smith ».

Les journalistes d'investigation de la télévision avaient bien fait leur travail, et l'interview du Dr Chisolm était entrecoupée de statistiques sur le peu d'agents spéciaux de sexe féminin, sur le harcèlement sexuel dont elles étaient victimes, et sur le taux élevé de suicide parmi les anciens employés du FBI.

On ne précisait pas que Jennifer Smith avait été mutée parce qu'elle avait obtenu illégalement des preuves et avait fait ainsi échouer un procès contre un dément qui prenait son pied à décapiter les femmes et se masturbait ensuite dans la plaie béante de leur cou.

D'après une rumeur interne, la moitié des émissions de radio du pays parlaient de l'affaire, notamment celle de Howard Stern à New York. Le public semblait prendre parti pour Ladykiller, une femme, poussée à bout par son patron, et qui avait fini par rejouer la version moderne de Bonnie sans Clyde. On citait aussi beaucoup *Thelma et Louise*, Charles Bronson et *Un justicier dans la ville*. Tout le monde avait repris le surnom de Ladykiller et on pouvait être certain qu'il collerait à la peau de Jay – et à celle de Langford – comme de la super-glu.

Plusieurs organisations féministes avaient créé une association pour la Défense de Ladykiller au cas où elle serait arrêtée et condamnée pour les trois meurtres, et Langford s'attendait à voir apparaître la première histoire drôle sur Ladykiller. Leno en sortirait sans doute une dans son émission du soir, si toutefois il ne se faisait pas devancer par Letterman[1].

En d'autres termes, c'était un fiasco total pour l'image de marque du FBI, pire encore que les rumeurs qui avaient circulé sur les robes et les lingeries fines que J. Edgar Hoover aimait porter dans ses soirées très privées. Au milieu de toutes ces catastrophes, Langford ne voyait qu'une bonne nouvelle : personne n'avait encore imaginé le rôle de Bill Hawkins dans cette affaire.

Si l'ancien agent du FBI réussissait à retrouver Fletcher et Stiles, cela suffirait peut-être à arrêter l'incendie, mais Langford ne croyait pas aux miracles. Il était temps d'appeler la troupe, de brouiller les pistes, et de couvrir le plus de monde possible, lui compris. Sentant son ulcère se réveiller, il empoigna le téléphone et lança quelques appels stratégiques.

Accroupi à l'indienne dans l'ombre mouchetée d'un arbre, à cinquante mètres de chez William DeMille Hawkins, le Glacier scrutait la vieille ferme et ses environs avec une puissante paire de jumelles.

1. Deux célèbres comiques, présentateurs d'émissions de télévision. *(N.d.T.)*

D'après ses calculs, Hawkins était arrivé à Washington six heures avant lui. Sa voiture n'était pas garée dans l'allée circulaire qui passait devant sa porte, et depuis deux heures il n'y avait aucun signe d'activité à l'intérieur de la maison.

Le Glacier lâcha les jumelles, qui retombèrent autour de son cou, et ferma les yeux. Parfois – la plupart du temps en fait –, il préférait se fier à ses propres sens ; il percevait les bruits les plus faibles, les odeurs les plus délicates, même le moindre déplacement d'air. Tel un fantôme, il ressentait les vibrations. C'était magique.

Hawkins n'était pas là. Il n'était pas venu chez lui depuis longtemps. Mais il viendrait bientôt. De minuscules chaussures ornées de bijoux et un enfant balayé par une tornade. Le Magicien d'Oz. Le Glacier avala sa salive, s'imprégna de son propre goût. Tornades, maelströms, abîmes s'ouvrant sous ses pieds. Le toit du monde, Ma ! La fin du monde. Tout se terminait, la longue errance dans le noir touchait à sa fin, mais pas ici, pas tout de suite. Il y avait encore à faire, des sensations à vivre avant la métamorphose finale.

Le Glacier sentit la riche odeur de terre à ses pieds, et le parfum suave de la glycine. Un nerf tressauta au coin de son œil. Il tâta la poche de son coupe-vent. Les pilules. Non, ce n'était pas ça. C'était Hawkins qui avait provoqué son tic.

Il n'est pas dans le cycle, il est hors du cercle. L'Autre.

Il n'est pas d'ici.

En chemin, le Glacier avait caressé l'idée de devenir Hawkins, ne serait-ce qu'un instant. Il avait imaginé prendre sa vie et la vivre à sa place, devenir le chasseur. Mais c'était pure folie, bien sûr. Comme de mélanger l'huile et l'eau, fusionner le feu et l'air. Incorporer Hawkins en lui signifiait la mort, le Glacier le savait. Deux côtés d'une même pièce ne peuvent pas occuper la même face. Le Glacier pouvait ôter la vie, mais il ne pouvait pas l'épouser.

Ils étaient trop proches.

La femme de Softimage Systems de Carson City qui répondit au téléphone refusa de dire quoi que ce soit à Jay Fletcher, ni l'heure qu'il était ni encore moins le numéro de téléphone ou l'adresse de Merlin Ambrose. Jay réussit à joindre le directeur de la société, un certain Lyle Keefer, mais il se montra tout aussi ferme ; en aucun cas, il ne donnerait à Jay, ni à quiconque, des renseignements personnels sur un employé de Softimage ou un graphiste free-lance.

Comme on lui claquait la porte au nez, Jay entra par effraction. Grâce à des numéros d'Aide en ligne imprimés sur les boîtes de jeu de Softimage, Jay utilisa son ordinateur pour s'introduire en douce dans le système de la société. Elle aurait pu y parvenir en quelques minutes avec les logiciels qu'elle avait laissés à Chicago, mais, même sans, elle réussit à franchir les divers pare-feu que Softimage avait érigés pour se protéger. Dès midi, elle se baladait dans leur unité centrale et y cherchait la moindre référence à Merlin Ambrose. Elle la trouva avant la fin de l'après-midi. Merlin faisait établir ses honoraires par une compagnie appelée ByteMe Inc., dont le listage se trouvait à New York, et qui possédait une boîte postale à Las Vegas pour son agence locale.

Le listage de New York était bidon. Utilisant les lignes codées de ITT/ATT qu'elle connaissait par cœur, Jay apprit que le numéro de ByteMe était ce que les pirates du téléphone appellent un puits magique. Ouverte en permanence, la ligne permettait de sauter d'un nœud du réseau à un autre sans laisser de traces. Jay se retrouvait donc dans une impasse.

De retour dans le système de Softimage, elle utilisa le numéro de code des facturations de ByteMe Inc. pour s'introduire dans leur base de données. Cela lui prit du temps, et par deux fois elle s'aperçut que quelqu'un de Softimage avait repéré qu'un intrus s'était glissé dans leur système. Toutefois, elle finit par trouver une piste. SK.ENCH. a.k.a. Merlin Ambrose, a.k.a. Redi-Mail Inc, sur Flamingo Road. Redi-Mail s'avéra être un mélange de service postal, d'adresse de courrier électronique, et de société de publication PAO.

L'après-midi touchait à sa fin et Jay s'aperçut qu'elle n'avait rien avalé depuis le sandwich mangé la veille dans l'avion de San Diego. Elle nota quelques informations, entre autres le code de la trappe qu'elle avait ouverte dans le système de Softimage, puis se débrancha et referma son portable.

D'après la carte de Las Vegas qui figurait sur la page de garde de l'annuaire du téléphone, Flamingo Road n'était qu'à quelques rues de son hôtel. SK.ENCH., ou Lance Follett, était si près que Jay sentait presque son haleine glacée dans son cou. Elle frissonna et ressentit une agréable tension, vaguement érotique, au creux de l'estomac.

C'était tellement bizarre qu'elle s'arrêta net. La peur, d'accord, l'angoisse, oui, mais pas ça. Si les choses se déroulaient comme elle l'avait prévu, elle serait confrontée à un serial killer dans les vingt-quatre heures. Ça ne devrait pas...

M'exciter.

Elle referma rageusement l'annuaire téléphonique et se leva. Il valait mieux ne pas y penser. Pas maintenant. Pas encore. Elle ramassa la clef de sa chambre et sortit.

Quand Cruz et Charles Langford arrivèrent devant la maison de Hawkins sur Potomac Palisades, il faisait complètement nuit. Langford rangea sa Saab derrière la voiture de Hawkins et scruta la maison.

– Il n'y a pas de lumière, remarqua Cruz. Je croyais qu'il avait dit dix heures.

– C'est ce qu'il a dit, assura Langford qui n'avait toujours pas esquissé un geste pour sortir de la voiture. Il m'a appelé de son bureau à l'université.

– Sa voiture est là. Il pique peut-être un somme.

– Hawkins ne somnole jamais, déclara Langford. Il nous attend. Il y a quelque chose qui ne va pas.

Il passa une main sous le tableau de bord, empoigna le téléphone cellulaire, tapa quelques touches et colla l'écouteur à son oreille.

– Personne ? s'enquit Cruz.

– Je tombe sur son répondeur, dit Langford, et il raccrocha.

– Est-ce qu'il a une autre voiture ?

– Non. Il est là, mais il ne répond pas... Il n'est pas encore au courant du meurtre de Prentice à Vancouver. Bon sang ! J'ai laissé traîner les choses trop longtemps ; Stiles est trop sur ses talons.

Langford tira la clef du contact et se pencha pour ouvrir la boîte à gants.

– Il y a un calibre 38 là-dedans, dit-il. Prenez-le.

Il ouvrit la portière et descendit de la Saab. Cruz prit le revolver dans la boîte à gants, vérifia le chargeur, laissa le cran de sûreté et glissa l'arme dans la poche de sa veste. Il sortit à son tour et rejoignit Langford dans l'allée de graviers. Sur sa droite, le vent bruissait dans les arbres plantés le long de la falaise. Sur sa gauche, la muraille verte qui séparait la route de la maison formait une ombre noire massive. Cruz regarda Langford sortir son arme de son holster. C'était un énorme engin en argent mat à côté duquel le revolver de Cruz ressemblait à un joujou en plastique.

– C'est un Casull. 454, expliqua Langford en voyant l'air ahuri de Cruz. Freedom Arms les fabrique pour les vieux myopes comme moi. Avec ça, on explose une camionnette à cent mètres les yeux fermés.

– Comment on procède ? demanda Cruz.

– Pas question que vous passiez par l'arrière, on risquerait de se tirer dessus, ou bien Hawkins nous descendra avant.

Langford observa un instant la maison qui se dressait à quelques mètres devant eux. Il n'y avait pas un bruit.

– Restez sur ma droite, ordonna-t-il. J'entre et je fonce sur la droite. Vous me suivez et vous vous planquez sur la gauche.

– Vous connaissez la disposition des lieux ?

– Oui. Il y a un long couloir. Le bureau de Hawkins est sur la droite, le salon et la salle à manger sur la gauche. La cuisine est au fond.

– D'autres sorties ?

– La cuisine ouvre sur l'arrière. Les portes-fenêtres du salon donnent dans le jardin.

– Un système d'alarme ?

– Le truc de base. Toutes les lumières s'allument dès que quelqu'un s'approche et il y a aussi une alarme silencieuse. Si les lampes ne s'allument pas quand on atteint la porte, ça veut dire que le système est débranché. Ça vous va ?

– Pas de problème.

– Sûr ? Vous n'êtes pas obligé de venir.

– Non, ça ira.

– Alors, allons-y.

Langford gravit les larges marches en bois qui menaient à la porte d'entrée. Les lampes de sécurité restèrent éteintes. Langford pointa son énorme calibre sur sa gauche, et Cruz prit position. Langford avança une main vers la poignée, et recula vivement, comme s'il s'était brûlé.

– Qu'est-ce qu'il y a ? s'inquiéta Cruz.

– Vous ne sentez pas ?

Cruz renifla. Une chose noirâtre maculait la paume de Langford. L'odeur ne trompait pas.

– Du sang.

– Seigneur ! souffla Langford.

Il tourna délicatement la poignée à deux doigts ; la porte s'ouvrit facilement. Langford entra, puis se plaqua sur la droite. Cruz suivit, et se colla à gauche contre le mur, le revolver braqué à deux mains droit devant lui. A l'intérieur, il faisait noir, il n'y avait pas un bruit, mais l'odeur familière du sang était partout. Du coin de l'œil, Cruz vit Langford se tasser.

– Il n'y a personne, murmura Cruz.

– Non, personne de vivant, approuva Langford.

Il effleura le mur à tâtons, puis finit par trouver l'interrupteur et le couloir s'éclaira soudain.

– Doux Jésus ! s'écria Cruz.

A ses pieds s'étendait une mare de sang et des ruisselets rouge noirâtre suivaient les rainures du parquet. L'interrupteur que Langford avait actionné était gluant de sang et deux traînées écarlates partaient de la mare.

– Restez derrière moi, ordonna Langford.

Cruz perçut une touche d'effroi dans la voix du vieil homme. Il obtempéra. Langford enjamba la mare de sang et longea le mur en évitant les deux traînées écarlates. Cruz le suivit.

Les traînées menaient au salon de Hawkins.

– Oh, merde ! fit Langford.

William DeMille Hawkins était assis devant son ordinateur, la tête inclinée sur le dossier de son fauteuil, la gorge si nettement tranchée qu'on voyait le blanc jaunâtre de sa colonne vertébrale. Un couteau à manche d'ivoire sculpté était planté dans son œil valide. Cruz sentit une bile acide refluer dans sa gorge et il eut toutes les peines du monde à ne pas vomir. A ses côtés, Langford regardait la scène, liquéfié. Cruz remarqua que les deux traînées menaient jusqu'à la table de travail. Hawkins avait été tué dans le vestibule, puis traîné dans le bureau et installé dans le fauteuil.

Le visage tordu d'angoisse, Langford ne pouvait quitter des yeux le cadavre de son vieil ami.

– Oh, mon Dieu, Bill, je suis désolé.

Puis Langford s'intéressa à l'ordinateur qui marchait toujours ; des billes de couleur explosaient sur l'écran, tel un feu d'artifice, éclairant un simple mot qui barrait l'écran en diagonale. En lettres de sang.

– Ladykiller, lut Cruz à haute voix.

A côté de lui, Langford avança une main vers le manche d'ivoire, hésita, puis retira le couteau de l'orbite de Hawkins.

– Des conneries, oui, grommela-t-il. Jay Fletcher n'a jamais fait ça.

– A moins qu'elle ne l'ait eu par surprise.

– Non, ce n'est pas elle, insista Langford. Ça ne colle pas.

– Stiles, alors ?

– Oui, affirma Langford, et il recula d'un pas. C'est forcément lui. Bill était sur le point de le coincer. Je crois qu'il le savait, ajouta-t-il en hochant la tête avec tristesse.

– Quoi ? Que Stiles était à ses trousses ?

– Oui. Il savait que Stiles le pistait grâce aux cartes de crédit. Il le pistait électroniquement.

– Et maintenant, Stiles laisse un message sur Jay.

– C'est un défi, c'est une façon de jeter le gant. Il nous défie ; il défie Fletcher. Eh merde ! grogna-t-il. Ça complique sacrément les choses.

– Que voulez-vous dire ? demanda Cruz.

– Ladykiller, dit Langford en montrant l'écran. Tout le monde connaît son existence, mais personne n'a entendu parler de Stiles. Il a tout maquillé pour que ça retombe sur Fletcher.

Il contempla le cadavre de Hawkins, la plaie béante de son cou qui semblait lui sourire comme pour se moquer.

– On ne peut pas rendre ça public, dit Langford. Si la presse apprend ce qui s'est passé, ce sera la panique.

– Alors, que faire ?

– Il faut la trouver. Il faut les trouver tous les deux. Et tout de suite.

A côté de l'ordinateur, la sonnerie musicale du téléphone résonna et Cruz sentit son cœur faire un bond. Langford hésita, puis appuya sur la touche « écoute ambiante ».

– Oui ? fit-il.

La voix lasse d'un opérateur grésilla dans la pièce.

– Appel en PCV de Tijuana pour Mr. William Hawkins. Vous le prenez ?

– Oui, acquiesça Langford.

– Allez-y, parlez.

– Mr. Hawkins ? (L'interlocuteur avait un accent qui lui faisait prononcer Ho-kiinse.)

– Oui ?

– J'appelle de la farmacia Enfermo à Tijuana. Vous vous rappelez ?

– Oui, assura Langford sans l'ombre d'une hésitation.

– J'ai le nom que vous vouliez.

– Le nom, dit platement Langford, priant pour qu'une explication suive.

– *Si*. L'homme qui nous achète ce médicament.

– Le médicament.

– *Si*, fit l'interlocuteur, qui commençait à s'exaspérer. Pour les évanouissements. *L'Epilepsia*. Vous vous rappelez ?

– Ah, oui. Bien sûr.

– Sur le coupon de la carte de crédit, le nom n'était pas lisible, mais j'ai le numéro et j'ai appelé les braves gens de Visa, oui ?

– Oui.

– Le nom.

Stiles.

– *Si*. Et l'adresse, si vous voulez.

– Oui.

– L'homme que vous cherchez, son nom est Lance Follett.

Sa deuxième victime. La troisième, si on comptait ce salopard de prêtre dont Hawkins leur avait parlé.

– Pouvez-vous m'épeler ? demanda Langford.

L'homme de la farmacia s'exécuta.

– Et l'adresse ?

– *Si*. L'adresse de la carte de crédit est Boîte Postale 22483, Las Vegas, Nevada 89119.

27

A son arrivée à Las Vegas, peu après le petit déjeuner, Cruz trouva un motel dans la banlieue qui acceptait l'argent liquide plutôt qu'une carte de crédit, fit quelques recherches préliminaires puis se rendit en voiture au commissariat de Stewart Avenue. Il n'avait pas beaucoup de temps. Langford était suffisamment solide pour garder quelque temps le meurtre de William Hawkins sous le coude, mais il serait obligé de rendre l'affaire publique un jour ou l'autre.

La mission que Langford avait confiée à Cruz était claire. Il était le dernier atout du FBI. Il avait eu une relation privilégiée avec Fletcher, une sorte de liaison amoureuse s'était même peut-être établie entre eux. Son boulot consistait à la retrouver et, tant que possible, à la ramener en s'appuyant sur cette fameuse relation. En cas d'échec, il devait téléphoner à Langford pour avoir des renforts immédiats puis disparaître aussitôt. N'ayant aucun statut officiel, tout contact avec Jay Fletcher, ou, Dieu le garde, avec Ricky Stiles, était strictement interdit. Une fois le meurtre de Hawkins rendu public, il serait impossible de faire marche arrière : tout éclaterait au grand jour.

Cruz trouva le commissariat derrière la mairie, à une trentaine de mètres seulement de Las Vegas Boulevard et du Strip. Il n'y avait pas d'agence du FBI à Las Vegas, et même s'il y en avait eu, Langford avait clairement expliqué que Cruz devait travailler en solo. Cruz devrait donc s'appuyer sur les gars de la police locale.

On ne lui accorda pas grand-chose. Son passé d'ancien flic l'aida bien un peu, mais cela ne le mena pas loin. En outre, le fait qu'il refuse d'expliquer en détail pourquoi il recherchait Lance Follett n'arrangea pas ses affaires.

Il erra de service en service jusqu'à ce qu'il tombe aux archives sur une jolie sergent du nom de Raybolt qui ressemblait davantage à une strip-teaseuse sur le retour qu'à une fliquesse. Approchant de la quarantaine, elle faisait tout pour ne pas l'atteindre, corps ferme, beaux yeux verts et cheveux de feu noués sur la nuque en écheveau complexe. Son uniforme noir et bleu lui allait comme un gant, et elle parlait d'une voix éraillée. A côté de son ordinateur, Cruz remarqua un cendrier débordant de mégots et un paquet de Marlboro.

– Vous êtes flic ?

– Je l'étais. J'enquête pour les sapeurs-pompiers, maintenant. A Santa Fe.

– Et vous voulez retrouver ce type avec nos bases de données ?

– Si c'est possible.

Le sergent Raybolt toussa, puis alluma une autre cigarette.

– Vous avez essayé l'annuaire du téléphone ?

– Lance Follett n'y figure pas.

– Il est peut-être sur liste rouge.

– Non. J'ai vérifié.

L'opérateur de la compagnie Bell du Nevada l'avait aimablement aidé quand il lui avait dit qu'il travaillait pour le FBI, mais il n'avait absolument rien sur Follett à Las Vegas, liste rouge ou pas, ni nulle part au Nevada. Follett se cachait certainement sous un autre nom.

– Vous n'avez que son numéro de boîte postale ? demanda Raybolt.

– Hé, oui. C'est à la poste de Swenson, à l'angle de Flamingo Road.

C'était un énorme bâtiment, un mur interminable avec des centaines de boîtes aux lettres privées. Avec assez de temps et d'agents, il aurait pu faire surveiller l'endroit, mais il n'avait ni l'un ni les autres.

– Et pas moyen que la poste vous laisse jeter un œil dans sa boîte, je parie ?

– Non, même avec un mandat, dit Cruz d'un air accablé. Ça me prendrait une semaine pour remplir la paperasserie nécessaire et encore, sans être sûr du résultat.

– Vous tenez vraiment à ce type ?

– Comme à la prunelle de mes yeux.

– A ce point ? fit Raybolt avec un sourire navré. (Elle fit pivoter sa chaise pour scruter l'écran de son ordinateur.) Bon, on va risquer un coup d'œil dans le jardin défendu. (Elle amorça l'ordinateur puis loucha vers Cruz.) Vous êtes marié ?

– Nan.

– Super. Si je vous dégotte votre bonhomme, vous m'invitez à dîner. Ça marche ?

Cruz sourit. Elle allait droit au but.

– Dès que je l'aurais bouclé, promit-il.

– Chez John Byner, au Dunes.
– Chez qui ?
– C'est un comédien.
– C'est vous qui choisissez, dit Cruz, du moment que vous retrouvez mon type.
– Vous n'auriez pas un indice qui pourrait m'aider ?
– Il est épileptique.
A moins que cette histoire d'épilepsie ne soit une fausse piste. A moins que Hawkins ne se soit trompé depuis le début.
– Ça m'ennuie de vous le dire, railla Raybolt, mais ce n'est pas un délit au Nevada.
– Il est sujet aux crises et aux saisissements, récita Cruz. Des restrictions particulières figurent peut-être sur son permis de conduire.
– Sauf s'il a menti, dit Raybolt en haussant les épaules. Essayons tout de même.
Elle pianota sur le clavier, se cala sur sa chaise et attendit. Quelques secondes plus tard, l'écran trembla, puis se remplit de données.
– Vous trouvez quelque chose ? demanda Cruz.
Raybolt parcourut l'écran, puis secoua la tête, navrée.
– Non, rien. Si, des gens atteints de Parkinson. (Elle alluma une autre cigarette puis dévisagea Cruz.) Quoi d'autre ?
Cruz réfléchit. Les tueurs sont comme les incendiaires, ils ont beau faire, on retrouve toujours une trace ou un indice sur les lieux du crime. Qu'avait donc laissé Ricky Stiles... quelque part... à un moment ou à un autre ?
– Et un meurtre ? finit par demander Cruz.
Le sergent Raybolt leva un sourcil lourdement maquillé.
– Vous plaisantez. On en a une demi-douzaine par semaine.
Ricky était astucieux ; il y avait peu de chance qu'il menace sa propre cachette. S'il vivait à Las Vegas, il y vivait innocent comme un agneau. Monsieur Tout le Monde.
– Essayez toujours des meurtres d'étrangers qui ont un lien ou un autre avec Las Vegas, proposa Cruz, qui faisait des efforts de concentration. Des meurtres récents.
D'après Langford, Ricky, pris de panique, avait tué Thomas Ritchie et sa femme. Les meurtres du Canada et l'exécution de Hawkins sortaient également des normes habituelles de Stiles. Si Langford avait raison, cela signifiait que Stiles perdait les pédales. Il avait peut-être commis une autre erreur, plus près de chez lui.
– Attendez, fit Raybolt, et elle interrogea de nouveau son ordinateur. Un seul meurtre dans un passé récent, annonça-t-elle après une courte attente. Une pute à Tijuana. Le type qui tient l'hôtel de passe

affirme que le suspect avait une plaque du Nevada. (Elle émit un petit claquement significatif.) Bon sang ! Il lui a planté une paire de ciseaux dans la nuque !

Des ciseaux. Le couteau de boucher dans l'œil de Hawkins.

– Cela fait combien de temps ? demanda Cruz.

– C'est arrivé mercredi, dit Raybolt en scrutant l'écran.

La date correspondait. Ricky Stiles était descendu à Tijuana acheter du Phenacemide le jour où la prostituée avait été assassinée.

– Quelqu'un a-t-il vérifié les plaques minéralogiques ? demanda Cruz.

– Un peu ! C'était moi. C'est indiqué, ça prouve bien que c'était moi.

– A qui appartient le véhicule ?

– C'est une voiture de location. L'agence Avis de l'aéroport. Elle a été réglée avec une carte de crédit au nom de Mr. Franz Schroeder, de Freiberg, en Allemagne.

– Une carte volée ?

– Sans doute. Schroeder est décédé au Desert Spring Hospital peu de temps auparavant.

Cruz parut soufflé.

– Assassiné ? s'enquit-il.

– Sur la fiche, on parle de crise cardiaque. Rien ne laisse penser à un coup tordu. Le type qui a buté la pute a sans doute volé la carte. Ou il l'a achetée dans la rue. De toute façon, c'est un cul-de-sac. (Elle pianota sur le clavier.) Personne n'est recherché pour la mort de l'Allemand.

Il aurait fallu mieux regarder, pensa Cruz. Hawkins et Langford lui avaient suffisamment parlé des méthodes de Stiles pour qu'il fasse le lien. Il était prêt à parier que Stiles avait tué l'Allemand à Las Vegas et qu'il avait financé son voyage à Berkeley avec sa carte.

– Le type existe, déclara Cruz. Je suis presque sûr qu'il habite à Las Vegas, ou dans les environs... assez près pour utiliser la boîte postale. Je n'ai pas le temps de la placer sous surveillance. Il faut trouver un autre moyen.

Le sergent Raybolt hocha la tête en soupirant. Elle écrasa sa cigarette et en alluma une autre.

– Écoutez, je vais vous faire un cours. Vous vivez dans le passé. Les choses ont changé depuis ces dix dernières années, même depuis les cinq dernières. Regardez-moi. J'ai trente-neuf ans. Quand j'étais à l'école, une machine à calculer était un sacré engin que mon père allait chercher à la cave pour faire sa déclaration d'impôts. Maintenant, on fait des calculettes miniatures qui s'attachent autour du poignet, résolvent des équations à plusieurs inconnues, prennent votre pouls en même temps qu'elles calculent vos factures et donnent l'heure et la date. Avant, les ordinateurs étaient gros comme des juke-boxes, maintenant on peut lancer des missiles avec un portable grand comme une feuille de papier. Tout est numérique, de nos jours ; mots de passe, Internet, et distributeurs de billets.

– Vous avez raison, admit tranquillement Cruz en se radossant.

Raybolt se pencha au-dessus du bureau pour lui tapoter la main.

– Vous avez fait ce que vous avez pu, le consola-t-elle, mais ce type vous a eu. (Elle sourit.) Si vous voulez, c'est moi qui vous invite à dîner. J'ai encore un peu de réserve sur ma carte Visa.

Cruz se redressa soudain. Le message du pharmacien de Tijuana sur le répondeur de Hawkins. Langford pistant Fletcher, Ricky Stiles pistant Hawkins. Les cartes de crédit.

– Du liquide ! s'exclama-t-il. Elle règle tout en liquide maintenant.

– Elle ? s'étonna Raybolt. Je croyais qu'on cherchait un bonhomme.

– Mais c'est ce qu'on fait, affirma Cruz, sûr d'avoir trouvé la solution. Et c'est elle qui va nous conduire jusqu'à lui.

Dans la poste située sur Swenson, Jay Fletcher remplissait au hasard des formulaires de changement d'adresse tout en louchant vers la boîte postale de Follett. Elle était là depuis près d'une heure, et si elle restait plus longtemps elle allait se faire remarquer. Par un heureux hasard, le bureau mis à la disposition de la clientèle se trouvait à moins de deux mètres du tableau où étaient épinglées les affiches des dix criminels les plus recherchés du FBI. Encore un jour ou deux, et sa photo figurerait parmi les autres.

Surveiller la boîte postale de l'Enchanteur était à l'évidence une perte de temps, mais Jay ne voyait pas quoi faire d'autre après s'être cassé les dents à Redi-Mail. Elle remplit un énième formulaire, l'ajouta à la pile et tourna légèrement sur sa chaise. Les boîtes postales formaient un long rectangle dont les parois étaient remplies de centaines de boîtes métalliques. A l'autre bout de la salle, derrière un comptoir, trois ou quatre employés recevaient la clientèle. Le centre de tri se trouvait derrière le comptoir, masqué par une paroi. D'après ce que Jay avait compris, les postiers remplissaient les boîtes par l'arrière ; sur chaque boîte, une petite vitre permettait aux clients de savoir s'ils avaient du courrier sans avoir besoin d'ouvrir leur casier. Jay avait déjà vérifié celui de l'Enchanteur. A part un avis de la poste, il était vide. S'étant renseignée au comptoir, Jay apprit que l'avis en question signifiait qu'un colis attendait au guichet.

D'après l'employé qu'elle avait interrogé, il était vraisemblable que l'Enchanteur avait déjà reçu un avis identique chez lui. En d'autres termes, s'il passait à la poste il y avait peu de chances qu'il vérifie s'il avait aussi du courrier dans sa boîte – il se contenterait de présenter l'avis au guichet et de retirer son courrier en même temps que son colis. Dans ce cas, Jay se trouvait dans une nouvelle impasse, car elle n'aurait aucun moyen de savoir à quoi ressemblait Follett. Elle pensa un instant dire à l'employé qu'elle travaillait pour le FBI, mais cela l'aurait obligée à présenter sa propre carte d'identité et, de toute façon, cela n'aurait probablement pas marché. La poste US ne donnait jamais d'information sans une tonne de paperasserie impossible à obtenir.

Laisse tomber, idiote. Rends-toi.

Jamais de la vie. Peut-être après avoir abattu l'Enchanteur, mais pas avant. Il y avait forcément un moyen. Elle devait tenter un dernier essai. Elle posa le formulaire sur les autres, ramassa la pile et alla faire la queue au guichet des colis. Il était midi ; une demi-douzaine de personnes attendaient leur tour. Jay prit place dans la file et, pendant que les usagers se faisaient servir, elle préparait dans sa tête une salade pour le postier. D'une manière ou d'une autre, il fallait absolument qu'elle sache quand Follett viendrait chercher son colis.

Il restait trois personnes devant elle. Un type en chapeau melon, devant lui une femme avec un bébé dans les bras et un autre dans sa poussette, tous deux en larmes et hurlant... Jay se tâta le ventre en essayant d'imaginer qu'un enfant y poussait. Mais elle chassa bien vite cette idée.

La queue progressait lentement. Arriva alors devant le guichet un brun de taille moyenne qui portait un coupe-vent rouge vif, un nom de société imprimé dans le dos en lettres bleu électrique. L'employé de la poste s'éloigna dans la réserve. Dans les bras de sa mère, le bébé fixait Jay de ses yeux ronds grands ouverts, un filet de morve dégoulinant sur son menton. Il hoqueta, aspira une longue bouffée d'air, une moue pleurnicheuse aux lèvres.

Jay réussit enfin à lire le nom imprimé sur le coupe-vent de l'homme.

Softimage.

La compagnie qui avait créé le Royaume de l'Enchanteur.

Nom de Dieu !

L'employé reparut avec un colis qu'il remit à l'homme au coupe-vent, et il tamponna un reçu. Jay se figea. L'homme au coupe-vent pivota et s'éloigna du guichet, lançant un bref regard à la mère des deux moutards en remontant la queue.

Jay croisa son regard. Deux yeux noirs dans un visage pâle. Rivés dans les siens, une esquisse de sourire aux lèvres.

C'est lui ! Il sait qui je suis !

L'homme se dirigea vers la porte d'un pas vif. Jay resta pétrifiée un instant, puis empoigna son Browning et le glissa dans la ceinture de son jean. Devant elle, le bébé s'était remis à pleurer. Jay se retourna, aperçut le coupe-vent rouge se frayer un chemin à contresens des gens qui entraient. Impossible de tirer sans risquer de tuer des innocents. Dans un endroit pareil, même un ricochet serait fatal. L'homme s'échappait et Jay était impuissante.

Cours-lui après !

Elle fonça, bouscula la vieille dame avec une canne qui attendait dans la queue derrière elle, poussa un groupe de jeunes employées en uniforme Holiday Inn qui jacassaient, atteignit finalement la porte, l'ouvrit à la volée et déboucha sur le trottoir juste à temps pour voir une forme rouge sauter dans un taxi. C'était un taxi à damiers. Le soleil empêcha Jay de relever sa plaque, mais elle eut le temps de lire le numéro de licence du chauffeur : 4772. Il fonçait vers l'est, vers le Strip.

« Fils de pute ! »

Plantée sur le trottoir, Jay regarda sa proie disparaître dans les embouteillages. Elle le tenait et il lui avait filé entre les doigts. Repérant un autre taxi à damiers qui allait dans la même direction que celui de l'Enchanteur, elle bondit sur la chaussée et traversa Flamingo Road en le hélant, sans se soucier des crissements de pneus et des coups de klaxon rageurs. Elle ouvrit la portière du taxi d'un coup sec et plongea sur la banquette arrière.

– Vous avez perdu la boule, ma poule ? lança le chauffeur, une quinquagénaire à la poitrine opulente qui débordait de son débardeur en tissu-éponge bleu pâle.

Jay essaya de reprendre son souffle.

– Il y a un type qui vient de monter dans un taxi de votre compagnie. Il se dirige vers le Strip.

– Vous n'allez pas me jouer l'histoire du « suivez cette voiture », j'espère ?

– Il faut que je sache où il va.

– Pas question.

Jay sortit une liasse de billets de la poche de son jean.

– Cinquante dollars, ça ira ?

– Faudrait que j'aie le numéro de la voiture, dit la femme.

Jay lui remit les cinquante dollars.

– 4772, dit-elle.

– Attendez.

La quinquagénaire tapa des chiffres sur le clavier de son ordinateur de bord.

– Ça prendra pas plus d'une minute, expliqua-t-elle en se retournant.

Jay acquiesça, toujours haletante. Des lettres s'inscrivirent sur l'écran en cristaux liquides : MIRAGE.

– Qu'est-ce que c'est ? demanda Jay.

– Vous verrez, répondit la femme, qui déboîta soudain et fonça vers le Strip.

Le Mirage sortait tout droit du jeu de l'Enchanteur. Cascades, lagons, palmiers par centaines dans des pots géants, tigres du Bengale et volcans en éruption, dauphins dorés qui gardaient les portes d'entrée en crachant de l'eau. Aucun signe de Follett. Jay se dirigea vers la forêt du hall et parcourut la foule des yeux. Rien.

Un éclat rouge. Jay l'aperçut, remarqua les lettres bleues et vit Follett se fondre dans la foule, entrer dans le casino.

Il m'attendait.

Elle suivit le coupe-vent rouge à travers les rangées de machines à sous, du casino au trottoir roulant qui cahotait et bourdonnait, chargé de touristes encombrés d'appareils photo et de caméras dont la moitié au moins étaient japonais. Sous sa ceinture, le revolver lui pesait. Il y avait trop de monde. Le fumier savait qu'elle ne pouvait rien tenter.

Elle quitta le trottoir roulant et cligna des yeux ; était-elle tombée dans une sorte de rêve ? Dans la folie de Follett ? Elle se retrouva en plein jour, sous un ciel où défilaient lentement des nuages, le visage fouetté par une brise agréable. Devant ses yeux ébahis, une allée dallée s'étendait, bordée de bâtiments en pierres de taille, au toit en tuiles de terre cuite. La Rome antique. Des femmes en toge, une fontaine et des statues de marbre. Mais ce n'étaient pas des statues. La fontaine crachait de l'eau et les statues jouaient de la musique avec des instruments divers. Des faisceaux lasers dansaient sur leurs visages inexpressifs, des oiseaux électroniques gazouillaient. Un jeune homme déambulait, vêtu d'une tunique romaine jaune, une pancarte autour du cou vantant les mérites de machins appelés Boogies.

La quatrième dimension.

Sur sa gauche, Jay vit un plan des rues. Les échoppes du Forum. Alors elle comprit ; c'était un parc à thèmes. Une boutique vendait des bagages Vuitton, une autre du Gucci. Les statues de la fontaine étaient des robots style Disney et le ciel un film projeté en trompe l'œil sur un écran géant en forme de voûte.

Où était-il passé ?

Là. Le coupe-vent tourna entre deux échoppes, à une centaine de mètres dans les arcades de l'espace-temps. La réalité virtuelle devenue presque réelle. Follett était dans son élément.

Comment se fait-il qu'il m'attende ?

Il savait que j'allais venir.

Il m'a attirée à la poste.

« Fumier de roublard. »

En fouillant dans le fichier de Softimage, elle avait déclenché une alarme qu'il avait installée discrètement. Elle descendit la rue, tourna entre les boutiques, le revolver à la main.

Je te tiens, fumier.

Disparu. Un homme désabusé, la tête couronnée de lauriers en plastique, se tenait à côté d'un tableau de clefs. Au-dessus de la porte, une pancarte annonçait : SORTIE DU GARAGE. Furieuse, Jay dépassa le chasseur du parking et franchit la porte. Elle s'arrêta, aveuglée par la lumière crue. Devant elle, un parking de la taille d'un terrain de football scintillait sous le soleil de midi. Des centaines de voitures cuisaient sur l'asphalte brûlant.

Pas de signe de rouge ni de bleu. Elle l'avait perdu.

28

Janet Louise Fletcher, connue sous le diminutif de Jay par ses amis, si elle en avait encore, et surnommée dorénavant Ladykiller par tous les autres, s'examinait dans la glace de la salle de bains de sa chambre d'hôtel et constatait les dégâts. Une version presque anorexique de Sinead O'Connor approchant de la quarantaine. Elle avait vu son visage s'étaler dans une dizaine de journaux sur le présentoir de l'hôtel et, de retour dans sa chambre, elle avait vu le flash d'information que CNN diffusait toutes les demi-heures.

Avec quatre couches de fond de teint, les yeux lourdement maquillés, elle ne ressemblait plus à la photo qui circulait dans la presse, et elle pria pour que l'employé de la poste et la femme du taxi n'aient pas fait le rapprochement avec la Ladykiller tant recherchée. La coupe de cheveux qu'elle s'était faite à la va-vite ainsi que les mèches argentées y étaient pour beaucoup, mais les lunettes, les cuissardes de cycliste et le T-shirt moulant qu'elle avait enfilés complétaient parfaitement le déguisement.

Une sorcière en vacances.

Jay Fletcher s'était volatilisée entre Albuquerque et Las Vegas. Jay Fletcher ne pouvait pas exister dans le même monde que des gens comme Homer Dunton ou le Dr Kushinski avec sa ridicule petite quéquette rose et son tabac à la cerise. Il n'y avait plus de Jay Fletcher, c'était impossible. Maman n'était rien d'autre qu'un tatouage sur le bras de Jeffrey Dahmer, et la tarte aux pommes était un aphrodisiaque, forcément. Plus rien d'autre n'existait, le monde tournait dans le vide. Un souvenir d'école effleura l'esprit de Jay, un vers appris autrefois. Trahie par la salope de psy de Washington. Trahie par elle-même, surtout.

Le centre ne peut pas tenir.

Et elle était là, une parfaite étrangère, en plein centre.

Le centre ne peut pas tenir.

Jay détourna les yeux de la glace, la peur de se choisir un nom la saisit. La peur de nommer ce qu'elle faisait. Elle avait l'impression de dériver dans l'espace, et ce qu'elle avait été, ce qu'elle était ou pourrait devenir s'éparpillait comme ses propres cheveux sur le carrelage de la salle de bains. Lorsque la femme de ménage viendrait faire la chambre le lendemain, saurait-elle qu'elle balayait les indices de la présence de Ladykiller ? Il y avait plus de chance pour qu'elle marmonne quelques jurons en espagnol sur la saleté des touristes. Demain. Autrefois, quelque part dans le passé, elle avait su ce que le mot signifiait : un café avec des doughnuts, la hâte d'aller travailler, la paix de l'esprit, un peu de jogging en fin de journée le long du canal avec Nadine, une-deux, ouf-ouf, ça serait bien de vivre à Georgetown, non ?

Jay sortit de la salle de bains en titubant, s'étendit toute nue sur le lit et s'efforça d'apaiser les battements affolés de son cœur, de ravaler ses larmes.

« Big Girls Don't Cry [1] ». Elle se rappela le jour où elle avait entendu cette chanson pour la première fois. C'était un vieux 45 tours rayé du juke box de Fernie, à une rue de l'école. Elle le jouait sans arrêt cet été 1976. « Big Girls Don't Cry ».

Dehors, la nuit était tombée et les avions passaient au-dessus de l'hôtel en vrombissant. La ville entière semblait s'enflammer et scintiller comme un néon géant au milieu du désert. Jay l'avait presque perdu, mais elle ne le lâcherait pas. Cette fois, elle allait se le faire.

Juste une fois. La dernière. Promis.

Comment ça, promis ? Tu crois qu'il est le seul serial killer au monde ? Il n'est même pas le seul du Nevada.

Tout était dit. On devrait s'attendre à ces meurtres, ces tueries ; forcément, puisqu'on grandit. On naît dans un monde où les petites filles portent des robes à fanfreluches et ressemblent soit à Veronica dans *Archie*, soit à Margaret dans *Denis la Malice*. Les grosses et les moches sont les seules qui connaissent les choses de la chair parce que ce sont les seules qui en ont besoin. Les jolies se contentent de promesses. Les poupées que nous convoitions avaient des corps lisses et des seins sans tétons. Barbie n'avait jamais ses règles, elle ne craignait pas que sa mère trouve des traces de foutre dans ses petites culottes. Dans les séries télévisées, seuls les seconds rôles mouraient.

---

1. « Les grandes filles ne pleurent pas ». *(N.d.T.)*

Le viol n'existait pas en Amérique, seulement les rires et le soleil. Le meurtre était un mystère littéraire qui trouvait son explication à la fin du roman. Stephen King était un professeur anxieux qui vivait dans une caravane avec sa femme enceinte, quelque part dans le Maine, et qui écrivait la nuit des histoires cochonnes pour des magazines pour hommes et fantasmait sur l'horreur. Tout était bien qui finissait bien.

On n'assassinait pas les Présidents.

On ne gravait pas au couteau ses initiales sur le ventre d'une actrice enceinte avant d'écrire Heter Skelter en lettres de sang sur les murs[1].

A cinq ans, elle avait un ami, un garçon nommé Arnie Arthur Bellecam, dont les parents n'avaient pas encore la télévision. Un beau jour, ils l'achetèrent, et Arnie crut qu'un conte de fées avait débarqué dans sa vie. Les voix parvenaient de derrière le tissu qui recouvrait le socle pivotant, et la musique était jouée par un orchestre de musiciens grands comme des soldats de plomb. L'écran était une fenêtre qui donnait dans un univers sponsorisé par Palmolive et Eno Fruits Salts, et quand on sortait jouer dans la cour, on éteignait le poste, sûr qu'à son retour on pourrait le rallumer et reprendre l'histoire à l'endroit où on l'avait laissée.

Nous y croyions tous.

C'est bien fini.

Étendue dans la pénombre, le corps caressé par un courant d'air froid, assourdie par les avions qui survolaient l'hôtel à basse altitude, Jay Fletcher écoutait son cœur s'apaiser tandis que ses larmes séchaient sur ses joues. Elle sourit au plafond, l'âme en paix, la tête vide, l'esprit clair et pur.

Tout n'est que souvenirs et dépend de ce qu'on en fait. C'est comme un ordinateur dont le disque dur est saturé. De temps en temps, il faut le purger, supprimer ce dont on n'a plus besoin, enlever les points noirs, nettoyer les virus et les vers, débarrasser le passé et l'avenir des saletés et des atrocités qui nous entourent, et prendre un nouveau départ. On ne peut retenir qu'une partie des souvenirs avant qu'ils nous détruisent, et le centre finit par s'effondrer.

Des années auparavant, Jay avait pris quinze jours de vacances entre deux examens, et s'était envolée en charter pour l'Europe qu'elle avait sillonnée en auto-stop. Un jour, en Belgique, sur le bord de la route, elle avait soudain pris conscience que deux guerres mondiales s'étaient déroulées sur les lieux où elle se trouvait. Les cris d'un demi-million

1. Allusion au meurtre de la femme de Polanski par la bande de Charles Manson. *(N.d.T.)*

d'agonisants avaient autrefois résonné dans les champs de blé qui l'entouraient et dans la forêt qu'elle apercevait au loin.

L'histoire, les souvenirs l'enveloppaient, invisibles sauf si on s'autorisait à les voir. Elle s'était baissée pour ramasser une poignée de terre et sentir le passé. Impossible. Elle s'était aussitôt relevée et s'était remise à agiter son pouce en se demandant quelle folie l'avait prise, puis elle s'était rassurée en se disant que chacun connaissait ses moments de folie.

Un peu plus folle, un peu plus longtemps. Si je ne reste pas dans le trou du lapin trop longtemps, je pourrai retrouver mon chemin. Je me réveillerai à côté de ma sœur, mon petit chien endormi sur mes genoux et le lapin sera un simple lapin, sans montre de gousset, sans gilet et sans gants. Je serai de retour sur les bords de la Tamise avec Lewis Carroll.

Tu te souviens de lui ? C'est le pédophile qui aimait tant photographier les petites filles.

Oh, très cher Seigneur, laisse-moi tranquille.

Jay sauta du lit et s'habilla.

L'épisode de la poste s'était terminé en fiasco, mais s'introduire dans Redi-Mail avait été un jeu d'enfant, et Jay s'en voulut de ne pas avoir essayé plus tôt. Elle était passée à Redi-Mail après avoir perdu Follett au Mirage, et, après avoir confié au brave demeuré derrière le comptoir sa passion pour les ordinateurs, il avait été trop content de lui faire visiter la boutique. Elle avait regardé par-dessus son épaule quand il avait reçu un fax sur son ordinateur, et deux minutes plus tard elle avait mémorisé le code d'entrée pour tout le réseau local qui gérait les ordinateurs Redi-Mail.

De retour à l'hôtel, elle avait utilisé le code pour recevoir le prochain appel destiné à Redi-Mail, et la suite n'avait posé aucun problème. Lance Follett avait un compte ouvert chez Redi-Mail ; la plupart de ses communications longue distance concernaient Softimage à Carson City, les autres un numéro à Boulder, dans le Colorado, sans doute sa porte d'entrée dans le Net. C'était tout ce dont Jay avait besoin.

A la fin, et c'était la faille, SK. ENCH. devait avoir une ligne téléphonique ordinaire, avec un numéro ordinaire, s'il voulait correspondre avec le monde extérieur. Il se servait d'une boîte postale pour ses factures, mais son numéro de téléphone était normal. Jay ressortit de l'hôtel, se rendit à la bibliothèque de Clark County en taxi et consulta l'annuaire professionnel. D'après celui-ci, le numéro de téléphone correspondait à une adresse sur Caliente Street. La carte de la ville de la bibliothèque indiquait que Caliente Street n'était qu'à deux kilomètres environ, à l'est du campus de l'université, au sud de Liberace Museum. Aussi simple que deux et deux font quatre.

Vêtue de son T-shirt moulant et de ses cuissardes, Jay se regarda de nouveau dans la glace.

Tu peux encore t'arrêter. Tu n'es pas obligée de faire ça.

– Si, justement.

Elle rangea son Browning dans son sac, regarda une dernière fois l'étrangère qu'elle était devenue, puis tourna les talons et quitta la chambre. Le cercle s'était refermé, comme dans les romans de James Joyce. La fin allait commencer.

Ladykiller arriva dans Caliente Street un peu après vingt-deux heures. Elle avait appelé plusieurs fois chez Lance Follett, la dernière depuis la cabine téléphonique de l'épicier ouvert jusqu'à minuit où elle avait acheté des fruits. Le sac d'emballage en papier kraft lui servait à camoufler son Browning. Pas de réponse. Il était peut-être sorti, à moins qu'il ne l'attende... tapi dans le noir. Il avait déjà dû voir son portrait robot dans les journaux ou à la télévision. Nadine possédait de nombreuses photos d'elle ; dans un jour ou deux, les médias diffuseraient sa photo, pas seulement des dessins. Mais cela ne changerait pas grand-chose.

La maison était une villa classique des années 50, comme toutes celles du voisinage. De plain-pied, recouverte de stuc jaune délavé. L'herbe de la pelouse était presque du même jaune brûlé. Jay avait déjà fait deux fois le tour du pâté de maisons. Elle avait relevé le plus de détails possible. Une troisième fois aurait paru suspecte, et d'ailleurs elle en savait assez. Elle remonta l'allée en ciment craquelé, parvint à la porte d'entrée sans avoir vu de véhicule. La rue, elle, était pleine de voitures genre classe moyenne, des Chevrolet ou des Ford. Jay n'avait pas remarqué de silhouette tapie dans l'ombre. La maison avait son propre transformateur, juste à droite du perron. Jay remarqua un câble de haut voltage à travers la vitre du boîtier.

Du 220. Pour tous ses ordinateurs.

Devant la porte, Jay changea le sac en papier kraft de main. Elle plongea sa main libre dedans, empoigna le revolver, cala le sac sous son bras et glissa un chargeur sous la ceinture de ses cuissardes. En cas d'urgence, il lui suffisait de lâcher le sac, de viser et de tirer. Cette fois, il n'y aurait pas de discussion, ni d'explications. Elle n'avait pas de temps à perdre.

C'est une bête sauvage. Abats-le comme un chien.

Elle frappa à la porte.

Elle était entrebâillée et s'ouvrit toute seule.

C'est une invitation.

Entrez donc dans mon boudoir, dit l'araignée à la mouche.

Qui est l'araignée ?

Qui est la mouche ?

Jay pénétra dans la villa, déposa le sac de fruits dans le petit vestibule, serra le Browning dans sa main. Pas d'odeurs comme chez Kushinski. L'intérieur était d'une propreté impeccable, avec peut-être un relent de déodorant à la pomme de pin. Jay entendit des murmures. Des bruits lui parvinrent des autres pièces.

Le vestibule était éclairé seulement par la faible lueur qui entrait par la porte. Jay la referma, puis s'arrêta le temps que ses yeux s'habituent à l'obscurité, le Browning en position de tir à hauteur de joue. Pas de surprises. Des murmures. Le bourdonnement du climatiseur couvrait le moindre bruit. Jay opina toute seule. La porte était entrouverte, laissant l'air froid s'échapper dans la nuit moite de Las Vegas ; le compresseur fonctionnait donc pour rien.

Ce n'est pas comme chez les autres.

Jay avait bien fait de mettre son T-shirt moulant et ses cuissardes élastiques, elle n'offrait ainsi aucune prise, rien qui puisse la ralentir dans l'action. Elle était lisse, fluide, aussi aérodynamique qu'une balle filant droit au but. Rien ne l'arrêterait. Elle avança lentement dans le couloir et se délesta sans bruit de son sac à main qu'elle posa par terre.

Elle sentait chaque muscle de son corps, chaque tendon, chaque os. Et chaque terminaison nerveuse. Les cuissardes épousaient ses hanches et ses cuisses comme une seconde peau. Brûlante, hyperconcentrée, Jay éprouvait un enivrant sentiment de puissance, et de force... une force terrible, invincible.

Tous ces cours sur les serial killers organisés ou désorganisés, les rituels, les causes psychologiques profondément ancrées... Jay sentit le léger frottement du scarabée de Dunton sur l'index de sa main gauche. Un totem. Des sornettes, oui ! C'était simple à comprendre. Certains s'accrochent à la cigarette, d'autres à l'alcool ou aux médicaments. D'autres encore, une minorité, s'accrochent au meurtre, et comme pour n'importe quel vice, le besoin grandit en même temps que s'accroît la tolérance à la drogue. On augmente les doses. Les serial killers tuent par plaisir, parce que c'est comme ça qu'ils prennent leur pied. Que ce soit aux dépens des autres et pas seulement des victimes, mais aussi de leur famille, les serial killers s'en moquent éperdument. Pourquoi se gêneraient-ils ?

Moi, ça me gêne.

Jay atteignit le bout du couloir, tendit l'oreille, perçut des murmures au-delà du bourdonnement de la climatisation. L'air était glacé et elle dut réprimer des frissons. Elle serra la crosse du Browning de toutes ses forces, posa un pied dans la pièce et franchit le rideau à perles de la porte qui cliqueta sur son passage.

Ne regarde pas !

Elle se trouvait dans le salon de l'Enchanteur ; elle balaya son royaume des yeux. La pièce faisait cinq mètres de large, avec une grande baie vitrée recouverte d'un rideau foncé qui cachait la rue. Il y avait des meubles partout. Un divan, des dizaines de petites étagères dépareillées, des tables basses, des tables de bridge, des tables volantes. Et un rocking-chair dans un coin.

Sur les tables et les étagères, cinq cents bougies illuminaient le salon. Sur les trois autres murs, des milliers de photographies, petites et grandes, écornées, déchirées, chiffonnées, composaient une mosaïque démente qui traversait le pays d'une côte à l'autre. Par terre, une douzaine de magnétophones bon marché jouaient chacun un air différent, lamento sinistre, murmures d'agonie. Sur d'autres tables encore, une dizaine de postes de télévision, en blanc et noir, en couleurs, vieux ou neufs, tous reliés au même magnétoscope, passaient tous le même film, un portfolio de folie pure, cent fois pire que les photographies de Sladky montrant les victimes du Manuel, mille fois pire que les chats du Dr Kushinski. Un curriculum vitae filmé en vue de décrocher un poste de cadre supérieur en enfer.

Mon Dieu, combien en a-t-il tués ?

Des centaines ?

Dans les ombres mouvantes dessinées par les bougies, Jay vit des visages tordus écorchés jusqu'aux os, des visages sans yeux, des visages qui n'avaient plus de visage. Des enfants, des hommes, des femmes, par dizaines, par centaines, tout autour d'elle, et des bruits d'os qu'on écrase, des gémissements de terreur, des suppliques incohérentes.

Il me le faut. Je le veux.

Mort ou vif ?

Mort.

Derrière Jay, un pan de mur s'ouvrit sans bruit sur ses gonds et elle entrevit du coin de l'œil une batte de base-ball décrire un arc de cercle et rater sa nuque d'un cheveu, uniquement parce qu'elle avait eu la présence d'esprit de se baisser avant même de comprendre ce qui la menaçait. La batte atterrit sur son épaule et Jay sentit une douleur fulgurante lui vriller la poitrine et la nuque. Elle tomba, roula sur le côté, envoyant valser des tables et des bougies dans sa chute.

– Mate-moi, merdeuse ! hurla le batteur.

Étendue sur le dos, à moitié aveuglée par la douleur, Jay braqua son arme et tira sur la silhouette qui s'élançait en brandissant sa batte. Le doigt pressé sur la détente, Jay était à peine consciente qu'elle vidait le chargeur sans viser. La silhouette recula en trébuchant, renversa d'autres tables dans sa chute, heurta le mur et s'écroula, la batte à la main.

Jay arrêta le tir. Six, sept, huit balles ? Combien lui en restait-il ?

Il est mort. Il est forcément mort. J'ai tiré à bout portant.

Sentant une brûlure sur sa joue, elle porta la main à sa figure. Une coupure ? Du sang ? Non, des gouttes de cire chaude qui tombaient d'une bougie. A l'autre bout de la pièce, la silhouette grogna, puis se releva en s'appuyant sur sa batte. Quelque chose clochait. Il était carré, rembourré, et Jay perçut un bruit de plastique qu'on frotte quand il se redressa sur ses jambes.

Ah, merde ! Il porte Courage, l'armure en Kevlar, l'ami du policier.

Sur le côté, la porte cachée s'ouvrit en grand et Jay vit une petite pièce dans l'enfilade, bourrée à craquer de matériel informatique. Le cœur du Royaume de l'Enchanteur. La silhouette trébucha contre une table renversée et faillit retomber par terre.

– Merdeuse !

Le mot sortit comme un souffle et tandis que l'homme avançait sur elle, Jay l'entendit le répéter à chaque pas.

Tout autour de la pièce, les flammes des bougies éparpillées léchaient les photographies et de petits incendies s'allumèrent. L'homme les étouffa en avançant, toujours appuyé sur sa batte. Un liquide sombre coulait le long de sa jambe recouverte de plastique.

Je l'ai eu.

D'un violent coup de pied, Jay propulsa une table vers l'homme, renversant une autre fournée de bougies. Il répondit en brandissant sa batte, la fit tournoyer d'une main, démolit en passant un poste de télévision qui explosa dans une gerbe d'étincelles. Jay se força à se redresser ; lorsqu'elle s'appuya sur son épaule blessée, un cri de douleur lui échappa.

Quelqu'un a dû entendre les coups de feu. Il va appeler à l'aide.

Ne sois pas stupide. Personne ne viendra.

Elle battit en retraite, bouscula des tables, balaya un réseau de câbles de sa main armée du revolver et deux télévisions de plus s'écrasèrent sur le sol. L'homme continua à avancer, la batte levée haut, prête pour le coup mortel. Jay le distingua nettement, vit même son sourire narquois.

– Merdeuse !

Il est beau garçon.

C'est pour ça qu'il me sourit.

C'est comme ça qu'il envisage un rendez-vous galant ?

Elle braqua le Browning et visa comme on lui avait appris à l'école de police. Elle avait déjà porté une armure elle aussi, et se souvenait des deux points névralgiques, l'entrejambe et la fente du cou.

Son cerveau ordonna à son doigt d'appuyer sur la détente, mais rien ne se passa. Le coup de batte qu'elle avait reçu avait engourdi son bras et sa main. Paralysie des nerfs. A deux mètres de là, l'homme balança sa terrible batte, envoya voler des bougies dont les flammes scintillèrent en s'éparpillant. Tout autour de Jay, les cassettes gémissaient les cris plaintifs des victimes, comme si leur calvaire recommençait encore et toujours. Jay recula à quatre pattes, poussa du pied une table dans les jambes de Follett, réussit à le retarder d'une autre seconde. La batte fusa de nouveau, le bois se fendit.

– Merdeuse !

Jay ramassa ses jambes sous elle et roula sur le côté, renversant une poignée de bougies dont la cire brûlante l'éclaboussa. Elle n'arrivait plus à soulever son bras droit. Elle se servit de la main gauche pour attraper son revolver, mais l'homme frappa encore ; il était derrière elle, à présent. Devant ses yeux, Jay vit la porte ouverte sur la chambre secrète. Elle n'était qu'à quelques pas. Un mètre peut-être. Balayant sa jambe, elle parvint à renverser une grande étagère dont le contenu se déversa dans la pièce ; le lourd meuble s'abattit derrière Jay. S'aidant du mur, elle culbuta dans la chambre secrète où était amassé le matériel informatique.

Il sait que ça t'intéresse. C'est là qu'il veut te mener.

Bizarrement, elle se trouva nez à nez avec un aquarium de cent litres rempli de poissons tropicaux qui nageaient paresseusement dans une eau bleue éclairée par des spots. En dessous, des disques durs, des modems, des prises, des branchements divers, et le bruit de la petite pompe à air qui agitait l'eau de bulles tourbillonnantes. Jay ne sentait toujours pas son bras droit.

– Tu n'as pas le droit d'entrer !

C'était le cri sinistre d'un être démoniaque.

Derrière son dos, Jay entendit le sifflement de la batte qui fouettait l'air. L'aquarium explosa et de l'eau, des poissons et des éclats de verre giclèrent dans la petite pièce. Jay lança une chaise en direction de l'homme, puis plongea sous un grand bureau métallique. En se retournant, elle vit les jambes de Follett, et la batte fendit de nouveau l'air. Le bras de Jay la faisait horriblement souffrir mais elle pouvait désormais remuer au moins les doigts.

Encore une minute, c'est tout ce que je demande. Je vous en prie, mon Dieu !

Elle essaya d'atteindre le chargeur de rechange coincé dans son dos sous la ceinture de ses cuissardes. Follett frappa et frappa encore, des bruits de plastique qui se déchire et de métal arraché résonnèrent. Il haletait, suffoquait presque.

Trente secondes.

Jay ramena ses genoux quand la batte balaya l'air sous le bureau, ricocha sur sa peau et lui arracha un cri strident. Elle coinça le canon du Browning dans la pliure de sa cuisse et fit sauter le chargeur vide. Devant ses yeux, dans la faible lueur, elle aperçut les pieds de Follett patauger dans une flaque d'eau qui s'étendait sur le linoléum.

Il ne porte pas de chaussettes.

Jay se recroquevilla dans un coin, toujours protégée par le bureau. Sa main rencontra plusieurs câbles en cherchant désespérément à s'emparer du chargeur de rechange.

Encore un peu de temps, par pitié.

Elle effleura le chargeur du bout des doigts, réussit à le tirer de la ceinture, mais le laissa tomber.

Hé, merde !

Silence. Un bruit d'eau qui s'égoutte. Follett s'était reculé, Jay distinguait ses genoux, sa batte fusait, sa respiration s'accélérait. Il gémit presque. Jay remarqua de nouveau la traînée brunâtre qui descendait le long de sa jambe et pénétrait jusque dans sa basket droite. Du sang. Elle avait quand même réussi à le toucher. Ça le ralentissait. Mais pas assez.

Ça y est, mon compte est bon.

Il se pencha, en appui sur la batte, et regarda sous le bureau. Jay lui rendit son regard et vit ses yeux briller d'une lueur farouche, comme s'il reconnaissait quelque chose de merveilleux à des kilomètres derrière elle dans les flammes des bougies qui dansaient dans la pièce. Les grands yeux écarquillés de Follett fouillèrent en elle, s'y insinuèrent. Elle en eut le souffle coupé.

– Presque, sourit-il. Tu as presque réussi.

Jay effleura le chargeur du bout des doigts dans son dos. Elle n'avait pas assez de temps. En ramenant son bras, elle se prit la main dans les fils électriques, hésita, puis repéra la flaque qui grandissait aux pieds de Follett.

Une chance, peut-être ?

– Oui, vous m'avez battue, admit-elle.

Il sourit.

– On essaie de gagner du temps ? (Son sourire s'accentua. Ses yeux étaient comme des hublots sur le monde. Morts.) A quoi bon ?

– Il ne faut jamais dire « Je suis mort », parvint à articuler Jay.

Elle sentit la grosseur d'un câble d'alimentation, tira dessus d'un petit coup pour s'assurer qu'il menait à la prise de raccordement et non à celle de branchement. Elle sentit le fil céder, tira de nouveau.

– Je n'aurais jamais pensé à ça, dit-il en hochant la tête, un sourire aux lèvres.

A la crispation de ses mâchoires Jay devina qu'il souffrait. Le sang avait entièrement recouvert sa chaussure et se mélangeait à l'eau de l'aquarium.

– Il ne faut jamais dire « Je suis mort », répéta-t-il. C'est ridicule. Quand on est mort, on ne peut plus rien dire, de toute façon.

– Je ne suis pas encore morte.

– Ça ne tardera pas.

– Vous croyez que je suis venue seule, Mr. Follett ? Monsieur l'Enchanteur ?

Le bluff était peut-être cousu de fil blanc, mais Jay avait besoin de temps. Elle tira de nouveau sur le câble, priant pour qu'il soit assez long. Elle sentit que le fil se libérait.

– Je sais que tu es venue seule. Et tu n'as plus de balle.

– Vous les avez comptées ?

– Si tu pouvais tirer, tu l'aurais déjà fait.

– Ah, futé avec ça !

Ce visage d'ange ! Combien de fois avait-il tué ? Cent ? Deux cents ? Trois cents fois ?

– Assez futé, oui, rétorqua-t-il.

Jay continua à le fixer. Il fallait qu'elle le fasse parler. Elle tira encore sur le fil électrique, sentit le câble céder et serpenter jusqu'à elle. Elle le caressa des doigts. C'était le bout de la prise ; le câble alimentait au moins un des ordinateurs, c'était peut-être même le câble principal.

Priez pour moi.

– Comment t'appelles-tu, miss Matez-moi ? Je collectionne les noms, tu sais.

Fais-le parler.

– Jay.

Deux tueurs qui discutent simplement.

– C'est un nom d'oiseau, c'est pas un vrai nom.

Elle laissa le Browning lui échapper de la main, et vit Follett jeter un coup d'œil vers l'arme. Elle serra la prise dans sa main gauche, força la lame de terre du pouce, la sentit céder.

– Mon vrai nom est Janet, dit-elle. Janet Louise.

– J'aime pas ce nom, dit-il.

– C'est pas non plus celui que je préfère, grimaça Jay.

Elle changea légèrement de position, prête à agir. Il lui restait une infime chance, mais elle la jouerait à fond.

– Je vais t'appeler Celandine, dit-il d'une voix douce.

Qui ?

Il se leva en s'aidant de sa batte. L'heure allait sonner pour l'un d'entre eux.

Comment appelaient-ils cela à l'école de police ? A l'occasion du premier cours de secourisme ?

Fibrillations ventriculaires instantanées.

– Allez, Janet Louise, viens.

La voix était douce comme les ailes d'un ange. L'Ange exterminateur.

– L'amour, c'est de ne jamais avoir besoin de s'excuser.

Arythmie cardiaque.

Jay sortit le câble de derrière son dos, le plongea dans la flaque d'eau. Elle ferma brusquement les yeux, aveuglée par un violent éclair blanc.

Mortel.

Tu aurais dû me mater mieux, face d'ange.

Elle rouvrit les yeux et vit le corps tressauter et hoqueter, le hideux rictus découvrir deux rangées de dents éclatantes, ses talons marteler le sol, et des ondes de courant serpenter sur la surface de la flaque d'eau comme des rubans de feu Saint-Elme. Tirant sur le fil d'un coup sec, Jay arracha la prise ; il y eut un claquement sec, puis les crépitations du courant cessèrent, le corps s'effondra, gisant, inerte sur le sol. Chute du Royaume de l'Enchanteur. Fin du règne.

Le roi est mort.

Vive la reine !

Lorsque Cruz arriva devant la maison de Caliente Street, la porte était légèrement ouverte et une odeur de bougie flottait dans l'air. Il poussa la porte d'un doigt, entendit au loin des pas étouffés, entra et laissa la porte grande ouverte derrière lui.

– Jay ? appela-t-il. Jay Fletcher ?

Il sortit de sa ceinture le court .38 à barillet de Langford. Pas de réponse, mais les pas s'étaient arrêtés. Était-ce Fletcher ou Stiles ? Cruz appela de nouveau.

– Fletcher ? C'est Cruz.

Toujours pas de réponse. Il entra dans le vestibule. Devant lui, il ne vit que des flammes trembloter et une ombre se déplacer furtivement.

– Fletcher ?

Silence. Il parvint au bout du couloir, posa un pied dans le salon, en position de tir, et décrivit un vaste cercle, l'arme toujours braquée. Il vit une dizaine de postes de télévision éventrés, des morceaux épars de magnétoscopes... Une ombre derrière son dos lui fit tourner la tête. L'ombre s'était faufilée dans une autre pièce. Il s'y dirigea, prêt à tirer, s'arrêta sur le seuil le temps de s'adapter à l'obscurité. Appuyée sur une batte de base-ball, Jay était penchée au-dessus des restes fumants de Ricky Stiles, le visage tordu de douleur. Un Browning automatique dépassait de la ceinture de ses cuissardes de cycliste, et le canon dessinait une bosse obscène sous le tissu.

Ce n'était pas tout. Même dans la pénombre, Cruz remarqua qu'elle avait la bouche ouverte, le souffle haletant, et que sa poitrine se soulevait à un rythme précipité. Elle semblait en proie à une intense excitation érotique. Cruz contempla la batte de base-ball qu'elle étreignait, puis le corps de Ricky Stiles. Il portait une armure corporelle, une blessure déchirait le haut de sa cuisse, mais son visage semblait intact. Il y avait une faible odeur d'ozone dans l'air, du matériel informatique fracassé jonchait la pièce, et partout de minuscules foyers d'incendie, des petites flammes qui dansaient ou mouraient, des filets de fumée qui zébraient l'air.

– Cruz ? fit Jay en levant vers lui des yeux mornes, le souffle court.

– Oui, c'est moi.

– Pourquoi ?

Elle porta une main à son Browning. Trouvant le geste trop violemment érotique, Cruz détourna les yeux, craignant sa propre réaction.

– C'est à cause de lui, dit-il en désignant le cadavre du menton.

– Follett est mort.

– Il ne s'appelait pas Follett. C'était le nom d'une de ses anciennes victimes, une des premières. Son vrai nom est Ricky Stiles.

– Comment le sais-tu ?

– J'ai parlé à Charlie Langford.

– C'est lui qui t'a envoyé ici ?

– Non, je suis venu tout seul.

– Pourquoi ?

– Parce qu'il faut que ça s'arrête. Stiles était le dernier, Jay. Tu ne peux pas continuer comme ça.

Elle baissa les yeux sur le cadavre, puis secoua la tête.

– Ricky Stiles n'était pas non plus son vrai nom, dit-elle d'une voix calme, le souffle retrouvé. Enfin, ça n'a pas d'importance.

Elle dévisagea Cruz. Elle semblait avoir recouvré ses esprits, mais sa main était toujours posée sur le Browning. Cruz lui trouva l'air épuisé, mais en se souvenant de quoi elle était capable il resta sur ses gardes. Elle enjamba le corps, lâcha la batte de base-ball et se dirigea vers le salon. Cruz lui emboîta le pas.

– Comment m'as-tu retrouvée ? demanda-t-elle en se retournant vers lui.

– Tu t'es mise à tout régler en liquide. De nos jours, c'est un truc à se faire remarquer. J'ai pas eu de mal à te repérer.

– Comment es-tu arrivé ici, dans cette maison ?

– Tu es une spécialiste de l'informatique. Je me suis dit que tu pourrais faire ce qui m'était impossible. Retrouver Stiles.

– Alors, tu m'as suivie ?

– Hé, oui.

– Et tu as attendu dehors ? Tu savais forcément ce qui allait se passer. (Elle le toisa d'un œil froid.) Et si c'était lui qui m'avait tuée ?

Cruz haussa les épaules. Il s'était déjà posé la question. Au diable Langford. Il avait son propre chemin à suivre, tout comme Jay.

– Ça m'aurait donné une bonne raison de le descendre, non ? répondit-il en jetant un regard aux restes de Ricky Stiles. C'était ton jeu, Jay. Je n'avais pas à intervenir. Que tu gagnes ou que tu perdes, c'était à toi de jouer.

– C'est pas joli, joli comme éthique, tu ne crois pas ? (Ses yeux se fermaient de fatigue.) C'est même immoral.

– Oh, ça te va bien de parler de moralité.

– Tout ça est ridicule, cracha Jay. Je me tire.

Elle fit un pas vers la porte. Cruz lui boucha le passage.

– Je ne peux pas te laisser partir, Jay, dit-il en levant légèrement son arme.

– Pourquoi ?

– Parce que tu es une meurtrière. Parce que tu tueras encore si je te laisse partir. Parce que tu as enfreint les règles, Jay.

Elle poussa un profond soupir. Elle avait retrouvé son souffle, sa voix, elle était redevenue presque normale.

– Tu n'as rien compris, Cruz. Il n'y a plus de règles. On les établit au fur et à mesure. Je ne suis pas un assassin ; j'essaie simplement de remplir les vides. (Elle pointa la tête vers la pièce où reposait le cadavre de Stiles.) Ce ne sont même pas des êtres humains. Ce ne sont même pas des bêtes sauvages. Ils n'ont pas de cœur, pas d'âme, pas de sentiments. Ils tuent parce que ça leur plaît, parce qu'ils en ont envie. C'est aussi simple que ça. Ce sont des machines qui mangent, qui respirent, qui chient et qui tuent... Tu m'aurais laissée mourir, tu l'as dit toi-même. Ça te met sur le même niveau que moi. Alors, qui es-tu pour me juger, Cruz ?

Elle désigna d'un geste la pièce remplie de matériel informatique.

– Regarde toi-même. Il y a assez de preuves pour retrouver une dizaine d'autres tueurs comme Stiles, mais Charlie Langford refusera de les utiliser parce qu'elles ont été obtenues illégalement... le fruit de l'arbre empoisonné comme dit la loi. (Elle recommençait à haleter, et sa main se crispait sur la crosse de son Browning.) Eh bien, j'emmerde la loi, rugit-elle. Si je n'arrête pas ces chacals, personne ne le fera.

– Qu'est-ce que tu cherches ? La justice ? La vengeance ?

– Appelle ça comme tu voudras. Mais laisse-moi passer.

– Et si je refuse ?

– Qu'est-ce que tu comptes faire ? ricana-t-elle. Me tuer ?

Cruz contempla son revolver, puis regarda Jay qui restait plantée devant lui, hagarde. Il remisa son .38 dans sa ceinture en hochant la tête d'un air accablé.

– Non, dit-il. Je ne pourrais pas.

C'était faux. Il pouvait très bien tirer, mais il ne le voulait pas. Jay savait que c'était une question de choix, or il avait pris sa décision aussi sûrement qu'elle avait pris la sienne.

Voyant sa réaction, Jay passa devant lui et se dirigea vers la sortie, l'épaule gauche affaissée, visiblement meurtrie. Quand elle effleura Cruz, il voulut la toucher, la retenir, dire quelque chose.

– Jay ?

– Quoi ? fit-elle, et parvenue sur le seuil, elle se retourna.

– Ça ne va pas être facile.

– Ça dépend de toi, rétorqua-t-elle.

– Comment cela ?

– Laisse-moi du temps. Une heure. Une nuit. Une journée, n'importe quoi.

– Je vais réfléchir.

– C'est ça, réfléchis. (Son visage s'éclaira d'un sourire franc et sincère.) Je ne suis pas folle, tu sais. (Le sourire se fit amer et désabusé.) Un peu bizarre, d'accord, mais pas folle.

Une bête sauvage d'une autre sorte.

– Je sais, dit calmement Cruz. Où comptes-tu aller ?

Elle scruta la pénombre, s'attarda dans la direction de la terrible chambre, puis se souvint de ce qu'elle avait lu sur l'unique ordinateur en marche, sur la feuille d'imprimante qu'elle avait trouvée et fourrée dans ses cuissardes. Elle pensa aux horreurs qui l'attendaient.

– En Allemagne, dit-elle en se rappelant le nom qu'elle avait vu dans les bases de données du vétérinaire fou de Slippery Rock.

Baltimore. Un rendez-vous médical.

– Qu'est-ce que tu vas y faire ?

Au-delà de la fatigue et de la douleur qui marquaient le visage de Jay, Cruz discerna quelque chose de plus profondément enfoui, une demande inassouvie, une certaine tristesse. Pour la seconde fois, il eut envie de la toucher, de la réconforter, de la prendre dans ses bras. Mais il ne fit pas un geste. Elle sourit, se rappelant les quelques moments qu'ils avaient partagés à Santa Fe. Elle pensa à ce qui aurait pu se passer entre eux. A ce qui se serait passé si elle était restée. A ce qui se passerait, peut-être, si elle restait.

Vraiment ? Est-ce que je peux encore avoir ce genre de vie ?

Il n'a qu'à demander.

Non. C'est trop tard. Tout est trop tard, sauf pour ce qui m'attend.

Elle fit un petit signe de la main, puis franchit la porte, et s'enfonça dans la nuit tiède, sous un ciel plein d'étoiles, exactement comme l'oasis merveilleuse du Royaume de l'Enchanteur la nuit. Bien plus belle et excitante que ce que la ville aux millions de paillettes avait à offrir. Elle pensa à Cruz, et faillit rebrousser chemin, tenter l'impossible, ce qui aurait pu, aurait dû, mais n'arrivait pas et n'arriverait jamais. Cruz lui lança une dernière supplique :

– Tu ne peux pas continuer comme ça, Jay. C'est impossible.

– Vraiment ? répondit-elle d'une voix douce, sans se retourner, l'œil perdu dans les étoiles.

Elle s'éloigna.

Matez-moi.

Achevé d'imprimer en avril 1997
sur presse Cameron
par ***Bussière Camedan Imprimeries***
à Saint-Amand-Montrond (Cher)

N° d'édition : 3415. N° d'impression : 1/1132.
Dépôt légal : avril 1997.

Imprimé en France